ORIGINES

AMIN MAALOUF

Origines

GRASSET

© Éditions Grasset & Fasquelle, 2004.

ISBN : 978-2-253-11594-6 – 1re publication – LGF

Pour Téta Nazeera

Pour Kamal et Charles Abou-Chaar

Et à la mémoire de
Laurice Sader Abou-Chdid

D'autres que moi auraient parlé de «racines»... Ce n'est pas mon vocabulaire. Je n'aime pas le mot «racines», et l'image encore moins. Les racines s'enfouissent dans le sol, se contorsionnent dans la boue, s'épanouissent dans les ténèbres; elles retiennent l'arbre captif dès la naissance, et le nourrissent au prix d'un chantage: «Tu te libères, tu meurs!»

Les arbres doivent se résigner, ils ont besoin de leurs racines; les hommes pas. Nous respirons la lumière, nous convoitons le ciel, et quand nous nous enfonçons dans la terre, c'est pour pourrir. La sève du sol natal ne remonte pas par nos pieds vers la tête, nos pieds ne servent qu'à marcher. Pour nous, seules importent les routes. Ce sont elles qui nous convoient – de la pauvreté à la richesse ou à une autre pauvreté, de la servitude à la liberté ou à la mort violente. Elles nous promettent, elles nous portent, nous poussent, puis nous abandonnent. Alors nous crevons, comme nous étions nés, au bord d'une route que nous n'avions pas choisie.

À l'opposé des arbres, les routes n'émergent pas du sol au hasard des semences. Comme nous, elles ont une origine. Origine illusoire, puisqu'une route n'a jamais de véritable commencement; avant le premier tournant, là derrière, il y avait déjà un tournant, et encore un autre. Origine insaisissable, puisqu'à chaque croisement se sont rejointes d'autres routes, qui venaient d'autres origines. S'il fallait prendre en compte tous ces confluents, on embrasserait cent fois la Terre.

S'agissant des miens, il le faut ! Je suis d'une tribu qui nomadise depuis toujours dans un désert aux dimensions du monde. Nos pays sont des oasis que nous quittons quand la source s'assèche, nos maisons sont des tentes en costume de pierre, nos nationalités sont affaire de dates, ou de bateaux. Seul nous relie les uns aux autres, par-delà les générations, par-delà les mers, par-delà le Babel des langues, le bruissement d'un nom.

Pour patrie, un patronyme ? Oui, c'est ainsi ! Et pour foi, une antique fidélité !

Je n'ai jamais éprouvé de véritable appartenance religieuse – ou alors plusieurs, inconciliables ; et je n'ai jamais ressenti non plus une adhésion totale à une nation – il est vrai que, là encore, je n'en ai pas qu'une seule. En revanche, je m'identifie aisément à l'aventure de ma vaste famille, sous tous les cieux. À l'aventure, et aussi aux légendes. Comme pour les Grecs anciens, mon identité est adossée à une mythologie, que je sais fausse et que néanmoins je vénère comme si elle était porteuse de vérité.

Étrange, d'ailleurs, qu'avant ce jour, je n'aie guère consacré plus de quelques paragraphes à la trajectoire des miens ! Mais il est vrai que ce mutisme aussi fait partie de mon héritage...

Tâtonnements

1

Il y avait eu, d'abord, pour ma recherche, un faux commencement : cette scène que j'ai vécue à l'âge de trente ans, et que je n'aurais jamais dû vivre – qu'aucun des protagonistes, d'ailleurs, n'aurait dû vivre. Chaque fois que j'avais voulu en parler, j'avais réussi à me persuader qu'il était encore trop tôt.

Bien entendu, il n'est plus trop tôt. Il est même presque tard.

C'était un dimanche, un dimanche d'été, dans un village de la Montagne. Mon père était mort un peu avant l'aube, et l'on m'avait confié la mission la plus détestable de toutes : me rendre auprès de ma grand-mère pour lui tenir la main au moment où on lui annoncerait qu'elle venait de perdre un fils.

Mon père était le deuxième de ses enfants, et il était convenu que ce serait l'aîné qui l'appellerait au téléphone pour lui apprendre la nouvelle. Dites ainsi, les choses ont l'apparence de la normalité. Chez les miens, la normalité n'est jamais qu'une apparence. Ainsi, cet oncle, qui venait d'avoir soixante-sept ans, je ne l'avais vu qu'une seule fois dans ma vie avant cet été-là…

J'étais donc arrivé dans la matinée, ma grand-mère m'avait pris longuement dans ses bras comme elle le faisait depuis toujours. Puis elle m'avait posé, forcément, la question que je redoutais entre toutes :

— Comment va ton père ce matin ?

Ma réponse était prête, je m'y étais entraîné tout au long du trajet :

— Je suis venu directement de la maison, sans passer par l'hôpital…

C'était la stricte vérité et c'était le plus vil des mensonges.

Quelques minutes plus tard, le téléphone. En temps normal, je me serais dépêché de répondre pour éviter à ma grand-mère de se lever. Ce jour-là, je me contentai de lui demander si elle souhaitait que je réponde à sa place.

— Si tu pouvais seulement m'approcher l'appareil…

Je le déplaçai, et soulevai le combiné pour le lui tendre.

Je n'entendais évidemment pas ce que lui disait son interlocuteur, mais la première réponse de ma grand-mère, je ne l'oublierai pas :

— Oui, je suis assise.

Mon oncle craignait qu'elle ne fût debout, et qu'à la suite de ce qu'il allait lui apprendre, elle ne tombât à terre.

Je me souviens aussi des yeux qu'elle avait en répondant « Oui, je suis assise ». Les yeux d'un condamné à mort qui vient d'apercevoir, au loin, la silhouette d'un gibet. En y réfléchissant plus tard, je me suis dit que c'était elle, très certainement, qui avait recommandé à ses enfants de s'assurer qu'une personne était assise avant de lui apprendre une nouvelle dévastatrice ; quand son fils lui avait posé la question, elle avait compris que le pire était arrivé.

Alors nous avions pleuré, elle et moi, assis l'un à côté de l'autre en nous tenant la main, quelques longues minutes.

Puis elle m'avait dit :

— Je croyais qu'on allait m'annoncer que ton père s'était réveillé.

— Non. De l'instant où il est tombé, c'était fini.

Mon père était tombé sur la chaussée, près de sa voiture, dix jours auparavant. La personne qui l'accompagnait avait juste entendu comme un «ah !» de surprise. Il s'était écroulé, inconscient. Quelques heures plus tard, le téléphone avait sonné à Paris. Un cousin m'avait annoncé la nouvelle, sans laisser trop de place à l'espoir. «Il va mal, très mal.»

Revenu au pays par le premier avion, j'avais trouvé mon père dans le coma. Il semblait dormir sereinement, il respirait et bougeait quelquefois la main, il était difficile de croire qu'il ne vivait plus. Je suppliai les médecins d'examiner une deuxième fois le cerveau, puis une troisième. Peine perdue. L'encéphalogramme était plat, l'hémorragie avait été foudroyante. Il fallut se résigner…

— Moi, j'espérais encore, murmura ma grand-mère, à qui personne, jusque-là, n'avait osé dire la vérité.

Nous étions aussitôt revenus vers le silence, notre sanctuaire. Chez les miens, on parle peu, et lentement, et avec un souci constant de mesure, de politesse, et de dignité. C'est quelquefois irritant pour les autres, pour nous l'habitude est prise depuis longtemps, et elle continuera à se transmettre.

Nos mains, cependant, demeuraient soudées. Elle me lâcha seulement pour ôter ses lunettes, et les nettoyer dans un pli de sa robe. Au moment de les remettre, elle sursauta :

— Quel jour sommes-nous ?

— Le 17 août.

— Ton grand-père aussi est mort un 17 août !

Elle eut un froncement de sourcils que je lui avais vu quelquefois. Puis elle sembla revenir de la révolte à la résignation, et ne dit plus un mot. Je repris sa main dans la mienne et la serrai. Si nous avions au cœur le même deuil, nous n'avions plus à l'esprit les mêmes images.

Je n'ai pas beaucoup pensé à mon grand-père ce jour-là, ni certainement les jours suivants. Je n'avais à l'esprit que mon père, son visage large, ses mains d'artiste, sa voix sereine, son Liban, ses tristesses, et puis le lit ultime où il s'est endormi… Sa disparition était pour moi, comme pour tous les miens, une sorte de cataclysme affectif ; le fait qu'il ait eu «rendez-vous», en quelque sorte, avec son propre père à date fixe ne fut, pour ceux à qui je l'avais signalé alors, que l'occasion d'une médi-tation brève et banale sur l'ironie du destin et les arrêts insondables du Ciel.

Voilà, c'est tout, fin de l'épisode !

Il aurait dû y avoir une suite, il n'y en eut aucune. J'au-rais dû susciter, un jour ou l'autre, une longue conversa-tion avec ma grand-mère sur celui qui fut l'homme de sa vie ; elle est morte cinq ans plus tard sans que nous en ayons reparlé. Il est vrai que nous ne vivions plus dans le même pays ; je résidais déjà en France, et elle n'allait plus quitter le Liban. Mais je revenais la voir de temps à autre et j'aurais pu trouver une occasion pour l'interroger. Je ne l'ai pas fait. Pour être honnête, je n'y ai tout simplement plus songé…

Un comportement étrange, qui doit pouvoir s'expliquer dans le jargon des sondeurs d'âmes, mais que je me reprocherai jusqu'à mon dernier jour. Moi qui suis par nature fouineur, moi qui me lève cinq fois de table au cours d'un même repas pour aller vérifier l'étymologie d'un mot, ou son orthographe exacte, ou la date de naissance d'un compositeur tchèque, comment avais-je pu me montrer, à l'égard de mon propre grand-père, d'une incuriosité aussi affligeante ?

Pourtant, depuis l'enfance on m'avait raconté à propos de cet aïeul – qui se prénommait Botros – bien des histoires qui auraient dû m'arracher à mon indifférence.

Notamment celle-ci. Un jour, l'un de ses frères, qui vivait à Cuba, eut de très graves ennuis, et il se mit à lui écrire des lettres angoissées en le suppliant de voler à son secours. Les dernières missives parvinrent au pays avec les quatre coins brûlés, en signe de danger et d'urgence extrême. Alors mon grand-père abandonna son travail pour s'embarquer ; il apprit l'espagnol en quarante jours sur le bateau ; si bien qu'en arrivant là-bas, il put prendre la parole devant les tribunaux et tirer son frère de ce mauvais pas.

Cette histoire, je l'entends depuis que je suis né, et je n'avais jamais essayé de savoir si c'était autre chose qu'une légende vantarde comme en cultivent tant de familles ; ni comment s'était achevée l'aventure cubaine des miens. C'est maintenant seulement que je le sais…

On me disait aussi : « Ton grand-père était un grand poète, un penseur courageux, et un orateur inspiré, on venait de très loin pour l'écouter. Hélas, tous ses écrits sont perdus ! » Pourtant, ces écrits, il a suffi que je veuille les chercher pour que je les trouve! Mon aïeul avait tout rassemblé, daté, soigneusement calligraphié; jusqu'à la fin de sa vie il s'était préoccupé de ses textes, il avait toujours voulu les faire connaître. Mais il est mort impublié, comme d'autres meurent intestats, et il est demeuré anonyme.

Autre murmure persistant: Botros n'a jamais voulu baptiser ses enfants; il ne croyait ni à Dieu ni à Diable, et il ne se gênait pas pour le hurler fort; au village, c'était un scandale permanent... Là encore, je n'avais pas vraiment essayé de savoir ce qu'il en était. Et dans ma famille on se gardait bien d'en parler.

Oserai-je avouer, de surcroît, que j'ai passé toute ma jeunesse au pays sans avoir fleuri une seule fois la tombe de mon grand-père, sans avoir jamais su où elle se trouvait, et sans même avoir eu la curiosité de la chercher?

J'aurais encore mille raisons de crier mea culpa, je m'en abstiendrai – à quoi bon? Qu'il me suffise de dire que je serais probablement resté figé pour toujours dans la même ignorance si la route des ancêtres n'était venue croiser la mienne, à Paris même, par un détour.

2

Après ce faux commencement – mais des années après ! –, il y en eut un autre, un vrai. Ce n'est pas à moi qu'en revient le mérite, ou si peu. Sans doute avais-je manifesté, après la disparition de mon père, l'envie de mieux connaître ces épisodes du passé familial ; sans doute avais-je posé, à quelques proches, sept ou huit questions de plus sur mon grand-père ou sur d'autres aïeux. Mais rien qui ressemble à cette rage obsessionnelle qui s'emparait régulièrement de moi quand je m'adonnais à mes véritables recherches. Comme si, dès que mes propres origines étaient en cause, je retrouvais une certaine placidité héréditaire, et la stérile dignité du silence.

Le mérite, tout le mérite, en revient à cet ami diplomate qui me demanda un jour, au détour d'une conversation, si je n'avais pas un quelconque lien de parenté avec un certain responsable cubain qui portait le même patronyme que moi.

Je lui fis répéter – Arnaldo ? Non, ce prénom ne me disait rien. Mais je lui appris, incidemment, que j'avais eu, jadis, de la famille à La Havane. Et c'était comme si je l'apprenais moi-même, à cet instant-là, de ma propre bouche.

J'avais connu Luis Domingo à Beyrouth au début des années soixante-dix ; j'étais jeune journaliste, et lui jeune diplomate à l'ambassade d'Espagne. Depuis cette époque, nous n'avons plus jamais vécu dans la même ville, mais nous sommes demeurés proches.

Chaque fois qu'il passait par Paris, nous nous retrouvions pour de longues déambulations loquaces à travers les rues, habituellement jusqu'à l'aube, à nous souvenir, à spéculer, à réinventer le monde – à réinventer, surtout, le destin du Liban, mais aussi celui de Cuba, où Luis Domingo fut longtemps en poste, et dont l'avenir le préoccupait ; pourtant, pas une fois je n'avais songé à mentionner devant lui l'aventure cubaine de ma famille.

Je n'en aurais toujours rien dit, d'ailleurs, si mon ami ne m'y avait poussé, ce soir-là, avec insistance. Sous le feu de ses questions, je fis l'effort de rassembler toutes les bribes d'histoires qui m'étaient parvenues au cours des années, et découvris ainsi, non sans étonnement, que des trajectoires entières étaient déjà là, dans ma mémoire, en pointillé…

J'évoquai d'abord, avec fierté, le voyage de mon grand-père à La Havane, son exploit linguistique surtout, et sa plaidoirie victorieuse devant les tribunaux.

— Il était avocat ?

— À ma connaissance, il était enseignant, et directeur d'école, mais il faut croire qu'il avait fait aussi des études de droit.

Pour être franc, je n'en savais rien !

— Et son frère ?

— Il s'appelait Gebrayel, qui est chez nous l'équivalent de Gabriel. C'était un homme d'affaires, il avait fait fortune dans l'île, où il nourrissait, paraît-il, de grandes ambitions politiques. Mais il s'était fait des ennemis, et il a fini par mourir dans des circonstances mystérieuses.

— En quelle année ?

— Vers 1900, ou dans les années vingt, je ne sais pas très bien…

— Il a peut-être encore des enfants à Cuba, ou des petits-enfants…

Là encore, je dus admettre que je n'en savais fichtrement rien.

Plus tard dans la soirée, je me souvins d'une légende familiale que je faillis raconter à Luis Domingo, avant de faire marche arrière. Je craignais que mon ami ne se montrât franchement incrédule, et même quelque peu dédaigneux s'il me soupçonnait d'y ajouter foi. Nous avions l'un et l'autre pour habitude de nous gausser de l'irrationnel et de ses adeptes, et cet épisode n'avait clairement pas sa place parmi nos certitudes communes.

Ladite légende met en scène un autre frère de mon grand-père, un prêtre de l'Église melkite qui portait en religion le nom de Theodoros. Il avait tenu, sa vie durant, un journal intime, à l'égard duquel il se montrait d'une régularité tatillonne : il écrivait ses pages quotidiennes comme il lisait son bréviaire, à heures fixes. Les dates et les têtes de chapitre étaient à l'encre rouge, le corps du texte à l'encre noire.

Un soir, alors qu'il était attablé devant son journal, l'un de ses encriers se fendit soudain, et un mince filet rouge courut, dit-on, sur la table, puis sur la feuille. Le prêtre le suivit du regard, terrorisé ; sa gorge était nouée et ses membres ne lui obéissaient plus. Au bout d'un moment, il se ressaisit, et reprit sa plume pour relater

l'incident ; il indiqua le jour, puis il tira sa montre de
poche par le chaînon pour noter l'heure. Les aiguilles
étaient arrêtées.

Le grand-oncle Theodoros vivait à l'époque dans un
monastère de la Montagne ; il sortit de sa cellule, appela
les autres religieux qui se trouvaient là, et leur demanda
de venir prier avec lui.

Est-il besoin d'ajouter qu'il arriva ensuite ce qui arrive
toujours dans les histoires qui commencent ainsi ?
À savoir que, plusieurs mois après cet incident, une lettre
reçue de Cuba vint annoncer que Gebrayel était mort à
l'heure précise où l'encrier rouge de son frère s'était
fendu…

Qu'on ne me demande pas si je crois à ce prodige ! Je
n'en sais rien… Probablement pas… L'ange de la raison
est toujours derrière moi pour me retenir par les épaules.
Ce qui est certain, en revanche, c'est que Theodoros a
toujours raconté cette histoire, jusqu'à sa mort, et que
tous ceux qui l'ont entendue y ont cru.

Avant que nous nous séparions, cette nuit-là, Luis
Domingo me demanda si je ne voulais pas faire signe au
« cousin » havanais Arnaldo, lui adresser un message
quelconque ; il s'arrangerait pour le lui faire parvenir. Je
m'en fus donc chercher dans ma bibliothèque un livre en
castillan qui parlait du Vieux-Pays et mentionnait brièvement notre famille ; j'y ajoutai à la main quelques
lignes courtoises et le confiai à mon ami, avec le sentiment de lancer, non une bouteille à la mer, mais une
pierre dans le puits aux fantômes.

3

La nuit suivante, en mon insomnie quotidienne, je ne fis que ressasser cette conversation ; et au matin, je voulus en savoir un peu plus sur ce grand-oncle qui était allé s'égarer et périr dans l'île lointaine…

Nul besoin d'une vraie enquête, je me promettais seulement d'appeler, à Beyrouth, une cousine de quatre-vingt-neuf ans à la mémoire encore limpide, afin de lui poser quelques questions simples qui, jusque-là, ne m'étaient jamais venues aux lèvres, ni à l'esprit.

Et tout d'abord : saurait-elle en quelle année est mort Gebrayel ?

«Pas de manière précise», m'avoua Léonore. Mais elle se souvenait qu'à la fin de la Première Guerre, quand la famille avait pu de nouveau recevoir du courrier, elle avait appris la disparition d'un certain nombre de nos proches qui se trouvaient dans les Amériques. L'un d'eux était Gebrayel… «De mort violente, oui, mais sans rapport avec la guerre. Un accident…»

À l'inverse, ma mère, que j'appelai juste après Léonore, se fit l'écho de cette autre thèse, qui demeure la plus répandue chez les nôtres : «Un attentat ! C'est ce que ton père m'a toujours dit. Un sabotage, ou quelque chose de cet ordre…»

Ces brefs échanges avaient eu lieu au mois de juin. Peu de temps après, ma mère était partie en vacances. Depuis une vingtaine d'années, elle avait pris l'habitude de passer l'hiver en France et l'été au Liban, comme autrefois nous passions l'hiver à Beyrouth et l'été au village.

Lorsqu'elle revint à Paris en septembre, elle m'annonça qu'elle avait rapporté du pays quelque chose qui devrait m'intéresser : des lettres ; des lettres de « ce temps-là ».

— C'est ta grand-mère qui me les avait confiées, avec d'autres objets. Elle m'avait dit : « Je sais que toi, tu les préserveras ! » Comme tu m'avais posé des questions, j'ai pris le temps de fouiller un peu dans ces papiers. Ce n'était pas facile, il y a une malle pleine !

Une malle pleine de documents ? Chez nous ?

— Oui, dans le grand placard de ma chambre. Des lettres, des photos, des cahiers, des coupures de journaux, des reçus, des actes notariés… J'avais l'intention d'y mettre un peu d'ordre, mais j'ai dû renoncer, c'était trop compliqué, j'ai tout laissé tel quel. Je t'ai juste apporté ces lettres, parce qu'elles viennent de Gebrayel.

De Gebrayel !

J'avais poussé un hurlement, mais un hurlement intérieur, dont rien n'avait transparu, je crois, sinon un léger tremblement des lèvres.

Ma mère retira les lettres de son sac à main, pour me les tendre. Sans aucune solennité, comme si c'était le courrier de la veille.

Trois lettres. Postées toutes trois à La Havane, en 1912. En un clin d'œil, Gebrayel a cessé d'être pour moi une figure fantomatique évanouie en un passé indéterminé. Je tenais à présent dans mes mains des pages qui portaient son écriture, son accent, son souffle, sa sueur. Adressées à mon grand-père ; qui les avait gardées puis les avait laissées à sa veuve ; qui les avait transmises à sa belle-fille ; qui, par ce geste, me les confiait.

Je pris les lettres horizontalement sur mes paumes ouvertes, je les retournai l'une après l'autre, puis les soupesai longuement, ravi de constater qu'elles étaient lourdes et dodues, mais n'osant pas encore retirer les feuilles des enveloppes.

C'est seulement le lendemain matin, dans la sérénité de ma bibliothèque aux portes closes, sur une table en bois nu soigneusement débarrassée de tout ce qui l'encombrait, puis soigneusement époussetée, que je me sentis en état de faire parler ces témoins fragiles.

Je les étalai devant moi, sans brusquerie. Et, avant de les lire de près, je commençai par les parcourir de mes yeux paresseux en glanant, çà et là, quelques phrases :

De La Havane, le 25 avril 1912, à mon frère Botros, que le Seigneur le préserve et me permette de le revoir en parfaite santé...

Puisse la Grâce divine nous inspirer ce qui mettra fin à notre dispersion et éteindra ainsi dans nos cœurs les souffrances de l'éloignement...

Le mois dernier, j'ai été constamment malade, et j'ai dû quitter La Havane plusieurs jours afin de récupérer mes forces. J'ai d'ailleurs décidé d'aller vivre quelque temps sur le front de mer, tout près du Castillo del Moro, pour m'éloigner de mon travail et respirer l'air pur...

Les soucis de mes affaires sont devenus trop lourds

pour mon esprit, qui est celui d'un homme ordinaire,
et même un peu moins qu'ordinaire...

   Je dois enfin te prier d'excuser mon style si
ennuyeux, et toutes les fautes que tu auras certaine-
ment relevées dans mes pages ; il faut que tu saches
que j'ai oublié l'arabe, que j'avais d'ailleurs bien
mal appris dans ma jeunesse...

L'humilité du grand-oncle cubain, qui allait au-delà
des politesses du temps et des formules épistolaires
consacrées, ne pouvait que m'émouvoir. Cependant,
j'avais également sous les yeux une autre réalité, palpable, omniprésente : son ardent désir de paraître, manifeste dès l'instant où l'on pose le regard sur ses
enveloppes. Son nom complet s'étale au beau milieu, en
gros caractères bleu marine introduits par des lettrines
ombrées ; en six autres endroits, dans un corps plus petit,
parfois illisible sans une loupe, le même nom, ou simplement les initiales, partout des Gabriel, des G et des
M ; dans le coin supérieur gauche, ces initiales sont
même dessinées comme des lianes enserrant le globe terrestre...

Je ne pus m'empêcher d'en sourire, mais avec atten-
drissement. Nos ancêtres sont nos enfants, par un trou
dans le mur nous les regardons jouer dans leur chambre,
et ils ne peuvent pas nous voir.

Comment reprocher à Gebrayel d'avoir eu envie de
montrer au monde entier, et d'abord à ses proches, à quel
point il avait réussi ? S'adressant à son frère Botros, plus
âgé que lui, et manifestement plus instruit, il s'efforçait
de se faire tout petit, tout humble, et de s'excuser de son
inculture. Mais, aussitôt, il recommençait à se vanter, à
se pavaner, sans toujours mesurer l'effet que ses paroles
pouvaient produire sur ceux qui étaient restés au village,

qui peinaient pour joindre les deux bouts, et ployaient sous le poids des dettes et des impôts. Se plaindre d'avoir trop d'affaires à gérer ! Et se permettre surtout d'écrire, d'un cœur léger :

> *Pour ce qui est de la douane, fais comprendre à mes fournisseurs qu'ils ne doivent avoir aucune inquiétude ! Qu'ils m'envoient toutes les marchandises qui leur plaisent sans se poser trop de questions, et sans se préoccuper de modifier les factures : ici on me fait payer ce que j'accepte de payer, et s'il me plaît de ne rien payer je ne paie rien...*

Mais il y avait mieux, ou pire :

> *J'ai l'intention d'acheter bientôt la maison que le gouvernement a fait construire il y a huit ans pour le général Máximo Gómez. Elle est située à l'angle des avenues Prado et Monte. En face, on est en train d'édifier le nouveau palais du gouvernement ; et, juste derrière, il y aura la gare de chemin de fer qui reliera la capitale au reste de l'île...*

Ne sachant pas qui pouvait être ce général, je m'en fus vérifier dans les livres, pour découvrir que Máximo Gómez était alors – et demeure – à Cuba une figure considérable. Natif de Saint-Domingue, il avait pris fait et cause pour les Cubains en lutte pour l'indépendance, s'élevant même au rang de commandant en chef de leurs armées révolutionnaires ; lorsque les Espagnols furent vaincus en 1898, et que naquit la jeune République, Gómez aurait pu y jouer un rôle de premier plan ; mais, peut-être parce qu'il était d'origine étrangère, il estima qu'il devait redevenir un simple citoyen ; dès lors, il vécut

retiré, sans fonction officielle, pauvre, quoique unani-
mement vénéré. En 1904, le gouvernement décida de
construire pour lui, en témoignage de gratitude, une belle
villa située au cœur de la capitale, mais il mourut l'année suivante sans avoir eu le temps de s'y installer.

Que mon grand-oncle Gebrayel ait pu convoiter cette
même maison semblait donner raison aux légendes familiales les plus débridées. D'autant qu'il ne s'agissait pas
d'une vague envie, comme en témoigne ce télégramme
en anglais, dépêché de La Havane à Beyrouth le
25 octobre 1912, à l'adresse d'un ami libraire, et dont
l'original était inséré dans l'une des trois enveloppes :

INFORMER BOTROS ACHAT MAISON GÓMEZ SOIXANTE-DIX
MILLE ARRANGER VENUE DÉTAILS LETTRE GEBRAYEL.

De fait, la lettre est ici, qui confirme :

> *Je t'ai envoyé hier, à l'adresse de notre ami Bad-*
> *dour, un télégramme où je t'apprends que je viens*
> *d'acheter le bâtiment dont je t'avais parlé dans de*
> *précédents courriers ; l'enregistrement s'est fait cette*
> *semaine, et dès demain, si Dieu veut, j'entreprendrai*
> *les travaux de réaménagement... Dans ce télé-*
> *gramme, je te demandais également de venir à Cuba*
> *le plus tôt possible...*

4

Le peu que je savais déjà me rassurait : les miens n'avaient pas fabulé. J'eus presque honte d'avoir pensé qu'ils auraient pu le faire ; telles ne sont pas les mœurs de la famille, qui pèche par excès de mutisme, et même – pourquoi le nier ? – par une certaine tendance à la dissimulation, mais qui répugne d'ordinaire à toute fanfaronnade.

Ainsi, le grand-oncle d'Amérique avait bien existé. Et il s'était effectivement enrichi. Ce qui ne voulait pas dire que l'histoire qu'on m'avait racontée dans mon enfance se confirmait. C'était même quasiment le contraire ; dans ses lettres, autant que j'avais pu en juger par une première lecture, Gebrayel ne donnait nullement l'impression d'avoir plus d'ennuis avec les tribunaux qu'avec la douane ; il paraissait rayonnant, prospère, conquérant, et je ne voyais pas pourquoi mon grand-père aurait eu besoin de traverser la moitié du globe pour le secourir.

Je me promis de lire ce courrier plus attentivement. Un exercice compliqué. Beaucoup de mots n'étaient plus que d'informes taches d'encre brune où les caractères se distinguaient à peine les uns des autres ; en d'autres endroits, c'est le papier qui avait cédé, comme si le temps y avait instillé un acide pernicieux. Avec de la patience, et de la chance, j'allais sans doute finir par déchiffrer, ou par deviner, l'essentiel. Mais j'étais résigné à ce que certains passages demeurent opaques.

Était-ce bien à la suite de ces lettres, et de cet appel, que mon futur grand-père s'était embarqué pour Cuba ?

La première des trois, postée à La Havane le 8 mai 1912, était arrivée à Beyrouth le 2 juin, comme l'atteste un cachet au dos ; une autre main, vraisemblablement celle de Botros, a écrit au crayon à mine tout en haut de l'enveloppe, en arabe, « *Tajawab aleih* », qui veut dire « Il lui a été répondu ».

Sur la deuxième lettre, les cachets sont effacés, mais elle avait dû suivre l'autre de près puisqu'elle fut rédigée le 19 mai 1912 ; dans le cercle d'encre où l'on devine encore le H de Habana mais quasiment rien d'autre, la même main a écrit au crayon à mine la même formule, « Il lui a été répondu ».

Sur la troisième, seule la date d'expédition est encore lisible : le 28 octobre de la même année. On peut supposer que Botros la reçut fin novembre, ou début décembre ; mais rien n'indique qu'il y a répondu.

Serait-ce parce qu'il était déjà parti pour Cuba, comme son frère l'en conjurait ?

J'eus soudain envie de connaître la réponse tout de suite, une envie irrépressible, de ces envies que j'ai appris à redouter comme on redoute certaines tentations de la chair, mais qui sont le commencement de toutes mes passions, de mes ivresses, de mes débordements.

Une seule personne pouvait m'éclairer : Léonore. Mais sans doute valait-il mieux que j'attende le lendemain. À ma montre il était quatre heures du matin, je ne savais plus si, à Beyrouth, il était cinq heures ou six heures ; de toute manière il était trop tôt, bien trop tôt, même pour la cousine octogénaire.

Je fis ce raisonnement, puis je composai le numéro. Comme si la part de moi-même qui raisonnait venait de terminer son service, et qu'une autre part avait pris le relais.

Après trois sonneries, Léonore décrocha, pour dire, sans un « allô » :

— Avant tout jurez-moi qu'aucun malheur n'est arrivé !

Sa voix ne semblait pas ensommeillée, c'était déjà ça ! Mais elle était manifestement nerveuse, et inquiète. Obéissant, je lui jurai qu'aucun malheur n'était arrivé, sans prononcer un mot de plus.

Elle respira bruyamment.

— Dieu soit loué ! Maintenant, vous pouvez parler, je vous écoute. Qui êtes-vous ?

Elle n'avait pas reconnu ma voix. Je lui dis qui j'étais, que je l'appelais de Paris, et que j'espérais qu'elle ne m'en voulait pas de l'avoir fait sursauter. Elle eut un soupir.

— Tu as toujours été un grand impatient, comme ton père.

Ce n'était pas un grave reproche, juste une taquinerie. Mon père était son cousin préféré, et j'avais moi aussi, grâce à lui, et quoi que je fasse, ma place dans son cœur. Suivirent d'ailleurs toutes les paroles de tendresse qui nous étaient coutumières.

Puis elle dit :

— Mais je ne devrais pas bavarder à cette distance, les appels coûtent cher. Et tu as sûrement quelque chose d'urgent…

Je me ménageai un instant de pause pour éviter d'enchaîner sur ce dernier mot. Après quoi je lui demandai si, par chance, elle se rappelait en quelle année mon grand-père s'était rendu chez Gebrayel à Cuba.

À l'autre bout du fil, un silence, une lente respiration ; puis :

— C'est, en effet, d'une grande urgence.

Je balbutiai encore trois mots confus…

— Ne dis rien, laisse-moi réfléchir… Eh bien non, je n'en ai pas la moindre idée. Et il me semble que je ne l'ai jamais su. On m'a bien dit que Botros était allé voir son frère à Cuba, et que sur le bateau il avait appris…

… L'espagnol, oui, cela, je le savais ! Mais encore ?

— Rien d'autre ! J'ai beau creuser ma pauvre vieille tête, non, rien, aucune date, désolée !

Je lui demandai alors si elle pouvait songer à quelqu'un, dans la famille, qui serait susceptible de me renseigner.

Elle prit le temps de réfléchir.

— Non ! Parmi les vivants, personne !

Me parvint alors, de l'autre bout du fil, un rire amer. Auquel je m'associai poliment, avant de raccrocher. Ensuite, je passai le reste de la journée à me reprocher d'avoir laissé s'éteindre tous les anciens de ma famille l'un après l'autre sans avoir jamais pris la peine de recueillir leurs paroles. Et à me promettre de ne plus en rencontrer un seul sans le faire parler abondamment.

Une fois épuisé le temps des remords, j'en vins à me dire que Léonore m'avait peut-être indiqué, sans le vouloir, la seule voie qu'il me restait à suivre : puisqu'il ne servait plus à grand-chose d'interroger les vivants, j'allais interroger les morts. Du moins ceux qui avaient laissé des témoignages. N'y avait-il pas, dans l'armoire de ma mère, une malle entière qui bruissait de leurs voix ?

5

En toute logique, j'aurais dû sauter dans le premier avion pour aller retrouver les documents qui m'attendaient. Je me l'étais promis, j'avais même annoncé mon intention à mes proches – sans pour autant franchir le pas. Pour moi, une telle décision n'a jamais été facile à prendre. Je reviens rarement au pays de mes origines, et seulement quand les circonstances me forcent la main.

Est-ce à dire que ma Montagne ne me manque pas ? Si, bien sûr – Dieu m'est témoin ! –, elle me manque. Mais il est des relations d'amour qui fonctionnent ainsi, sur le mode du manque et de l'éloignement. Tant qu'on est ailleurs, on peut maudire la séparation et vivre dans l'idée qu'il suffirait de se rejoindre. Une fois sur place, les yeux se dessillent : la distance préservait encore l'amour, si l'on abolit la distance on prend le risque d'abolir l'amour.

En raison de cela, depuis de longues années je cultive l'éloignement comme on arrose à sa fenêtre des fleurs tristes.

Cependant, ma Montagne, quelquefois j'y reviens. La circonstance est presque toujours la disparition d'un être cher ; mort au pays, ou mort en exil mais qui n'aurait pas compris d'être à nouveau exilé dans une sépulture étrangère. Alors je retourne là-bas, je retrempe les pieds dans les sentiers des origines, et je pleure sans me cacher comme si je ne pleurais que les morts.

Ce fut le cas cette fois encore. Une personne proche s'était éteinte, à Paris. Elle était trop soucieuse de la commodité des autres pour exiger d'être ramenée à son village, mais c'est certainement ce qu'elle aurait souhaité. On lui fit donc effectuer l'ultime traversée, pour qu'elle puisse reposer aux côtés de ses parents, de sa sœur qui mourut jeune, de ses frères, et non loin de celui qui fut son époux.

Au lendemain des journées de deuil, j'éprouvai le besoin d'aller me recueillir enfin, après tant d'années d'indifférence, sur la tombe de mon grand-père.

Dans mon village, il n'y a jamais eu de cimetière. Les sépultures sont éparpillées, au milieu des maisons, parfois sur des promontoires, parfois dans une oliveraie – comme pour mon père –, dans un vignoble en terrasses, ou sous un arbre centenaire. Il y a aussi de très anciennes tombes creusées dans les rochers, et auxquelles se sont intéressés les archéologues…

Pour ce qui est de mon grand-père, on m'assura qu'il avait été inhumé non loin de chez lui, dans un champ de mûriers – sans plus de précisions ; je partis donc à sa recherche avec deux anciens du village, qui l'avaient connu dans leur enfance, qui avaient assisté jadis à ses obsèques, et qui me désignèrent un alignement de vieilles tombes en me disant que c'était «probablement» l'une de celles-là. Que je veuille savoir exactement laquelle leur paraissait méritoire, mais incongru – et pour tout dire une lubie d'émigré.

La présence de ces anciens, au lieu de rendre plus palpable le souvenir de l'aïeul, faisait flotter au-dessus de ce pèlerinage comme un nuage d'irréalité. La scène était cocasse, et elle aurait pu, en d'autres circonstances, paraître distrayante. Mais ce jour-là, «l'émigré» que j'étais ne voulait surtout pas qu'on le distraie des émotions tardives qu'il était venu recueillir ; il arrive que la vie manque de tact, et qu'elle déploie ses incongruités au mauvais moment, quand nous n'avons aucune envie de sourire.

Mes accompagnateurs étaient des frères, tous deux célibataires, que je distinguais fort bien l'un de l'autre du temps où je vivais au pays, mais qui, avec l'âge, étaient devenus identiques. Dans mon souvenir, ils ne se ressemblaient même pas. De plus, ils avaient eu des parcours divergents. L'aîné, qui avait lors de notre rencontre quatre-vingt-quatorze ans, était un lettré qui n'avait jamais travaillé de ses mains, et un ancien émigré ; il avait vécu dans divers pays, un peu en Italie, un peu en France, en Argentine aussi, je crois, puis longtemps en Égypte, dont il avait gardé l'accent.

Le cadet, en revanche, n'a jamais quitté le village, où il fut, toute sa vie, le plus ingénieux des maçons – il n'aurait sûrement pas apprécié que j'en parle au passé, puisqu'il s'est vanté devant moi de diriger encore des chantiers, à quatre-vingt-onze ans, et de porter des pierres ! Il s'est accolé lui-même le sobriquet de «Chitân», qui veut dire littéralement «Satan», mais qui a plutôt chez nous le sens atténué de «Diable» ; il prétend qu'il bavarde chaque jour avec «l'autre», son homonyme, et au village personne ne prend la chose au tragique, à l'exception de deux ou trois veuves pieuses qui n'aiment pas qu'on plaisante sur ces questions-là. Notre «Chitân» se plaît d'ailleurs à se dire immortel, en donnant pour preuve le fait qu'il se porte à merveille à l'ap-

proche de ses cent ans, alors qu'à vingt ans il était souf-
freteux.

L'aîné n'a pas de sobriquet. Tout le monde l'a toujours
appelé, respectueusement, *ustaz* Eliya, le titre habituel
pour les professeurs, les avocats, et les lettrés en général.
Digne, posé, un tantinet cérémonieux, toujours habillé
avec recherche, une écharpe sur les épaules, il parle avec
lenteur et circonspection un arabe soigné, littéraire,
proche de l'écrit ; alors que le cadet hurle sans répit des
paroles provocatrices, et quelquefois même ordurières,
dans un dialecte villageois si appuyé qu'il n'a plus qu'un
rapport éloigné avec la langue arabe.

C'est l'aîné seul que j'aurais voulu avoir à mes côtés
pour ce pèlerinage, ayant appris qu'il avait été l'élève
de mon grand-père. Mais les deux frères étant, avec
l'âge, devenus inséparables, je dus m'accommoder de la
présence du jeune diable nonagénaire, qui m'interpella
d'une voix rigolarde aux abords de l'hypothétique sépulture de mon aïeul :

— Tu vis à l'étranger depuis trop longtemps, tu as
oublié qu'ici on ne visite pas les morts. D'ailleurs, moi,
si je mourais un jour, je me munirais de cailloux pour
les jeter à la figure de ceux qui oseraient s'approcher de
ma tombe !

L'aîné lui lança un regard de gronderie, et le gamin se
tut pour le laisser parler.

— Mon frère n'a pas tort. Toi, tu vis depuis trop longtemps en France, où chaque village porte son cimetière,
et où des stèles recensent un à un les morts des différentes guerres. Ici, chaque famille a un fils enterré à Beyrouth, un en Égypte, un autre en Argentine ou au Brésil
ou au Mexique, quelques autres en Australie ou aux
États-Unis. Notre lot est d'être aussi dispersés dans la
mort que nous l'avons été dans la vie.

— Moi, reprit le jeune, si on me met en terre, je ressortirai sous forme de serpent pour faire peur aux femmes !

Mais son frère le prit par le bras pour qu'ils s'éloignent un peu, qu'ils s'abritent de la pluie et du vent, et me laissent seul quelques instants face à mon grand-père.

De fait, il pleuvait de plus en plus fort, et le sol sous mes pieds devenait boueux, ce qui ne m'incita pourtant pas à courir m'abriter à mon tour. Bien au contraire, c'était presque un réconfort pour moi que de subir les intempéries – je «lui» devais bien cette légère mortification pour expier tant d'années d'oubli et de négligence ! Je me tins donc droit, le visage ruisselant de gouttes de pluie qui auraient pu être des larmes.

Après quelques longues minutes, je m'éloignai à pas lents. Au cours de ce bref pèlerinage, je n'avais fait aucune prière, mais j'avais fait à mon grand-père une discrète promesse…

En repartant de là, trempé, j'éprouvai le besoin de rester au village pour m'enfermer dans la maison de mon enfance, seul. Je me fis déposer devant la porte, et me mis à chercher, dans le trousseau des clés, celle qui pourrait ouvrir la serrure neuve installée depuis la dernière guerre locale et les derniers pillages. Je dus en essayer trois ou quatre avant la bonne. Il faisait froid en cette fin de journée, il pleuvait et ventait de plus belle, le village n'était pas ainsi dans mon enfance ; il est vrai que je n'y montais pas souvent en hiver. Mais je l'aimai ainsi ; j'aurais moins bien supporté que tout ressemble encore à l'environnement de mon bonheur et que seul mon bonheur n'y soit plus.

6

Ayant refermé à double tour la porte de la maison familiale, j'éprouvai, à mon corps défendant, une tiède sensation de bien-être. La nuit n'était pas encore tombée, et par la haute baie vitrée du séjour parvenait une clarté rosâtre. Je retrouvai deux très vieux fauteuils Morris, jumeaux aux coussins rouges qu'autrefois je chérissais et que j'avais oubliés depuis. Je déplaçai l'un d'eux pour aller m'asseoir face à la mer, lointaine et basse mais que j'aurais aperçue à l'horizon si l'horizon n'était pas aux nuages.

Je restai là sans bouger, insensible au froid humide, les yeux fixes, et par moments clos. Il fut un temps où l'avenir, pour moi, était indissociable de ce lieu. Jamais je ne supporterais, croyais-je, de vivre loin de ce pays, loin de ce village, loin de cette maison ! Je n'excluais pas entièrement d'aller passer quelques mois en France ou en Amérique si l'envie m'en prenait un jour ; de là à m'établir ailleurs, non merci !

Sans doute y avait-il eu, dans ma vaste famille, une propension à partir ; mais le phénomène se limitait aux oncles, aux cousins, aux grands-oncles. Mes ancêtres directs – mon père, mon grand-père, et tous ceux qui les avaient engendrés – étaient toujours restés dans leurs pierres. C'est ainsi, d'ailleurs, que la grande maison nous était revenue : nous l'avions méritée parce que nous n'étions pas partis. À présent, elle est à moi, bien à moi, peut-être même les gens du village lui accolent-ils mon prénom.

Mais moi, je n'y viens plus. Au cours des vingt dernières années, je n'y ai pas dormi la moindre nuit, et je l'ai rarement visitée. La dernière fois, c'était il y a sept ou huit ans. De nombreuses personnes m'accompagnaient, elles étaient toutes entrées avec moi, elles avaient fait le tour, elles étaient ressorties aussitôt, et moi avec. J'avais eu le sentiment de m'être cherché moi-même d'une pièce à l'autre et de ne m'être pas trouvé.

Pour cette seconde visite, j'étais seul. Déterminé à ne pas me hâter, et à n'être chassé ni par le froid, ni par la faim, ni par aucune tristesse.

Quand la clarté du ciel se fut estompée, je me souvins subitement de l'emplacement du tableau électrique, sous l'escalier intérieur qui menait à l'étage. J'y actionnai une manette, et fus presque surpris de constater que le courant n'était pas coupé. Je me dirigeai ensuite vers la chambre de mes parents, et ouvris le placard désigné par ma mère ; pour découvrir, derrière les habits accrochés, derrière la rangée des escarpins, une malle debout contre le mur – deux épaules de cuir qui faisaient face aux miennes. J'étais attendu !

Je tirai la malle de sa redoute et la traînai jusqu'au lit parental sur lequel je la hissai péniblement puis l'ouvrit comme un livre ; avant de me déchausser pour m'asseoir en scribe devant elle, le dos calé par un gros coussin contre le mur, et me promettant de ne plus bouger avant l'aube.

Je commençai par sortir les vieux papiers l'un après l'autre en les prenant craintivement par les coins entre mes doigts arqués comme une pince. Les vingt ou trente premiers, je les lus in extenso, en consignant soigneusement sur mon carnet, chaque fois qu'il était possible de le faire, la date, l'auteur, le destinataire, l'état de conservation, et un résumé du contenu ; mais au bout de deux heures, au vu de la masse restante qui paraissait inentamée, je dus me résigner à ne plus parcourir les documents qu'en diagonale, et sans plus prendre aucune note, me contentant de les répartir, sommairement : à ma gauche ceux qui portaient l'écriture de mon grand-père ; à ma droite ceux qui concernaient ma grand-mère ; dans une pile voisine, ceux qui mentionnaient Gebrayel ou sa femme ; et derrière moi, sur la commode attenante au lit, ceux qui se rapportaient aux autres membres de la famille – mon père, mes oncles et mes tantes, ou encore le prêtre Theodoros. Mais les piles montaient, montaient, jusqu'à devenir branlantes. Mais des pièces étranges venaient à la surface, que je me sentais obligé de séparer du reste. Mais des photos surgissaient, en tas, presque toutes sans légende, avec des personnages innombrables et souvent inconnus, qui imposaient leur propre classification. Tout cela, alors que la malle était encore aux trois quarts pleine.

Je baissai les bras. Et peut-être à cause de la fatigue, peut-être à cause de la faim, peut-être à cause des journées de deuil, je me mis à pleurer. J'avais soudain envie de disparaître à l'instant même sans laisser de trace. J'avais le sentiment de porter un fardeau trop pesant, dont les ancêtres s'étaient déchargés l'un après l'autre dans cette malle, et dont moi seul n'aurais jamais le lâche courage de me défaire.

Moi qui étais venu chercher en ce lieu une clé pour ma porte, je voyais se dresser devant moi mille portes sans clés. Que faire de cet amas de vieux papiers ? Je ne pourrai jamais rien écrire à partir de cela ! Et, ce qui est pire : tant que ces reliques encombreront ma route, je n'écrirai rien d'autre non plus !

Trois jours plus tard, j'étais de retour à Paris, en train d'attendre à l'aéroport, devant le tapis à bagages, que la malle des ancêtres se présente. J'avais dû me résoudre à la faire voyager en soute, non sans appréhension – ayant perdu une valise entre Copenhague et Bruxelles quelques mois plus tôt, une autre encore entre Addis-Abeba et Le Caire, tandis qu'une troisième était arrivée de Milan éventrée – mais persuadé que c'était encore la solution la moins hasardeuse. De toute manière, me raisonnais-je, s'il y avait une cohérence quelconque à ce qui s'était passé dernièrement dans ma vie, le scénario ne pouvait s'interrompre à ce stade par une farce vulgaire !

Quand la malle émergea du tunnel, intacte, et que je dus la tirer puis la soulever pour la placer sur mon chariot, elle me sembla plus lourde que jamais ; en un instant, la petite inquiétude née du voyage s'effaça pour faire place à l'angoisse plus tenace liée aux documents eux-mêmes et à l'usage que j'en ferais.

Arrivé chez moi, je n'ouvris pas la malle tout de suite. L'esprit agité, confus, et de ce fait assoiffé d'ordre, je courus à la papeterie du quartier pour me fournir prosaï-quement en dossiers, grands et petits, en chemises, en albums, en étiquettes ; je me procurai notamment deux douzaines de ces range-papiers dotés de nombreuses pochettes plastifiées, où l'on peut placer des documents en laissant visibles les deux faces. À peine rentré, les bras chargés, je décidai de sortir à nouveau pour aller m'acheter à grands frais une authentique photocopieuse, me disant que j'aurais besoin de manipuler souvent ces témoins aux articulations fragiles, et que je ferais mieux de malmener des copies en préservant les originaux.

C'est seulement le lendemain au réveil que je me sentis suffisamment apaisé pour empoigner de nouveau la malle des ancêtres. Je me donnai, pour la vider proprement, une semaine, puis je me pris deux semaines de plus, et encore deux autres. Je lisais, classais, relisais, reclassais autrement, notais quelques réponses à de vieilles questions, puis notais de nouvelles questions. Je souriais parfois, ou m'indignais, ou essuyais des larmes. Constamment atteint dans mes certitudes anciennes, constamment secoué, troublé, désemparé.

J'avais en permanence le sentiment de perdre pied au milieu de toutes ces missives à l'objet incertain, à l'écriture illisible, souvent sans date ni signature ; au milieu de tous ces personnages dont les descendants n'avaient pas gardé le souvenir ; au milieu de toutes ces vies atomisées en une poussière de mots. Heureusement que certains noms familiers revenaient sans cesse ! D'abord, celui de Botros, mon grand-père – ces archives étaient à l'évidence les siennes, la plupart des lettres lui étaient adressées quand elles ne portaient pas son écriture, et tous ces cahiers d'écolier lui avaient appartenu, de même que ces milliers de feuilles volantes. Ce qui se trouvait dans cette malle, c'était sa vie, sa vie entière, déversée là en vrac, toutes années confondues, pour qu'un jour un descendant vienne la démêler, la restituer, l'interpréter – tâche à laquelle je ne pouvais plus me soustraire. Plus question de «refiler» cette malle à la génération suivante. J'étais l'ultime station avant l'oubli; après moi, la chaîne des âmes serait rompue, plus personne ne saurait déchiffrer.

En l'absence de tous les témoins, ou presque, j'étais forcé de tâtonner, de spéculer, et de mêler parfois, dans ma relation des faits, imaginaire, légende et généalogie – un amalgame que j'aurais préféré éviter, mais comment aurais-je pu compenser autrement les silences des archives? Il est vrai que cette ambiguïté me permettait, en outre, de garder à ma pudeur filiale un territoire propre, où la préserver, et où la confiner aussi. Sans la liberté de brouiller quelques pistes et quelques visages, je me sentais incapable de dire «je». Tel est l'atavisme des miens, qui n'auraient pu traverser tant de siècles hostiles s'ils n'avaient appris à cacher leur âme sous un masque.

Longitudes

7

Pour démêler l'écheveau des documents, il me fallait tenir un premier bout de fil. Je choisis de commencer, sagement, par la lettre la plus ancienne de toutes – une grande feuille traversée de lignes verticales, pliée, froissée, percée de trous, et si brune que j'ai du mal à croire qu'à l'origine elle avait pu être blanche. Elle porte la date du 11 octobre 1889, et la signature de mon grand-père, Botros, alors âgé de vingt et un ans.

L'ayant contemplée, relue, scrutée sous une lampe, puis relue encore, et avant même de songer à l'usage que je devais en faire, j'entrepris de la traduire hâtivement sur un coin de ma table, me disant que le passage d'une langue à l'autre aurait peut-être pour effet d'ébranler la raideur des vieilles politesses.

Père respecté,

Après m'être penché sur votre main et avoir sollicité votre bénédiction, je vous expose que je me trouve actuellement à Abey où j'enseigne à l'école des missionnaires américains, et où j'apprends aussi un certain nombre de choses. Grâce à Dieu, je me porte bien.

Aujourd'hui, mon frère Semaan est passé me voir, il m'a rassuré sur votre santé et m'a dit que vous n'étiez plus fâché contre moi et que vous vouliez bien que je poursuive mes études. Si c'est le cas, je vous serai reconnaissant de me faire parvenir de l'argent et un matelas. Si vous ne jugez pas bon de le faire, je m'en remettrai à Dieu, qui me trouvera des solutions, n'est-ce pas à Lui que nous devons nous en remettre en toutes choses ?

Je baise les mains de ma respectée mère en sollicitant sa bénédiction, et vous demande de saluer mes frères et tous nos proches.

Ne soyez pas dur envers moi et ne m'oubliez pas dans vos prières.

Votre fils
Botros

Le propos est révérencieux. Et soumis, mais seulement en apparence ; entre les lignes, on lit clairement : si vous ne m'aidez pas, je me débrouillerai sans vous. De toute manière, la courtoisie du jeune homme est celle du vainqueur, puisque son père vient manifestement de céder à son exigence en acceptant de le laisser poursuivre ses études dans l'établissement de son choix.

Le ton avait failli déraper, d'ailleurs. Après « *de l'argent et un matelas* », mon grand-père avait écrit « *Sinon,* »... avant de barrer ce mot et sa virgule pour écrire, moins abruptement, « *Si vous ne jugez pas bon de le faire* »...

Ce détail m'est connu parce que la lettre qui se trouve en ma possession n'est pas celle que Botros expédia ce jour-là à son père, laquelle s'est vraisemblablement perdue, mais une copie, ou plus exactement un brouillon, griffonné au crayon à mine. Mon grand-père avait l'habitude de garder ainsi une trace de son courrier – utile précaution ; et précieux cadeau, surtout, pour le lecteur tardif que je suis !

Cela dit, la rectification est de pure forme, elle ne change rien à ce que la vieille lettre m'apprend : mon grand-père et son propre père étaient brouillés, et leur réconciliation s'est faite à l'avantage du fils.

De tels affrontements n'étaient pas rares dans la Montagne en ce temps-là. Le garçon qui délaissait les travaux des champs pour aller poursuivre ses études loin de son village contre la volonté de ses parents, c'était là une figure familière, à peu près aussi emblématique que celle de l'émigré parti pauvre et qui allait faire fortune. Plus inhabituel est le fait que mon futur grand-père se soit rendu à l'école des missionnaires américains.

Mais son choix ne me surprend pas vraiment. La lettre que je viens de citer a beau être la plus ancienne de celles que j'ai trouvées, elle n'en constitue pas moins le dernier acte d'un drame. À l'évidence, il y avait eu des «épisodes précédents», dont certains me sont connus par ailleurs. Je sais, par exemple, que ce chemin de studieuse escapade avait déjà été tracé, et balisé, par un autre conflit, qui avait éclaté un quart de siècle plus tôt, entre un autre père et son fils.

Si je reviens ainsi en arrière, ce n'est pas seulement pour replacer l'attitude de Botros dans un contexte qui la rende intelligible ; c'est aussi parce que ces autres protagonistes sont également de ma proche famille, et que leur affrontement a pesé – et pèse encore, lourdement, jusqu'à cet instant – sur l'existence des miens.

Cette crise antérieure s'était produite en 1862, et dans la seule maison du village qu'on aurait pu croire à l'abri : celle du curé.

Ce dernier se prénommait Gerjis – un équivalent local de Georges –, et appartenait à l'Église melkite, également appelée grecque-catholique. Bien que soumis à l'autorité du pape, les prêtres de cette confession ne sont pas tenus au célibat; s'ils ne peuvent plus se marier après leur ordination, rien ne leur interdit d'être ordonnés une fois qu'ils ont pris femme.

Le curé Gerjis avait eu plusieurs enfants, dont un seul devait lui survivre, Khalil. Un garçon appliqué, rigoureux, assoiffé de savoir, qui avait été amené par certaines lectures à émettre des doutes au sujet de la foi catholique. Au début, son père essaya d'argumenter, mais il était moins bien armé intellectuellement que son fils, et leurs discussions se firent de plus en plus orageuses, et de moins en moins confinées à la théologie. Ce qui envenima encore les choses, c'est que Khalil ne se gênait pas pour faire état de ses opinions hors de la maison, créant une situation extrêmement embarrassante pour le malheureux curé.

Et un jour, forcément, ce fut la rupture – je ne sais si c'est le père qui chassa son fils de la maison ou si c'est le jeune homme qui claqua la porte de son plein gré. En tout cas, les choses se passèrent, à l'évidence, dans l'amertume et la rancœur.

Il y a, dans la bibliothèque que m'a laissée mon père, un précieux ouvrage qui retrace l'histoire des miens depuis les premiers siècles et jusqu'au début du XXe. Il porte, comme la plupart des vieux livres arabes, un long titre comprenant des hémistiches qui riment, et que l'on pourrait traduire librement par *L'Arbre aux branches si étendues et si hautes qu'on ne peut espérer en cueillir tous les fruits* – allusion au défi immense auquel doit faire face le chercheur qui voudrait reconstituer le parcours d'une telle famille; quand il m'arrivera de le citer, je l'appellerai simplement *L'Arbre*.

Cet ouvrage consacre au curé Gerjis une brève notice biographique, où l'on apprend qu'il est mort, aveugle, en 1878 ; et à son fils Khalil deux grosses pages bien tassées. À aucun moment on n'y évoque de manière explicite le différend qui les opposa, mais on y précise que le fils quitta le village en 1862 – «*pour Abey, où le missionnaire américain Cornelius Van Dyck venait de fonder une école*» –, et qu'il ne retourna chez lui qu'après le décès de son père.

Au cours des quelque vingt années passées hors du village, le fils du curé avait commencé par accumuler les diplômes, de la botanique à l'astronomie, en passant par la langue anglaise ainsi que, bien entendu, par la théologie ; puis, s'étant dûment converti au protestantisme – dans sa variante presbytérienne –, il était devenu prédicateur, missionnaire, enseignant, et même, à l'apogée de sa carrière, l'administrateur d'un véritable réseau d'écoles protestantes couvrant l'ensemble du Levant.

Son rêve, toutefois, était de fonder dans son propre village un établissement qui pût un jour rivaliser avec ceux qu'il avait connus. Associer son nom et celui de son lieu de naissance à une école renommée était, à ses yeux, le plus beau couronnement d'une vie.

Dès son retour au pays, il loua un bâtiment et enregistra les premiers élèves, parmi lesquels Botros. C'était en 1882, mon futur grand-père avait quatorze ans. Il était éveillé, ambitieux, capable de réfléchir et manifestement doué pour apprendre, mais jusque-là, il n'avait pas appris grand-chose. À l'époque, les enfants du village passaient leurs journées aux champs ; tout au plus allaient-ils de temps à autre chez le curé pour acquérir les rudiments de l'écriture ; seuls pouvaient aller plus loin dans leurs études les garçons que l'on destinait à une carrière ecclésiastique.

Khalil prit Botros sous son aile. Il lui apprit patiemment tout ce qu'il pouvait lui apprendre. Et lorsque l'élève eut achevé avec succès le cycle d'études que pouvait assurer la toute nouvelle école villageoise, il lui conseilla vivement de ne pas s'arrêter en si bon chemin, mais d'emprunter plutôt la voie que lui-même avait suivie dans sa jeunesse, en se rendant à Abey, justement, chez les missionnaires américains. Il appuya sa candidature par une chaleureuse recommandation qui le fit admettre tout de suite. Et comme le jeune homme, parti sans le consentement de son père, n'avait pas les moyens de payer sa scolarité ni sa pension, son protecteur suggéra qu'on le laissât enseigner dans les petites classes en même temps qu'il étudiait dans les grandes.

Mon grand-père éprouvera, sa vie durant, infiniment de gratitude envers celui qui lui avait ouvert ainsi les chemins du savoir, et qu'il appellera toujours dans ses lettres, respectueusement, « *ustazi* », « mon maître ». Une amitié durable s'établira entre eux, qui les empêchera constamment de voir à quel point ils étaient différents.

8

Lorsque Khalil avait créé sa nouvelle école, le père de Botros – qui se prénommait Tannous – n'avait pas rechigné à l'y inscrire ; sans être aucunement attiré par le protestantisme, il avait de l'estime pour le prédicateur, qui se trouvait être, de surcroît, un cousin, et un proche voisin. C'est seulement lorsque l'élève avait manifesté son intention de quitter le village que Tannous s'était rebiffé ; il s'était dit que là-bas, à Abey, au contact des Anglais et des Américains, son fils allait forcément s'écarter de la foi de ses pères, qu'il allait « nous » revenir la tête retournée, et causer ainsi du chagrin à sa mère et à tous les siens… Et peut-être même qu'il n'allait plus revenir du tout. C'est ce que répétait à l'époque la sagesse commune : si l'enfant étudie un peu, il aidera ses parents ; s'il étudie trop, il ne voudra plus leur parler. Et c'est bien cette litanie que Botros entendait de la bouche de son père chaque fois qu'il exprimait le souhait de partir. « On ne passe pas sa vie à étudier, il faut bien s'arrêter un jour, et revenir travailler aux champs… À moins que tu veuilles te faire prêtre… »

Non, Botros ne voulait ni travailler aux champs, ni se faire prêtre. Il était las d'argumenter… Un matin, sans dire adieu aux siens, il s'en alla. À pied jusqu'à

Beyrouth, puis à pied encore jusqu'à Abey, dans le Chouf, à l'autre bout de la Montagne.

Contrairement à la dispute qui s'était produite un quart de siècle plus tôt dans la maison du curé Gerjis, et que seule la mort de ce dernier était venue apaiser, celle qui opposa Botros à Tannous fut de courte durée. La lettre de 1889 est, à ce propos, révélatrice. Si le jeune homme a écrit : *«… je vous serai reconnaissant de me faire parvenir de l'argent et un matelas»*, c'est qu'il n'avait pas quitté les siens depuis des lustres – sinon, il se serait tout de même déjà trouvé un matelas pour dormir ! La lettre étant datée du 11 octobre, on peut raisonnablement supposer que le fils rebelle était parti de chez lui un peu avant le commencement de l'année scolaire, et que son père avait tout de suite cherché à rétablir les ponts, dépêchant un émissaire – en l'occurrence, un autre de ses fils – pour retrouver Botros, lui dire qu'il lui pardonnait, qu'il se pliait à ses désirs, et pour s'assurer qu'il ne manquait de rien.

Une simple hypothèse, mais qui cadre bien avec le caractère de cet homme, Tannous, mon arrière-grand-père, lequel n'était vraisemblablement pas un être tyrannique, ni un violent. Du moins si j'en juge par les rares récits qui traînent encore dans les mémoires à son propos.

Celui qui va suivre m'a été raconté par Léonore. Je ne jurerai pas qu'il s'agit de la vérité pure et entière ; je soupçonne même la cousine d'y avoir ajouté quelques péripéties rapportées d'ailleurs, ou simplement rêvées. Mais je ne peux faire le difficile ; n'ayant, sur la jeunesse de Tannous, qu'une seule histoire en une seule version, je n'ai pas d'autre choix que de la consigner telle quelle.

Le récit se situe à l'une des époques les plus sombres du passé de la Montagne, celle des massacres communautaires de 1860, au cours desquels des milliers de personnes furent égorgées dans des conditions atroces. Le traumatisme causé par cette tragédie n'a jamais pu être surmonté ; les plaies, mal cicatrisées, s'ouvrent encore à chaque nouveau conflit.

En ce temps-là, notre village et tout le pan de montagne qui l'entoure avaient été épargnés. Au point de devenir un refuge pour ceux de notre parentèle – au sens le plus étendu du terme – qui étaient établis dans des zones moins sûres. Tel ce vieux notable, natif de chez nous mais vivant depuis un demi-siècle à Zahleh, principale cité de la plaine de la Bekaa, et qui, pour fuir le massacre, avait essayé de rallier son village d'origine, avec ses enfants, ses frères, ses sœurs, et toutes leurs familles, par des sentiers dérobés. Mais c'est justement là que les massacreurs les attendaient en embuscade. Les hommes jeunes tentèrent en vain de résister aux assaillants. Un adolescent fut tué sur place, trois autres furent blessés et capturés ; on ne devait plus les revoir. Le reste du convoi profita de l'affrontement pour reprendre la route, et s'échapper.

Lorsque les «cousins» de Zahleh atteignirent enfin notre village, tout le monde se rassembla autour d'eux pour les reconnaître, pour les toucher, pour les réconforter, pour leur faire raconter leur épreuve. Parmi ces rescapés, une jeune fille prénommée Soussène. Tannous la remarqua sur-le-champ. Elle remarqua qu'il l'avait remarquée et, au milieu des larmes, elle rougit.

Dès lors, à chaque rassemblement villageois, qu'il fût jovial ou funèbre, ces deux-là passaient leur temps à se chercher des yeux ; et, en dépit des événements atroces qui les assiégeaient, ils parvenaient à se sentir heureux dès qu'ils s'apercevaient.

Tannous et Soussène furent probablement parmi les rares personnes à ne pas se réjouir de tout cœur lorsque la paix fut rétablie quelques mois plus tard – grâce, notamment, au corps expéditionnaire dépêché par Napoléon III –, et que les réfugiés purent rentrer chez eux.

Quelques jours après l'inévitable séparation, Tannous dut se rendre à l'évidence : il ne trouvait plus aucune saveur à ses journées en l'absence de la jeune fille. À quoi bon se promener le long de la grand-route s'il était certain de ne pas croiser Soussène ? À quoi bon se rendre à l'église le dimanche s'il ne pouvait la chercher du regard tout au long de la messe, et lui sourire à la sortie ? À quoi bon assister aux banquets, aux veillées ?

Un matin, au sortir d'une nuit sans sommeil, n'en pouvant plus, il résolut d'aller la voir. Il s'en fut cueillir quelques figues et quelques grappes de raisin, histoire de ne pas arriver les mains vides, et il se mit en route.

À pied, de notre village jusqu'à Zahleh, il faut six bonnes heures à travers les sentiers de montagne. En ce temps-là, les marcheurs les plus vaillants les parcouraient dans la journée, les autres en deux étapes. Tannous arriva chez les parents de Soussène en milieu de journée. N'osant pas dire qu'il avait fait tout ce trajet pour la voir, il prétendit qu'il avait du travail à Zahleh pour quelques jours. «Dans ce cas, repasse nous voir demain aussi», rétorqua le père de la jeune fille. Invitation que le jeune homme accepta avec empressement. En quittant le domicile de sa bien-aimée, il s'engagea dans la même direction en sens inverse, ce qui dut lui prendre bien plus de temps encore, puisqu'il lui fallait monter cette fois de la plaine vers la haute montagne, sans autre lumière que celle du clair de lune, et par une route où l'on côtoyait des loups, des hyènes et des ours, sans même parler des brigands.

Il arriva au village bien au-delà de minuit, et s'endormit comme une masse. Mais à l'aube, il était debout ; il alla de nouveau cueillir des fruits, avant de dévaler encore la montagne.

Le manège dura, selon Léonore, trois ou quatre jours, à l'issue desquels Tannous s'était taillé, pour la vie, une réputation de fou d'amour. Tout le monde, au village, avait peur pour lui, tout le monde se moquait gentiment de lui, mais tout le monde aussi lui enviait une telle passion.

L'épilogue survint lorsque les parents de Soussène, qui voyaient ce jeune homme pâlir et maigrir d'un jour à l'autre, lui demandèrent où il dormait à Zahleh. Il répondit évasivement la première fois, et la deuxième. Mais lorsqu'ils insistèrent, sur un ton d'autorité, et que Tannous eut peur qu'on ne le croie atteint de quelque maladie pernicieuse, ou adonné à quelque vice, il fit des aveux circonstanciés. Oui, il repartait chaque soir au village pour en redescendre le lendemain, mais par les sentiers les plus sûrs ! Non, il n'était pas épuisé, il serait prêt à le jurer, il avait encore toutes ses jambes ! Pour se distraire en marchant, il se récitait des poèmes…

Le père l'écouta jusqu'au bout, les sourcils froncés. La mère se couvrit le visage pour qu'on ne voie pas qu'elle riait. Quand le marcheur eut terminé son récit, son hôte lui dit :

— Ce soir, tu dormiras ici, à côté de mes fils. Quand tu seras reposé, tu remonteras au village. Et en plein jour, pas de nuit ! Tu ne reviendras à Zahleh que pour les fiançailles !

En entendant ce dernier mot, *khotbeh*, Tannous faillit s'évanouir ! Sa folie d'amour avait payé !

Soussène et lui se marieront quelques mois plus tard. Comme dans la fable, ils vivront à peu près heureux, quoique modestement, et ils auront beaucoup d'enfants ; très exactement dix, dont huit atteindront l'âge adulte, deux filles et six garçons. Qui, tous, disparaîtront, hélas !, – notamment Botros, mon grand-père – sans que j'aie pu les connaître. Tous, à l'exception de Theodoros, le prêtre ; de lui non plus je ne garde aucun souvenir immédiat puisqu'il est décédé lorsque j'avais un an, mais on me dit qu'il m'a porté dans ses bras, à ma naissance, en me murmurant longuement à l'oreille, et en guettant mes réactions, comme si je pouvais l'entendre et l'approuver.

Ayant écrit ces derniers paragraphes, j'étale sur le bureau devant moi les plus vieilles photos de nos archives familiales, pour mettre des visages sous les prénoms. Ce que je cherche sans trop d'espoir, c'est une image de Tannous. À l'évidence, il n'y en a aucune. En revanche, il y a au moins deux photos de Soussène, l'une au moment de langer l'un de ses petits-enfants, l'autre au cours d'un déjeuner sur l'herbe, avec d'autres membres de la famille, en un lieu appelé Khanouq, « Étouffoir », sans doute parce qu'il est à l'abri du vent, et qu'en certaines journées de canicule, on y respire mal ; mais on y est si bien aux heures fraîches, comme au commencement du printemps, puis à nouveau en septembre…

L'apparence de mon arrière-grand-mère me fait sourire : une toute petite tête, aplatie, quasiment ovale, sous un trop large chapeau. Elle-même rit aux éclats, sans doute à cause, justement, du chapeau, très peu conforme au style du village, mais que quelqu'un avait dû lui prêter pour la protéger du soleil.

J'ai l'intention de faire de cette photo plus jaune que sépia un tirage fidèle, pour l'encadrer et l'accrocher sur le mur de ma chambre. Il s'en dégage un bonheur espiègle qu'on associe rarement aux ancêtres disparus. Ils recevaient de la vie moins que nous n'en recevons, mais ils en attendaient beaucoup moins aussi, et ils cherchaient moins que nous à régenter l'avenir. Nous sommes les générations arrogantes qui sont persuadées qu'un bonheur durable leur a été promis à la naissance – promis ? mais par qui donc ?

9

Avant d'aller plus loin dans mon récit, une parenthèse. Pour tenter d'expliquer pourquoi je manifeste, depuis le commencement, cette curieuse tendance à dire « mon village » sans le nommer, « ma famille » sans la nommer, et souvent aussi « le pays », « le Vieux-Pays », « la Montagne » sans plus de précision… Il ne faudrait pas voir en cela un quelconque goût du flou poétique, mais plutôt le symptôme d'un flou identitaire, en quelque sorte, et une manière – peu méritoire, j'avoue – de contourner une difficulté. S'agissant de ma famille et de mon pays, il faudra que j'en parle plus tard, séparément ; s'agissant du village, il est temps d'en dire quelques mots.

Enfant déjà, chaque fois qu'on m'interrogeait sur mon lieu d'origine, j'avais un moment de flottement. C'est que mon village est plusieurs. D'ordinaire, je finis par répondre Aïn-el-Qabou, ou plus exactement, selon la prononciation locale, Aïn-el-Abou, un nom qui ne figure pourtant nulle part sur mes papiers d'identité. Ces derniers mentionnent Machrah, un village tout proche de l'autre, mais dont le nom n'est plus guère employé, peut-être parce que l'unique route carrossable s'en est écartée, pour traverser, justement, Aïn-el-Qabou.

Il est vrai aussi que ce dernier nom a l'avantage de correspondre à une réalité palpable : Aïn est un mot arabe qui signifie «source»; «Qabou» désigne une chambre voûtée; et lorsqu'on visite ce village, on constate qu'il y a effectivement une source qui jaillit d'une sorte de caverne bâtie de main d'homme et surmontée d'une voûte; sur la demi-lune de pierre, une inscription ancienne en grec, qu'un archéologue norvégien a déchiffrée un jour, et qui se trouve être une citation biblique commençant par: «Coule, ô Jourdain…» Les sources du Jourdain sont à des dizaines de kilomètres de là, mais de telles inscriptions devaient être à l'époque byzantine une manière habituelle de bénir les eaux.

Grâce à ce monument, le nom d'Aïn-el-Qabou a acquis une sorte d'évidence géographique que ne possède pas Machrah, un vocable araméen à la signification incertaine, qui évoque le versant exposé et glissant d'une montagne, ou peut-être tout simplement un lieu ouvert; de fait, Machrah est un pan de montagne, un village vertical où les sentiers sont raides, et où aucune maison ne vit à l'ombre de l'autre.

Complication supplémentaire, en ce qui me concerne: la maison que j'ai pris l'habitude d'appeler mienne ne se situe ni à Aïn-el-Qabou, ni à Machrah, mais dans un troisième village encore, qui ne figure plus sur aucun panneau, ni sur aucun document d'état civil, et que seuls connaissent par son vrai nom ses propres habitants, ainsi que de très rares initiés: Kfar-Yaqda, altéré dans le parler local en Kfar-Ya'da par adoucissement du *q* guttural sémitique, et que j'ai parfois transformé en Kfaryabda, croyant ainsi le rendre plus prononçable.

Peut-être devrais-je préciser que tous ces noms vénérés par les miens ne recouvrent qu'une réalité microscopique: les trois villages réunis abritent, au mieux, une centaine d'âmes ; ainsi, à Kfar-Yaqda, il y a juste une petite église et quatre maisons, en comptant la mienne… Pourtant, ce hameau est cité dans les plus vieux livres d'histoire pour avoir été autrefois la capitale, – oui, la capitale ! – d'une redoutable principauté chrétienne.

C'était au VIIᵉ siècle, et ce coin de la Montagne était le sanctuaire de ceux qu'on appelait «les princes brigands», des hommes vaillants qui, retranchés dans leurs villages imprenables, tenaient tête aux plus puissants empires du moment. Ainsi, le califat omayyade, qui vivait pourtant ses grandes heures d'expansion et de conquête, qui s'était déjà taillé un immense empire allant des Indes jusqu'à l'Andalousie, était tellement terrorisé par ces diables de montagnards qu'il avait accepté de leur payer un tribut annuel pour s'épargner leur nuisance et pouvoir faire circuler en paix ses caravanes.

Des chrétiens qui faisaient payer au calife de Damas un tribut, alors que, partout ailleurs, c'était lui qui imposait un tribut aux «gens du livre»? L'exploit n'était pas banal, mais ces guerriers téméraires, dont le plus célèbre s'appelait Youhanna, se sentaient complètement à l'abri dans leur sanctuaire. Comme il ressort de l'appellation passablement affectueuse que leur accolent les livres, ces hommes n'étaient pas seulement brigands, mais également princes d'un peuple jaloux de son indépendance. Un peuple aux origines mal connues, venu peut-être des bords de la Caspienne, ou de la région du Taurus, et qui s'efforçait de préserver au milieu des rochers une farouche liberté… Je souligne en passant : ces hommes se battaient pour leur liberté, pas pour leur terre ; la Montagne n'était pas plus à eux qu'aux autres, ils s'y étaient installés tardivement, c'était juste un refuge, un écrin pour leur précieuse dignité ; en raison de cela ils pouvaient l'arroser un jour de leur sang, et le lendemain, sans états d'âme, la quitter.

Dans leur combat inégal contre les Omayyades, Youhanna et son peuple avaient bénéficié au début du soutien de Byzance, ennemie jurée du calife. Jusqu'au moment où celui-ci eut l'idée de proposer à l'empereur chrétien un arrangement : au lieu de payer un tribut au «prince brigand», il le paierait directement au basileus ; en échange, ce dernier l'aiderait à se débarrasser de ces hors-la-loi. Le Byzantin dit «oui», d'une part parce qu'il n'était pas insensible à l'argument de l'or, mais aussi pour d'autres raisons, telle sa méfiance à l'égard des gens de la Montagne, irrespectueux, indomptés, et qui, bien que chrétiens, professaient des doctrines passablement inorthodoxes. Il accepta donc d'attirer les rebelles par traîtrise dans la plaine de la Bekaa, où ils furent massacrés. Dans la foulée, un corps expéditionnaire vint raser et incendier leurs villages, notamment le plus réputé de tous, celui où se trouvait le palais de Youhanna, mon village, mon minuscule village, cette improbable capitale que les princes brigands appelaient prétentieusement «Sparte», et qui allait prendre après sa chute le nom éploré de Kfar-Yaqda, «le Village Incendié».

Aujourd'hui encore, on découvre parfois dans les champs, au voisinage de ma maison, des têtes de chapiteaux qui ont appartenu aux nobles demeures démolies.

Ces princes étranges ne sont pas mes ancêtres. S'ils font partie de mes origines, c'est par l'hérédité des pierres. Ma propre «tribu» est arrivée bien plus tard ; à l'époque de Youhanna, elle nomadisait encore dans le désert, quelque part entre Syrie et Arabie.

D'ailleurs, pendant plus de mille ans, plus personne n'avait voulu s'établir dans ce coin de montagne, comme s'il s'agissait d'un territoire maudit. C'est seulement au XVIIIᵉ siècle qu'un de mes ancêtres eut l'audace d'acheter un terrain sur ce site, et d'y bâtir une maison pour les siens. L'acte, qui date de 1734, précise que la propriété acquise se trouve «dans le Village Incendié, au lieu dit les Ruines»…

C'est en ce lieu que naquit Tannous, au siècle suivant; c'est là qu'il s'installa avec Soussène vers 1861; et c'est là que virent le jour leurs dix enfants.

10

Se retrouvant à la tête d'une famille nombreuse, mon arrière-grand-père exerça naturellement l'autorité que son statut – et son époque – lui conféraient. Et fut donc, tout aussi naturellement, l'obstacle contre lequel ses fils vinrent buter pour se faire les griffes. Mais la manière prompte et judicieuse dont il mit fin à la rébellion de Botros donne à penser qu'il n'abusa point de ses prérogatives, et qu'il sut éviter que les crises dans son foyer ne mènent à l'irréparable, comme ce fut le cas sous d'autres toits, et comme ce sera même le cas, quelques décennies plus tard, au sein de sa propre descendance, puisque l'un de ses petits-enfants mourra pour avoir voulu faire très exactement ce que Botros, dans sa jeunesse, avait fait : pousser ses études au-delà de ce que ses parents estimaient nécessaire.

À l'époque où le sage Tannous était le chef de famille, les affrontements ne débouchaient pas sur des tragédies, mais plutôt sur des avancées, comme en témoignent les lignes qui suivent, extraites d'une lettre qu'il adressa à Botros vers la fin de l'année 1895 :

> … *Pour ce qui concerne ta sœur Yamna, je suis d'accord sur ce que tu as dit à propos de la nécessité*

*de lui faire faire des études. Alors, choisis pour elle
l'école qui te paraîtra adéquate et nous l'y enverrons.*

Ainsi, cet homme qui, six ans plus tôt, refusait encore
de laisser son fils poursuivre ses études loin du village,
acceptait désormais que sa fille emprunte cette voie, et
il chargeait même le fils rebelle de choisir pour elle
l'école qui conviendrait. Que de chemin parcouru en si
peu de temps !

Ayant traduit ces quelques lignes, je pose la lettre de
mon bisaïeul sur la table devant moi, je la caresse du
revers de la main, je la lisse, je déplie un coin corné, puis
je souffle dessus pour chasser quelques filaments de
poussière…

Je ne me lasse pas de la contempler et de la parcourir.
Elle est la seule, dans mes archives, à porter la signature
de Tannous, et je ne pense pas qu'il en ait écrit beaucoup
d'autres. C'est déjà miracle qu'elle existe ; mes oncles et
mes tantes étaient tous persuadés que leur grand-père
était analphabète. Il a fallu que je leur montre sa lettre !
Et que je leur signale, en particulier, ces quelques lignes,
tout à la fin, où il écrit à son fils :

*Ce journal auquel tu m'as abonné, eh bien, une fois
il arrive, et une fois il n'arrive pas, ou alors avec un
mois de retard. Alors, préviens le directeur : soit il
nous l'envoie régulièrement, soit nous arrêtons de
payer !*

Ce bout de phrase anodin m'enchante ! Ainsi, après
des siècles de ténèbres, de résignation, de soumission
à l'arbitraire, voilà que ce villageois ottoman, mon
arrière-grand-père, se mettait soudain à réagir comme

un citoyen ! Il avait payé son abonnement, il exigeait de recevoir son journal sans délai !

Toutefois, à relire sa lettre, je suis bien obligé de tempérer mon enthousiasme. Si mon bisaïeul parvient à écrire, on sent bien qu'il n'est à l'aise ni avec la calligraphie, qui est celle d'un enfant, ni avec le style, qui est plus proche de la langue parlée que de la langue écrite. Ce que confirme implicitement notre ouvrage familial de référence, *L'Arbre*, lorsqu'il le décrit comme « *un* zajjal *à l'intelligence reconnue* » – le *zajjal* étant, dans la Montagne, le poète en langue dialectale ; un personnage généralement futé, mais souvent incapable de consigner sur papier ses propres poèmes. (D'ailleurs, le fait même de dire « *à l'intelligence reconnue* » est ici une manière codée de dire « *illettré* »… Les miens s'expriment volontiers ainsi ; lorsqu'ils répugnent à exposer les travers d'un proche, ils les dissimulent sous des éloges qui les sous-entendent.)

L'Arbre ne dit rien de plus. Cet ouvrage, qui ne compte pas moins de sept cent cinquante pages, ne consacre à Tannous qu'une demi-ligne, et il ne cite rien de son œuvre. Dans nos archives non plus, pas le moindre vers n'a été conservé. J'ai cherché, cherché, sans trop y croire. Je n'ai rien trouvé…

Ainsi, tout ce que mon ancêtre avait pu composer, tout ce qu'il avait voulu exprimer – le désir, l'angoisse, la fierté, la crainte, la douleur, l'espoir, les blessures –, tout a été perdu, anéanti pour l'éternité sans laisser la plus infime trace !

Oh, il ne s'agissait sans doute pas d'une œuvre majeure, ce n'était ni Khayyam ni Virgile, peut-être n'y avait-il rien à en retenir ; mais peut-être aussi y avait-il un vers, ne serait-ce qu'un seul, oui, ou une image, ou une métaphore, qui aurait mérité de survivre afin que son auteur échappe aux limbes de l'oubli.

Pour n'avoir pas été consignés par écrit, tant de poèmes, tant de récits, véridiques ou imaginés, sont tombés en poussière ! Que nous reste-t-il du passé, d'ailleurs – celui de notre parenté, comme celui de l'humanité entière ? Que nous est-il parvenu de tout ce qui s'est dit, de tout ce qui s'est chuchoté, de tout ce qui s'est tramé depuis d'innombrables générations ? Presque rien, juste quelques bribes d'histoires accompagnées de cette morale résiduelle que l'on baptise indûment « sagesse populaire » et qui est une école d'impuissance et de résignation.

Hommage à la tradition orale, entend-on souvent ! Pour ma part, je laisse ces pieux ébahissements aux coloniaux repentis. Moi, je ne vénère que l'écrit. Et je bénis le Ciel que mes ancêtres, depuis plus d'un siècle, aient consigné, rassemblé, préservé ces milliers de pages que tant d'autres familles ont jetées au feu, ou laissé moisir dans un grenier, ou tout simplement omis d'écrire.

11

Après ce détour par quelques vieilles réminiscences et quelques vieux ressentiments, je reprends le cours de mon récit là où je m'en étais écarté, c'est-à-dire à l'époque où Botros quitta la maison de ses parents pour se rendre auprès des missionnaires. Là, pendant cinq années scolaires, il étudia et enseigna ; d'abord à Abey, ensuite dans une autre école fondée par les mêmes pasteurs américains à Souk-el-Gharb, grosse bourgade dont ils avaient réussi à convertir une partie importante de la population au protestantisme.

À la lecture des documents familiaux de ces années-là, je découvre que ce jeune homme qui allait devenir mon grand-père n'avait pas pour unique objectif d'acquérir diplômes et savoir. Il caressait aussi un autre rêve : partir un jour pour des terres lointaines.

Il existe, à cet égard, dans nos archives, un texte révélateur. Une allocution qu'il prononça lors d'une cérémonie scolaire, en anglais – chose qui devait être totalement inusitée, puisque Botros éprouva le besoin de s'en expliquer, avec une ardeur passablement enfantine, et un tantinet agaçante.

Respectables messieurs,
Je vais m'adresser à vous en anglais, bien que je

sache que la grande majorité de l'assemblée réunie ici ne me comprendra pas. Ne croyez pas que mon but soit d'étaler mes connaissances, je veux seulement vous montrer qu'il est facile d'apprendre cette langue, et vous prouver qu'elle est, de nos jours, la plus nécessaire de toutes celles que nous puissions étudier...

Suivent divers arguments visant à vanter l'utilité de l'anglais pour le marchand, le voyageur, le médecin, le pharmacien, l'ingénieur, le professeur,

... ainsi que pour tout homme assoiffé de savoir, vu que les livres en langue anglaise contiennent, à n'en pas douter, des connaissances innombrables, dans tous les domaines, ce qui n'est pas le cas pour les autres langues.

Puis l'orateur ajoute que, pour ses compatriotes en particulier,

l'anglais est nécessaire parce que les pauvres parmi nous comme les riches devront partir vers l'Amérique ou vers l'Australie, sinon dans l'immédiat, du moins dans un proche avenir, pour des raisons que nul n'ignore. Ne serait-ce pas misère pour un homme que de se retrouver incapable de parler la langue de ceux au milieu desquels il sera amené à vivre et tra-vailler ?

Après avoir énoncé de la sorte, candidement, sans la moindre nuance dubitative ni la moindre précaution de style, ce qui devait lui apparaître – ainsi qu'à une bonne partie de son auditoire – comme une évidence ne requérant aucune démonstration, mon futur grand-père s'emploie à expliquer pourquoi l'anglais est facile à apprendre ; avant d'appeler l'assistance à se joindre à lui pour crier :

> *Vivent les pays de langue anglaise !*
> *Vive la langue anglaise !*

Je m'efforce de ne pas sourire à l'écoute de ces cris pathétiques et incongrus. Je tente plutôt de m'imaginer dans la peau d'un jeune villageois ottoman de la fin du XIXe siècle, à qui l'on avait soudain ouvert une fenêtre sur le monde et qui ne songeait qu'à fuir sa prison par cette fenêtre, à tout prix.

Ce que trahissent ces propos, c'est que Botros se voyait déjà en futur émigré, et qu'il considérait la langue anglaise d'abord comme un «équipement» indispensable pour la grande traversée.

Avec le recul du temps, privilège des générations qui suivent, certaines choses deviennent visibles, qui ne l'étaient pas pour les contemporains, et certains malentendus se dissipent. De fait, ainsi que les choses m'apparaissent aujourd'hui, mon grand-père était, précisément, victime d'un malentendu : s'il voulait émigrer, comme il transparaît de ses propos, il aurait dû le faire tout de suite, sans passer par l'école des missionnaires presbytériens. Car ces derniers – malgré certaines apparences – n'avaient nullement pour intention de préparer les jeunes à émigrer. S'ils tenaient à enseigner l'anglais à leurs élèves, c'était pour leur permettre de mieux s'instruire et de faire bénéficier leur nation de ce qu'ils apprendraient, non pour qu'ils s'en aillent ouvrir des épiceries à Detroit ou à Baltimore ! L'espoir de ces prédicateurs était de créer sur place, au Levant, une petite Amérique vertueuse, éduquée, industrieuse et protestante. Ils exigeaient d'ailleurs de leurs jeunes élèves qu'ils connaissent d'abord l'arabe à la perfection ; eux-mêmes s'appliquaient à étudier cette langue de manière à pouvoir la parler et l'écrire aussi bien que les gens du pays. Après cette génération de pionniers, peu d'Occidentaux se donneront cette peine…

À l'école de ces étrangers à la haute stature, Botros allait donc «s'équiper» non pour émigrer comme il en avait le désir, mais, tout au contraire, pour résister à la tentation d'émigrer ; et si ce puissant appel des Amériques ne va jamais disparaître de son horizon, il sera désormais accompagné d'inextricables scrupules moraux, qui le ligoteront.

C'est à l'âge de vingt-six ans que mon grand-père quittera les missionnaires, muni d'un long document ornementé que j'ai retrouvé intact dans les archives familiales. Estampillé au nom de «*l'École libanaise des garçons à Souk-el-Gharb*», il certifie – en anglais, puis en traduction arabe – que Botros M. «*a accompli honorablement le cycle d'études prescrit par la Mission en Syrie du Conseil des Missions Étrangères de l'Église Presbytérienne des États-Unis, en témoignage de quoi ce Certificat lui a été délivré le premier jour de juillet de l'année de Notre-Seigneur mil huit cent quatre-vingt-quatorze*». Signé : «*Oscar Hardin, Principal*».

Nul doute que Botros fut influencé, et même, dans une large mesure, refaçonné par la fréquentation de ces pasteurs ; il se garda bien, cependant, de les suivre sur le terrain qui, à leurs yeux, devait être le plus important, puisque jamais il ne voudra se convertir au protestantisme.

À parcourir ses carnets de l'époque, j'ai même le sentiment qu'il est demeuré imperméable à tout ce qui était religieux dans leur enseignement. Alors qu'il baignait dans un milieu où la Bible était omniprésente, inlassablement lue, relue et commentée, citée en toutes circonstances, où il suffisait de dire «Apocalypse, sept, douze» ou «Galatéens, trois, vingt-six à vingt-neuf» pour que les auditeurs comprennent à quoi l'on faisait allusion, Botros n'aura pratiquement jamais recours à des références évangéliques, ni durant les cinq années passées chez les presbytériens, ni dans la suite de sa vie. Ce n'était tout simplement pas son univers, ni son mode de pensée. Pour lui, une phrase tirée d'un livre, qu'il soit sacré ou profane, ne pouvait remplacer un argument rationnel, ni dispenser un homme de réfléchir par lui-même.

Mais son éloignement par rapport à ses maîtres avait aussi d'autres ressorts. Dans ses carnets de ces années-là – il y en a deux, identiques, petit format, petits carreaux, couverture noire, tranche rougeâtre –, je lis par exemple :

> *Ses seins, des grenades d'ivoire,*
> *Dans un flot de lumière,*
> *Même couverte, sa poitrine répand encore*
> *Une rouge clarté de crépuscule…*

C'est dire que ses méditations intimes ne suivaient pas tout à fait les voies souhaitées par les vénérables pasteurs.

Nulle part, toutefois, Botros ne se laisse aller à critiquer ses maîtres – l'homme d'honneur ne jette pas une pierre dans le puits où il vient de se désaltérer ! Mais tout porte à croire qu'au bout de cinq années de fréquentation quotidienne de ces missionnaires dans les salles de classe ainsi qu'au pensionnat, leur rigueur morale avait fini par l'irriter, de même que leurs chants, leurs mimiques, leurs sermons, leurs prières, et jusqu'au ton nasillard de leurs voix. Il avait rongé son frein jusqu'au jour où il avait obtenu son diplôme. Il avait dit poliment merci, il avait tourné les talons, il s'était éloigné d'eux en se promettant de ne plus revenir. De fait, pendant de longues années, il ne les verra plus. Il suivra un tout autre chemin, pour ne pas dire le chemin inverse…

Il faudra une révolution trahie, une petite guerre et une autre plus grande avant qu'il se résigne à aller frapper de nouveau à leur porte.

12

Si mon grand-oncle Gebrayel avait suivi la même voie que mon grand-père – son aîné de neuf ans –, il n'aurait pas émigré, et la page cubaine de notre histoire familiale n'aurait jamais été écrite. Les choses ne se sont pas passées ainsi. Sans doute les deux frères avaient-ils caressé dans leur jeunesse le même rêve – partir un jour pour quelque lointain pays neuf ; mais ils n'avaient pas le même tempérament. Le cadet ne jugea pas utile de se préparer pour la grande traversée, il ne fit aucun détour par Abey ni par Souk-el-Gharb, et ne chercha point à approfondir sa connaissance des langues. Il se contenta d'embarquer, à dix-huit ans, sur un bateau en partance pour l'Amérique.

Il venait de terminer son cycle d'études au village et, s'il l'avait voulu, il aurait pu, lui aussi, s'inscrire à l'école des missionnaires ; Tannous, cette fois, ne s'y serait nullement opposé. Mais Gebrayel ne le désirait pas, et même Khalil, le prédicateur, ne l'y encourageait guère. Son élève était incontestablement futé, pétillant même ; il était également jovial, liant, généreux, et avait mille autres qualités encore ; seulement, il était incapable de se pencher deux heures d'affilée au-dessus d'un manuel de grammaire, de rhétorique ou de théologie. Il était, par ailleurs, tout aussi incapable de tenir à la main une pioche pour écorcher le sol.

De plus, il ne croyait pas du tout à l'avenir du pays où il avait vu le jour, ni à son propre avenir sur ce pan de montagne. C'est donc sans états d'âme que l'adolescent se dirigea à pied, par une nuit de pleine lune, vers le port de Beyrouth. Il n'avait pas averti son père ni sa mère, mais peut-être en avait-il touché un mot à l'un ou l'autre de ses frères.

Dans les archives familiales, on trouve encore – malgré deux tournants de siècles ! – les traces de l'inquiétude causée par son départ :

Si vous recevez un courrier de Gebrayel, envoyez-le-moi aussitôt, je vous en serai infiniment reconnaissant, écrit Botros par deux fois à ses parents.

Il paraît qu'on a reçu une lettre de Gebrayel. Pourquoi ne m'en a-t-on rien dit ? se plaint Theodoros, du fond de son monastère.

La mention la plus ancienne de l'événement se trouvant dans le courrier, déjà cité, adressé à Botros par son père :

S'agissant de Gebrayel, je te fais parvenir une lettre que je lui ai écrite, afin que tu la lises et que tu la lui envoies, vu que je n'ai pas ses coordonnées…

En présentant quelques pages plus haut cet unique manuscrit portant l'écriture de Tannous, je l'avais situé «vers la fin de l'année 1895». À vrai dire, aucune date n'y est précisée, et c'est par des recoupements que j'avais émis cette hypothèse, le principal élément de datation étant, justement, le départ de Gebrayel.

Car même si les documents familiaux n'indiquent, pour ce voyage, ni le mois ni l'année, ils contiennent cependant une information précieuse : le jeune homme n'était pas allé directement à La Havane ; il avait commencé par s'établir à New York. Ce qui m'a poussé à effectuer des recherches dans les archives d'Ellis Island, qui fut pendant plusieurs décennies la porte d'entrée obligatoire pour les émigrés venant d'Europe et du Levant. Et c'est ainsi, qu'un jour, j'eus la chance – et l'émotion ! – de voir apparaître, sur un vieux registre, la silhouette du grand-oncle égaré.

Son prénom était orthographié «Gebrail», et son patronyme ne différait guère de celui que j'ai moi-même coutume d'utiliser. Aucun doute, donc, sur l'identité du jeune homme débarqué sur l'île des illusions à la date du 2 décembre 1895.

> *Age : dix-huit ans.*
> *Occupation : agriculteur.*
> *Ethnie : Syrien.*
> *Port de départ : Le Havre,*
> *Seine-Inférieure, France.*
> *Nom du paquebot : Marsala (2 422 tonnes).*
> *Destination souhaitée : New York (long séjour).*

Rien d'inattendu dans le manifeste signé par J. Lenz, capitaine allemand du *Marsala*, pas même le passage par Le Havre ; le voyage vers l'Amérique se faisait générale-ment en deux étapes, la première jusqu'en Europe – souvent la France –, d'où l'on prenait un paquebot pour traverser l'Atlantique. L'unique surprise, pour moi, ce fut d'apprendre que Gebrayel n'était pas parti du village tout seul. Son nom, le neuvième sur le manifeste, précède celui d'un autre membre de la famille : Georges, l'un des fils de Khalil. Toutes les colonnes du formulaire le concernant sont remplies identiquement à celles de Gebrayel, à commencer par l'âge : dix-huit ans aussi.

Georges – appelé Gerji dans les documents familiaux en langue arabe – n'est pas un personnage dont il sera souvent question dans ces pages. Je sais peu de chose de lui, mais suffisamment pour que sa présence au côté de Gebrayel ne me soit pas indifférente. Ce fils du prédicateur a quitté le pays à la suite d'une dispute avec son père ; dispute si grave que lorsque Khalil mourra vingt-sept ans plus tard, ils ne se seront toujours pas réconciliés.

Je ne peux éviter de rapprocher cette brouille de celle qui s'était produite entre Khalil et son propre père, le curé Gerjis, et à laquelle, là encore, seule la disparition du père avait mis fin. Ce qui fait remonter à la surface de ma mémoire un propos attribué par la tradition au Prophète de l'islam, selon lequel tout ce que l'homme fait de bien et de mal en ce monde lui sera décompté après sa mort… sauf la manière dont il a traité ses parents – de cela, il sera puni ou récompensé de son vivant !

Loin de moi l'intention d'accabler Khalil ; Botros éprouvait envers lui de la gratitude et moi-même je lui dois beaucoup, comme j'aurai l'occasion de l'expliquer dans les pages qui suivent. Mais il est vrai que la « dispute originelle » entre lui et son père a instauré, par le jeu des ripostes et des imitations, une sorte de « coutume » familiale tenace et récurrente : celle des ruptures causées par des querelles religieuses, et qui durent toute une vie.

Je ne connaîtrai jamais de manière précise les causes de la brouille entre Khalil et son fils. Il me semble qu'elles tournaient moins autour des croyances qu'au-

tour du mode de vie. C'est juste une présomption – après
tant d'années, il serait hasardeux d'affirmer quoi que ce
soit ; mais peut-être devrais-je tout de même mentionner
le fait qu'il régnait dans la maison du prédicateur presbytérien un climat d'austérité extrême, comme le révèle
ce souvenir d'enfance raconté par l'une de ses petites-
filles. La grand-mère et la mère dont il sera question
ci-après étaient l'épouse et la fille de Khalil.

*Au village, je voyais tous les parents prendre leurs
jeunes enfants dans les bras dix fois par jour, pour les
cajoler et les couvrir de baisers. Dans notre famille,
cela ne se passait jamais ainsi. Et un jour, avec l'in-
génuité de l'enfance, j'ai demandé à ma mère :
« Comment se fait-il que tu ne m'embrasses jamais ? »
Elle qui était toujours si sûre d'elle, m'a paru soudain hésitante et déstabilisée. Elle m'a répondu bour-
rument : « Je t'embrasse quand tu es endormie. » Je
veux bien croire qu'elle le faisait. En revanche, je suis
persuadée que ma grand-mère, elle, ne m'embrassait
même pas dans mon sommeil.*

Ladite grand-mère, qui se prénommait Sofiya, figure
sur plusieurs photos dans nos archives. Toujours en
longue robe sombre, et sans jamais l'ébauche d'un sourire, elle venait de Souk-el-Gharb, et appartenait à l'une
des premières familles du Mont-Liban à avoir été
converties au protestantisme par les missionnaires
anglo-saxons.

*Dans son entourage, raconte encore sa petite-fille,
beaucoup de gens étaient, comme elle, d'une grande
austérité. Un jour, alors que je me trouvais avec mes
frères et ma sœur dans le village de notre grand-mère,*

nous nous étions rendus chez l'une de ses cousines.
À l'époque, nous adorions faire des visites, puisqu'on
nous offrait toujours du sirop frais, des fruits secs, des
friandises… Mais cette fois-là, nous allions rester sur
notre faim. À notre arrivée, cette dame était en train
de lire la Bible. Plutôt que de s'interrompre pour nous
accueillir, elle s'est contentée de nous faire signe de
nous asseoir, et elle a poursuivi sa lecture pieuse…
désormais à voix haute. Nous étions donc là, interlo-
qués, mes frères, ma sœur et moi, à l'écouter en
silence, sans bouger, sans respirer trop fort, pendant
un temps qui nous a paru interminable. À un moment,
n'en pouvant plus, nous nous sommes consultés du
regard, puis, courageusement, nous nous sommes
levés tous ensemble. La dame a repris alors sa lec-
ture muette. Bien entendu, elle ne nous avait offert
ni sirop ni confiseries. Elle ne nous avait pas
même demandé comment nous allions, ni adressé le
moindre sourire. Si j'ai raconté l'histoire de cette
cousine, c'est parce que ma grand-mère Sofiya était
exactement comme elle.

Ces témoignages ne m'expliquent pas pourquoi la
rupture entre Gerji et son père fut à ce point irréparable.
Mais ils m'aident un peu à comprendre pourquoi ce
jeune homme de dix-huit ans avait pu éprouver le besoin
de fuir le domicile familial ; et pourquoi, aussi, sur les
huit enfants du prédicateur, sept allaient finir par s'établir à l'étranger.

Sous le toit de Tannous, les choses ne se passaient
jamais avec la même dureté. On pouvait s'engager dans
des voies opposées, se faire curé, pasteur ou franc-
maçon, on était d'abord père et fils, frère et sœur, frère

et frère – indissociablement, et pour l'éternité. Quand Botros était parti fâché, Tannous avait tout de suite cherché à se réconcilier avec lui, quitte à mettre en péril sa propre autorité paternelle. Et quand Gebrayel avait émigré six ans plus tard, Tannous s'était dépêché de lui écrire. Je ne suis pas sûr que Khalil ait réagi de la même manière au départ de Gerji.

Si je compare les deux foyers, c'est parce que mes origines remontent à l'un comme à l'autre, deux ruisseaux dissemblables qui allaient se retrouver confluents…

Car le prédicateur est pour moi, au même titre que Tannous, un arrière-grand-père. L'histoire des miens est d'abord celle de ce mélange des eaux…

De ces deux ancêtres, c'est Tannous qui mourra en premier – dès les premières semaines de 1896, à soixante-cinq ans environ, peu après avoir écrit la seule lettre que je possède de lui ; c'est sans doute pour cela que Botros l'avait précieusement conservée.

À relire les lignes qui parlent de Gebrayel, je me demande si, avant de s'éteindre, le père inquiet avait eu le temps de recevoir de son fils quelques paroles de réconciliation. J'ai envie de le croire, mais, à tout peser, je ne le crois pas. Ceux qui partaient adolescents étaient rarement pressés d'écrire. De toute manière, il est trop tard, je n'en saurai rien…

Il me semble que je ne reparlerai plus guère de Tannous dans les pages à venir, j'ai épuisé tout ce que j'ai pu glaner sur lui, et je suis résigné à ce que le reste demeure dans l'ombre ; mais il est vrai que la moisson aurait pu être plus maigre encore. Les arrière-grands-parents sont des personnages lointains ; pas une personne sur mille n'est en mesure de dire comment se prénom-

maient les siens. Pourtant, leurs routes ont conduit jusqu'aux nôtres, et, en ce qui me concerne, je ne puis être
indifférent au fait que Tannous fut le premier de mes
ancêtres à «me» laisser une trace écrite de son passage
ici-bas – écrite d'une main maladroite, j'en conviens;
mais son geste n'en est que plus poignant.

13

Avant de prendre le bateau, Gebrayel avait probablement eu une longue conversation avec Botros. Certaines
phrases dans leurs échanges ultérieurs donnent à penser
que le cadet avait cherché à entraîner l'aîné dans son
aventure, et que l'autre avait hésité avant de dire non.

Mon grand-père se trouvait déjà à Beyrouth, et il n'est
pas impossible qu'il ait escorté son frère et le compagnon
de celui-ci jusqu'au port, et qu'il ait agité la main dans
leur direction lorsqu'ils se sont éloignés.

Il s'était installé dans la future capitale libanaise un
an plus tôt, en septembre 1894. Il y prenait des cours –
principalement de droit, ainsi que de langue turque, de
langue française et de comptabilité ; mais, comme à son
habitude, il en donnait aussi. Ce n'était plus pour payer
sa scolarité et se faire un peu d'argent de poche comme
à Abey ou à Souk-el-Gharb, il avait entamé une vraie
carrière d'enseignant.

Dans une école protestante ? Non, dans la plus catholique qui soit, l'École Patriarcale, fondée comme son
nom l'indique par le patriarche grec-catholique pour pro-
mouvoir l'instruction chez ses ouailles. Ainsi, deux mois
après avoir obtenu son diplôme des mains d'un pasteur
américain, Botros était de retour dans le giron de sa communauté ! Sans doute s'était-il lassé – comme d'autres –

de l'austérité qui régnait chez les prédicateurs ; mais ce franchissement désinvolte de la ligne de séparation entre les confessions rivales trahissait surtout, de sa part, une profonde indifférence à l'égard des doctrines religieuses. Il étudiait là où il pouvait étudier, il enseignait là où on lui proposait un poste, il estimait en avoir le droit et le devoir ; libre, après cela, aux pasteurs et aux curés de poursuivre leurs propres objectifs paroissiaux ou missionnaires.

Mon futur grand-père demeurera trois ans à Beyrouth, qu'il chérira, et où il reviendra séjourner à plusieurs reprises tout au long de sa vie. Elle était alors en pleine expansion ; les massacres de 1860 avaient favorisé l'essor de la ville. Bien des gens qui, jusque-là, somnolaient paresseusement dans leurs villages de la Montagne, en se croyant protégés de la férocité du monde, avaient connu avec ces événements un réveil en sursaut. Les plus audacieux choisissaient de partir au-delà des mers – un immense mouvement migratoire avait débuté, qui n'allait plus s'interrompre ; d'abord en direction de l'Égypte et de Constantinople, puis de plus en plus loin, vers les États-Unis, le Brésil, l'ensemble du continent américain ainsi que l'Australie. Les moins aventureux – souvent ceux qui étaient déjà encombrés d'une famille – se contentaient de « descendre » de leur village vers la cité portuaire, qui se mit à prendre peu à peu des allures de métropole.

En 1897, Botros dut quitter Beyrouth pour Zahleh, une ville moins ouverte sur le monde, mais où il avait de solides attaches : sa mère, Soussène, y était née, et sa parenté y était nombreuse et influente. De plus, il semble qu'on lui ait fait une proposition qu'il avait trouvée alléchante, celle de devenir «professeur de rhétorique arabe et de mathématiques» dans l'un des meilleurs établissements du moment, le Collège oriental basilien grec-catholique, fondé par les religieux melkites de l'ordre de saint Basile, auquel appartenait déjà son frère Theodoros.

J'ignore quel avait été le statut de mon grand-père à l'École Patriarcale, mais à lire ses carnets de l'époque, son nouveau poste lui apparaissait comme le véritable lancement de sa carrière. Une carrière dont il attendait beaucoup – trop, sans doute; la désillusion était inéluctable! Il voulait bien admettre, du bout des lèvres, que c'était là un emploi raisonnablement bien rémunéré, et qui lui était nécessaire pour vivre, d'autant que, depuis la disparition de son père, il devait subvenir, en grande partie, aux besoins de sa mère et de ses jeunes frères et sœurs; mais il insistait lourdement sur le fait que c'était là, avant tout, un engagement moral et noblement politique, le commencement d'un long combat visant à réformer en profondeur les mentalités de ses compatriotes, un combat à la fois modeste et exagérément ambitieux, puisque – comme il l'écrivait alors, noir sur blanc – son objectif ultime était de «*permettre à l'Orient de rattraper et pourquoi pas de dépasser l'Occident*», rien de moins!

S'agissant du mal dont souffrait la terre des origines, le diagnostic de Botros n'était pas moins sévère que celui qui avait amené Gebrayel à s'exiler; c'était même probablement lui qui avait inculqué à son cadet sa vision désabusée. Dans ses écrits de l'époque reviennent sans cesse des expressions telles que «*l'état pitoyable de ce pays*», «*le délabrement de nos contrées d'Orient*», «*la corruption et l'incurie*», «*l'assombrissement de l'horizon*»... Il rêvait, lui aussi, de liberté et de prospérité, d'Amérique et d'Australie, comme le révèle amplement son éloge candide de la langue anglaise. Mais son passage par l'école des missionnaires avait développé chez lui un sens pointilleux de sa responsabilité : plutôt que de quitter son pays pour un autre, où la vie serait meilleure, pourquoi ne pas œuvrer pour que son pays devienne lui-même meilleur ?

Or, pour le rendre meilleur, il fallait se battre contre l'ignorance ! Une telle ambition ne valait-elle pas celle de son frère Gebrayel ? Ce combat n'était-il pas une aventure plus excitante encore que celle du voyage vers l'Amérique ? N'était-il pas plus méritoire de construire une autre Amérique chez nous, en Orient, sur la terre des origines, plutôt que de rallier bêtement celle qui existait déjà ?

À Zahleh, dans les rues de la vieille ville comme dans les cafés en plein air qui bordaient le fleuve Berdaouni, Botros ne passait pas inaperçu. Ceux qui l'ont connu en ce temps-là décrivent un jeune homme élégant, vêtu avec goût, avec recherche, et même avec un certain sens de la provocation.

Ainsi, il allait toujours tête nue, ce qui faisait se retourner les gens à son passage. À l'époque, la plupart des hommes portaient les couvre-chefs orientaux, soit le fez haut, le tarbouche, soit le fez court, qu'on appelait maghrébin, soit encore la keffieh arabe, soit même des bonnets brodés ; ceux qui voulaient suivre la mode occidentale portaient le chapeau ; beaucoup, d'ailleurs, passaient de l'un à l'autre selon les occasions… Mais personne de respectable ne sortait de chez lui tête nue. Sauf mon grand-père. Certains passants ne pouvaient s'empêcher de murmurer, ou de grommeler, et parfois même de l'apostropher; ce qui ne l'a pas empêché de continuer à aller nu-tête jusqu'au dernier jour de sa vie.

Comme pour affirmer encore son originalité, il portait constamment sur les épaules une sorte de cape noire, retenue à l'avant par un anneau d'or, et qui voletait derrière lui comme une paire d'ailes. Au-dessous, un costume également noir, et une chemise blanche au col large et bouffant. Personne d'autre au pays n'avait la même silhouette, on le reconnaissait de loin…

Dans cette petite ville ottomane paisible et quelque peu ensommeillée, située à mi-route entre Beyrouth et Damas, Botros devint très vite une célébrité locale. Et pas seulement à cause de son accoutrement; en tant que professeur, en tant que poète et orateur, il était de toutes les fêtes, de toutes les cérémonies. Il composa d'innombrables poèmes de circonstance, pour célébrer l'avènement d'un patriarche, la visite d'un gouverneur ou d'un évêque, des mariages, des enterrements, des jubilés – un grand gaspillage d'énergie, à mon humble avis, mais c'était l'esprit du temps.

Fort heureusement, il écrivit aussi pendant cette période quelques textes plus amples, notamment une longue pièce de théâtre en prose et en vers, qu'il fit jouer par ses élèves. Le manuscrit se trouve au milieu des papiers familiaux, sur un grand cahier noir, dans lequel a été glissé un carton d'invitation – «*représentations le 19 juillet 1900 à 14 h 30 pour les dames, le 20 juillet à la même heure pour les hommes*».

La pièce s'intitule *Les Séquelles de la vanité*; avec comme sous-titre explicatif: «*Une évocation de ce qui est louable et de ce qui est répréhensible dans nos contrées d'Orient»*. C'est l'histoire d'un émigré qui retourne au pays, lassé par de longues années d'éloignement ; mais tout conspire à le décourager.

Dès les premières scènes, une discussion animée autour de l'inévitable dilemme : Faut-il partir ? Faut-il rester ? Les protagonistes se lancent à la figure arguments d'actualité et citations anciennes.

Un personnage : *Lorsque, dans ta cité, les horizons se rétrécissent, et que tu redoutes de ne plus pouvoir gagner ta vie, pars, car la terre de Dieu est vaste, en longitudes comme en latitudes...*

Un autre personnage : *Tu crois prescrire le remède, alors que tu viens de désigner le mal lui-même ! Si le pays est tombé si bas, c'est justement parce que tant de ses enfants choisissent de le quitter plutôt que de chercher à le réformer. Moi, j'ai besoin de me trouver au milieu des miens, pour qu'ils partagent mes joies quand je suis joyeux, et me consolent quand je suis dans la détresse...*

Le premier : *L'amour de la patrie n'est qu'une faiblesse de caractère ; aie le courage de partir, et tu trouveras une autre famille pour remplacer la tienne. Et ne me dis surtout pas qu'il est dans la nature des choses que l'on demeure sa vie entière à l'endroit où l'on a vu le jour. Observe l'eau ! Ne vois-tu pas comme elle est fraîche et belle lorsqu'elle court vers l'horizon, et comme elle devient poisseuse lorsqu'elle stagne ?*

14

L'échange se poursuit, longtemps, avec quelques belles envolées, et l'on devine que, dans l'assistance, on devait être touché de voir ainsi reproduits sur scène, et comme ennoblis, les débats qui agitaient quotidiennement la plupart des familles – dont, à l'évidence, celle de l'auteur.

À la fin de la pièce, Botros donnera le beau rôle à ceux qui continuent à croire en l'avenir du pays – comment aurait-il pu faire autrement ? S'exprimant en présence de ses élèves et de leurs parents dans le cadre d'une fête de fin d'année scolaire, l'honorable professeur ne pouvait raisonnablement les exhorter à quitter leur terre.

Pourtant, son courrier de l'époque révèle de tout autres sentiments. Comme dans cette lettre adressée à son frère émigré en avril 1899 :

Mon cher Gebrayel,
Après une longue attente, ton premier courrier m'est parvenu de New York, qui m'a rassuré sur ta santé, et qui m'a appris ton intention de quitter la ville et de te lancer dans le commerce. J'ai été ravi que tu veuilles échapper à la condition salariée pour te consacrer à une activité qui puisse te conduire sur les voies de la prospérité. En revanche, j'ai été contrarié

*d'apprendre que tu n'allais pas rentrer au pays avant
longtemps, et que tu allais t'installer à Cuba dont je
connais l'état d'instabilité consécutif à la guerre.*

Après avoir passé trois ans aux États-Unis, Gebrayel
venait donc de s'établir à La Havane. Sa propre lettre
s'étant perdue, il est difficile de savoir ce qui l'avait
poussé à prendre une telle décision. New York était, à
l'époque, la destination la plus naturelle pour les émigrés
de notre famille, de nombreux cousins s'y trouvaient
déjà qui n'hésitaient pas à aider les nouveaux arrivants.
Mais la grande métropole abritait également, en ces
années, de nombreux émigrés cubains, réfugiés là pendant la guerre d'indépendance et qui s'apprêtaient à
retourner dans leur patrie dès qu'elle serait libérée ; on
peut supposer que Gebrayel les fréquenta, qu'il entendit
leurs récits concernant l'île qu'ils chérissaient, et qu'il se
laissa convaincre de les suivre.

Les dates coïncident, en tout cas. L'insurrection ultime
avait été déclenchée, justement, en 1895, quelques mois
avant l'arrivée de mon grand-oncle dans le Nouveau
Monde ; le traité proclamant l'indépendance de l'île vis-
à-vis de l'Espagne avait été signé à Paris en décembre
1898 ; les troupes commandées par le général Máximo
Gómez avaient pris symboliquement possession de La
Havane en février 1899 ; c'est à ce moment-là que la plupart des exilés avaient commencé à rentrer – or la lettre
dont je viens de citer le début a été écrite au mois d'avril,
ce qui me conduit à penser que Gebrayel était parti pour
Cuba avec la toute première vague.

*Je redoutais que tu y rencontres des ennuis, pour-
suit Botros, et j'étais sur le point de te demander, par
télégramme, de renoncer à ces projets, quand j'ai
reçu la carte postale écrite à bord du vapeur sur*

lequel tu avais embarqué. Alors j'ai compris qu'il était trop tard pour essayer de te faire changer d'avis, et qu'il valait mieux que je confie ton sort au Très-Haut en te souhaitant succès et réussite. Mais j'étais resté préoccupé, et incapable de retrouver ma quiétude, jusqu'au moment où m'est parvenue ta lettre de La Havane m'apprenant que tout se passait au mieux pour toi. Alors j'ai remercié le Ciel.

Puis j'ai reçu ta dernière lettre, où tu me demandes avec insistance de venir te rejoindre, et aussi de t'envoyer quelques livres. S'agissant des livres, je te les expédierai bientôt. S'agissant de moi, les choses ne sont pas si simples. Tu ne peux pas ignorer qu'il m'est difficile de partir dans les circonstances présentes.

Ah, si tu savais…

Bien entendu, la lettre que je transcris ici n'est qu'un de ces brouillons que mon grand-père avait l'habitude de conserver. Rien ne dit qu'au moment de la mettre au propre, il n'y avait pas changé certaines choses ; mais, même si elle n'était pas la copie exacte de celle qu'il avait fini par poster, elle était certainement le reflet de ce qu'il pensait.

Ah, si tu savais à quel point je désire voyager, et à quel point aussi je déteste l'enseignement ! Mais, par correction, il n'est pas question que je quitte l'école au beau milieu de l'année scolaire alors qu'on compte sur moi et qu'il n'y a personne pour me remplacer. Et ce n'est là que la première raison. La deuxième, c'est que j'ai distribué des semences l'été dernier, comme d'habitude, et que je ne serai payé qu'à l'été prochain. La troisième raison, c'est qu'on me doit de l'argent qu'on ne me remboursera qu'en juillet…

Mais oublions donc ces trois raisons! Oui, je veux bien supposer que ces trois obstacles seront aplanis. Reste un quatrième, et j'aimerais bien que tu m'expliques comment faire pour le surmonter: je veux parler de la situation actuelle de notre maison et de nos biens. Oui, dis-moi, cher Gebrayel, comment pourrais-je abandonner nos possessions, pour qu'elles soient ruinées et pillées par des mains étrangères, sans qu'aucun de nous soit sur place pour les faire fructifier ni pour les défendre? À qui donc pourrais-je les confier? À notre pauvre mère, qui porte déjà sur ses épaules des montagnes de soucis? À nos jeunes frères et sœurs, qui ne savent pas encore que faire de leur vie? À nos grands frères? Tu les connais mieux que moi, les biens communs sont à eux quand il s'agit de répartir les revenus, ils ne sont plus à eux quand il s'agit de répartir les charges! Et tu voudrais que je voyage?

Bien sûr, quand tu dis que tous ces biens qui risquent d'être ruinés ou pillés ne valent pas grand-chose, je suis entièrement d'accord! J'ajouterai même que tout ce que nous possédons ne vaut rien, à peine de quoi assurer l'avenir d'une seule personne! Mais il ne serait pas conforme à notre honneur de laisser nos terres et nos maisons à l'abandon, de causer ainsi une immense tristesse à notre mère comme à nos frères et sœurs, et de créer ainsi des raisons de disputes futures entre nous tous. Pourrions-nous vivre l'esprit tranquille à l'étranger si nous laissions un tel marasme derrière nous – qu'en penses-tu? Dis-moi!

15

J'ai lu et relu ces paragraphes… J'ai l'impression d'y entendre la voix de ce grand-père que je n'ai jamais connu, sa voix du temps où il était jeune homme, qu'il se demandait comment ne pas gâcher sa vie, et s'il était raisonnable de rester au pays, ou honorable de partir ; des questions que j'allais devoir me poser moi-même trois quarts de siècle plus tard, dans des circonstances bien différentes… Mais étaient-elles vraiment si différentes ? De cette terre on émigre depuis toujours pour les mêmes raisons ; et avec les mêmes remords, que l'on ressasse quelque temps, tout en se préparant à les enterrer.

Botros fait ici l'effort d'expliciter – comme dans sa pièce de théâtre ! – les dilemmes que bon nombre de ses compatriotes se contentaient de sentir confusément, et de subir. Son raisonnement n'ira cependant pas jusqu'à sa conclusion logique, comme en témoigne le tout dernier paragraphe, que je trouve proprement déroutant, puisqu'au terme de cette argumentation structurée, articulée, inattaquable, mon grand-père conclut :

Voilà comment les choses se présentent, mon frère bien-aimé. Alors, si tu crois vraiment que nous devrions partir, que le succès à La Havane est assuré, et que nous devrions y demeurer pour une longue période, pas seulement un mois ou deux, trouve donc un moyen pour confier tes affaires à quelqu'un, reviens à la maison, le temps de régler ces problèmes, puis repartons ensemble ; ou alors, envoie une procuration à l'un de tes frères, certifiée par le gouvernement du pays où tu résides. Oui, c'est peut-être là la solution la plus simple… Si tu te dépêches d'envoyer cette procuration, je pourrai être chez toi dans les trois mois, si Dieu veut ! L'envoi de ce papier est nécessaire tout de suite, alors fais vite, fais vite, et prépare en même temps les conditions adéquates pour que nous puissions travailler toi et moi à Cuba ! Et je viendrai, à la grâce de Dieu, je viendrai !

Ton frère affectueux
Botros

Étrange ! Étrange que cette lettre s'achève ainsi, comme en accéléré ! Commencée sur les hauteurs morales de ce que devrait être la conduite d'un homme d'honneur, elle glisse subitement, dans les dernières lignes, vers une capitulation à peine déguisée. Ce n'est plus le grand frère raisonneur qui explique au plus jeune pourquoi il ne peut pas répondre tout de suite à son invitation pressante, c'est un Botros soudain fébrile qui hurle presque, et supplie : «Dépêche-toi de m'envoyer cette procuration, et dans trois mois je suis à Cuba !»

En quoi une procuration pouvait-elle modifier ce qu'il venait juste d'exposer sur ses obligations envers leur mère, leurs frères et sœurs, leurs terres, leurs maisons – et envers le collège où il enseignait ? On ne voit guère. Ce que trahit ce dernier paragraphe, c'est que sous le masque de l'adulte sage se cachait un jeune homme désemparé. Qui aurait voulu partir ; qui enviait Gebrayel d'être parti; mais qui n'osait franchir le pas. Et qui se ligotait avec toute sorte d'arguments moraux pour justifier son indécision.

Entre les deux frères, s'il y avait une grande affection, il y avait aussi, clairement, une profonde dissemblance. Moins dans les opinions, d'ailleurs, que dans les tempéraments, et aussi dans les trajectoires, sans que je me sente capable de dire si ce sont leurs routes qui ont déterminé leurs caractères, ou bien leurs caractères qui ont déterminé leurs routes – un peu de chaque, forcément. Aucun des deux ne se faisait d'illusions sur ce que la terre des origines, dans l'état où elle se trouvait, lui réservait comme avenir. Mais Gebrayel avait une âme de conquérant, il voulait fendre le monde pour s'y tailler une place; alors que Botros n'avait pas encore désespéré de voir ses compatriotes se métamorphoser par le miracle de la connaissance; quoi qu'il en dise, il avait une âme de pédagogue, dont jamais il ne saura se dépêtrer…

Pourtant, au moment où il écrivait cette lettre, mon grand-père semblait tenté par la voie qu'avait empruntée son frère. Il est probable que le respecté professeur se gardait bien de clamer trop haut «à quel point il détestait l'enseignement», mais il est clair qu'il était sur le point de basculer d'une vie à l'autre, d'un rivage à l'autre.

Ce que confirme ce courrier qu'il adressa en octobre 1900 à un notable de Zahleh dont le nom n'a pas été conservé. Cette personne lui avait apparemment écrit pour lui demander s'il était vrai qu'il ne serait plus au Collège oriental pour la nouvelle année scolaire, et pour le prier instamment de reconsidérer cette décision; Botros rétorqua :

En réponse à votre question, dictée par votre pré-occupation paternelle à mon égard, je dois malheu-reusement vous confirmer que j'ai pris congé du révérend père supérieur, ayant décidé de quitter l'uni-vers de l'enseignement pour me lancer dans une acti-vité différente, soit en Egypte, soit dans les contrées américaines. Je vais d'ailleurs partir en voyage très bientôt, si Dieu me facilite les choses. Peut-être n'ap-prouvez-vous pas ma décision, mais si nous avions l'occasion de nous rencontrer et qu'il m'était possible de vous exposer les raisons qui m'y poussent, je suis sûr que vous m'approuveriez, et que vous seriez mon meilleur avocat auprès des responsables de l'école qui ne cessent de faire pression sur moi pour me faire changer d'avis. Ils se montrent si aimables que je devrais, pour les remercier, revenir à l'école et même y enseigner gratuitement! Mais ma décision est prise, et je compte sur votre appui et votre compréhension qui ne m'ont jamais fait défaut...

Botros ne s'étend pas sur ces «raisons» impérieuses qui l'avaient fait renoncer au sacerdoce de l'enseigne-ment pour renouer avec la vieille tentation de l'émi-gration. Une chose, toutefois, paraît évidente: s'il s'apprêtait à partir, ce n'était pas pour porter secours à Gebrayel comme on l'a toujours cru chez les miens. S'adressant, dans cette dernière lettre, à un personnage qu'il semblait respecter au plus haut point, il aurait pu, si c'était vraiment le cas, arguer d'une urgence familiale – un frère dans la détresse! – pour justifier son abandon du collège. Il n'en fait rien, met plutôt en avant ses propres choix de carrière et, s'agissant de sa destination, il cite d'abord l'Egypte, puis «les contrées améri-caines», expression des plus vagues. Rien dans ses propos ne révèle la moindre urgence à rejoindre spécifiquement La Havane ; il avait seulement hâte de s'en aller.

Pourtant, dans la famille, on n'en démord pas. Je me suis fait un devoir d'obtenir la réaction de mon oncle, le propre fils de Botros, son fils aîné, qui a aujourd'hui quatre-vingt-dix ans et vit en Nouvelle-Angleterre. Sa réponse sur ce point fut sans ambiguïté :

> *Les derniers temps avant son départ, mon père recevait de Cuba des lettres aux coins brûlés, signe de grand danger et d'extrême urgence. Alors il n'a plus hésité, il a pris le bateau. J'ai entendu cela de sa propre bouche...*

J'en pris acte, et me gardai bien de révéler à l'oncle lointain que je venais tout juste de découvrir, dans l'un des nombreux cahiers laissés par son père, ces quelques vers, composés à la même période :

> *J'ai reçu de l'être aimé un cadeau*
> *Qui m'a rappelé combien ses mains étaient généreuses.*
> *J'ai porté le cadeau à mes lèvres*
> *Parce que ses mains l'avaient touché.*
> *Sans doute est-il précieux, le cadeau de l'être aimé*
> *Mais je lui avais moi-même offert*
> *Ce que je possède de plus précieux,*
> *Mon cœur...*

Mon futur grand-père note, en marge de ces vers, qu'il les a écrits « *à l'occasion de la réception d'un cadeau envoyé par un ami qui se trouve dans les contrées américaines* ». « Un » ami ? Le terme employé dans ce poème,

«l'être aimé», «*al-habib*», est volontairement ambigu –
une ambiguïté fort habituelle dans toute la littérature
arabe, où il est quasiment grossier d'employer des adjec-
tifs ou des pronoms féminins pour évoquer la femme
qu'on courtise. Dans le cas présent, l'ambiguïté est
mince, il ne fait aucun doute que cet «ami» est en fait
une dame. Pour deux raisons au moins. La première,
c'est que le comportement décrit par le poète est, de toute
évidence, celui d'un amoureux. La seconde, c'est que
«l'ami» en question n'est pas nommé, ce qui ne serait
pas compréhensible de la part de Botros s'il s'agissait
simplement d'un cousin, d'un neveu, ou d'un ancien
condisciple; mon grand-père était, en effet, toujours
minutieux, et prenait soin de noter dans ses cahiers les
circonstances précises de chaque récit qu'il rapportait, de
chaque vers qu'il composait. Pourquoi aurait-il omis
de nommer une personne dont il avait reçu un tel cadeau,
et dont il parlait en ces termes affectueux? À l'inverse,
on comprend aisément, surtout dans le contexte de
l'époque, qu'il se soit interdit de consigner par écrit le
nom d'une femme qu'il a aimée.

Je ne veux pas tirer de ces quelques vers des conclu-
sions abusives. Tout au plus m'amènent-ils à observer
que les raisons qui avaient poussé mon aïeul à partir pour
les Amériques devaient être multiples; il avait déjà, dans
le Nouveau Monde, de nombreux cousins et amis; probablement aussi une amie plus chère que d'autres, et
qu'il avait hâte de revoir; ainsi que, bien entendu, ce frère
qui, depuis quelques années déjà, le conjurait de venir le
rejoindre à Cuba.

Nul doute que, sans la ténacité de Gebrayel, Botros
aurait continué à hésiter, longtemps encore; cela, je
veux bien l'admettre. Mais il est clair que la légende
familiale ne dit pas toute la vérité: non, mon grand-père

n'avait pas traversé l'Atlantique pour aller sauver un frère dans la détresse, il avait pris la mer parce qu'il était lui-même dans la détresse, que le pays des origines ne lui apportait que des déceptions, et qu'il était fortement tenté d'aller respirer ailleurs.

Et s'il faut encore un témoignage pour confirmer cette impression, je citerai ces autres vers qu'il adressa, en cette même année 1900, à un cousin très cher prénommé Salim et qui venait de s'établir à New York :

> *Mon cœur se trouve déjà dans le pays où tu te trouves,*
> *Mes yeux sont constamment tournés vers ces rivages lointains.*
> *Il fut un temps où je voyais en Zahleh un paradis*
> *À présent sa terre me paraît exiguë,*
> *Je déteste la vie que j'y mène, et je déteste l'enseignement.*
> *Quelquefois je me sens sur le point de partir en courant,*
> *Comme si je fuyais, honteux, vaincu...*

16

Curieusement, je ne trouve dans les centaines de pages qui portent l'écriture de mon grand-père aucune mention de son séjour à La Havane. Pas même une allusion, une anecdote, deux vers de circonstance. J'ai beau parcourir ses lettres, ses cahiers, et même les innombrables feuilles volantes, pas un bout de phrase ne vient confirmer avec certitude que Botros ait jamais posé les pieds à Cuba.

J'aurais été forcé de me contenter des légendes orales s'il n'y avait eu, pour cet épisode, un autre témoin : Gebrayel lui-même ! Il ne se montre, lui non plus, pas très prolixe ; mais son silence est, disons, plus poreux que celui de son frère. Dans les lettres adressées à mon grand-père bien des années plus tard, celles que ma mère m'avait rapportées du Liban, et que j'avais lues avant tous les autres documents familiaux, mon grand-oncle cubain fait référence, deux ou trois fois, à ce voyage. Pour être indirectes et allusives, ces mentions n'en sont pas moins éclairantes. Il écrit, par exemple, juste avant de conclure l'une des lettres :

> *J'ai hâte de te serrer dans mes bras sur la passe-*
> *relle du bateau ! J'espère que cela se produira bien-*
> *tôt, et je peux te promettre que, cette fois, tu n'iras pas*
> *à la Quarantaine et tu n'auras pas affaire à la Segu-*

ridad. Et si je n'étais pas accaparé par les soucis du
nouveau magasin, je serais parti avec toute ma famille
pour te retrouver à mi-chemin...

Ainsi, Botros aurait eu de mauvaises surprises au
moment de débarquer à La Havane ! Emmené avec la
foule des immigrants – sans doute sur une charrette à
bétail comme cela se faisait alors – jusqu'au lointain faubourg de Casa Blanca pour être enfermé au quartier sani-
taire, il s'y serait morfondu, sinon pendant les quarante
jours réglementaires, du moins pour une semaine ou
deux ; auparavant, il aurait été soumis, de la part de la
Sûreté, à une humiliante fouille au corps ; nul doute qu'il
avait dû maudire l'instant où il s'était laissé convaincre
de quitter son brave Collège oriental de Zahleh.

Et ce ne fut pas l'unique désillusion. Dans la même
lettre de Gebrayel, alors que ce dernier insiste encore et
encore auprès de son frère pour qu'il vienne – ou plutôt
revienne – à Cuba, il lui précise, entre parenthèses :

... (grâce à Dieu nous avons maintenant une mai-
son où nous pourrons vivre ensemble comme tous les
gens respectables au lieu de dormir au grenier
comme avant)...

À la lecture de ces lignes, j'ai l'impression de comprendre un peu mieux comment les choses s'étaient passées du point de vue de mon grand-père : il avait dû
coucher à son arrivée dans un dispensaire miteux ;
ensuite, et durant tout son séjour, dans un misérable grenier ! Lui, le dandy hautain qui mettait toujours un soin
infini à s'habiller différemment de tous les autres, avec
ses longues capes noires qui voletaient derrière lui sur les
chemins comme des ailes ; lui, le professeur, le poète, le

dramaturge applaudi, le lettré vénérable et sourcilleux – se retrouver ainsi traité comme du bétail humain !

Dans ces conditions, il n'avait pas dû rester longtemps à La Havane, il n'avait pas dû dormir de très nombreuses nuits dans ce grenier surplombant la boutique de son frère. Sans doute n'était-il pas fait pour émigrer, après tout… L'émigrant doit être prêt à avaler chaque jour sa ration de vexations, il doit accepter que la vie le tutoie, qu'elle lui tapote sur l'épaule et sur le ventre avec une familiarité excessive. Parti à dix-huit ans, Gebrayel pouvait s'y plier ; se laisser humilier quelque temps était pour lui une ruse de guerre, ou un rite de passage. Pas pour Botros, adulte à l'âme déjà amidonnée.

Mon grand-père n'avait pas dû tarder à tirer de sa mésaventure les conséquences qui s'imposaient : quitter La Havane, oublier cet épisode au plus vite, et se recoudre une respectabilité intacte par le truchement d'une pieuse légende : son frère l'avait appelé au secours, il était parti pour Cuba, il l'avait tiré d'affaire, il était rentré chez lui, mission accomplie ; au passage, il avait appris l'espagnol… Personne, dans la famille, n'entendra jamais une autre version que celle-là.

En a-t-il voulu à son frère pour cette mésaventure ? Ceux qui sont encore en vie n'en savent rien. Mais quand je repense maintenant au récit que j'ai toujours entendu, il me semble qu'il constitue, d'une certaine manière, un règlement de comptes. Pas des plus féroces, j'en conviens, mais un règlement de comptes quand même !

Car enfin, quelle image cette légende familiale donne-t-elle de Gebrayel ? Celle d'un jeune homme turbulent, qui se serait retrouvé, en raison de ses frasques, soit en prison, soit sur le point d'y être jeté, et qui, sans la sagesse, la sollicitude, et l'intelligence de mon grand-père, ne s'en serait jamais sorti! Manifestement, la vérité est autre : voyant que ses affaires commençaient à connaître une certaine expansion, et craignant de ne plus pouvoir s'en occuper convenablement, Gebrayel avait cherché à faire venir auprès de lui la personne en qui il avait le plus confiance : Botros. Celui-ci était parti, lui avait probablement donné un coup de main, mais n'avait pas supporté les conditions de vie que son frère lui imposait – comme à lui-même, d'ailleurs –, et dont il avait sans doute omis de lui parler franchement dans ses lettres ; peut-être y avait-il eu également des tensions entre un jeune homme de vingt-cinq ans, fonceur, agressif, téméraire, et son aîné, plus circonspect, mais certainement un peu susceptible, et ne supportant pas de se retrouver sous les ordres de son cadet. D'où la légende compensatrice forgée par mon grand-père à son retour… D'où, aussi, le mutisme de ses archives.

Je ne peux évidemment exclure que des cahiers ou des lettres se rapportant à l'épisode cubain aient été conservés par Botros, et qu'ils se soient perdus avant de parvenir jusqu'à moi. Cette éventualité me paraît, toutefois, improbable. Bien sûr, de nombreux documents ont dû s'égarer au cours du dernier siècle, je ne me fais pas d'illusions là-dessus, le passé des miens ne m'a pas été transmis tout entier dans les archives. Seulement, pour m'être plongé pendant des mois dans ce fouillis, j'ai maintenant l'intime conviction que l'épisode cubain n'a pas disparu par simple malchance. Plusieurs cahiers, surtout ceux des dernières années de mon aïeul, évoquent des événements, des anecdotes, se rapportant à divers lieux et à diverses périodes de sa vie, et il est surprenant que pas un seul ne se situe à La Havane.

Je suis bien obligé d'en conclure que le voyage de
Botros à Cuba, qui est resté dans la mémoire de ses descendants comme un exploit mythique, n'avait été pour
lui qu'une regrettable mésaventure.

17

Fort heureusement pour mon grand-père, La Havane n'avait été qu'une étape dans la tournée qu'il effectua dans «les contrées américaines», et dont il reste, cette fois, des traces palpables. Par exemple, cette carte de visite bilingue, «Botros M.» en arabe, «Peter M.» en anglais, avec sa qualité, «Professeur de rhétorique arabe et de mathématiques au Collège Oriental»; pour adresse, simplement «Zahleh (Liban)». Au verso, une phrase écrite à la main: «*Traveling at present in the United States*», «En voyage actuellement aux États-Unis».

Dès le premier «débroussaillage» des documents familiaux, j'avais remarqué cette discrète carte à peine jaunie, et je l'avais placée dans une pochette transparente de peur qu'elle ne se perde. En revanche, je n'avais absolument pas prêté attention à ce carnet allongé et très mince, si bien conservé qu'il donnait l'illusion d'être un répertoire téléphonique récent oublié au milieu des reliques.

C'est en le retrouvant quelques semaines plus tard que je remarquai, sur le cuir marron clair de la couverture, ces mots calligraphiés en caractères gothiques par une main cérémonieuse:

United States Mortgage & Trust Company
in account with Peter M. M...

Il s'agit d'un livret d'épargne, ouvert le 21 avril 1904 dans une banque new-yorkaise, sise 40, Nassau Street – non loin de Wall Street. Somme déposée, 1 000 dollars ; intérêts accumulés, 14 dollars et 29 cents...

D'après ce document, le compte de «Peter M.» fut soldé sept mois plus tard, si bien que l'ensemble des opérations tient sur une seule page. En feuilletant, par acquit de conscience, les pages blanches qui restent, je suis tombé sur un texte en arabe commençant par ces lignes :

> *Brouillon*
> *de certaines choses que j'ai écrites à New York*
> *en 1904,*
> *recopiées des papiers qui étaient dans mes poches*
> *à bord du vapeur nommé «New York»*
> *le 24 novembre 1904*
> *au milieu de l'Océan Atlantique.*

Suivent trente-quatre pages en écriture serrée, d'une calligraphie peu soignée, où sont consignés des poèmes, des anecdotes et des réflexions se rapportant à ce séjour new-yorkais. Désormais je savais où et quand s'était terminé le voyage américain de mon grand-père, et je pouvais essayer de deviner l'état d'esprit qui était le sien à ce moment de sa vie.

Ce que suggère la lecture de ce livret d'épargne transformé en vide-poches, ou en vide-mémoire, c'est que Botros s'était dépêché d'oublier et de faire oublier ce qu'il avait écrit noir sur blanc dans ses lettres – à son frère, à ses cousins, à ses amis – au cours de la période qui avait précédé son voyage, à savoir qu'il détestait l'enseignement, qu'il trouvait la terre des origines « étroite », et qu'il avait résolu d'émigrer « en Égypte ou dans les contrées américaines ». La posture qu'il adopte dans ses notes new-yorkaises n'est pas celle d'un nouvel arrivant à la recherche d'un emploi, mais celle d'un invité de marque, d'une personnalité éminente venue du Vieux-Pays pour « inspecter » avec un sourire désinvolte les merveilles de l'Amérique et les misères de la diaspora.

Ainsi, on l'emmène visiter une fabrique de cigarettes, puis on lui fait cadeau d'une caisse entière pour l'inciter à composer des slogans publicitaires – exercice qui semble l'amuser, puisqu'il s'y adonne avec zèle, alignant dans son carnet une dizaine de slogans possibles, en vers comme en prose, parmi lesquels :

Pourquoi tant de gens émigrent-ils en Amérique ?
Parce que c'est là qu'on fabrique les cigarettes Parsons !

Ou bien

Oui, c'est vrai, j'avais décidé d'arrêter de fumer. Mais c'était avant qu'on me fasse découvrir les cigarettes Parsons !

Ou encore

Aux gens pour lesquels le tabac s'avérait nuisible, le regretté Cornelius Van Dyck demandait qu'ils se limitent à trois cigarettes par jour. S'il avait connu les cigarettes Parsons, il leur aurait permis d'aller jusqu'à trente-trois !

Le missionnaire américain, fondateur de l'école d'Abey, devait être une célébrité à l'époque, du moins parmi les émigrés levantins, puisque Botros n'éprouve pas le besoin de le présenter. D'ailleurs, dans mon enfance, j'entendais constamment parler de lui, ma grand-mère le citait, et mon père aussi quelquefois, qui n'avait pu le connaître puisque le pasteur était mort en 1902. C'est tardivement que j'ai découvert qu'en dehors du milieu où j'ai grandi, Van Dyck était quasiment inconnu ; aujourd'hui encore, je ne puis m'empêcher d'éprouver comme une absurde fierté quand je vois son nom mentionné dans quelque livre sur les orientalistes…

Mon grand-père semble avoir passé à New York un moment des plus agréables. À chaque page de son carnet, il évoque les cadeaux qu'on lui offrait, les amis d'enfance qu'il retrouvait, les banquets qu'on donnait en son honneur, et au cours desquels il improvisait des vers, aussitôt publiés dans les nombreux journaux de langue arabe qui paraissaient alors aux États-Unis.

On le faisait également réagir aux grands événements du moment, tel le conflit qui venait d'éclater entre le Japon et la Russie, et qui lui inspira un long poème simplement intitulé «À propos de la guerre» :

Ne sommes-nous pas, gens du xxᵉ siècle, toujours à critiquer ceux qui sont venus avant nous ?

Toujours à nous enorgueillir de ce que nous avons inventé, et qui n'existait pas du temps des anciens ?

Notre chirurgie nous permet de guérir un organe malade, alors nous nous vantons

D'avoir soulagé la souffrance d'un homme, puis,

*avec nos canons, nous fauchons les hommes par mil-
liers !*

    *À quoi bon promouvoir la science et l'instruction,
si c'est juste un moyen pour nous préparer à la
guerre ?*

Et un peu plus loin :

    *La guerre est agression et pillage, elle est destruc-
tion et carnage,
    Mais c'est un crime que l'on pardonne aux rois,
alors qu'on le fait payer aux enfants.*

18

Je dois à la vérité de dire que dans ce poème de 1904, qui occupe trois bonnes pages de son carnet, mon grand-père ne se contente pas de maudire toutes les guerres, les souffrances qu'elles causent, et nos hypocrisies. S'agissant du conflit en cours, il ne renvoie pas les belligérants dos à dos, il choisit nettement son camp : avec les Russes, et contre les Japonais. À ses yeux, ces derniers étaient clairement les agresseurs. Il développe toute une argumentation à l'appui de sa thèse, invoque le droit des peuples, cite des incidents précis, liés à des noms de lieux que ses contemporains devaient connaître…

Pour être honnête, je ne pense pas que ce soit là la vraie raison de son choix. La vraie raison, il n'en dit rien, mais je la connais. Oui, comme tous les enfants de ma Montagne, je la connais ; sans la moindre preuve tangible, et pourtant avec certitude. J'imagine que mes explications levantines ne seront pas spontanément intelligibles pour ceux qui ont grandi au sein d'une autre civilisation que la mienne ; je vais quand même m'y atteler, peut-être aiderai-je ainsi à mieux décoder le monde compliqué d'où je viens.

Voici. Autrefois, notre famille entière appartenait à la communauté chrétienne orthodoxe, comme la grande majorité des Grecs, des Arméniens, des Serbes… et aussi, bien entendu, des Russes, les plus nombreux. Puis nous eûmes notre propre schisme. Il n'y a pas si long-temps, probablement à l'époque du père de Tannous, ou tout au plus du temps de son grand-père, c'est-à-dire dans les dernières années du XVIIIe siècle ou les toutes premières du XIXe. Une partie des nôtres, pour des rai-sons obscures, décida un jour de se rallier à l'Église romaine, et de reconnaître l'autorité du pape. La chose ne se passa pas sans heurts. Dans chaque maison, il y eut des débats, des brouilles, des bagarres.

Il y eut même un meurtre célèbre. Un patriarche fut assassiné, à l'entrée du village, par un homme de notre famille qu'on surnommait Abou-Kichk; ce dernier s'enfuit à Chypre avant d'en être ramené par la ruse, pour être pendu. L'une des explications de son crime est passionnelle; c'est celle que retiennent les conteurs. Mais les historiens sérieux en connaissent une autre, et elle est religieuse: le patriarche était catholique, et il venait encourager les fidèles à se séparer de l'Église orthodoxe, à laquelle appartenait le meurtrier. Ce der-nier aurait donc voulu, par son acte, mettre fin à ce pro-sélytisme.

Quoi qu'il en soit, la déchirure fut profonde, et aujourd'hui encore, notre famille est partagée en deux; et même en trois, si l'on ajoute la petite communauté protestante.

À présent, la plaie est, dans l'ensemble, cicatrisée. Mais au début du XXe siècle, elle était encore douloureuse. Botros, catholique de naissance mais profondément méfiant à l'égard des querelles religieuses, s'efforçait, chaque fois qu'il en avait l'occasion, de montrer qu'il était au-dessus de ces disputes.

J'en reviens maintenant à la guerre russo-japonaise

de 1904-1905. Son effet avait dépassé de très loin l'enjeu territorial ou l'ampleur des combats. Le cataclysme était dans les esprits, qui avaient dû réviser brutalement leur perception du monde. On venait de découvrir avec stupéfaction qu'une nation orientale, dotée d'armes modernes, pouvait triompher d'une puissance européenne. Les conséquences furent planétaires, et, à l'aune de l'Histoire, quasiment immédiates. En moins de dix ans, les Empires russe, perse, ottoman et chinois connurent des bouleversements dont ils ne devaient plus se remettre ; avant que la Grande Guerre ne vienne balayer ce qui restait du monde ancien.

Dans mon village, cependant, les événements n'étaient pas interprétés comme dans le reste du monde. Les gens ne pouvaient s'empêcher de réagir, spontanément, en fonction de leurs affinités religieuses. Ainsi, la branche orthodoxe de la famille était farouchement pro-russe ; et, par opposition « mécanique », la branche catholique souhaitait la défaite du tsar, et donc la victoire du mikado.

En proclamant, lui, Botros, qui était issu d'une famille catholique, son soutien pour la nation orthodoxe, en affirmant que les Russes étaient dans leur droit, il « enjambait », d'une certaine manière, la frontière communautaire – une attitude œcuménique, réconciliatrice, au sein de sa parenté. Son message à ses cousins était qu'il fallait juger les événements à la lumière des principes universels, et non en fonction de leurs propres appartenances.

S'il suivait les péripéties de la guerre russo-japonaise avec passion comme beaucoup de ses contemporains, Botros ne se privait pas d'aborder, au cours de ses soi-

rées new-yorkaises, des thèmes plus guillerets, comme
dans ce poème, où il raille les exploits imaginaires d'un
chasseur vantard :

> *Youssef menace les oiseaux de son arme,*
> *Mais ils sont sains et saufs, les oiseaux,*
> *Ils n'ont aucune inquiétude à se faire,*
> *On observe même qu'ils vivent plus longtemps,*
> *Depuis que Youssef pratique la chasse.*
> *Les plombs de son fusil sont doux*
> *Comme des raisins de Corinthe…*
> *Est-ce lui qui s'entraîne à ne jamais blesser*
> *Ces faibles créatures ?*
> *Ou est-ce son gibier qui porte*
> *Autour du cou, les reliques de la Sainte Croix ?*

En reproduisant le texte de ce poème, Botros, par correction, s'est bien gardé de dire quel Youssef il moquait
de la sorte. Mais il se fait que le cousin·chez lequel il
résidait à New York se prénommait justement Youssef. Il
avait le même âge que lui, et exerçait la profession de
dentiste tout en détenant des parts dans une entreprise de
presse fondée avec d'autres cousins. Il semble qu'ils
aient tous insisté auprès du visiteur pour qu'il prolongeât
son séjour – et peut-être aussi pour qu'il devînt leur associé –, mais il refusa. Pour lui, la messe était dite. Son
voyage aux Amériques ne devait être dans sa vie qu'une
parenthèse, le temps était venu de la refermer dignement,
et de s'en retourner chez lui la tête haute.

À la veille de son départ, il convia au domicile de son
cousin les éditeurs des journaux new-yorkais de langue
arabe, qui, à l'en croire, passaient leur temps à se que-
reller, et qu'il s'efforça de réconcilier. Étaient également
présents des émigrés lettrés venus de plusieurs pays

d'Orient. Il prononça devant eux un discours enthousiaste, où il prédit que la liberté de la presse allait se développer dans les contrées du Levant, et que le nombre des lecteurs allait augmenter, inexorablement.

Hier encore, il n'y avait pas cinq pour cent des gens de nos pays qui s'abonnaient à un journal ; aujourd'hui ils sont facilement vingt pour cent, et bientôt, si le progrès se poursuit, et si les journaux ne déçoivent pas, on trouvera soixante-dix et même quatre-vingts pour cent d'abonnés ; la lecture des journaux sera devenue pour les nôtres une activité quotidienne indispensable, comme chez les peuples les plus avancés.

Dieu sait d'où mon futur grand-père tenait ses chiffres, mais ils étaient manifestement optimistes ; et ses prévisions plus optimistes encore. Cela dit, l'intention était indiscutablement louable…

Pour terminer son discours, il exprima à l'intention des émigrés une ultime exhortation avant de reprendre le bateau :

Vous avez raison de critiquer les dirigeants de nos pays, mais ne vous bornez pas à cela ; si les dirigeants sont corrompus, c'est parce que la population l'est tout autant. Les dirigeants ne sont que l'émanation de cette pourriture généralisée. C'est par la racine qu'il faut guérir l'arbre. À cette tâche doivent se consacrer ceux qui s'expriment dans les journaux et dans les livres, comme ceux qui parlent aux tribunes.

Pour ma part, c'est précisément à cette mission que je me consacrerai désormais, de toutes mes forces, et jusqu'à la fin de ma vie, avec l'aide de Dieu !

Sans doute y avait-il, dans les propos de Botros, un brin de rhétorique, et le désir, fort compréhensible, de sortir par la grande porte d'une aventure qu'il avait commencée dans l'humiliation. Mais ce n'étaient pas des paroles en l'air. À ses combats donquichottesques – changer les hommes, terrasser l'ignorance, réveiller les peuples d'Orient –, il se consacrera en effet jusqu'à la fin de sa vie ; eux aussi lui apporteront leur lot de désillusions et d'humiliations, au point de lui faire regretter de n'être pas parti quand il pouvait le faire. Je suis persuadé que, plus tard dans sa vie, aux moments les plus pénibles, il allait se remémorer avec une immense nostalgie son séjour dans «les contrées américaines».

Sans, pour autant, oser renouveler l'expérience, s'étant lui-même ligoté les ailes par le «discours officiel» qu'il avait bâti dès son retour : Jamais il n'avait été question pour lui d'émigrer ! Jamais il n'aurait abandonné sa famille, ses élèves, son pays, pour aller faire sa vie ailleurs ! Non, pas lui ! Il n'avait traversé l'Atlantique que pour tirer son frère d'un mauvais pas ; comme il se trouvait dans les parages, il en avait profité pour effectuer une tournée aux États-Unis ; puis il était rentré au pays pour s'attaquer aux immenses tâches qui lui incombaient ! Tous ses proches avaient adopté cette version des faits, et il aurait perdu la face s'il avait reparlé de s'expatrier.

Il a fallu que je retrouve ses papiers intimes pour découvrir qu'il avait nourri dans sa jeunesse bien d'autres tentations.

Lumières

19

Grâce au livret d'épargne de mon grand-père, j'avais désormais une idée précise des dates de son séjour aux États-Unis. S'il avait ouvert un compte le 21 avril 1904, il avait dû arriver peu de temps auparavant. Ce que confirmera une recherche effectuée tardivement dans les archives d'Ellis Island : un dénommé «Peter M.» avait bien débarqué à New York le 18 avril, en provenance de La Havane, à bord d'un paquebot nommé *Vigilancia*.

Dans sa réponse au questionnaire du «United States Immigration Officer», il se disait «commerçant» plutôt que professeur, sans doute parce qu'il venait de travailler dans l'entreprise cubaine de son frère.

Age ? : « 36 ans »
Pays d'origine ? : « Turquie »
Race ou peuple ? : « Syrien »
Capable de lire ? : « Oui »
Capable d'écrire ? : « Oui »
Destination finale ? : « New York »
Possède-t-il un billet pour y aller ? (Sans doute une question qui s'adressait à ceux qui comptaient poursuivre leur chemin vers d'autres villes des États-Unis, mais l'arrivant avait répondu docilement) : «*Oui*»

Par qui son billet a-t-il été payé ? : «Lui-même»

À comparer le formulaire de 1904 à celui qu'avait
rempli Gebrayel en 1895, on est bien obligé de constater qu'il s'était singulièrement étoffé !

*Possède-t-il 50 $, ou, s'il ne les a pas, combien a-
t-il exactement en sa possession ?* Réponse hautaine
de Botros : *« 500 dollars »*

*Est-il déjà venu aux États-Unis ? Si c'est le cas,
préciser où et quand. «Oui, en septembre 1902 »*

*Vient-il rejoindre un parent ou un ami ? Si c'est le
cas, préciser le nom de la personne et son adresse.*
Botros a simplement écrit : *«Hotel America, N. Y.»*

*A-t-il déjà séjourné dans une prison, dans un
sanatorium, dans un asile d'aliénés… ? «Non, non,
non»*

Est-il polygame ? «Non»

Anarchiste ? «Non»

Difforme ou estropié ? «Non, non»

Si cette débauche de détails ne m'apprend pas grand-
chose, et ne suscite chez moi que le haussement
d'épaules qu'elle avait dû susciter chez mon aïeul, je ne
suis pas mécontent de pouvoir enfin situer dans le temps
les différentes étapes de son voyage dans «les contrées
américaines» – à Cuba, de septembre 1902, ou un peu
après, jusqu'en avril 1904 ; et aux États-Unis jusqu'en
novembre. Pour le reste, je veux dire pour la période qui
précède et pour celle qui suit, la datation ne peut se faire
qu'en négatif : vu qu'il n'existe dans les archives, à l'exception du livret d'épargne new-yorkais, aucun document remontant aux années 1901-1905, il est raisonnable
de présumer que Botros demeura hors du pays tout au
long de cette période de cinq ans ; qu'il visita probable-

ment l'Égypte à l'aller, comme il en avait exprimé l'intention ; et qu'au retour il s'arrêta brièvement en France ou en Angleterre. Mais ce ne sont là que des suppositions, lui-même n'en dit rien.

Ce qui est, en revanche, étayé par sa correspondance, c'est qu'il retourna de sa longue tournée avec des rêves dans les yeux et des idéaux plein la tête. Plus que jamais, il voulait changer le monde, ou, ce qui revient au même, changer l'Orient. En témoigne la lettre qui suit, datée du 18 mars 1906. La signature de l'expéditeur et son village de résidence indiquent qu'il appartenait à une grande famille druze de la Montagne, les Hamadeh ; il semble avoir eu une longue conversation avec mon grand-père peu de temps auparavant dans un des rares lieux publics du Beyrouth de l'époque :

> *Je ne cesse de repenser à cette soirée sur la terrasse de* l'Étoile d'Orient. *Il faisait nuit noire, et ce que nous disions avait justement pour finalité de dissiper les ténèbres et de répandre la lumière ; ce qui ne pourra arriver que si des êtres semblables à toi se rassemblaient, et unissaient leurs armes. Alors ne laisse pas l'indécision prendre le pas sur la fermeté, parce que tu es un homme libre, et qu'un homme libre n'accepte pas l'injustice. Engage-toi dans la seule voie possible, la seule que doive suivre un homme comme toi. Je te livre ici mon sentiment le plus sincère, parce que je trouve admirable que tu sois dans de telles dispositions, et que tu veuilles rester dans ce pays…*

Ce qui se dégage de cette lettre, c'est l'atmosphère des « grands soirs ». Deux Levantins épris de liberté, épris de lumière, qui se concertaient sur la meilleure voie à suivre pour bousculer l'ordre établi. Deux jeunes gens animés par une ambition noble, et amoureux de la vie. J'imagine leurs visages éclairés par quelque lampe tremblante, et tout autour d'eux la ville ottomane qui somnolait. Ils devaient avoir le sentiment que leurs chuchotements allaient saper les fondements du vieux monde.

En cela, ils étaient bien les fils de leur époque, nourris des promesses du siècle naissant, dont certaines seraient tenues, et d'autres oubliées, ou monstrueusement travesties. La même année, le même soir peut-être, un peu partout en Orient, des milliers de lettrés jeunes ou moins jeunes «complotaient» de la sorte, dans ce même espoir de «dissiper les ténèbres». Les uns, tel Sun Yat-Sen ou, plus tard, Kemal Atatürk, deviendraient les pères refondateurs d'une nation, d'autres demeureraient des combattants ou des rêveurs de l'ombre. Mais aucune parcelle de lumière n'est négligeable, surtout pour ceux qui en ont été les lointains bénéficiaires – j'en fais partie.

Il est clair que Botros était revenu de son long voyage plus militant, plus combatif que jamais. Sans doute son ami lui reprochait-il gentiment l'indécision qu'il avait décelée chez lui, mais il n'était pas revenu au pays la tête basse. Ni meurtri, donc, ni amer ni abattu, malgré la déception cubaine.

Cette combativité affleurait déjà dans son carnet new-yorkais. Était-il grisé par son voyage, sa découverte de l'Amérique, l'accueil de ses cousins comme de ses «amis», hommes ou femmes? Il me semble que sa tournée aux États-Unis l'avait conforté dans ses convictions permanentes, acquises depuis l'adolescence à l'école de Khalil puis à celle des missionnaires, à savoir qu'il était à la fois nécessaire et possible de bâtir chez nous, au Levant, nos propres États-Unis, une fédération des différentes provinces ottomanes, où coexisteraient les nombreuses communautés, où les journaux seraient entre toutes les mains, et où ne régneraient plus la corruption et l'arbitraire.

Mais il y avait sans doute aussi un autre facteur qui avait dû renforcer sa confiance en lui-même : pour la première fois de sa vie, mon grand-père ne se sentait pas désargenté. Ces mille dollars placés sur son compte d'épargne lui avaient probablement bombé le torse, pour parler familièrement. Si l'on voulait avoir, un siècle plus tard, une idée de leur valeur, il faudrait multiplier par vingt ou par trente. Un visiteur qui se promènerait aujourd'hui à New York en ayant à sa disposition plusieurs dizaines de milliers de dollars ne se sentirait pas à l'étroit. De plus, Botros n'avait même pas eu besoin d'y toucher au cours de son séjour, il n'a retiré la somme qu'à la veille de son départ, ce qui signifie qu'il avait encore d'autres ressources dans les poches.

D'où lui venait l'argent ? De son frère, cela va de soi. N'ayant pu retenir son aîné à ses côtés, Gebrayel ne l'avait certainement pas laissé repartir fâché, les mains vides. Il l'avait rétribué généreusement pour le temps qu'il avait passé dans son entreprise.

De la sorte, Botros avait pu poursuivre son voyage dans des conditions princières. Et à son retour au pays, il devait encore posséder quelques beaux restes, de quoi dîner avec ses amis à la terrasse de *l'Étoile d'Orient,* et refaire le monde en fumant ses cigarettes américaines.

20

Mais la griserie ne pouvait se prolonger indéfiniment. Le pécule havanais ne faisait pas de mon grand-père un homme riche, il ne pouvait – comme d'autres l'ont fait, à son époque – vivre de sa rente en consacrant son temps à la révolution espérée. Il lui fallait à nouveau gagner sa vie.

Fort opportunément, le Collège oriental, qui ne s'était jamais résigné à perdre l'un de ses meilleurs enseignants, se dépêcha de reprendre contact avec lui dès son retour.

Le père supérieur a exprimé le désir de me voir réintégrer l'école. Mais il n'est pas question que j'y revienne si je n'ai pas un meilleur statut et un meilleur salaire. J'ai d'autres contacts à Beyrouth qui vont bientôt aboutir, et j'ai demandé un délai de réflexion. Il me semble que cela ferait avancer les choses si vous alliez le voir vous-même, écrit Botros *à son oncle maternel* – le frère de Soussène –, qui était alors un notable de Zahleh. *Je suis sûr que vous sauriez lui expliquer mieux que moi quelles sont mes exigences, et obtenir de lui ce qui serait dans mon intérêt et dans celui des élèves. Il va sans dire que, si vous parveniez à un accord en ce sens, je m'y conformerai et vous obéirai comme un fils...*

La médiation de l'oncle a dû aboutir, puisqu'on retrouve Botros «directeur des études arabes», titre qui s'étalera fièrement en ces années-là, dans une belle calligraphie, sur tous ses cahiers.

Cette fierté peut paraître excessive à ceux qui vivent, de nos jours, en des pays où les écoles s'élèvent à chaque coin de rue, où tous les enfants sont censés les fréquenter, et où les enseignants et les directeurs d'études sont innombrables. En raison de cette banalisation, et aussi en raison de cette distorsion dans l'échelle des valeurs qui nous fait dédaigner les activités socialement utiles au profit des activités pécuniairement rentables, l'enseignement a beaucoup perdu de son prestige.

Du temps de mon grand-père, une tout autre attitude prévalait, et dans les milieux les plus dissemblables. Chez les tenants de la tradition, celui qui dispensait le savoir, prêtre, pasteur, rabbin, cheikh ou mollah, avait de l'ascendant et du prestige au sein de sa communauté ; et pour ceux qui aspiraient à la modernité et à la liberté, le professeur laïc – un personnage «inventé» par les temps nouveaux – était un symbole et un vecteur irremplaçable des Lumières.

Botros avait conscience de son rôle pionnier, qu'il exerçait avec conviction, et souvent même avec solennité. Paré de son nouveau titre, il devint très vite à Zahleh un personnage omniprésent. On l'invitait constamment à prendre la parole, pour inaugurer un bâtiment, commémorer un anniversaire, ou faire l'éloge d'un visiteur prestigieux.

Ses interventions se déroulaient selon un schéma invariable. Tout d'abord, un préambule empreint de modestie. Par exemple :

Ceux qui m'ont précédé à cette tribune ont déjà tout dit, que pourrais-je ajouter d'utile ?

Ensuite, un long développement volontiers militant, volontiers moralisateur, pour stigmatiser le fanatisme, la corruption et l'obscurantisme.

Il ne manque rien à notre peuple oriental, et il ne souffre d'aucune tare, grâce à Dieu, à l'exception d'une seule, qui est l'ignorance. La grande majorité des gens en sont atteints, hélas, et les symptômes sont variés : les disputes et les conflits incessants, la dissimulation et le double langage, la tromperie et la traîtrise, la violence et le meurtre... Ce mal n'est pas incurable, et le remède en est même parfaitement connu : c'est le savoir véritable.

Enfin, en guise de conclusion, quelques vers didactiques qui reprennent les mêmes idées, parfois mot à mot, pour les fixer dans les mémoires :

Si tu cherches ce qui ne va pas chez les peuples d'Orient, et pourquoi ils sont tellement fustigés,
Tu découvriras qu'ils ont des qualités nombreuses et ne souffrent que d'un seul mal : l'ignorance.
Ce mal est guérissable, mais c'est par le savoir qu'on le soigne, non par l'émigration !
Le savoir est né en Orient avant de partir pour l'Occident, et il devrait revenir chez les siens.

Dans tous ses discours, il reprend inlassablement ce dernier thème, avec passion, avec véhémence, avec rage. Comme lors de la cérémonie organisée en juillet 1907 au Collège oriental de Zahleh pour la clôture de l'année scolaire.

Enfants de mon pays, il est temps de se réveiller, il est temps de rejeter les chaînes qui vous retiennent,
Il est temps de rattraper l'Occident, aussi haut soit-il, et même si vous deviez y laisser la vie.
C'est vous qui aviez donné à l'Occident son savoir, c'est vous qui lui aviez montré la voie.
Moïse et le Christ et le Prophète de l'islam étaient des vôtres, de même qu'Avicenne et les siens…
Abandonnez les traditions néfastes, et n'ayez pas peur de ceux qui, à tort, vous réprouveront !
Redressez la tête, portez les habits de votre époque, et dites : il est révolu le temps des turbans !

Lorsque Botros s'en prenait aux turbans, il était dans le ton des révolutionnaires modernistes de son époque. Quelques années plus tard, Atatürk allait justement proscrire ce couvre-chef traditionnel, à ses yeux symbole d'ignorance et d'obscurantisme, pour arborer fièrement le chapeau occidental, gage de modernité.

Sans vouloir comparer une grande figure de l'Histoire à mon inconnu de grand-père, je me dois de signaler, entre les deux hommes, une divergence : Botros, comme j'ai déjà eu l'occasion de le dire, préférait aller tête nue – ni turban oriental, ni chapeau à l'européenne ! Ce n'était pas seulement un caprice vestimentaire, ni seulement une crânerie. Dans *Les Séquelles de la vanité*, la pièce qu'il avait écrite peu avant son voyage aux Amériques, il faisait dire à l'un de ses compatriotes :

*Nous avons constamment deux visages, l'un pour
singer nos ancêtres, l'autre pour singer l'Occident.*

C'était le fond de sa pensée. Et il l'exprimait parfois
avec une ironie amère, comme dans cette tirade qu'il
avait mise dans la bouche d'un autre personnage :

*Les Orientaux ont vu que l'Occident les avait
dépassés, mais ils n'ont jamais compris pourquoi
c'est arrivé. Un jour, ils voient un Occidental avec une
fleur à la boutonnière. Ils se disent : c'était donc cela,
la raison de leur avancement ! Mettons des fleurs à
nos boutonnières et nous les rattraperons ! Une autre
fois, ils les voient coiffés avec une mèche qui tombe
sur le front, et ils se disent : c'était donc cela, leur
secret ! Et ils s'appliquent à faire tomber leurs mèches
jusqu'aux yeux... Quand comprendrez-vous qu'il y a
des valeurs essentielles, et de vulgaires modes ? Il ne
suffit pas de vouloir imiter l'Occident, encore faut-il
savoir en quoi il mérite d'être suivi, et en quoi il ne le
mérite pas !*

Sans doute y avait-il dans ces propos les échos de l'enseignement des missionnaires presbytériens, qui avaient
leurs propres récriminations contre l'Occident. Pour ma
part, j'y vois d'abord la révolte réfléchie d'un homme
libre, qui souhaitait ardemment que les tables soient impi-
toyablement renversées, mais pas de n'importe quelle
manière, ni surtout dans n'importe quel but.

21

Le chamboulement de l'Orient, que mon grand-père appelait de ses vœux, était bien plus proche qu'il ne l'imaginait.

Dans les premiers jours de juillet 1908, deux jeunes officiers ottomans, prénommés Niyazi et Enver, partirent se retrancher dans les montagnes de Macédoine d'où ils annoncèrent qu'ils levaient l'étendard de la révolte jusqu'à la promulgation d'une constitution moderne. Ils appartenaient l'un et l'autre à une société secrète implantée dans la ville de Salonique, et appelée le comité Union et Progrès ; celui-ci faisait partie d'un mouvement d'opposition plus vaste, et dont le nom allait demeurer dans l'Histoire, celui des Jeunes-Turcs.

Lorsque la mutinerie se déclencha, tout le monde était persuadé que les deux officiers allaient être ramenés à Constantinople enchaînés afin d'y subir un châtiment exemplaire. Mais lorsque le sultan Abdul-Hamid dépêcha un régiment pour les soumettre, les soldats fraternisèrent avec les insurgés ; et lorsqu'il ordonna à une division d'élite de marcher contre eux, celle-ci à son tour décida de désobéir. En quelques jours, l'armée ottomane se retrouva, sinon en rébellion ouverte, du moins dans un état d'insoumission.

Incapable d'enrayer le mouvement, le monarque en

tira immédiatement les conséquences. Plutôt que d'attendre que sa capitale et son propre palais soient submergés, il prit les insurgés de vitesse en renvoyant lui-même son gouvernement, et en appelant au pouvoir des personnalités réformistes ; il annonça également qu'il avait décidé de remettre en vigueur une constitution libérale élaborée au tout début de son règne, trente ans plus tôt, et qui avait été suspendue depuis ; les libertés fondamentales seraient désormais respectées, la censure serait abolie, et des élections libres seraient organisées.

Dans la plupart des provinces, ce fut l'explosion de joie. À Salonique, qui avait été l'une des premières villes à tomber aux mains des révolutionnaires, Niyazi et Enver furent accueillis en héros, et ce dernier – un jeune homme de vingt-sept ans ! – proclama du haut d'une tribune, devant la foule en liesse, que désormais il n'y aurait plus dans l'Empire ni musulmans ni juifs, ni Grecs ni Bulgares, ni Roumains ni Serbes, « car nous sommes tous frères, et sous le même horizon bleu nous nous glorifions d'être tous Ottomans ».

Si Botros se réjouit de ces bouleversements, il manifesta d'emblée son inquiétude. Invité à prendre la parole lors d'une grande réunion publique organisée à Zahleh, il commença par féliciter « *nos vaillants soldats qui ont mis leur sang au service de la liberté* » ; mais pour adresser aussitôt à ses compatriotes cette mise en garde :

> *Vous n'êtes pas sans savoir que, depuis longtemps, les peuples de la terre nous regardent avec dédain et mépris. Ils nous considèrent comme des êtres velléitaires, dénués de principes moraux. Ils mettent en parallèle leur avancement et notre retard, leur gloire*

et notre humiliation, leur développement et notre décadence. Plus généralement, ils tiennent, au sujet de notre impuissance, des propos qui font mal à entendre. Lorsque nous devions répondre à ces attaques, nous nous cachions derrière la tyrannie pour dire aux autres peuples, et à nous-mêmes : « Que voulez-vous que nous fassions sous un tel régime ? »

Aujourd'hui, nous n'avons plus cette excuse. Et j'ai le sentiment que le monde entier a les yeux braqués sur nous, et qu'il se dit : « Le peuple ottoman n'est plus enchaîné, le prétexte qu'il invoquait pour excuser son retard est désormais balayé, voyons ce qu'il va faire ! » Eh bien, si un certain temps s'écoulait sans que nous ayons rattrapé les peuples avancés, ceux-ci ne nous regarderont même plus comme des êtres humains ! Ils seront persuadés que nous n'avons été créés que pour l'humiliation et la soumission, et ils se précipiteront sur nos biens et sur nos intérêts pour les dévorer...

Étrange que Botros se montrât aussi préoccupé, alors que la révolution n'en était encore qu'à ses premiers balbutiements. Sans doute était-ce lié à sa vision de la société de son temps, vision dont je me suis déjà fait l'écho, et selon laquelle « *si les dirigeants sont corrompus, c'est parce que la population l'est tout autant* »... Mais il y avait une autre raison, plus immédiate : des événements très graves se déroulaient déjà, qui ne présageaient rien de bon.

En effet, si le monarque s'était plié, en habile politicien, aux exigences de ses ennemis triomphants, il avait commencé, en sous-main, à battre le rappel de tous ceux que les bouleversements inquiétaient. Dans les milieux traditionalistes, les agents du sultan-calife n'eurent aucun mal à répandre l'idée que ces révolutionnaires étaient des athées et des infidèles qui cherchaient à saper les fondements de la foi afin de les remplacer par des innovations diaboliques importées d'Occident. Pour s'en convaincre, leur disaient-ils, il suffit d'observer les femmes ! Elles s'habillaient jusqu'ici avec pudeur, et voilà qu'elles se mettent à parcourir les rues le visage offert, et à manifester en vociférant comme les hommes… Il a fallu que le calife publie un firman spécial pour les rappeler à l'ordre !

D'ailleurs, susurraient les envoyés du monarque, regardez qui a applaudi ce mouvement depuis le premier jour : des Arméniens, des chrétiens de Syrie, des Grecs, et puis, évidemment, les gens de Salonique ! On prononçait ce dernier mot avec un clin d'œil, et tout le monde comprenait : les juifs. Dans l'entourage du sultan, on accusait aussi les Anglais, les Italiens, et surtout les francs-maçons.

Ce qui n'était qu'à moitié faux. Le mouvement était effectivement parti de Salonique, chose qui n'avait surpris personne ; cette ville était dans l'Empire la capitale des Lumières. C'est là que se trouvaient les meilleures écoles, il y avait même une compétition entre les différentes communautés religieuses, dont chacune se vantait d'offrir un meilleur enseignement que les autres. Et la palme de l'excellence revenait sans conteste à la plus petite d'entre elles, à la plus curieuse, à celle dont la plupart des gens – dans l'Empire ottoman comme dans le reste du monde – ignoraient jusqu'à l'existence : les sabbataïstes, adeptes lointains de Sabbataï Tsevi, qui s'était proclamé Messie à Smyrne à la fin de l'année 1665. Il avait suscité une immense attente dans toutes les communautés juives, de Tunis à Varsovie, en passant par

Amsterdam, et avait également inquiété les autorités ottomanes, qui l'avaient sommé de choisir : soit il se convertissait à l'islam, soit il était exécuté. Il préféra ne pas mourir, «porta le turban, et se fit appeler Mehemed efendi», comme disent les chroniques de ce temps-là. Aussitôt, ceux qui avaient cru en lui l'abandonnèrent ; certains historiens pensent que c'est en raison de cette désillusion traumatisante que beaucoup de juifs se détournèrent de l'attente messianique pour s'impliquer désormais dans les affaires du monde.

À la mort de Sabbataï, en 1676, seuls lui étaient encore fidèles quelque quatre cents familles de Salonique. En turc, on les appela longtemps *dönme*, «ceux qui se sont retournés», au sens de «convertis», appellation passablement dédaigneuse qui a été abandonnée dernièrement au profit de celle de «saloniciens», tout simplement. Ces derniers ne gardent que de vagues références à leur passé mouvementé, leur véritable foi est aujourd'hui laïque ; elle l'était déjà, résolument, à la fin du XIXe siècle.

Si je tiens à parler de ces hommes, c'est parce qu'ils ont joué, à leur insu mais pas vraiment par hasard, un rôle irremplaçable dans la diffusion des idées nouvelles dans l'Empire. C'est en effet dans l'une de leurs institutions, fondée et dirigée par un certain Chemsi efendi, qu'un garçon nommé Mustafa Kemal – le futur Atatürk – fit ses études primaires. Son père, Ali Reza, ne voulait pas que l'instruction de son fils se limitât à l'école coranique traditionnelle, il désirait pour lui un établissement capable de prodiguer un enseignement «à l'européenne».

Cette étincelle allait être à l'origine d'un feu puissant.

Comment un mouvement messianique du XVIIe siècle avait-il pu se métamorphoser, deux siècles plus tard, en un ardent vecteur de laïcité et de modernité ? C'est là un sujet qui me fascine depuis des années, que j'ai sans cesse côtoyé comme on se promène pensivement le long d'une plage ; mais je ne m'y suis jamais plongé, et je ne m'y plongerai pas encore aujourd'hui, mes origines ne sont pas de ce côté-là. Cela dit, je devine – ou, du moins, je crois percevoir, avec mes antennes d'étranger perpétuel et de minoritaire – ce qu'a pu être l'existence de ces quatre cents familles sabbataïstes qui, pour les musulmans, n'étaient pas vraiment musulmanes, qui, pour les juifs, n'étaient plus du tout juives, et qui, pour les chrétiens, étaient doublement infidèles ! Pour elles, s'élever au-dessus des appartenances étroites dut apparaître comme le chemin le plus noble, le plus généreux pour sortir de l'impasse. Encore a-t-il fallu qu'un jour la communauté s'y engage, plutôt que d'en suivre un autre. Car elle aurait bien pu se recroqueviller sur elle-même, se rigidifier à l'extrême pour se prémunir contre la désintégration.

Ce qui a sauvé l'âme des sabbataïstes – de mon point de vue, du moins – c'est, en premier lieu, l'esprit que leur avait insufflé le fondateur. On s'est abondamment moqué de lui parce qu'il avait fait passer sa vie avant sa foi ; en y repensant à tête reposée, on ne peut lui donner complètement tort : les doctrines ont pour vocation de servir l'homme, et non l'inverse ; bien sûr, on peut respecter ceux qui se sacrifient pour un idéal, mais il faut reconnaître aussi que trop de gens se sont sacrifiés tout au long de l'Histoire pour de mauvaises raisons. Béni soit celui qui a choisi de vivre ! Oui, béni soit l'instinct humain de Sabbataï !

L'autre facteur qui, me semble-t-il, a joué un rôle déterminant dans l'évolution des sabbataïstes, c'est Salonique, justement, une ville où il y avait déjà une kyrielle de communautés religieuses et linguistiques, toutes minoritaires, toutes à peu près tolérées, et toutes plus ou moins marginales ; comme la plupart d'entre elles n'avaient pas vocation à devenir prédominantes, elles se mesuraient les unes aux autres par le savoir – par la richesse aussi, bien sûr, mais la chose est plus ordinaire. Cet environnement a évité aux sabbataïstes de se fossiliser, et les a poussés à s'investir corps et âmes dans leurs écoles.

Ce qu'ont voulu faire les sabbataïstes à Salonique, c'est à peu de chose près ce qu'ont voulu faire, à la même époque, et pour des raisons comparables, des hommes tels que Khalil ou Botros : diffuser autour d'eux les Lumières du savoir afin que l'Orient rattrape l'Occident, et que l'Empire ottoman devienne un jour un vaste État moderne, puissant, prospère, vertueux et pluraliste ; un État où tous les citoyens auraient les mêmes droits fondamentaux, quelles que soient leurs appartenances religieuses ou ethniques. Une sorte de rêve américain sur la terre d'Orient, pour minoritaires généreux et déboussolés…

22

À Salonique, cet idéal était partagé par une bonne partie de la population, qui accueillit la révolution de 1908
avec enthousiasme. Le comité Union et Progrès, auquel
appartenaient les mutins, était bien mieux implanté dans
cette ville que dans le reste de l'Empire ; parmi ses
membres, il y avait effectivement des sabbataïstes, des
juifs «normaux», des citadins de nationalité italienne,
des Bulgares, de même d'ailleurs que des Albanais
musulmans – tel Niyazi –, des Circassiens, et de très
nombreux Turcs – tel Enver, le principal officier
rebelle… Mais il était aisé pour le sultan et ses proches
de montrer du doigt les éléments allogènes en demandant
au bon peuple de quel droit ces gens-là, qui avaient toujours été soumis au sultan-calife, se permettaient à présent de se mêler des affaires de l'Empire. S'agissant des
membres musulmans de la confrérie, les traditionalistes
laissaient entendre qu'ils étaient tous francs-maçons, et
par conséquent des athées et des renégats !

Là encore, le faux se mêlait au vrai, puisque les loges
de Salonique – notamment les loges italiennes – avaient
effectivement joué un rôle significatif dans l'élaboration
et la propagation des idées révolutionnaires. Mais ce
rôle ne doit pas être surestimé ; l'aspiration au changement, à la libération, au sursaut, au «réveil de l'Orient»

bourgeonnait déjà, depuis des décennies, dans maintes provinces de l'Empire – et jusque dans mon village ; elle n'avait nul besoin d'être « inventée » un soir à Salonique par une réunion de francs-maçons italiens.

Mais le travail de sape entrepris par les agents du sultan fit son effet dans la population, et le climat se détériora, au point qu'en avril 1909, huit mois après avoir cédé aux mutins, Abdul-Hamid jugea que le moment était déjà propice pour reprendre les choses fermement en main. On vit alors se multiplier, dans tout l'Empire, des événements suspects, que l'on attribua à l'époque aux sbires du monarque, ce qui n'est pas impensable bien qu'à vrai dire on ne soit sûr de rien. Les troubles les plus graves se déroulèrent dans le sud-est de l'Anatolie, et notamment dans la ville d'Adana, où des émeutes éclatèrent, qui prirent une tournure violemment anti-arménienne, et débouchèrent sur un massacre – un premier grand massacre, qui n'allait pas être le dernier.

Quelques jours plus tard, des manifestations de soldats et de religieux traditionalistes eurent lieu à Constantinople même, aux portes du palais impérial, pour exiger « le retour aux vraies valeurs ». Quelques personnalités réformistes furent lynchées dans la rue, les autres – dont la plupart des ministres – furent contraintes d'entrer dans la clandestinité. Constatant que le gouvernement des Jeunes-Turcs avait cessé d'exister, le sultan annonça qu'il se pliait à la volonté du bon peuple et suspendait la constitution. On est en droit de supposer qu'il ne s'était pas fait violence…

Mais il arriva alors, comme en juillet 1908, ce que personne n'avait prévu. Quelques unités de l'armée, animées par le même Enver et le même Niyazi, marchèrent de Salonique sur Constantinople, écrasèrent la contre-révolution presque sans combat, et s'emparèrent du palais impérial. Aussitôt, la plus haute autorité religieuse du pays, le *cheikh-ul-islam*, un homme favorable aux thèses réformistes, émit une fatwa où il estimait qu'Abdul-Hamid devait être déchu «pour tyrannie, meurtre, rébellion armée et violation de la charia» – retournant ainsi contre le calife ses propres armes, en quelque sorte. Le parlement, réuni dans la journée, se fit lire le texte et l'approuva massivement…

Pour annoncer au souverain sa déchéance, l'assemblée lui envoya une délégation de quatre députés : deux musulmans, un chrétien arménien, et un juif. Dosage d'autant plus significatif que ce dernier, Emmanuel Carasso, était, de surcroît, un haut dignitaire franc-maçon de Salonique. C'est d'ailleurs dans cette ville que fut enfermé le souverain déchu, sous bonne garde ; dans une somptueuse demeure, mais prisonnier quand même.

L'un de ses frères, prénommé Rashad, le remplaça sur le trône, sous le nom de Mehemet V. On le disait favorable aux Jeunes-Turcs, ou, tout au moins, peu désireux de leur tenir tête.

Botros célébra son avènement par un poème qui eut, cette année-là, un immense retentissement.

> *Je salue l'ère de Rashad qui va restaurer de notre bâtiment ce qui a été démoli !*
>
> *Je salue les épées de Niyazi et d'Enver, je salue la confrérie qui les a dégainées.*
>
> *Je salue les hommes libres de toutes communautés…*

Il paraît que les partisans de la révolution déclamaient ces vers en bombant le torse, non seulement à Zahleh, mais également à Beyrouth, à Damas, à Alep, et jusqu'à Constantinople, sans toujours savoir qui en était l'auteur.

Si les morts ne meurent pas tout à fait, et si mon grand-père se trouve en cet instant dans cette pièce, près de moi, à m'observer pendant que je fouille dans ses archives, il voudra peut-être que je m'arrête ici dans mes citations, et que je passe à un autre chapitre. Car je m'approche d'un territoire qu'il n'aurait pas aimé que j'aborde. Moi aussi, d'ailleurs, j'aurais préféré ne pas avoir à l'aborder. Mais si je dois diriger vers l'aïeul oublié un faisceau de lumière, c'est à ce prix, on ne tient pas la vérité au bout d'une laisse. Je ne peux donc me dispenser de signaler qu'avant d'avoir salué les tombeurs d'Abdul-Hamid, mon grand-père avait maintes fois dans ses cahiers chanté les louanges de ce sultan.

Voulant être précis, je compte… J'en suis à huit mentions élogieuses, ou tout au moins déférentes. En cherchant mieux, j'en aurais trouvé d'autres. Je ne vais pas toutes les citer, mais il fallait que je reproduise celle-ci, extraite d'une allocution prononcée à Zahleh :

> *Bien entendu, le premier et le dernier éloge doivent être adressés à celui qui est à l'origine de toutes les actions bienfaisantes, Sa Majesté Abdul-Hamid khan, notre souverain vénéré, sultan fils de sultan, que Dieu prolonge son règne florissant…*

Un peu plus loin, ces quelques vers :

> *Si tu cherches de quel métal est faite la vertu,*
> *Regarde du côté où se trouve la famille ottomane.*

Le destin, qui est souvent cruel, s'est montré bien-
veillant
　　　En nous donnant pour souverain Abdul-Hamid...

Sur la page opposée, ces mots griffonnés par Botros
au crayon à mine :

Ce vers doit être changé.

Dans un autre cahier, mon grand-père raconte que le
jour où lui était parvenue la nouvelle de la destitution
d'Abdul-Hamid et de l'avènement de Mehemet Rashad,
il était en train d'assister à la représentation d'une pièce
de théâtre intitulée *Saladin*. Et qu'il était monté sur scène
pour prononcer, «*au nom du peuple ottoman*», quelques
mots à propos du monarque déchu :

Les gens lui avaient confié leurs vies, leur honneur,
et leurs biens, mais il a tout vendu à vil prix. Son nom
sera à jamais souillé, car au lieu d'extirper du
royaume la trahison et la corruption, il a envoyé ses
agents répandre la haine et la sédition. C'est pour-
quoi je dis à cet être arrogant...

Suivent quelques vers particulièrement féroces, mais
cela suffit, je m'interromps. Je ne veux pas non plus
accabler mon aïeul pour la seule raison qu'il n'a pas eu
le temps de mettre de l'ordre dans ses écrits avant de
mourir, ou parce que son discours s'est modifié au gré
des bouleversements politiques – que celui qui n'a
jamais varié lui jette la première pierre !
D'autant que ce sultan, Abdul-Hamid, était un personnage complexe, ambigu, à propos duquel les historiens continuent à débattre jusqu'à ce jour. Tout porte

à croire qu'en montant sur le trône, il avait réellement l'intention de réformer l'Empire pour en faire un État moderne comparable aux puissances européennes qui dominaient le monde d'alors. Avec l'exercice du pouvoir, il devint plus méfiant, et plus cynique, certains disent pervers ou même paranoïaque. C'est qu'il redoutait que les choses ne lui échappent, comme cela arrive souvent lorsqu'un pouvoir longtemps tyrannique commence à desserrer son emprise ; de plus, la dynastie ottomane était dans une phase de déclin accéléré et irréversible, et il n'était plus possible pour un monarque, aussi habile fût-il, d'inverser cette tendance. En d'autres temps, Abdul-Hamid aurait pu être un grand souverain ; arrivé trop tard, il aura quand même été, aux yeux de la plupart des historiens, le dernier sultan digne de ce titre.

Mais par-delà le monarque, c'est à mon aïeul que je m'intéresse. À ses complaisances, à ses intransigeances comme à ses transigeances, à ses indignations, à ses hésitations. Sans vouloir le défendre à tout prix, il me semble qu'il y avait, à travers ses diverses prises de position, une cohérence : mon grand-père n'était pas hostile par principe à l'Empire ottoman. Il aurait bien aimé le voir se transformer en une monarchie constitutionnelle, plutôt que de se désintégrer. Il se proclamait fièrement « citoyen ottoman », et rêvait d'un vaste État aux nations innombrables, où tous les hommes seraient égaux, quelles que soient leur religion ou leur langue, et où ils exerceraient leurs droits sous la houlette d'un souverain intègre et bienveillant ; ce sultan constitutionnel aurait même pu demeurer, s'il le fallait, le chef nominal de « l'Église » majoritaire, un peu comme le roi d'Angleterre. L'Histoire en a décidé autrement. « Notre » Empire s'est effrité, ainsi que celui des Habsbourg, en une nuée de misérables États ethniques dont les grouillements meurtriers ont causé deux guerres mondiales, des dizaines de guerres locales, et corrompu déjà l'âme du millénaire qui commence.

L'Histoire a souvent tort ; mais notre lâcheté de mortels nous conduit à expliquer doctement pourquoi ses décrets étaient justes, pourquoi ce qui est arrivé était inéluctable, et pourquoi nos nobles rêves méritaient de crever.

23

En cette même année 1909, alors que la révolte gron-
dait dans les pays ottomans, une lettre fut apportée à
notre village, qui allait changer le cours de plusieurs vies.
Elle provenait de mon grand-oncle Gebrayel, et le destinataire en était Khalil.

Il s'en était passé du temps, depuis que les deux
hommes s'étaient vus pour la dernière fois ! L'émigré
de La Havane, parti du pays à dix-huit ans, en avait
à présent trente-deux. Son ancien professeur en avait
soixante-douze, un personnage respectable, certes, mais
abondamment controversé, et même franchement détesté
par les catholiques du village, lesquels, malgré le passage
des ans, ne parvenaient toujours pas à comprendre comment le fils du brave curé Gerjis avait pu embrasser les
croyances des hérétiques, et – pire encore ! – comment il
avait osé transformer la maison du prêtre en temple protestant. Et quand, le dimanche matin, commençait à tin-
ter la cloche que le prédicateur avait installée sur le mur
extérieur pour appeler « ses » fidèles à l'office, et qu'une
bonne partie des habitants sortaient aussitôt de chez eux
dans leurs vêtements les plus propres, certaines personnes voyaient là tout simplement la main du diable, et
le signe que le Ciel avait définitivement abandonné ce
pays de pécheurs.

Pourtant, Khalil ne pratiquait pas un prosélytisme agressif. Jamais de confrontation avec les autres communautés, il se contentait de suivre obstinément sa propre route. Dans les archives familiales, la plupart des documents qui portent son écriture sont des listes de nécessiteux. Il avait, en effet, l'habitude de sillonner les villages de la Montagne, pour s'enquérir de la situation des plus démunis, et pour adresser des demandes d'aide en leur faveur, soit aux missionnaires anglo-saxons, soit à quelques hommes fortunés de sa connaissance. Il ne se préoccupait pas trop de la religion des récipiendaires, et ne leur demandait rien en retour. Mais quand ces gens, auxquels personne d'autre ne s'intéressait, voyaient mois après mois la diligence de cet homme, ils finissaient par prêter l'oreille au son de sa cloche nouvelle, et la communauté protestante s'étoffait.

L'autre activité de Khalil avait longtemps été l'enseignement. Mais son école pionnière, après quelques années de rayonnement dont avaient bénéficié Botros, Gebrayel, et des dizaines d'autres enfants de notre village et des alentours – dont, incidemment, l'historien de la famille, Issa, l'auteur de *L'Arbre* –, avait été contrainte de fermer ses portes. Ce qui fut, pour Khalil, pire qu'un échec, la mort d'un rêve.

Comme j'ai déjà eu l'occasion de le dire, il avait commencé par effectuer des études poussées – à Abey, à Souk-el-Gharb, à Beyrouth et ailleurs –, et par occuper divers postes de responsabilité dans les établissements protestants, avant de rentrer au village pour y fonder son école sur le modèle de celles des Américains, et avec leur aide – ainsi qu'avec celle d'autres missionnaires, presbytériens d'Écosse. L'ambition était grande. Ces personnages tombés d'une autre planète avaient une règle d'or que leurs disciples locaux, tel

Khalil, avaient reprise à leur compte : ici, on ne dispensera pas un enseignement au rabais, on donnera aux élèves ce qu'on leur aurait donné s'ils se trouvaient à Boston ou à Édimbourg, et on sera avec eux aussi exigeant qu'on l'aurait été avec des jeunes gens de leur âge aux États-Unis ou en Grande-Bretagne.

L'école nouvelle ne devait donc ressembler en rien à celles que le village avait connues auparavant, et où l'on ânonnait à l'infini des phrases vides de sens, déjà ânonnées sur le même ton par des générations d'ancêtres illettrés, sous le bâton menaçant d'un curé au regard éteint ; Khalil avait mis un point d'honneur à faire venir les meilleurs manuels, les meilleurs enseignants disponibles, et à imposer aux élèves les critères les plus rigoureux.

Hélas, l'expérience ne put aller très loin, malgré l'accueil très favorable que lui avaient fait les villageois. Pourquoi cet échec ? Je ne m'étendrai pas trop ici sur les raisons – que, de toute manière, je n'ai pu découvrir qu'approximativement. Il y avait l'hostilité du clergé catholique qui, après avoir été pris de court, finit par lancer une contre-offensive efficace – j'y reviendrai ; il y avait la timidité du soutien apporté par les missionnaires, qui voyaient se multiplier ce type d'écoles dans la montagne, et qui ne voulaient plus parrainer que les plus importantes – c'est-à-dire celles qui se trouvaient dans les plus grosses bourgades. Mais le plus grave pour Khalil, ce fut la «désertion» des siens : aucun de ses cinq fils ne semblait disposé à reprendre la direction de l'école des mains du fondateur vieillissant. Aucun d'eux, d'ailleurs, n'était intéressé par l'enseignement. Pire encore : aucun d'eux ne voulait rester au village, ni même au pays. Tous rêvaient d'aller vivre outre-mer. Certains étaient déjà partis, les autres s'apprêtaient à le faire…

Par dépit, le prédicateur décida de renoncer à l'école, de mettre un point final à sa longue carrière d'enseignant pour se reconvertir… dans la soie. Oui, dans la culture du ver à soie ! Il planta tout autour de chez lui des mûriers blancs dont les feuilles servaient à nourrir ces bestioles, et fit construire dans un coin isolé – à cause des odeurs – une magnanerie. Celle-ci, selon *L'Arbre*, appliqua «*la méthode préconisée par Pasteur*», et put produire «*les cocons les mieux appréciés de toute la région*».

Je le crois volontiers. Khalil avait, en toute chose, de la rigueur – une qualité que j'apprécie, même si je ne peux m'empêcher de sourire en évoquant l'étrange transformation du prédicateur. D'un côté, la rigueur va à l'encontre du laxisme, de la nonchalance mentale, du laisser-aller, de l'à-peu-près – en somme, de tous ces fléaux qui, depuis trop longtemps, débilitent nos pays d'Orient. D'un autre côté, la rigueur est raideur, elle est rigidité morale – et en cela elle va à l'encontre de ce qui fait la suavité, et l'art de vivre, de nos contrées.

En particulier, il est clair que cette rigidité du prédicateur – comme de son épouse – fut pour quelque chose dans la «désertion» de leurs enfants. Et dans quelques autres crises graves au sein de notre parenté… Ayant dit cela, je me sentirais ingrat si j'omettais d'ajouter que c'est d'abord grâce à cet homme, et à son école éphémère, que la lumière du savoir a pénétré chez les miens. Je n'ignore pas qu'il est toujours hasardeux de suggérer un commencement aux choses – rien ne naît de rien, et moins que tout la connaissance, la modernité, ou la pensée éclairée ; l'avancement advient par d'infimes poussées, et par transmissions successives, comme une interminable course de relais. Mais il est des chaînons sans lesquels rien ne se serait transmis, et qui, pour cela, méritent la reconnaissance de tous ceux qui en ont été les bénéficiaires. En ce qui me concerne, j'éprouve de la gratitude envers le prédicateur ; indépendamment, d'ailleurs, du fait qu'il ait choisi d'être prédicateur. On peut demeurer indifférent au presbytérianisme, se poser cent questions sur les motivations des missionnaires américains, et estimer néanmoins que seul un enseignement de grande qualité peut produire des citoyens dignes de ce nom…

À vrai dire, je ne sais pas si Khalil cherchait à former des citoyens, ou seulement de bons chrétiens protestants. Sans doute, dans son esprit de croyant et de prédicateur, ne faisait-il pas trop la différence… Mais envers les élèves comme envers les nécessiteux, il se gardait bien de pratiquer la charité avec mesquinerie ; il prodiguait le savoir en priant Dieu que les enfants en fassent bon usage. Certains villageois catholiques ne s'y trompèrent pas, d'ailleurs, qui lui confièrent leurs enfants sans craindre qu'il les arrache par traîtrise à la foi de leurs pères. Ce fut le cas de mon bisaïeul, Tannous, qui inscrivit ses enfants l'un après l'autre à l'école du prédicateur sans qu'aucun d'entre eux ne se convertît au protestantisme.

Enfin, presque… Car s'il n'y a eu, à ma connaissance, aucune conversion directe, une bonne partie de la descendance de Tannous allait tout de même se retrouver protestante ; à commencer par sa fille cadette Yamna, que j'ai déjà citée plus haut lorsque son père avait écrit à Botros qu'il était d'accord pour lui faire faire de vraies études – certainement l'une des premières filles du village à avoir eu cette chance. C'est Khalil et sa femme, l'austère Sofiya, tous deux farouches partisans de l'éducation des femmes, qui l'avaient prise sous leur protection et l'avaient encouragée dans cette voie. L'avaient-ils également convertie? Peu importe, à vrai dire, puisqu'elle allait se retrouver *de facto* protestante en épousant le fils aîné du prédicateur, le docteur Chucri.

Je m'interromps un instant. Car, pour la première fois depuis que j'ai entrepris de dévaler ainsi le fleuve des origines, je croise un personnage que j'ai connu. J'ai failli écrire «que j'ai rattrapé», expression qui reflète mieux ce sentiment que j'ai de courir après des ancêtres qui se défilent, qui meurent trop tôt, ou qui émigrent et ne reviennent plus. Chucri, «le docteur Chucri» comme on l'a toujours appelé dans la famille, je l'ai rencontré une fois lorsque j'étais enfant. Pas Yamna, qui est morte avant lui – d'elle, je me souviens d'avoir seulement vu ce jour-là une photo, collée sur un support de velours noir, dans un cadre accroché au salon; ce même salon qui servait jadis de lieu de rassemblement et de prière pour les protestants du village; d'ailleurs, il y avait encore, sur le mur extérieur de la maison, une clochette rouillée, mais je ne savais pas alors à quoi elle avait pu servir.

Cette maison est aujourd'hui la mienne…

24

Ce jour-là, donc, j'étais allé rendre visite au docteur Chucri. À présent je me dis qu'il avait probablement demandé à me voir une dernière fois avant de mourir, car il était âgé, et ne bougeait plus guère de sa chambre.

Je garde de cette rencontre des images précises; pourtant, je n'avais que cinq ans, tout au plus, peut-être même quatre. Je me souviens encore de ce vieil homme malade, si amaigri que son visage en paraissait triangulaire et ses lunettes trop grosses et trop lourdes. Mais son regard et ses mains demeuraient vifs. Il était assis dans un lit à baldaquin, et adossé à un grand coussin brodé. Sur son crâne dégarni, une couronne de cheveux blancs, soyeux et ébouriffés. Il m'avait fait asseoir sur une chaise en osier tout près du lit, et il m'avait appris un tour de passe-passe que je sais encore reproduire. Ayant posé devant moi une assiette creuse, il l'avait à moitié remplie d'eau, puis il avait pris sur sa commode une pièce de monnaie qu'il avait plongée dans le liquide. Il fallait ramasser la pièce sans se mouiller les doigts. «C'est très simple, tu verras!» Il me demanda d'aller lui apporter un verre vide, ainsi qu'un vieux journal dont il déchira un bout, qu'il froissa, puis qu'il introduisit dans le verre avant d'y mettre le feu. Ensuite, il posa le verre sur l'assiette, le bord en bas. Aussitôt, l'eau reflua comme par magie vers le papier enflammé, et le fond de l'assiette se retrouva sec. J'en étais émerveillé, et je n'ai plus jamais oublié cette visite au docteur Chucri.

Il est mort peu de temps après, sans que je puisse le revoir – du moins, je ne me souviens d'aucune autre rencontre. On a souvent parlé de lui dans mon enfance comme d'un grand érudit à l'esprit passablement aventurier, mais sans donner beaucoup de précisions ; et très vite, me semble-t-il, on ne l'a plus guère mentionné. Fort heureusement, *L'Arbre* lui consacre une notice biographique détaillée, bien qu'elle s'interrompe lorsqu'il avait trente-sept ans – à la sortie du livre. J'y apprends qu'il était né en 1871, qu'il avait commencé ses études à l'école de son père, puis les avait poursuivies, bien entendu, chez les Américains ; qu'il était versé dans diverses sciences, l'astronomie, la botanique, la météorologie, la toxicologie, et qu'il avait écrit des dizaines d'articles dans les revues spécialisées, avant de se découvrir, sur le tard, dans sa trentième année, une passion pour la médecine.

Il obtint alors son diplôme devant la commission ottomane en 1904, et commença à exercer avec brio – poursuit l'auteur de L'Arbre, qui était un ami de Chucri, ce qui explique qu'il se soit intéressé de si près à son itinéraire. *Mais il était tenté par le voyage, et il s'embarqua le 23 février 1906 pour l'Égypte où il s'enrôla comme officier dans l'armée, et fut dépêché au Soudan où il se trouve encore à l'heure où nous mettons sous presse.*

Son mariage avec Yamna fut vraisemblablement célébré entre ces deux dernières dates, soit à la fin de 1905, soit au tout début de 1906, en tout cas dès le retour de

Botros de sa tournée américaine. Aussitôt après, les nouveaux mariés partirent effectivement pour Khartoum, où Chucri avait obtenu un poste de médecin militaire auprès de l'armée britannique.

Cette union entre la fille de Tannous et le fils de Khalil rapprocha encore les deux familles qui, désormais, n'étaient plus seulement amies, voisines, et vaguement issues d'ancêtres communs. Botros ne pouvait que s'en réjouir ; à l'inverse de son frère Theodoros, qui avait été ordonné prêtre peu avant le mariage de sa sœur, et pour qui cette alliance avec les « hérétiques » était une mortification ; d'autant que le fils du prédicateur était particulièrement militant dans son protestantisme, et virulent dans son hostilité aux catholiques. Que sa propre sœur devienne l'épouse de cet homme, et qu'il l'emmène vivre au milieu des Anglais, ne pouvait qu'affliger Theodoros. Mais il n'avait pas voulu – ou pas pu – s'y opposer.

Mon grand-oncle le prêtre n'était d'ailleurs pas au bout de ses épreuves. Car la lettre adressée par Gebrayel à Khalil en 1909 parlait, elle aussi, de mariage, quoique de manière allusive. Très allusive, même, puisque l'émigré, après avoir parlé de mille autres choses, se contentait, dans les toutes dernières lignes, de prier son ancien professeur de « *transmettre des hommages respectueux à sa vertueuse fille, miss Alice* ».

Il ne demandait pas formellement sa main ; mais le seul fait de la mentionner à part, au lieu de l'inclure dans les salutations générales – et alors qu'il ne l'avait plus vue depuis qu'elle était petite fille –, était une manière de sonder le terrain.

De son élève Gebrayel, Khalil avait gardé le souvenir d'un garçon futé, débrouillard, jovial, mais trop soucieux de son apparence, peu patient pour les études, et sans grande inclination pour les choses religieuses; depuis, les années avaient passé, et il avait entendu, à propos de sa véritable situation à Cuba, des rumeurs diverses. Comme tout un chacun, il avait appris que Botros était allé à La Havane pour tirer son frère d'un mauvais pas. De quoi s'agissait-il exactement? Est-il vrai que l'émigré avait eu des ennuis avec la justice? Et à quel propos? Lorsqu'on est un père responsable, ce sont des questions qu'on est censé tirer au clair si l'on envisage de marier sa fille à quelqu'un…

Avant de répondre à la lettre venue de La Havane, le prédicateur s'en ouvrit donc à Botros, qui fut extrêmement embarrassé par ce témoignage de confiance. D'un côté, son expérience lui avait appris à ne pas prendre pour argent comptant les promesses de son frère; et cela, il ne pouvait décemment pas le dissimuler à une personne comme Khalil, il ne pouvait lui dire: «Donnez-lui votre fille, les yeux fermés…» quand il avait encore en mémoire sa propre mésaventure cubaine. Et si la malheureuse se retrouvait à dormir, comme lui, dans un grenier? Mais il n'était pas question non plus de trahir son propre frère en conseillant au prédicateur de lui refuser la main d'Alice.

Nul, parmi les survivants, ne sait ce qui s'est finalement dit entre ces deux hommes, l'un et l'autre disparus depuis longtemps, et qui, sur une telle question, seraient de toute manière demeurés muets. Toujours est-il qu'à la suite de son entretien avec Botros, Khalil décida de ne pas donner, pour le moment, une réponse positive. Il écrivit à l'émigré une lettre fort courtoise et fort bien tournée, dans laquelle il le remerciait de s'être préoccupé ainsi de la santé des membres de sa famille, ajoutant qu'il aimerait lui aussi s'enquérir de sa santé, de ses affaires, et s'assurer que désormais tout allait pour le mieux.

Gebrayel, qui avait moins que Botros l'intelligence des livres, mais plus que lui l'intelligence de la vie, comprit instantanément ce qui s'était chuchoté au village, et décida de riposter à sa manière. Un autre que lui aurait exposé longuement ses succès, énuméré ses propriétés, détaillé ses revenus. S'adressant à un austère prédicateur presbytérien, mon grand-oncle cubain jugea préférable de suivre une voie différente. Il rétorqua par une lettre assez concise, dans laquelle il affirmait simplement qu'il était un honnête travailleur, qu'il trimait nuit et jour et trimerait plus dur encore lorsqu'il aura la charge d'une famille ; puis il signala incidemment qu'il avait remarqué la présence, à deux pas de chez lui, d'une belle église presbytérienne.

Le prédicateur apprécia le ton de la lettre, et ne fut pas du tout insensible à ce dernier détail ; Alice non plus, qui redoutait de se retrouver dans une île épaissement catholique. Il y eut encore deux ou trois courriers échangés, puis Khalil donna son consentement. Sa femme Sofiya s'embarqua avec leur fille pour Cuba quelques mois plus tard. Gebrayel les installa dans un petit appartement aménagé exprès pour elles juste au-dessus de son magasin, au centre de La Havane.

Le mariage fut célébré sans apparat, mais en deux cérémonies successives, l'une à l'église catholique du quartier, l'autre à l'église presbytérienne. Peu de temps après, l'épouse du prédicateur rentra au pays rassurée sur ce gendre qui, bien que papiste, se montrait travailleur et vertueux. De fait, Gebrayel consacrait tout son temps à ses affaires ; Alice, de son côté, partageait ses journées entre les tâches ménagères et la prière, en attendant – mais sans hâte – que le Ciel lui accorde la grâce d'un enfant.

25

Le premier enfant de Gebrayel et d'Alice naquit à La Havane le 30 janvier 1911. Parmi les documents familiaux, un luxueux faire-part de baptême peint à la main, représentant une branche de lilas et, à l'arrière-plan, un paysage de mer avec deux voiliers; on y apprend que la cérémonie avait eu lieu le 16 juillet au domicile des parents, au numéro 5 de la rue Egido, et que l'officiant était «*Monsieur le curé paroissial de l'église Santo Cristo del Buen Viaje*»; sont également mentionnés les deux parents, «Gabriel» et «Alicia»; le parrain, un certain Fernando Figueredo Socarrás; ainsi que la marraine, une certaine Carmela Cremate, qui ne put venir, apparemment, puisqu'il est précisé qu'elle fut «*representada por la Señorita Rosa Martinez*»…

Avec le faire-part, une photo du bébé étendu, fesses à l'air, sur un drap brodé. Découpée de manière à s'insérer dans un cadre ovale, elle avait dû être prise le jour du baptême; rien n'est écrit dessus sinon, en tout petits caractères, le nom de l'imprimeur, «*Imp. Castro, Habana*».

Je ne fus pas trop surpris de constater que la fille du prédicateur presbytérien avait accepté de faire baptiser son enfant par un curé catholique; aurait-elle demandé l'avis de son père, c'est probablement ce qu'il lui aurait conseillé. Au soir de sa vie, Khalil avait adopté sur ces questions une attitude de modération qui lui faisait défaut dans sa jeunesse. Dans les documents tardifs que je possède de lui, il signe presque toujours «*Khalil, fils du curé Gerjis*», avant d'ajouter, en plus petits caractères, «*Serviteur de la communauté évangélique*». Une posture élégante, qui révèle une volonté de conciliation et de paisible coexistence; mais avant tout une preuve d'habileté: vivant dans un milieu où sa communauté était encore récente et fortement minoritaire, il se devait de prêcher surtout par l'exemple, et de ne convertir que ceux qui venaient le lui demander avec insistance.

Puisque son gendre Gebrayel n'était pas protestant, le nouveau-né ne le serait pas non plus; si, plus tard, le fils exprimait le désir de se convertir à la religion de sa mère, libre à lui. Pour le moment, on laisserait le curé le baptiser. L'enfant portera même, parmi ses prénoms, celui de Theodoro, en hommage à son oncle, prélat catholique.

Deux obédiences étaient donc réunies autour du berceau? En fouillant d'un peu plus près, j'allais même en découvrir une troisième. C'est qu'un nom, sur le faire-part, avait retenu mon attention. «Socarrás». J'avais la certitude de l'avoir déjà aperçu quelque part, tout dernièrement. N'avais-je pas fait quelques lectures sur l'histoire cubaine lorsque j'avais eu entre les mains les lettres de Gebrayel rapportées du Liban par ma mère? M'efforçant de refaire le même cheminement, je finis par retrouver, à ma grande satisfaction, ce paragraphe qui avait laissé dans ma mémoire un écho:

Le 28 janvier 1895, José Martí fêta à New York son quarante-deuxième anniversaire, qui allait être le

dernier. Le lendemain, il signa l'ordre de soulève-
ment général qui devait conduire à l'indépendance de
l'île. Le document fut transmis le 2 février à Fernando
Figueredo Socarrás, qui le fit enrouler dans un
cigare, le plaça au milieu de quatre cigares iden-
tiques, et se dirigea vers Key West, puis vers Cuba. La
guerre d'indépendance fut déclenchée le 24 février.
Dans l'intervalle, Martí s'était rendu à Saint-
Domingue pour y rencontrer Máximo Gómez...

Lorsque j'avais lu ce texte pour la première fois, je
m'intéressais surtout au dernier nommé, dont la maison
avait été achetée par mon grand-oncle; par ailleurs, je
connaissais déjà le nom de José Marti, au moins en tant
qu'auteur de la célèbre *Guantanamera*, mais sans savoir
à quel point ce poète était vénéré par ses compatriotes,
qui voient en lui, d'une certaine manière, le père fondateur de la nation cubaine; en revanche, je ne savais rien
alors de Figueredo Socarrás, ni du rôle joué par ses
cigares dans la guerre d'indépendance. Comment ce
personnage s'était-il retrouvé parrain du fils de mon
grand-oncle Gebrayel?

La chose paraissait inouïe, mais je mentirais si je
laissais entendre que ma surprise était totale. Non,
j'avais mon idée... Je dus cependant me plonger dans
certains ouvrages de référence, ainsi que dans les
archives familiales, pour en obtenir confirmation: ce qui
liait Gebrayel, émigré du Mont-Liban, à Fernando Figueredo Socarrás, et ce dernier à José Marti, et Martí à l'officier dominicain Máximo Gómez, commandant en chef
des armées révolutionnaires, c'est qu'ils étaient tous les
quatre francs-maçons. Pour trois d'entre eux, cette
appartenance est abondamment documentée dans les
ouvrages qui retracent leur itinéraire; quant à mon

grand-oncle, qui n'a pas eu son nom dans les livres d'histoire, il suffit de lire son courrier. On n'a d'ailleurs même pas besoin de le lire, il suffit de jeter un regard sur ses enveloppes, ou sur l'en-tête de son papier à lettres, pour découvrir, tout à gauche, juste au-dessous de l'enseigne du magasin, et juste au-dessus de l'adresse, la mention *Distintivos masonicos*, «Insignes maçonniques», signifiant qu'il était habilité à fournir les différents objets – médailles, rubans, tabliers, cordons, sautoirs, etc. – employés dans les cérémonies.

Tout cela cadrait bien avec ce que j'avais entendu chuchoter dans la famille. À savoir que mon grand-oncle Gebrayel était franc-maçon, et mon grand-père aussi. Se seraient-ils influencés l'un l'autre? Et à quel moment de leur vie? Je dois reconnaître que je n'ai aucune certitude en la matière, même si – à la lecture de nos archives – je suis un peu moins dans le noir.

Pour Gebrayel, il me paraît évident qu'il fut initié après son départ pour le Nouveau Monde, soit à La Havane, soit déjà à New York, quoique sans doute par des exilés cubains partisans de Martí. Ce n'est là qu'une hypothèse, mais elle me paraît bien plus plausible que celle d'une initiation de mon grand-oncle à l'âge de dix-huit ans dans un village de la Montagne libanaise.

S'agissant de mon grand-père, je suis resté longtemps dans l'incertitude, dans le tâtonnement. Il y avait une foule de présomptions, mais dont aucune ne constituait une preuve. Par exemple cette lettre, déjà citée, que lui avait adressée, peu après son retour d'Amérique, l'ami qui avait eu avec lui une longue conversation à Beyrouth, sur la terrasse de *l'Étoile d'Orient*.

Il faisait nuit noire, et ce que nous disions avait justement pour finalité de dissiper les ténèbres et de répandre la lumière ; ce qui ne pourra arriver que si des êtres semblables à toi se rassemblaient, et unis-saient leurs armes. Alors ne laisse pas l'indécision prendre le pas sur la fermeté, parce que tu es un homme libre, et qu'un homme libre n'accepte pas l'injustice.

Peut-être n'est-il pas inutile de signaler que l'expression «homme libre», au singulier et surtout au pluriel, *al-ahrar*, est souvent utilisée en arabe comme une abré-viation usuelle pour désigner *al-massouniyoun al-ahrar*, «les francs-maçons»…

Je reprends ce courrier.

Engage-toi dans la seule voie possible, la seule que doive suivre un homme comme toi. Je te livre ici mon sentiment le plus sincère, parce que je trouve admi-rable que tu sois dans de telles dispositions, et que tu veuilles rester dans ce pays… J'espère recevoir de ta part une réponse positive, pour que je boive un verre en ton honneur, bien que ce ne soit pas dans mes habi-tudes de boire.

Je t'adresserai bientôt le livre de doctrine dont je t'ai parlé…

Cet homme, qui parlait du ton d'un ami proche mais récent, était manifestement en train d'encourager Botros à rejoindre une certaine confrérie ; laquelle, dans les conditions de l'époque – mars 1906, deux ans avant le soulèvement des Jeunes-Turcs –, ne pouvait être qu'une société secrète, ou tout au moins «discrète»…

À présent, je relis le poème composé par mon grand-père quand la contre-révolution fut écrasée, et que le sul-tan Abdul-Hamid fut renversé.

*Je salue l'ère de Rashad qui va restaurer de notre
bâtiment ce qui a été démoli !*

La symbolique du bâtiment démoli qu'il faut restaurer est typiquement maçonnique. Une preuve ? Toujours pas, mais une présomption de plus. D'autant que le poème continue ainsi :

*Je salue les épées de Niyazi et d'Enver, je salue la
confrérie qui les a dégainées.*
Je salue les hommes libres de toutes communautés...

Chaque fois que je relisais ces vers, ma conviction se confortait un peu plus. Je voulais bien admettre que « la confrérie » qu'il saluait ainsi était le comité Union et Progrès, ou les Jeunes-Turcs, plutôt que la franc-maçonnerie... Néanmoins, la référence, ici encore, aux « hommes libres » sonnait à mes oreilles comme un clin d'œil aux initiés.

J'avais effectué d'autres rapprochements encore, j'avais disséqué d'autres bouts de phrases... Et j'avais posé mille questions à des amis appartenant à la franc-maçonnerie, qui avaient patiemment comblé mes béantes lacunes concernant son histoire, ses idéaux, ses rites, ses obédiences, sans pouvoir néanmoins m'éclairer sur l'itinéraire de mon grand-père. À la fin, je m'étais résigné à laisser sa part au doute. Pour me consoler de cette absence de preuves, je me disais que si Botros, à l'inverse de Gebrayel, avait choisi de dissimuler cet aspect de sa vie dans la pénombre, ce n'était pas sans raison ; en tant que Levantin, il était forcé de masquer ses véritables convictions, tant par crainte des autorités que par méfiance à l'égard de l'opinion ambiante – y compris celle des proches. Peut-être ne devrais-je pas trop chercher au-delà de ce qu'il avait voulu dévoiler.

Et puis un jour, la preuve est arrivée. Dans un courrier signé par un ami, haut dignitaire franc-maçon, et qui avait pris à cœur ma recherche :

> *Plaise au Ciel que les informations que je vous apporte aujourd'hui soient celles que vous attendez depuis si longtemps ! En effet, dans les archives de la Loge écossaise Assalam N° 908, je viens de trouver ce qui suit :*
>
> *« Nom du candidat : Botros M.M.*
>
> *Date d'acceptation : le 6 avril 1907.*
>
> *Age : quarante ans.*
>
> *Numéro d'enregistrement : 327. »*
>
> *Si l'âge indiqué correspond bien au sien, alors nous y sommes : « Frère Botros » était dans la Loge Assalam, qui a été fondée à Beyrouth en 1905 sous la juridiction de la Grande Loge d'Écosse. Il s'agit d'une des loges les plus actives, par le passé et jusqu'à nos jours.*
>
> *En me référant à ce que vous me disiez dans vos courriers précédents, à savoir que votre grand-père est rentré d'Amérique fin 1905 ou début 1906, et qu'il a séjourné à Beyrouth jusqu'à l'automne de 1907, les dates me semblent concordantes.*

Cette fois, oui, le doute est levé. Et même si mon opinion était faite depuis longtemps, cette confirmation me donne le sentiment d'être entré dans une intimité nouvelle avec l'homme au visage oublié, par-delà les générations, et par-delà cette frontière mouvante qui sépare ceux qui vivent de ceux qui ont vécu.

26

Le 24 juillet 1909, premier anniversaire de la promulgation de la Constitution ottomane, fut déclaré «Fête de la Liberté», et célébré dans tout l'Empire – un peu sur le modèle de ce qui arriva en France lorsqu'on organisa, le 14 juillet 1790, un an après la prise de la Bastille, la Fête de la Fédération. La similitude ne s'arrête pas là, d'ailleurs, comme il ressort clairement de l'allocution que prononça Botros à cette occasion devant la population et les autorités de sa ville de résidence.

Après avoir rendu hommage au nouveau sultan et aux officiers révolutionnaires, il eut recours à son stratagème préféré – le préambule faussement modeste :

> *J'aurais dû consacrer mon discours à l'explication des trois notions essentielles de la devise de notre Constitution ottomane, à savoir la Liberté, la Fraternité et l'Égalité, en comparant le sens véritable de ces mots avec la manière dont la plupart des gens les ont compris, mais l'orateur qui m'a précédé l'a fait mieux que je n'aurais pu le faire... Alors, pour que vous n'ayez pas à écouter deux fois les mêmes choses, permettez-moi de vous rapporter simplement cette conversation qui s'est déroulée hier même, dans la soirée, entre un Ottoman et un* ajnabi...

J'ai reproduit ce dernier mot dans sa forme originelle, parce qu'il mérite clarification. Il pourrait être traduit par «étranger», à condition que l'on garde à l'esprit sa connotation particulière. Un *ajnabi*, ou, pour une femme, une *ajnabieh*, évoque le plus souvent une personne «européenne», au sens ethnique du terme. Dans les pays du Levant, on ne dira jamais d'un Marocain, d'un Iranien ou d'un Grec qu'il est *ajnabi*; il est plus habituel de donner aux ressortissants de ces pays culturellement proches leur nom spécifique. Un *ajnabi* est quelqu'un qui vient de plus loin, d'Europe, d'Amérique, ou encore – plus rarement – d'Extrême-Orient. Dans l'esprit de mon grand-père et de ses auditeurs, ce mot se réfère probablement à un Français, à un Britannique, à un Allemand ou à un Américain; j'aurais donc pu le traduire aussi bien par «Européen» ou par «Occidental», que par «Étranger». Après hésitation, j'ai fini par opter pour ce dernier terme, afin de ne pas rendre abusivement explicite ce qui, dans la culture du Vieux-Pays, ne l'est pas.

Cela dit, la précision que je viens d'apporter est largement superflue, vu que cet «Étranger» et cet «Ottoman» qui font mine de dialoguer sont, à vrai dire, une seule et même personne: mon grand-père lui-même, qui a dû estimer que ses propos passeraient mieux s'il les attribuait à deux interlocuteurs imaginaires.

L'Étranger: *Je remarque que vos lieux publics sont pavoisés, et que les habitants paraissent joyeux...*

L'Ottoman: *C'est que nous avons demain une grande fête nationale, appelée Fête de la Liberté. Nous allons nous rassembler, il y aura des discours, des articles dans les journaux, comme cela se passe en France, en Amérique, et chez les autres peuples libres à de pareilles occasions.*

L'Étranger : *Les nations que vous avez mentionnées organisent effectivement des fêtes pour célébrer des réalisations dont elles sont fières. Et vous, pourriez-vous me dire quelles réalisations vous célébrez ainsi ?*

L'Ottoman : *Nous fêtons la proclamation de notre Constitution, qui prône la Liberté, la Fraternité et l'Égalité. N'est-ce pas là une réalisation dont nous pouvons être fiers ?*

L'Étranger : *La Liberté mérite certainement une fête. Mais je ne comprends pas bien ce que vous entendez par « proclamation ». S'il s'agit de célébrer la publication d'un texte, je crois savoir que celui-ci a été publié il y a une trentaine d'années, et je ne vois pas l'utilité de cette célébration tardive. Et s'il s'agit de fêter l'application effective de la Constitution, l'application effective des principes de Liberté, de Fraternité et d'Égalité, c'est-à-dire le fait que chaque citoyen jouisse réellement des droits qui lui sont reconnus, eh bien, je suis dans l'obligation de vous dire – pour avoir fréquenté diverses administrations, diverses institutions civiles, religieuses ou autres – que ces principes sont complètement ignorés, et que la plupart de vos dirigeants ne peuvent même pas imaginer qu'ils puissent être appliqués un jour. De ce point de vue, je trouve qu'il est un peu tôt pour fêter...*

L'Ottoman, indigné : *Ne seriez-vous pas en train de persifler contre nos grands hommes ? contre notre sultan constitutionnel ? contre Niyazi et Enver ? Ne seriez-vous pas l'un de ces défaitistes... ?*

L'Étranger : *Calmez-vous, cher ami, et comprenez-moi bien. Moi je vous parle dans votre langue, et je ne suis pas un défaitiste. Et si je n'étais pas le plus sincère des hommes libres, je ne vous aurais pas parlé aussi franchement. Je sais mille choses que vous ignorez sur les qualités de votre sultan, et de certains de vos grands* hommes. *Votre souverain est un homme juste et vertueux, aucun de nos rois n'est meilleur que lui. Quant à Niyazi et Enver, ce sont des héros courageux, soyez sûr que chez nous on honore les hommes de cette trempe plus que vous ne le faites ici. Et ne croyez surtout pas que je cherche à vous mettre en garde contre le régime constitutionnel ; à mes yeux il ne peut y en avoir d'autre. Seulement, pour avoir un sens, la Constitution devrait être imprimée dans les mœurs, pas seulement sur du papier. J'entends par là que les gens devraient apprendre à se comporter comme des citoyens, que chacun jouisse de ses droits, que chacun puisse vaquer à ses occupations l'esprit tranquille. Est-ce le cas ? La vérité, c'est que vos mœurs sont encore celles de vos ancêtres les Arabes de l'âge de l'ignorance, qui pratiquaient l'insulte et l'agression, qui se liguaient en clans pour s'attaquer et se piller les uns les autres. Même ceux d'entre vous qui se prétendent civilisés, les notables et les chefs, n'hésitent pas à se servir du mensonge éhonté et de la calomnie pour parvenir à leurs fins ; ils vous disent que le noir est blanc et que le blanc est noir, ils vous disent que le lion est un renard et que le renard est un lion, et vous, vous les suivez aveuglément et vous priez le Ciel de leur donner la victoire. Eh bien, sachez que si vous ne changez pas votre comportement, et si vous ne vous débarrassez pas rapidement de ces dirigeants, votre régime constitutionnel se corrompra. Or, c'est le dernier régime qu'il vous reste à expérimenter, vous n'en connaîtrez plus d'autre. Vous tomberez entre des mains étrangères et vous serez traités comme des esclaves. Sortez donc de l'orgueil de l'ignorance, cessez de dédaigner la franchise et la vérité, cessez de soutenir ceux qui vous conduisent à votre perte, et cessez donc ces célébrations et ces réjouissances qui ne riment à rien !*

Alors l'Ottoman baissa la tête, il demeura pensif, les marques de joie s'effacèrent de son front, et des larmes se mirent à couler de ses yeux. Il regarda autour de lui, cherchant quelqu'un qui puisse le consoler. Puis il entonna ces vers…

Le masque des interlocuteurs – qui était devenu, au fil des répliques, de plus en plus transparent – vient de tomber. « L'Étranger », qui se décrivait tantôt comme « le plus sincère des hommes libres », tient à présent des propos que Botros avait tenus un an plus tôt ; tandis que « l'Ottoman » s'apprête à réciter un poème composé par le même Botros, et où sont repris les mêmes thèmes.

C'est pour célébrer leurs victoires que les nations de la terre organisent des fêtes, mais nos fêtes à nous ne sont que moquerie,

Qu'y a-t-il à célébrer, dites-moi ? Quelle riche province avons-nous conquise ? Et en quoi avons-nous amélioré la vie des nôtres ?

Un sultan a abdiqué, un autre est monté sur le trône, mais le pouvoir s'exerce toujours de la même manière,

Nous sommes une nation volage, que le vent des passions entraîne par-ci, par-là…

27

Ces paroles, prononcées en public un an après la rébellion des Jeunes-Turcs, et trois mois à peine après la chute
d'Abdul-Hamid, n'étaient pas un simple mouvement
d'humeur et d'impatience. Même si «l'Ottoman» et
«l'Étranger» du dialogue faisaient semblant de défendre
le nouveau sultan et les officiers révolutionnaires, le seul
fait de parler de ces dirigeants sur un ton cavalier était
significatif. Botros était de plus en plus déçu, de plus en
plus meurtri, et il profitait de la liberté d'expression nou-
vellement acquise pour dire ce qu'il pensait.

Ce qui l'exaspérait, en premier lieu, c'est que les pratiques de l'administration, des fonctionnaires locaux,
qu'il s'agît des gouverneurs de province ou des plus
modestes clercs, étaient encore celles de l'ancien
régime. Mais il fallait être bien naïf pour s'attendre à ce
que cela changeât du jour au lendemain, sur simple
publication d'un décret…

Ce qui l'affligeait aussi, même s'il ne pouvait en parler explicitement, c'est qu'il commençait à comprendre
que, sur le dossier qui était pour lui le plus crucial, rien
n'avait été réglé, et rien ne le serait.

Ce dossier était celui des «minorités de l'Empire».
Ma formulation, imitée des livres d'Histoire qui traitent
de la question d'Orient, ne rend pas compte de l'essen-

tiel. Car l'essentiel n'est pas de définir le droit des minorités ; dès qu'on formule les choses ainsi, on entre dans
l'ignoble logique de la tolérance, c'est-à-dire de la protection condescendante que les vainqueurs accordent aux
vaincus. Botros ne voulait pas être toléré ; et moi, son
petit-fils, je ne le veux pas non plus ; j'exige que l'on
reconnaisse pleinement mes prérogatives de citoyen,
sans que j'aie à renier les appartenances dont je suis
le dépositaire ; c'est mon droit inaliénable, et je me
détourne hautainement des sociétés qui m'en privent.

Ce qui intéressait Botros – le verbe intéresser est ici
faible, je devrais plutôt dire : ce qui déterminait toutes ses
émotions, toutes ses réflexions, et tous ses actes –, c'était
de savoir si lui, né au sein d'une communauté minoritaire, de religion chrétienne et de langue arabe, allait
obtenir dans un Empire ottoman modernisé sa place
entière de citoyen, sans avoir à payer, tout au long de sa
vie, le prix de sa naissance.

Certains indices lui donnaient à penser que la révolution des Jeunes-Turcs allait précisément dans cette
direction. Tous ces minoritaires qui avaient applaudi le
mouvement dès le premier instant, qui y avaient parfois
activement contribué, ces «hommes libres de toutes
communautés», devaient forcément nourrir les mêmes
espérances que lui.

Mais, assez vite, des phénomènes inquiétants s'étaient
produits. Il y avait eu, par exemple, ces élections générales, qui auraient dû être le commencement d'une ère
de liberté et de démocratie, et qui furent marquées par
des manipulations, des truquages – tous les moyens
étaient bons pour faire élire le plus grand nombre de
députés favorables aux officiers révolutionnaires et à leur
comité Union et Progrès. Ces parlementaires appartenaient à toutes les nations de l'Empire, mais l'on

constata alors un phénomène alarmant : à chaque vote, les « unionistes » se partageaient en deux clans, d'un côté les Turcs, de l'autre les non-Turcs.

Le même clivage se manifestait au sein de l'équipe dirigeante. Les minoritaires, les « allogènes », ainsi que les francs-maçons, furent peu à peu écartés, au profit d'un groupe ultra-nationaliste, dirigé par Enver pacha, qui rêvait d'un nouvel Empire turc s'étendant de l'Adriatique jusqu'aux confins de la Chine, et où il n'y aurait qu'une nation, qu'une langue, et qu'un chef. N'était-ce pas ce même Enver qui avait soulevé dans tout le pays un vent d'enthousiasme lorsqu'il avait déclaré à la foule, du balcon de l'Olympia Palace, à Salonique, que désormais il n'y aurait plus dans l'Empire ni musulmans ni juifs, ni Grecs ni Bulgares, ni Roumains ni Serbes, « car nous sommes tous frères, et sous le même horizon bleu nous nous glorifions d'être tous Ottomans » ?

Ceux qui avaient applaudi en écoutant naguère sa belle envolée se demandaient à présent s'ils n'avaient pas entendu de sa bouche… juste ce qu'ils avaient envie d'entendre. Ils commençaient à trouver significatif que, parmi les dénominations qu'Enver souhaitait voir disparaître, il ait inclus « Grecs », « Serbes », « Bulgares », « musulmans », « juifs »… mais pas « Turcs ». Et ils commençaient à se demander si le programme de cet officier n'était pas, sous prétexte d'égalité et de fraternité, de retirer aux différents peuples de l'Empire les droits spécifiques qui leur étaient reconnus jusque-là.

Il y avait, à l'évidence, un grave malentendu. Qui allait peser sur le destin de mon grand-père, mais également sur celui de l'Empire au sein duquel il avait vu le jour. Botros était un patriote ; l'officier dont il avait emphatiquement salué l'épée à l'aube de la révolution était un nationaliste. On a trop souvent tendance à rapprocher les deux attitudes, et à considérer que le nationalisme est une forme accentuée du patriotisme. En ce temps-là – et sans doute à d'autres époques aussi – la vérité était tout autre : le nationalisme était exactement le contraire du patriotisme. Les patriotes rêvaient d'un Empire où coexisteraient des peuples multiples, parlant diverses langues et professant diverses croyances, mais unis par leur commune volonté de bâtir une vaste patrie moderne qui insufflerait aux principes prônés par l'Occident la sagesse subtile des âmes levantines. Les nationalistes, eux, rêvaient de domination totale quand ils appartenaient à l'ethnie majoritaire, et de séparatisme quand ils appartenaient aux communautés minoritaires ; l'Orient misérable d'aujourd'hui est le monstre né de leurs rêves conjugués.

Moi qui vient si tard, je n'ai aucun mérite à affirmer tout cela, l'Histoire m'a mis sous le nez tant d'événements éloquents ! Mais déjà à l'époque de mon grand-père, les espoirs suscités par les officiers rebelles s'étaient amenuisés mois après mois, et ils allaient être bientôt balayés : Enver engagera son pays dans la Première Guerre mondiale aux côtés des Allemands et des Autrichiens, caressant le rêve de prendre à la Russie, au cas où elle serait vaincue, ses possessions dans le Caucase ainsi que ses provinces turcophones d'Asie centrale, qu'on appelait communément le Turkestan ; mais c'est l'Empire ottoman lui-même qui sera vaincu et disloqué. L'indomptable officier s'en ira alors proposer ses services à Lénine, avant de se retourner contre l'Armée rouge, et de tomber sous ses balles, près de Boukhara, en 1922, à l'âge de quarante et un ans.

Mon grand-père ne s'intéressait déjà plus à ce personnage. Je ne sais même pas s'il apprit sa disparition. On en parla peu à l'époque dans la Montagne. Cette mort au combat qui, quelques années plus tôt, aurait revêtu pour les peuples d'Orient des allures épiques était devenue insignifiante. Le souvenir des superbes mutins de 1908 était déjà éclipsé par l'émergence d'un autre officier turc, qui n'avait joué jusque-là qu'un rôle mineur dans les événements de l'Empire : Kemal Atatürk.

Pour lui aussi, Botros s'enthousiasmera, s'enflammera même, plus que de raison. Il ne se contentera pas de composer un poème pour saluer son épée, il ira jusqu'à commettre, en son honneur, une belle folie ; une de plus, mais celle-là inoubliable. J'y reviendrai en son temps...

Au cours de l'année 1909, alors que la tension montait dans toutes les provinces et que les incidents se multipliaient, un notable ottoman prit, sur un coup de sang, la décision de quitter Istanbul pour toujours.

C'était un juge ottoman, originaire de Saïda, au sud de l'actuel Liban, mais dont la famille – chrétienne maronite – était installée depuis de nombreuses années sur les rives du Bosphore. Un dimanche d'été, à la fin du traditionnel repas familial, il ordonna tranquillement à sa femme et à ses treize enfants de ranger tout ce qu'ils possédaient dans des malles ; il venait d'acheter, pour eux tous, et aussi pour le personnel de maison, des billets sur le premier bateau en partance pour Alexandrie.

Ce magistrat se prénommait Iskandar ; la benjamine de ses filles, Virginie, avait sept ans au moment de l'exode. Elle était née à Istanbul, et ne parlait que le turc. Plus tard, en Égypte, elle apprendra l'arabe et le français, mais le turc demeurera jusqu'au bout sa langue de cœur. Sa famille s'établira pour de nombreuses années dans le delta du Nil ; c'est là que Virginie épousera, à dix-sept ans, un émigré prénommé Amin, venu de la Montagne libanaise ; et c'est là qu'elle donnera naissance à sa première fille – ma mère.

Ma grand-mère maternelle est morte d'un cancer à cinquante-quatre ans – elle fut enterrée auprès de son époux dans un cimetière du Caire. Je l'ai à peine connue, tout juste demeure-t-il dans ma mémoire le souvenir incertain de l'avoir entrevue une fois.

À ses enfants, elle n'a jamais appris un mot de turc, et elle a très peu raconté la traversée et l'exode. Mais quelquefois elle leur décrivait sa maison d'Istanbul, jusqu'à ce que les larmes lui nouent la gorge. J'ai hérité à la fois de cette occultation et de cette nostalgie ; du turc, que tant de mes aïeux étaient fiers de parler, je ne connais plus que les mots qui traînent encore dans le dialecte libanais ; cependant, j'ai grandi avec «notre» maison d'Istanbul dans mes rêves, je l'ai imaginée comme un palais à blanches colonnades, ce qu'elle n'était probablement pas, et j'ai longtemps évité de me rendre dans l'ancienne capitale de l'Empire de peur que le mirage ne s'éparpillât en rosée. Quand, sur le tard, je m'y suis rendu, j'ai passé les premières journées à chercher les traces de mes ancêtres et l'adresse de «notre» maison, notamment dans les annuaires téléphoniques du début du siècle. Avant de renoncer abruptement à mon obsession pour parcourir enfin la ville avec des yeux d'adulte.

Sur les raisons qui avaient poussé son père à s'exiler, ma grand-mère disait peu de chose, et ses enfants évitaient de l'interroger tant ils sentaient que chaque mot sur ce thème était une torture. Je me dis parfois que si elle n'était pas morte si jeune, elle m'aurait peut-être raconté… Mais je n'en suis pas certain. Après tout, mon autre grand-mère a vécu jusqu'à quatre-vingt-onze ans, sans avoir rien perdu de son bon jugement ni de sa mémoire, et il y a mille questions que je n'ai pas trouvé le temps de lui poser. La mort a bon dos ! Sur cet épisode comme sur d'autres, quand j'ai vraiment cherché à savoir, j'ai su. La vérité est rarement enterrée, elle est juste embusquée derrière des voiles de pudeur, de douleur, ou d'indifférence ; encore faut-il que l'on désire passionnément écarter ces voiles.

Chez moi, de tels désirs auraient dû apparaître plus tôt, beaucoup plus tôt, du temps où j'étais encore en culottes courtes. Un cousin issu de cette branche de ma famille était venu au village, un jour d'été, rendre visite à mes parents. Je ne l'avais jamais vu auparavant, et je ne l'ai plus revu après. Il était médecin dans un faubourg populaire de Beyrouth, un homme affable, affectueux, courtois, un peu timide. Avec mes yeux d'enfant je le revois encore, assis au salon, en train de converser avec mon père. Soudain, au milieu d'une phrase qu'il avait prononcée, le visiteur fut secoué par un tremblement bref mais extrêmement impressionnant, comme sous l'effet d'une violente décharge électrique. Mes parents, apparemment coutumiers de ce tic, s'efforçaient de faire comme s'ils n'avaient rien remarqué. Moi, j'étais fasciné, je n'arrivais plus à détacher mes yeux de lui, de son menton, de ses mains, guettant la prochaine secousse. Laquelle intervenait, immanquablement, toutes les deux ou trois minutes.

Quand le cousin s'en alla, ma mère m'expliqua que lorsqu'il était enfant, en Turquie, «du temps des massacres», un soldat l'avait pris par les cheveux, lui avait posé un couteau sur le cou, s'apprêtant à l'égorger. Fort heureusement, un officier ottoman vint à passer par là, qui reconnut l'enfant. Il hurla : «Lâche-le, misérable ! C'est le fils du docteur ! » Le massacreur jeta son couteau et s'enfuit. Le père de ce cousin était, en effet, lui aussi, médecin dans un quartier populaire, où il soignait les gens avec dévouement, et souvent sans leur prendre une piastre. Le garçon fut donc sauvé, mais la frayeur qu'il avait éprouvée ce jour-là lui avait laissé des séquelles durables. À l'époque du drame, en 1909, il avait six ans. Lors de son unique visite chez mes parents, il devait en avoir cinquante de plus. Mais son corps n'avait pas oublié.

Ce rescapé était un neveu de ma grand-mère, mais il avait presque le même âge qu'elle, étant le fils aîné de sa sœur aînée. Cette précision est importante : il était le premier garçon de la nouvelle génération, et son grand-père, le juge, l'idolâtrait comme un grand-père levantin sait le faire. C'est à cause de cet enfant, à cause de ce drame évité de justesse, que mon arrière-grand-père avait décidé de quitter Istanbul avec tous les siens. La lame de la haine sur la gorge du petit-fils était un avertissement ; il se refusait à faire comme s'il ne l'avait pas entendu.

À l'époque, me dit-on, bien des gens s'étaient alarmés en voyant un notable comme lui, magistrat influent, riche et respecté, partir ainsi, à la sauvette. Beaucoup de ceux qui appartenaient, comme lui, à la communauté maronite commencèrent à se demander s'ils ne devraient pas s'en aller eux aussi avant qu'il ne soit trop tard. Un exemple parmi tant d'autres des convulsions qui secouaient alors l'Empire agonisant.

À propos de mon bisaïeul d'Istanbul, dont l'itinéraire allait déterminer le mien, j'ai pu savoir ces dernières années un certain nombre de choses. De quoi me mettre en appétit, sans pour autant me rassasier – mais peut-être retrouverai-je un jour quelques lambeaux d'archives. J'ai appris par exemple qu'il avait perdu la vue, et qu'il siégeait au tribunal avec, à ses côtés, un aide – souvent l'un de ses huit fils – pour lui lire les papiers qu'on lui présentait, et lui glisser parfois à l'oreille la description d'un plaignant, ou la relation d'un geste.

Le côté théâtral de la chose ne devait pas trop lui déplaire, vu qu'il avait grandi sur les planches – tout juge qu'il fût. Sa famille avait fondé une troupe de théâtre réputée, qui avait joué un rôle pionnier dans plusieurs contrées de l'Empire. Ses oncles, qui se prénommaient Maroun et Nicolas, avaient été les premiers à faire jouer Molière et Racine, traduits par leurs soins ; leur sœur Warda avait été la comédienne la plus célébrée de son temps ; et dans son enfance, le futur juge les avait parfois accompagnés dans leurs tournées.

D'ailleurs, à voir la facilité avec laquelle il avait pris la décision de partir avec tous les siens, en abandonnant son tribunal, sa maison, son statut, pour aller refaire sa vie en Égypte, on ne peut s'empêcher d'observer que c'était là le réflexe d'une troupe d'acteurs plutôt que celui d'une dynastie bourgeoise.

À l'évidence il y avait, dans l'âme de mon arrière-grand-père, une composante saltimbanque qui, à l'heure du choix, avait pris les rênes.

28

Pour en revenir à Botros, et à la manière dont lui-même fut affecté par la crise terminale de l'Empire ottoman, il me semble nécessaire de préciser que sa désillusion, si elle s'expliquait en partie par les événements politiques, avait également des causes plus personnelles.

Ayant écrit cela, et l'ayant relu, je me sens obligé d'admettre qu'il m'est impossible, en matière de désillusion, de séparer ce qui est politique de ce qui est personnel. C'est vrai de mon grand-père, c'est vrai aussi de Gebrayel, et de tant d'autres de leurs contemporains. Tous ceux qui ont émigré, tous ceux qui se sont rebellés, et même tous ceux qui ont rêvé d'un monde moins injuste, l'ont fait d'abord parce qu'ils ne trouvaient pas leur place dans le système social et politique qui régissait leur patrie ; à cela venait s'ajouter, immanquablement, un facteur individuel qui déterminait la décision de chacun, et qui faisait, par exemple, qu'un frère s'en allait tandis que l'autre restait sur place.

Pour Botros, ne pas quitter le pays, s'efforcer de croire en son avenir, c'était à la fois le fruit de ses convictions, le fruit de sa situation familiale, et le fruit de son tempérament – insoumis, rageur, impatient, velléitaire, et criblé de scrupules. Son choix était hasardeux, et il l'a toujours su. Il a constamment douté de l'émergence de cet Orient nouveau qu'il appelait de ses vœux, et constamment douté aussi de la profession qu'il avait choisie. D'ordinaire, il hésitait à en tirer toutes les conséquences. Mais, de temps à autre, il l'a fait.

Ainsi, en juillet 1909, lorsqu'il prononça cette allocution en forme de dialogue désabusé entre un « Ottoman » et un « Étranger », il venait de prendre une décision grave : démissionner pour la deuxième fois du Collège oriental, et quitter l'enseignement. En raison, semble-t-il, d'une mésentente avec les religieux qui dirigeaient l'école, mais également d'une interrogation plus ample sur l'orientation à donner désormais à sa vie.

En témoigne cette lettre, écrite un an plus tard, en juin 1910, à son ami et beau-frère, le docteur Chucri, qui se trouvait alors au Caire, toujours dans les services médicaux de l'armée britannique.

> *Pendant que je pensais à toi et à ta petite famille, et à ce que vous devez endurer en ces jours des grandes chaleurs égyptiennes, on m'a apporté ta lettre si délicatement tournée, qui m'a rassuré, et m'a fait regretter que nous ne soyons pas tous ensemble...*
>
> *Tu as mille fois raison d'être furieux contre tes parents qui ne t'écrivent pas. Mais sois tranquille, la seule explication de leur silence, c'est qu'ils sont totalement absorbés par les préoccupations du sacro-saint ver à soie. J'étais dernièrement chez eux, au village, tu n'as aucune inquiétude à te faire, ils vont tous bien, nous avons festoyé ensemble et bu à ta santé.*

Avant d'aborder la question de l'école, Botros donne, comme il le faisait souvent dans ses lettres, des nouvelles de certains membres de la famille ; d'ordinaire, je passe outre, mais cette fois, j'ai voulu garder ce passage, pour une raison.

S'agissant de notre cher Theodoros, il a été transféré du monastère de Baalbek, où il était adjoint, au monastère de Mar Youhanna, dont il est devenu le supérieur. J'ai devant moi une lettre de lui, qui ne contient que de bonnes nouvelles; je compte lui répondre tout à l'heure, et je lui transmettrai tes amitiés... Les émigrés de nos deux familles vont bien, eux aussi, grâce à Dieu, mais je n'ai pas de nouvelles récentes.

Theodoros était, en quelque sorte, le chef de file des catholiques de la famille, alors que Chucri professait un protestantisme résolument «antipapiste», bien plus farouche que celui de son père, le prédicateur. À l'évidence, Botros s'efforçait dans cette lettre – et dans plusieurs autres – de jouer les conciliateurs, ou tout au moins d'atténuer les querelles religieuses qui menaçaient les siens.

Après ce préambule, il en arrive à l'essentiel:

Pour ce que tu as entendu à propos de mon retour au Collège oriental, sache que c'est faux. Ils ont bien repris contact avec moi, en passant par divers intermédiaires, pour me proposer une augmentation, mais j'ai décliné leur offre, en leur expliquant que si j'ai décidé d'arrêter l'enseignement au début de l'année dernière, ce n'est pas pour le reprendre cette année. Je leur ai même démontré que j'avais reçu diverses propositions à Beyrouth, et que je les avais également déclinées, parce que j'avais l'intention de me consacrer à mes propres affaires. C'est vrai, crois-moi, je n'ai rien contre cette école en particulier. Mes rapports avec les responsables du Collège oriental se sont d'ailleurs améliorés ; nous nous visitons régulièrement, et ils demandent constamment mon avis sur diverses questions. Il paraît que les élèves et les parents me réclament, mais je ne souhaite pas me lier de nouveau à cet établissement, ni à aucun autre. À te dire vrai, j'en ai plus qu'assez du travail des écoles, du moins tel qu'on le pratique. Et c'est avec amertume que je songe à toutes ces années que j'ai perdues entre cahiers et encriers dans un pays de futilité et de superficialité ! (Ma plume s'est emballée, frère bien-aimé, alors pardonne-moi, et oublie ce que je viens de dire)...

Botros dit qu'il a l'intention de se consacrer désormais à ses propres affaires. Mais lesquelles ? L'impression qui se dégage de ses archives, c'est qu'il rumine quantité de projets, qui apparaissent furtivement dans ses lettres, mais qui s'évanouissent aussitôt sans laisser d'autres traces ; j'apprends ainsi, au fil des lectures, qu'il a songé à créer un journal ; puis à acheter des parts dans une librairie ; puis à gérer un grand hôtel de Beyrouth – l'hôtel d'Amérique ; puis à fonder avec des amis une entreprise d'import-export. Parallèlement à tout cela, il était en discussion avec un imprimeur pour faire publier ses divers écrits – un dictionnaire des proverbes, une histoire des langues anciennes, un recueil de poèmes, sa pièce de théâtre intitulée *Les Séquelles de la vanité...*

Aucun de ces projets ne sera mené à son terme, mais il en est un qui connaîtra un commencement de réalisation. Mon grand-père n'en parle jamais lui-même, du moins dans le courrier qui a été conservé, et c'est seulement grâce aux indiscrétions de ses correspondants que j'ai pu en cerner la nature. Par exemple, ce bout de phrase dans une lettre de Theodoros :

Tu m'as écrit dans ton dernier courrier que tu venais d'acheter vingt mille pics carrés, sans me dire où se situait ce terrain, ni ce que tu comptais en faire, s'il était déjà bâti ou pas, et si tu comptais le bâtir toi-même… Tu voudrais, en plus, que j'intervienne auprès de nos frères pour qu'ils contribuent à cet achat ! Ne sais-tu pas que leur récolte a été mauvaise, qu'ils n'ont absolument pas de liquide, et qu'ils arrivent à peine à joindre les deux bouts ?

Et, un peu plus loin :

Tu voudrais vraiment que tous tes frères quittent le village pour aller s'installer avec toi à Zahleh ? Permets-moi de te dire que je trouve la chose difficile, pour ne pas dire impossible. Tu dis qu'il faudrait que vous soyez tous réunis. D'accord, mais ne serait-ce pas plus simple que toi, qui es seul, viennes vivre à côté d'eux, plutôt que de les arracher tous à leur village ? Malgré cela, je te promets d'en discuter avec eux quand je les verrai…

À quoi pouvait donc servir ce terrain ? Et pourquoi Botros voulait-il que ses frères abandonnent tout pour aller travailler avec lui ? C'est l'allusion ironique d'un cousin qui a soulevé, pour moi, un premier coin du voile.

J'apprends par les journaux que les femmes aussi se mettent à fumer. Il paraît que la plupart d'entre elles apprécient cette consommation enivrante et apaisante. Cela ne peut que contribuer à ta prospérité. Je te souhaite de gagner plus d'argent encore avec leurs cigarettes qu'avec celles des hommes !

Ces lignes avaient été écrites en février 1912. Quelques mois plus tard, Botros reçut un autre courrier sur le même sujet, cette fois de Gebrayel, sur un ton dénué d'ironie, mais tout aussi dénué de complaisance. Il s'agit de l'une des trois lettres que ma mère m'avait rapportées du pays au tout début de ma recherche, lorsque je savais encore très peu de choses de mon grand-père et presque rien de son frère cubain. Le passage qui va suivre, je l'avais donc déjà eu sous les yeux ; seulement, l'écriture y était difficilement lisible, et je ne m'y étais pas attardé. Je n'y suis revenu que plus tard, après avoir pu reconstituer l'itinéraire des miens. Et après avoir lu, non sans perplexité, les taquineries du cousin, dont la lettre était moins abîmée.

Mais j'en reviens à celle de La Havane. Elle est datée du 19 mai 1912. Gebrayel y écrit, à la première page :

Que je suis content d'apprendre que tu as réussi à faire pousser du tabac...

C'était donc cela ! Botros avait formé le projet de cultiver du tabac, non loin de Zahleh, dans la riche plaine de la Bekaa ; et il avait acheté un hectare de bonne terre agricole pour démarrer l'expérience. Je devine aisément le cheminement de cette idée dans la tête de mon futur grand-père. Il aurait été émerveillé par le succès de cette culture à Cuba ; ce qui explique qu'il ait voulu visiter une fabrique de cigarettes lors de son séjour à New York, et qu'il se soit même amusé à forger des slogans publicitaires pour la marque Parsons ; ensuite, il se serait demandé pourquoi on ne pourrait pas faire la même chose « chez nous » – une interrogation qui revenait constamment sous sa plume, comme un leitmotiv, et comme un acte de foi : qu'il s'agisse de politique, de pédagogie, ou d'industrie, il partait toujours du principe que ce qui avait réussi en Occident devait pouvoir réussir en Orient, les hommes étant fondamentalement les mêmes. Si nous fournissions l'effort nécessaire, et que nous appliquions judicieusement les méthodes qui ont fait leurs preuves, pourquoi ne pourrions-nous pas réussir là où les autres ont réussi ?

Oui, pourquoi ne pourrions-nous pas reproduire chez nous le miracle havanais ? La terre d'ici n'est-elle pas tout aussi bonne ? La réponse que lui adressera Gebrayel sera passablement cruelle.

29

Que je suis content d'apprendre que tu as réussi à faire pousser du tabac, mais que je suis triste pour le temps et l'effort que tu as dépensés sur une terre qui ne te remboursera pas le prix de ta sueur, et qui ne t'offrira aucun débouché pour ta production. Ah si ce même effort avait été fourni dans un pays de tabac comme Cuba ou comme l'Égypte ! Oui, bien sûr, on n'y respire pas l'odeur de la patrie ni l'air vivifiant du Liban, mais les compensations matérielles et la facilité des communications te font oublier la fatigue parce que tu obtiens ici infiniment plus que ce que peut te donner notre chère patrie, surtout dans l'état où elle se trouve de nos jours…

De fait, les propos de l'émigré sont le bon sens même : il n'y a pas seulement la qualité du sol et sa capacité à faire pousser du tabac, il y a aussi les perspectives d'exportation, il y a les facilités que les autorités du pays assurent au projet ou ne lui assurent pas, et puis, plus que tout cela, il y a « l'état général du pays », une de ces expressions qui reviennent sans cesse tout au long des archives familiales, jusqu'à devenir obsédantes et violentes, plus corrosives même que « déchéance », « arbitraire », « tyrannie», «ténèbres», «pourriture» ou «délabrement» – oui, juste ces paroles neutres qui ont l'autorité de la chose jugée : «l'état général…»; «la situation présente…»; «les circonstances que chacun connaît…»; on interrompt la phrase, pour quelques secondes de deuil, puis l'on passe, avec un soupir, au paragraphe suivant…

Ces propos désabusés, on les lit aussi bien sous la plume de Gebrayel que sous celle de Botros. Mais, bien entendu, les deux frères ne les ressentaient plus de la même manière. Cet Orient dénué d'horizon, l'un des deux continuait à y vivre, alors que l'autre lui avait résolument tourné le dos. Sans doute y avait-il encore, dans les lettres de l'émigré, quelques allusions nostalgiques au pays, à l'air qu'on y respire, aux réunions familiales; mais il ne s'y attardait guère, car son choix était fait. Sa vie se déroulerait à Cuba, et nulle part ailleurs.

Cette île, où notre chance nous a été donnée, est en train de progresser, et elle deviendra l'un des points les plus importants du globe, matériellement, politiquement, et moralement.

Propos qui datent, eux aussi, de 1912. Cette année-là, il y eut entre les deux frères, me semble-t-il, plus d'échanges de courrier qu'à aucun autre moment de leur vie. Gebrayel faisait alors une dernière tentative pour convaincre Botros de le rejoindre à La Havane. Et il semble bien que mon futur grand-père ne se soit plus montré hostile à cette idée. Sinon, comment l'émigré aurait-il pu lui lancer :

Ah, si le Seigneur pouvait t'inspirer de prendre le bateau avant même d'avoir reçu la lettre que je suis en train de t'écrire !

Cet appel venait après un long, un très long silence. Bien des indices me portent à croire que les rapports entre Gebrayel et Botros s'étaient refroidis après leur mésentente à Cuba. Il me semble même qu'ils ne s'étaient plus guère écrit. C'est seulement huit ans plus tard qu'ils avaient repris leurs échanges.

Comme je l'ai expliqué dernièrement dans une lettre à notre frère Theodoros, mes affaires sont deve-nues, en vérité, bien trop importantes pour moi, il y a maintenant de la place pour d'autres...

Si l'émigré éprouvait le besoin de faire une telle confi-dence à Botros, c'est qu'il ne lui avait pas beaucoup parlé au cours des années précédentes. Je suppose qu'il leur avait fallu du temps pour surmonter leur mauvaise expé-rience commune. Mais il semble aussi que l'émigré ait longtemps voulu dissimuler sa véritable situation à ses proches. Pour quelle raison ? Je ne le sais pas avec certi-tude, même si, à vrai dire, je le devine un peu, ayant connu bien d'autres émigrés, de notre famille comme du reste de la Montagne. Le mythe du villageois qui prend le bateau avec pour tout bagage deux pains et six olives, et qui se retrouve dix ans plus tard à la tête de la plus grosse fortune du Mexique, je l'ai entendu raconter mille fois, avec toutes sortes de variantes ébahies. De tels récits exercent une pression constante, souvent lourde à porter, sur ceux qui émigrent ; ils ont beau se trouver dans le coin le plus reculé du Sahel ou de l'Amazonie, ils n'échappent jamais au regard de ceux qui sont restés au pays, car la parenté les surveille et les jauge avec leurs propres yeux. Et lorsqu'ils ont un brin d'orgueil – denrée qui n'est pas rare chez les nôtres – ils n'osent plus revenir au pays sans avoir fait leurs preuves, ou alors ils reviennent seulement pour se cacher et mourir. Beaucoup, d'ailleurs, préfèrent encore crever sur une terre lointaine plutôt que de revenir vaincus.

S'agissant de Gebrayel, qui était parti contre la volonté des siens, qui n'avait probablement jamais pu se réconcilier avec son père, puis qui s'était mal entendu avec son frère lorsque celui-ci l'avait rejoint, il n'était pas question de se présenter à nouveau devant ses proches avant d'avoir réussi de manière éclatante. Objectif qu'il avait fini par atteindre vers 1909, une dizaine d'années après la fondation de son entreprise, « La Verdad ». C'est alors qu'il avait décidé de rétablir le contact avec le village, et de demander la main de la fille de Khalil. À partir de là, la dissimulation ne pouvait plus se poursuivre indéfiniment. Mais le grand-oncle ne put s'empêcher de la pratiquer encore quelque temps, comme le révèle cette histoire que trois personnes de la famille m'ont rapportée.

Au lendemain de son mariage, Gebrayel avait installé Alice dans un modeste appartement situé au-dessus de ses magasins, où elle devait effectuer elle-même l'essentiel des travaux ménagers. Quelques mois plus tard, il vint lui demander, d'un air contrit, si elle n'était pas déçue par l'existence qu'il lui faisait mener. Elle le regarda comme si elle ne comprenait pas bien le sens de sa question :

« Pourquoi serais-je déçue ? Nous sommes en bonne santé, et nous mangeons à notre faim !

— Tu ne désires pas avoir plus ? Une maison plus grande ? quelqu'un pour t'aider ? une automobile ? »

La fille du prédicateur répondit en toute sérénité :

« Je désire seulement ce que le Ciel nous donnera.

— Eh bien, le Ciel nous a donné ! »

C'est alors seulement que Gebrayel lui dévoila qu'il était riche, qu'il avait les moyens de vivre comme un roi, et de la faire vivre comme une reine. Il lui annonça également qu'il était en train de faire construire une superbe demeure dans le plus beau quartier de La Havane, et qu'ils allaient bientôt s'y installer !

30

À l'évidence, le grand-oncle cubain avait le sens de la mise en scène. D'ailleurs, à cette étape de son itinéraire, toute sa présentation de lui-même allait se transformer, jusqu'à l'apparence de ses enveloppes ; auparavant, très exactement jusqu'en avril 1912, celles-ci étaient unies, avec juste son nom discrètement dans un coin, en bas ; désormais, ce serait un feu d'artifice, le nom de «*Gabriel*» s'étalant en gros caractères, avec une longue description de ses activités, «*Importateur et représentant de fabriques en soierie, quincaillerie, coutellerie, joaillerie, et nouveautés en général*», avec une énumération des marques étrangères dont il était l'agent agréé, – Krementz, The Arlington Co, La Legal… –, et avec, tout autour, une ribambelle de dessins reproduisant notamment la devanture et l'intérieur des magasins «La Verdad», d'autres figurant des encriers, des bijoux, des ciseaux et des rasoirs de sa propre fabrication, avec son nom gravé dessus, sans oublier le globe terrestre frappé de ses initiales, ni surtout l'inscription «*Distintivos masonicos…*»

Peut-être ce brusque dévoilement était-il également lié au fait qu'il espérait à nouveau convaincre son frère Botros d'aller le rejoindre. Son courrier se montrait, à cet égard, passionné et insistant.

Il y a ici un besoin urgent d'un homme sage et com-
pétent comme toi, qui puisse m'aider à diriger cette
entreprise, qui puisse la tailler comme on taille un
arbre qui a grandi trop vite. Oui, il faudrait d'urgence
un homme doté d'un regard perçant qui puisse voir
clairement quelles branches sont les meilleures, pour
les développer, et lesquelles sont les moins utiles, pour
les réduire.

J'imagine que certaines personnes vont se deman-
der pourquoi je ne ferais pas ce travail moi-même,
puisque je suis sur place, et que c'est mon domaine.
Je répondrai que je suis englouti dans ce travail à
chaque heure, à chaque minute, au point que le plus
petit détail prend à mes yeux des proportions déme-
surées, et que je ne suis plus capable de voir les
choses de haut comme pourrait le faire un observa-
teur critique, surtout s'il a la sagesse d'un homme
comme toi.

À la réflexion, je me dis qu'il n'est pas impossible que
ce soit Theodoros qui ait joué les intermédiaires entre ses
deux frères. Qu'il ait écrit à Gebrayel : «Botros a quitté
l'enseignement ; il s'est lancé dans un projet de plantation de tabac où il risque d'engloutir son argent et celui
de toute la famille ; peut-être devrais-tu le convaincre
d'aller travailler avec toi»… On ne peut exclure un tel
scénario, d'autant qu'il correspond aux manières du
prêtre – j'ai de cela un autre exemple en tête, que j'évo-
querai en son temps…

Cela dit, il est parfaitement plausible que l'initiative
soit venue de Gebrayel lui-même, parce qu'il avait réellement et urgemment besoin d'aide.

À moins que tu viennes, je vais être contraint de

reconsidérer mon activité, parce que si les choses continuaient encore au même rythme, ma santé en serait
démolie, à coup sûr. Cela dure depuis des années, et
sincèrement je n'en peux plus. Si, par malheur, tu choi-
sissais de ne pas venir, je n'aurais plus d'autre choix
que celui d'abandonner une partie de mon travail... Je
me concentrerais sur un petit nombre de secteurs, je
m'occuperais des fabriques dont je suis le représentant,
et des produits qui sont déposés à mon nom, je laisse-
rais le reste à d'autres personnes, selon une formule
quelconque – partenariat, société anonyme, ou autre...
J'aurais moins de revenus, mais je me reposerais un
peu, et j'aurais plus de temps à consacrer à Dieu et aux
gens, surtout à ma famille, et aussi à moi-même, car
tous les problèmes de santé que j'ai eus ces derniers
temps viennent de cette pression constante sur ma tête,
ces soucis qui s'accumulent sans arrêt, et cette dépense
d'énergie qui m'épuise. Bien sûr, j'ai des gens pour
m'aider, j'en ai quatre au bureau, quatre au dépôt,
quatre qui sillonnent l'intérieur du pays, trois à la maison, sans oublier ceux qui s'occupent de la douane, les
nombreux intermédiaires, et ceux qui surveillent les
fabriques. Mais tu sais comment je suis, je dois vérifier
moi-même le travail de chacun. Figure-toi que je dois
rédiger chaque jour vingt-cinq lettres en moyenne,
ainsi que des dizaines de factures, de commandes, etc.
etc. Je suis à la fois le patron, le secrétaire, l'employé,
le surveillant, l'arbitre, et si je ne m'étais pas accoutumé à cela depuis des années, mon cerveau se serait
désintégré en une demi-journée.

C'est cela qui me pousse à demander l'aide d'un
homme qui puisse partager ce fardeau, et me guider
avec sagesse vers ce qui est meilleur. Alors, si cet
homme juge que ce que nous faisons est convenable, il

en partagera les bénéfices avec moi ; et s'il estime qu'il y a des choses à améliorer, il m'aidera à le faire et cela profitera à tous.

Sache donc que ce que j'attends de toi dans ce travail ouvrira une porte pour tous les nôtres, d'autant que la situation présente démontre clairement que l'émigration est devenue pour eux une fatalité...

La batterie d'arguments est complète : de l'analyse rationnelle au chantage affectif, sans oublier les avantages matériels. Surtout, Gebrayel cherche à ôter à Botros ses scrupules habituels : ce n'est pas pour toi seul que tu ferais cela, lui dit-il en substance, mais pour le bien de tous les nôtres, qui n'ont plus d'avenir dans le pays des origines, et qui en ont un ici, à Cuba !

Mon grand-père ne pouvait être insensible à ces arguments. Mais s'il envisageait sérieusement l'option havanaise, sa préférence allait à d'autres voies. Il aurait préféré, par exemple, que son frère ouvre, pour ses magasins, une grande succursale à Beyrouth, dont lui-même se serait occupé avec quelques associés ; ainsi, l'entreprise familiale aurait eu deux grandes ailes, l'une au Levant, dirigée par Botros, l'autre outre-Atlantique, dirigée par Gebrayel. Une belle idée, mais qui ne correspondait pas du tout aux projets de ce dernier, qui rétorqua :

Je ne cherche pas à étendre encore mes activités ; ce dont j'ai besoin, c'est de l'aide, de l'aide pour ce que je fais déjà ici même, à Cuba !

Ce que Botros aurait voulu aussi, c'est que son frère lui rachète ses terrains au pays pour qu'il puisse disposer d'un capital et devenir son associé. Réponse de Gebrayel :

À quoi cela rimerait-il que j'achète des terrains au pays alors que je suis ici et que je vais y rester ? Cela dit, je l'aurais quand même fait, juste pour ne pas te dire non, si je ne venais pas d'acquérir la maison de Máximo Gómez. Aujourd'hui, je ne peux pas, désolé !

Ce que l'émigré ne semblait pas comprendre, c'est que Botros n'avait plus envie de travailler pour le compte d'un autre. Lui qui avait félicité Gebrayel d'avoir «échappé à la condition salariée», il aurait aimé pouvoir y échapper lui aussi. Il ne voulait plus dépendre d'un directeur de collège, ni d'un patron d'entreprise, et certainement pas de son frère cadet. Il ne voulait être ni son employé, ni son obligé. S'il pouvait lui céder ses terrains, il aurait au moins le sentiment d'avoir aussi bien donné que reçu ; ensuite, il investirait son argent dans une entreprise où il serait un partenaire ; et s'il n'avait pas un capital suffisant, il associerait au projet certains de ses amis, de manière à ne pas se retrouver en position d'infériorité…

Gebrayel qui, d'ordinaire, prenait soin de ménager la sensibilité excessive de son frère, qui constamment le flattait, l'encensait, le rassurait, ne mesura pas cette fois l'importance que cette question avait acquise pour lui. Aussi lui proposa-t-il candidement :

À partir du moment où tu auras quitté Beyrouth, et jusqu'à ton arrivée à La Havane, je te verserai un salaire mensuel de trente livres anglaises ; ensuite, ce sera quinze livres par mois, puisque tu habiteras chez moi (grâce à Dieu nous avons maintenant une maison où nous pourrons vivre ensemble comme tous les gens respectables au lieu de dormir au grenier comme avant)…

L'impair ! Très exactement ce qu'il ne fallait pas dire !
Croyant ôter les derniers obstacles matériels à la venue
de son frère, Gebrayel avait négligé l'obstacle majeur,
son désir d'indépendance, et son extrême susceptibilité
sur ce point.

Je n'irai pas jusqu'à dire que ce sont de telles mal-
adresses qui dissuadèrent, en définitive, mon grand-père
de repartir pour Cuba. Il me semble que tout au long de
leurs échanges, il était plus hésitant que son frère ne voulait le croire. Et même méfiant, comme le révèle ce passage énigmatique du courrier de Gebrayel :

> *Ma confiance en toi, en ton dévouement au travail*
> *et à la famille a toujours été grande et ne cesse de*
> *grandir jour après jour, et il n'y a dans mon esprit,*
> *sur cette question, pas l'ombre d'une hésitation.*
> *C'est pourquoi je suis très étonné des allusions que*
> *je lis sous ta plume sur le fait que certains membres*
> *de la famille n'auraient pas confiance en toi. De qui*
> *s'agit-il, dis-moi ? Serait-ce moi, par hasard, que tu*
> *vises ? Si c'est le cas, sache, cher Monsieur, que si*
> *un doute s'est insinué dans ton esprit à ce sujet, il est*
> *le fruit de ton imagination, ou le fruit d'un malen-*
> *tendu. Et si c'est quelqu'un d'autre que tu vises, tout*
> *ce que je pourrais te conseiller, c'est d'exercer à son*
> *endroit ta magnanimité habituelle, et ton esprit de*
> *pardon.*

Le ton demeura poli, diplomatique même, comme
l'est d'habitude notre courrier familial. Mais il est clair
qu'il y avait désormais, entre les frères, et quoi qu'en
dise l'émigré, un sérieux déficit de confiance. Botros
devait sentir que Gebrayel et Theodoros étaient en train
de se consulter, à son insu, sur la meilleure manière de

lui trouver une occupation convenable en le détournant des projets fumeux dans lesquels il s'était lancé.

Je comprends aisément qu'à cette étape de sa vie, mon futur grand-père se soit montré susceptible, chatouilleux, surtout dans ses échanges avec deux frères plus jeunes que lui, qui étaient l'un et l'autre «arrivés», chacun dans son domaine, puisque le prêtre était à présent le supérieur de son couvent, et que le commerçant avait fait fortune. Alors que lui, Botros, n'était encore arrivé nulle part.

Tout en poursuivant ces pourparlers à distance, il ne cessait d'ailleurs de s'interroger sur les orientations à donner à sa vie, avec d'autant plus d'angoisse qu'il n'avait plus vingt ans ni trente, mais bien quarante-quatre ans accomplis. Il ne lui était pas facile de quitter son pays pour aller s'adapter à une autre société, à une autre existence! Il ne lui était pas facile de quitter son travail pour se lancer dans une activité d'un tout autre genre, où il devait faire ses premiers pas comme un apprenti! Et il ne lui était pas facile non plus de se retrouver encore sans foyer propre, sans femme ni enfants, alors que les plus jeunes de ses frères et sœurs avaient déjà fondé une famille!

Sans doute avait-il sérieusement songé à partir pour Cuba en cette année 1912... Je n'ai pas ses propres lettres – s'il en a fait des copies, elles se sont perdues; j'ai uniquement celles de son frère, qui donnent à penser que la chose semblait, à un moment, acquise, et même imminente. Mais je ne suis pas étonné que Botros y ait finalement renoncé. S'il n'avait pu supporter l'émigration lorsqu'il était plus jeune, comment aurait-il pu la supporter à présent? De plus, aux yeux de tous ceux qu'il avait constamment sermonnés sur l'obligation de demeurer au pays pour contribuer à son avancement, ce départ serait apparu comme une déroute, un reniement, une trahison. Jamais il n'aurait accepté de perdre ainsi la face !

Finalement, il ne partira pas. Il en informera son frère à la fin de cet été-là. Gebrayel en gardera jusqu'au bout des regrets, mais il devra s'y résigner. De toute manière, pour les deux frères, il était trop tard. Depuis trop longtemps leurs routes avaient irrémédiablement divergé, et seuls les liens du sang avaient maintenu entre eux un dialogue sans véritable complicité. Même s'ils partageaient encore les mêmes idéaux, chacun demeurerait désormais sur sa propre rive, chacun marcherait sur sa propre route, à son propre rythme, jusqu'à sa propre fin.

Combats

31

L'année 1912 s'avérera finalement, dans la vie de Botros, l'une des plus déterminantes, et Cuba n'y sera pour rien. En écrivant cela, j'ai conscience de présenter, de la trajectoire de mon grand-père, une vision quelque peu biaisée. Mais il m'est difficile de rendre compte avec une froide objectivité des rencontres qui m'ont fait venir au monde, et sans lesquelles ce récit n'aurait aucune raison d'être. Or, cette année-là fut justement, du point de vue qui est le mien, celle d'une rencontre capitale.

Pendant qu'il discutait encore avec son frère de l'opportunité d'un nouveau voyage vers La Havane, et alors qu'il était, comme souvent, en proie aux scrupules et à l'indécision, Botros eut soudain comme une illumination. Il se rendit chez Khalil pour lui annoncer, avec solennité, qu'il venait demander la main de sa fille.

Il s'agissait de la cadette, Nazeera. Mon futur grand-père avait eu, lors d'une récente réunion de famille, l'occasion d'échanger quelques mots avec elle ; il avait été frappé par sa perspicacité, par sa détermination, et aussi par sa beauté sereine. Au cours des journées et des nuits qui avaient suivi leur rencontre, il s'était surpris plus d'une fois à imaginer avec tendresse ce regard pénétrant, à écouter cette voix apaisante. Au début, il n'avait pas voulu admettre que la jeune fille prenait de l'importance pour lui. Mais, au fil des jours, une certitude s'était installée dans son esprit – un peu comme celle que Tannous, son père, avait eue jadis à propos de Soussène : il ne pourrait plus se passer d'elle, il la voulait pour femme. C'était même, pour Botros, l'ultime planche de salut ; lui qui sans cesse s'interrogeait sur l'orientation que devait prendre sa vie, lui qui s'obstinait à rester au pays alors qu'il n'avait plus foi en son avenir, lui qui reparlait de s'expatrier alors qu'il n'en avait plus le courage, lui qui avait perdu la trace de ses propres pas, voilà que sa route s'éclairait, enfin ! L'année calamiteuse allait être l'année du bonheur ! Plus il y pensait, plus cette union lui apparaissait comme un miracle salvateur.

Et, de surcroît, un miracle rationnel, inscrit, en quelque sorte, dans l'ordre naturel des choses. Lorsqu'il s'en fut soumettre sa demande à son ancien professeur, mon futur grand-père ne doutait pas de sa réponse. N'y avait-il pas déjà eu deux mariages entre les enfants de Tannous et ceux de Khalil ? Gebrayel avec Alice, dernièrement, et auparavant Yamna avec Chucri – le frère aîné de Nazeera était d'ailleurs, depuis longtemps, l'un des meilleurs amis de Botros. Celui-ci était donc persuadé que le prédicateur allait l'accueillir à bras ouverts, lui qui avait été le plus brillant de ses disciples, lui dont il avait sollicité l'opinion avant de donner son consentement au mariage d'Alice.

Les choses ne se passèrent pas ainsi. Le prédicateur se montra évasif, et embarrassé. Il ne se sentait pas la force de dire «non» en regardant Botros en face, mais il n'avait aucune envie de lui dire «oui».

Nazeera – à prononcer «Nazîra» – avait dix-sept ans à peine, son prétendant en avait quarante-quatre, derrière lui une longue vie d'enseignement, de voyage, d'écriture, et une certaine renommée. Mais la différence d'âge, à elle seule, n'aurait pas suffi à motiver un refus ; à l'époque, un mari était perçu comme un second père, rien d'étonnant à ce qu'il eût parfois les tempes grisonnantes. Un peu plus inhabituel était le fait que Botros fût, à son âge, célibataire plutôt que veuf ; d'ordinaire, ceux qui prenaient femme à plus de quarante ans n'en étaient pas à leurs premières noces – ainsi, Khalil lui-même, dont la première épouse, Hanneh, était morte en couches, et qui s'était remarié avec la propre sœur de la défunte, Sofiya.

Pourquoi Botros ne s'était-il pas « rangé » jusque-là ? À ceux qui osaient le lui reprocher, il avait l'habitude de répondre par divers arguments louables : la nécessité de s'occuper d'abord de ses jeunes frères et sœurs ; sa charge d'enseignant, qui lui laissait peu de temps pour lui-même ; sa volonté de s'assurer une situation matérielle convenable avant de s'engager pour la vie… Des prétextes, rien que des prétextes, s'il faut en croire Léonore.

— La vérité, c'est que ton grand-père ne supportait pas les femmes. Oh si, il les aimait, mais il ne les supportait pas, si tu comprends ce que je veux dire.

La cousine s'efforça de m'expliquer, et je m'efforçai de comprendre. Apparemment, Botros aurait voulu que les femmes s'instruisent, qu'elles travaillent, qu'elles parlent en public, qu'elles rient, qu'elles fument… Il les aimait telles qu'elles auraient dû être de son point de vue, telles qu'elles auraient pu être, mais il les détestait telles qu'elles étaient : les porteuses de la conformité sociale, les coupeuses d'ailes. Lui dont la cape voletait sur les épaules comme deux ailes, justement, il se méfiait de tout ce qui pouvait le fixer au sol. Il ne tenait pas en place ; et il avait l'impression d'étouffer dès qu'il se sentait attaché à une maison, à un emploi, ou à une personne.

— Il faut que tu saches que ton grand-père avait sale caractère, Dieu ait son âme ! Je suis sûre qu'on ne te l'a pas dit, on est beaucoup trop poli dans cette famille ! Il était extrêmement exigeant, et se mettait en colère dès qu'il observait un comportement qui lui déplaisait. Chez les femmes comme chez les hommes ou chez les enfants, les élèves…

Ce qui, d'après Léonore, ne voulait pas dire qu'il était capricieux, ou imprévisible ; pas du tout, bien au contraire, tout ce qu'il faisait était logique, et scrupuleusement juste. Mais, précisément, trop logique, trop implacable, ne laissant jamais passer la moindre peccadille.

— Dans un pays comme le nôtre, tu imagines ! Un pays où l'on a l'habitude de tout accepter avec un haussement d'épaules ! Un pays où l'on n'arrête pas de te répéter : « Ne cherche pas à redresser un concombre courbe ! », « Ne porte pas l'échelle dans le sens de la largeur ! », « Rien n'arrive qui ne soit déjà arrivé ! », « La main que tu ne peux pas casser, baise-la et demande à Dieu qu'il la casse ! », « L'œil ne résiste pas à une perceuse ! », « Tout homme qui prendra ma mère deviendra mon beau-père ! »… Botros avait, chaque jour, trente occasions d'enrager. Il était même dans un état de colère perpétuelle. Comment aurait-il pu passer ses jours et ses nuits avec la première villageoise venue ? Il ne l'aurait pas supportée, elle ne l'aurait pas supporté. Il attendait de trouver une femme hors du commun qui puisse le comprendre, qui puisse partager ses idéaux, ses lubies, et ses rages. Ce ne pouvait être que Nazeera…

Je ne sais ce que vaut cette explication tardive du célibat prolongé de Botros. Pour ma part, elle ne me convainc qu'à moitié. Il est fort possible que la rigueur morale qui était la marque de la maison du prédicateur l'ait attiré à cette étape de sa vie. Je veux bien croire aussi qu'il a longtemps attendu la femme idoine qui seule pourrait le comprendre et supporter ses humeurs. Mais, dans cette attente, il ne vivait pas tout à fait en ascète. Bien des indices m'amènent à penser qu'il ne détestait point sa condition de célibataire, et qu'il avait eu une vie sentimentale mouvementée.

S'agissant des vénérables défunts, ces choses ne se racontent pas chez les nôtres, ou seulement à mi-voix ; et, bien entendu, elles ne s'étalent pas dans les archives familiales. Cependant, en parcourant les cahiers laissés par mon grand-père, j'ai fini par tomber sur des passages éminemment révélateurs.

> *J'aurais dû avoir deux cœurs, le premier, insensible, le second, constamment amoureux.*
> *J'aurais confié ce dernier à celles pour qui il bat, et avec l'autre j'aurais vécu heureux.*

Je suis ravi de constater qu'en dépit de ses scrupules, de ses désillusions, son existence de jeune homme n'avait pas été terne. Élégant, brillant, admiré, jonglant avec les idées de son temps, à l'aise avec les langues, parcourant le monde avec un paquet de dollars en poche, il ne devait pas déplaire aux dames, et ne devait pas être pressé de « se ranger »…

> *J'ai passé ma vie à parler d'amour,*
> *Et il ne reste de mes amours que mes propres paroles…*

Sans doute, grand-père, sans doute ! Mais n'est-ce pas le lot commun à tous les mortels ? Notre unique consolation, avant d'aller nous endormir sous terre, c'est d'avoir aimé, d'avoir été aimés, et d'avoir peut-être laissé de nous-mêmes une trace…

Quelquefois, par pudeur, et aussi par une certaine forme de dandysme, il prétendait que ce qu'il évoquait dans ses vers n'avait aucun rapport avec ce qu'il vivait, que les corps n'avaient pas leur place dans ses amours, et que tout cela n'était qu'un jeu de poètes :

> *Bien sûr, si j'avais écouté mon cœur,*
> *J'aurais été, de tous les fous d'amour, le plus fou.*
> *Mais je n'ai désiré d'elles que des sourires,*
> *Mais je n'ai obtenu d'elles que des sourires.*
> *Et que la terre m'engloutisse si je mens !*

Peut-être ne ment-il pas tout à fait. Dans les nombreuses pages de ses cahiers où il a consigné ses poèmes d'amour, les vers les plus osés n'étaient probablement destinés à aucune amante – tout juste des réminiscences littéraires, ou des gammes pour sa plume ; tels ceux-ci, déjà cités :

> *Ses seins, des grenades d'ivoire,*
> *Dans un flot de lumière…*

Mais à d'autres moments, il relate des circonstances précises, et cite des vers adressés à des dames qui eurent leur place dans sa vie. Celle, par exemple, qu'il surnomme «*mouazzibati*» – littéralement : «ma persécutrice».

> *Un jour, elle s'est fâchée, à cause d'un reproche*

violent que je lui avais fait, et elle n'a plus voulu
m'adresser la parole. Je m'en suis voulu, et une voi-
sine, qui avait remarqué ce qui s'était passé, m'a dit :
« C'est comme ça qu'on apprend ! La prochaine fois,
montre-toi plus circonspect ! » Je lui ai répondu : « La
prochaine fois, je sortirai du ventre de ma mère la
bouche cousue ! »

Puis, un autre jour, ma persécutrice m'a croisé dans
une rue de son quartier et elle m'a salué, contre toute
attente, d'un sourire accueillant. Alors j'ai dit ces
vers…

Tout cela est, bien entendu, enveloppé dans un ano-
nymat épais ; il n'était pas question, à l'époque, de nommer l'être aimé. Mais quelquefois, Dieu merci !, des
traces demeurent. Ainsi, dans un des documents de nos
archives, a survécu un prénom. Sans doute parce que la
feuille où il était consigné renfermait par ailleurs des
choses importantes qu'il fallait à tout prix conserver – il
s'agit de la lettre, déjà mentionnée plus d'une fois, que
Botros avait reçue de son ami Hamadeh en mars 1906,
au lendemain de leur soirée à Beyrouth, sur le balcon
de *L'Étoile d'Orient*. Le correspondant y évoque, de
manière allusive, certaines confidences qu'ils avaient dû
se faire au cours de leur conversation ; puis il formule ces
vœux sibyllins :

Que les flux électriques de la mémoire ne cessent
jamais de tourner (et que Dieu te garde Kathy !)…

32

Je ne saurai jamais, ni par les derniers survivants ni par les témoins inertes, qui fut cette Kathy, préservée entre deux parenthèses de l'oubli intégral. Était-ce elle qui avait envoyé des Etats-Unis ce cadeau dont mon grand-père n'avait pas précisé la nature, mais qu'il avait couvert de baisers ardents parce qu'elle l'avait touché ? Avait-elle été l'une des raisons de son départ pour «les contrées américaines», ou bien l'avait-il seulement connue au cours de sa tournée qui, en cette année-là, venait juste de s'achever ?

Je ne me sens pas le droit de spéculer, ni de bâtir tout un château de rêves sur un terrain si étroit. De toute manière, ce ne sont pas les aventures sentimentales du prétendant qui avaient fait hésiter Khalil à lui donner sa fille. Sauf dans la mesure où elles étaient révélatrices d'une tendance au «papillonnage» qui se manifestait chez lui de multiples manières, et qui le rendait peu fiable, du moins en tant que futur époux et futur père de famille. Est-il besoin de rappeler encore qu'au moment où il demanda la main de Nazeera, Botros était depuis trois ans sans emploi, sans domicile permanent, à bricoler des projets fumeux dont la plupart des gens devaient se gausser, et que ses proches devaient contempler avec inquiétude ?

Je ne peux m'empêcher de mettre une fois de plus en parallèle sa trajectoire et celle de son frère Gebrayel. Ce dernier était parti pour New York à dix-huit ans ; il y avait rencontré des exilés cubains, auxquels il s'était lié au point d'adopter pleinement leur langue et leur combat, au point de les suivre jusqu'à La Havane pour faire sa vie entière au milieu d'eux ; dans cette ville, il avait fondé en 1899 son entreprise, « La Verdad », qui allait devenir, grâce à lui, l'une des plus prospères de l'île, et à laquelle il allait consacrer désormais chaque minute de son temps. Constance, constance, et détermination. Dans le même temps, que faisait mon futur grand-père ? Il avait commencé par hésiter, longuement, pour savoir s'il devait demeurer au pays ou le quitter. Finalement, il s'était décidé à partir ; pour rentrer, au bout de quatre ou cinq ans, en fustigeant l'émigration et en prétendant que jamais il n'avait songé à s'installer outre mer. Et il était revenu à l'enseignement, qu'il prétendait détester, et à Zahleh, dont il maudissait l'univers exigu… Mais, comme on aurait pu s'y attendre, après trois années scolaires au Collège oriental, il n'en pouvait déjà plus. De nouveau, il pestait contre son métier, et regrettait amèrement toutes ces années « *perdues entre cahiers et encriers…* »

Du point de vue de Khalil, les deux prétendants, bien que frères, ne pouvaient être regardés de la même manière ; cela, indépendamment même de la réussite sociale de Gebrayel. En tant que futur gendre, l'émigré présentait des garanties, en quelque sorte ; Botros n'en présentait aucune. Instable, colérique, sans emploi, et déjà presque vieux.

L'opinion du père de Nazeera était faite, il ne se demandait pas s'il fallait dire oui ou non, il se demandait seulement comment présenter son refus de la manière la moins blessante possible.

Lorsqu'il aborda la question avec sa femme, il constata sans surprise qu'elle était encore plus réservée que lui, et même franchement hostile. Du point de vue de Sofiya, le manque de fiabilité du prétendant et son mauvais caractère n'étaient que peccadilles comparés à ce défaut mille fois plus grave encore, impardonnable même : son irréligion. Venant d'une famille au protestantisme rigoureux et dénué d'humour, elle n'appréciait nullement l'attitude désinvolte que Botros manifestait à l'égard des choses de la foi. Encore ne savait-elle pas ce qu'il « ourdissait » sur ce chapitre…

Cependant, le prédicateur pria son épouse de ne rien laisser transparaître de ses sentiments, et de s'en remettre à lui pour régler au mieux cette affaire épineuse. Il se rendit à Beyrouth, où sa fille était pensionnaire à l'American School for Girls, pour s'entretenir longuement avec elle. Il lui exposa dans le détail sa vision des choses et celle de sa mère, et fut rassuré de constater qu'elle les partageait pleinement. Sur le chemin du retour au village, il prépara dans sa tête la réponse adéquate, celle qui lui permettrait de décliner la proposition sans humilier le prétendant.

Dès qu'il vit son ancien élève, il lui annonça, de cette voix compassée qu'il empruntait pour ses homélies :

— Ma fille est douée pour les études, et elle se promet de les poursuivre le plus loin possible… Je suis sûr qu'un éminent pédagogue comme toi ne peut qu'encourager une telle diligence.

Botros ne comprit pas tout de suite qu'on venait de lui dire « non ». Quand, au bout de quelques secondes, il finit par décrypter le message, il fut sur le point d'exploser, mais il fit un effort sur lui-même pour demeurer impassible, pour hocher poliment la tête, avant de dire :

— J'aimerais lui parler…

— Elle ne te dira pas autre chose, je viens de la voir !

Mais le prétendant insista pour avoir malgré tout une conversation avec elle, ce que Khalil ne pouvait lui refuser, en raison à la fois de leur amitié ancienne et des liens de proche parenté qui s'étaient tissés entre eux. De toute manière, le père ne craignait rien, Nazeera avait pris sa décision après avoir mûrement réfléchi, et elle n'était pas fille à changer d'opinion du jour au lendemain.

Botros eut l'occasion de lui parler en tête à tête quelques semaines plus tard, lorsqu'elle revint au village pour les vacances d'été. À la fin de l'entretien, elle s'en fut dire à ses parents qu'elle était, après mûre réflexion, favorable à ce mariage. Ils étaient piégés, d'autant que leur fille leur signifia clairement que, cette fois, elle ne changerait pas d'avis. Khalil estima qu'il ne pouvait plus refuser son accord, quelles que soient ses réserves. Sa femme, en revanche, ne s'y résignera jamais.

Ce que Botros avait pu dire à Nazeera pour la convaincre de l'épouser, je ne le saurai jamais avec certitude. Des propos aussi intimes, et aussi éloignés dans le temps, se transmettent rarement dans les familles, et encore plus rarement dans la mienne. Cependant, à relire les vieux papiers, je devine que le prétendant ne s'était pas contenté de déposer aux pieds de la bien-aimée un long poème éploré. L'intéressée n'y aurait pas été sensible.

Sans doute est-il outrancier de ma part que je veuille apprécier à distance les sentiments d'une jeune fille de dix-sept ans sur la base de ce que j'ai connu de la grand-mère qu'elle allait devenir. Mais une personne réfléchie garde toujours un cap, elle ne saute pas d'une âme à l'autre comme un bernard-l'hermite change de coquille, on peut tracer une ligne entre sa première jeunesse et son dernier âge mûr, on la reconnaîtra toujours telle qu'en elle-même au voisinage de cette ligne, pour le meilleur et pour le pire. S'agissant de Nazeera, voici devant moi une succession d'images – l'adolescente studieuse dans sa classe, à l'école américaine, au milieu des élèves et des maîtres ; la jeune mariée assise sur l'herbe pour un déjeuner de fête ; l'épouse entourée de son mari et de ses enfants, et portant le dernier-né sur ses genoux ; la mère déjà plus mûre entourée des jeunes gens et des jeunes filles que sont devenus ses enfants, son homme n'étant plus là, mais sa mère Sofiya encore droite à ses côtés ; la grand-mère pas encore vieille, avec moi, en culottes courtes, adossé fièrement à son genou ; jusqu'à la très vieille dame portant son arrière-petite-fille –, et tout au long, c'est elle, on ne la perd jamais de vue, on la reconnaît, elle n'a pas changé d'âme… À ces images se mêlent dans mon esprit toutes celles qui n'ont pas été fixées sur pellicule, et en premier celle de ce dimanche d'août où j'étais allé lui tenir la main et pleurer avec elle la mort de son enfant, mon père. Sans cris, sans lamentations bavardes, sans les emportements vulgaires qu'autorise le deuil.

De tout ce que je sais d'elle, une certitude s'impose à moi : Nazeera n'avait sûrement pas vacillé sur un coup de tête, sur un glissement de cœur ; elle s'était engagée sur un projet de vie, qui avait un sens pour elle. Botros lui avait proposé de fonder avec lui, et de diriger avec lui, une école. Une école moderne, comme le pays n'en avait jamais connu. Une école qui serait un modèle pour toutes les autres, et à partir de laquelle rayonnerait une lumière si puissante que l'Orient tout entier s'en trouverait éclairé.

Une école, me dira-t-on ? En quoi ce projet pouvait-il être tellement inédit ? Khalil n'avait-il pas fait exactement cela trente ans plus tôt – fonder une école d'un nouveau style, comme l'Orient n'en avait jamais connu ?

Si, bien sûr. Mais, entre-temps, l'entreprise n'avait pu se perpétuer. Comme j'ai déjà eu l'occasion de le signaler, le prédicateur avait vieilli et, de ses huit enfants, cinq garçons et trois filles, pas un n'avait voulu reprendre le flambeau ; à l'exception de Nazeera, ils étaient tous partis, tous éparpillés aux quatre coins du monde. L'aîné était toujours à l'époque médecin en Égypte, où l'un de ses jeunes frères, prénommé Alfred, l'avait suivi ; un troisième était pharmacien à Porto Rico, et les deux autres fils étaient établis à New York. S'agissant des filles, l'aînée vivait avec son mari au Texas, Alice était désormais à Cuba… Seule restait au pays la benjamine. Que ce soit elle qui reprenne le flambeau, qui assure la pérennité de l'action entamée par son père, qui le console de toutes ces défections, c'était là un projet qui ne pouvait la laisser indifférente, et que le prédicateur, lui non plus, ne pouvait rejeter.

Sans doute y avait-il des interrogations sur le caractère de Botros, sur son goût de la provocation ou sur sa propension à l'instabilité ; mais nul n'avait jamais contesté ses qualités de pédagogue. Si un homme pouvait faire renaître, dans notre village, le vieux rêve civilisateur, ce ne pouvait être que lui…

33

Je n'ai pu retrouver la date exacte du mariage de mes grands-parents, mais il s'est déroulé, selon toute probabilité, dans la deuxième semaine d'octobre 1912, et en deux cérémonies successives, l'une, protestante, à Beyrouth, l'autre à l'église catholique du village.

La chose avait dû s'organiser très vite, puisque Gebrayel n'en fut pas informé. Ce même mois d'octobre, il avait écrit à son frère deux lettres et un télégramme, qui sont tous rangés aujourd'hui dans la même enveloppe. Nulle part il n'y laisse entendre qu'il était au courant de ce mariage. Ni vœux de bonheur, ni la moindre allusion. Bien au contraire, l'émigré insiste plus que jamais auprès de son frère pour qu'il aille le rejoindre au plus vite.

La première lettre commence ainsi :

Je viens seulement de recevoir le courrier que tu m'avais adressé le 18 août, et je ne m'explique pas ce retard. Je me dépêche de te répondre, juste pour que tu comprennes pourquoi je ne t'ai pas écrit plus tôt. Dans quelques jours, je t'enverrai une lettre plus longue dans laquelle je répondrai dans le détail aux différentes questions que tu soulèves.

Je voudrais t'annoncer aussi que je suis sur le

*point d'acheter la maison dont je t'avais déjà parlé,
celle du général Máximo Gómez. La signature aura
lieu cette semaine, si Dieu le veut, et je me promets
de t'adresser alors un télégramme dans la journée
pour t'annoncer la nouvelle. Dans ce cas, cette lettre
arrivera plus tard, en guise d'explication détaillée.*

*Le prix dont nous sommes convenus est de soixante
mille riyals…*

Une note, en passant : le « riyal » en question n'est
autre que le dollar américain ; il n'est pas rare, dans le
courrier de l'époque, que la monnaie des États-Unis soit
rebaptisée ainsi ; orientalisation toute relative, à vrai
dire, puisque « riyal » vient lui-même de « réal », ou
royal – une origine parfaitement latine ; tout comme le
« dinar » est issu des *denarii* romains, et le « dirham » de
la drachme grecque…

En parcourant les archives familiales, j'ai constamment
été frappé par la facilité avec laquelle on traduisait
autrefois tous les noms, sans hésitation aucune, dès lors
qu'on changeait de langue. Ainsi, lorsque Botros s'exprimait
en anglais, son prénom devenait Peter, et lorsqu'il
recevait une lettre en français, elle était adressée à
Pierre. À Cuba, Gebrayel était devenu Gabriel, et Alice
était devenue Alicia. Parfois, sur le sol américain, la traduction
était plus lapidaire, Tannous devenait Tom, Farid
devenait Fred, et Nadim Ned…

Certains noms de pays ont subi la même transformation :
l'expression « États-Unis » a été traduite par *al-Wilayat
al-Muttahidah*, parce que la *wilaya* était
l'équivalent ottoman de province ; et l'appellation est
restée…

S'agissant de la monnaie, jusque dans les années 1960
j'entendais parfois encore certains vieux émigrés, de

retour au village, parler de «riyals» américains. Leurs
interlocuteurs esquissaient alors des sourires moqueurs,
et l'habitude s'est peu à peu perdue.

Mais j'en reviens à Gebrayel, et à sa lettre annonçant
à son frère l'achat de la maison Gómez…

> *Le réaménagement du bâtiment, conçu pour l'habi-*
> *tation, en local commercial, devrait coûter dix mille*
> *riyals, ou un peu moins; je dois donc débourser, au*
> *total, soixante-dix mille – c'est là toute la somme dont*
> *je peux me passer en ce moment. Je vais être un peu à*
> *court de liquidités, mais je ne pouvais laisser passer*
> *une telle occasion. La superficie du terrain est de*
> *815 mètres carrés, qui valent plus de cent riyals le*
> *mètre, sans même parler du bâti. Ce coin est considéré*
> *comme le meilleur de La Havane; juste en face, on est*
> *en train d'élever le nouveau palais du gouvernement,*
> *et dans la rue derrière se trouve maintenant la station*
> *de chemin de fer qui dessert toute l'île. J'ai fait une si*
> *bonne affaire que tous ceux qui l'ont appris se sont*
> *réjouis lorsque c'étaient des amis, et se sont étranglés*
> *de jalousie lorsque c'étaient des adversaires…*
>
> *Tu comprendras que, dans ces conditions, je ne sois*
> *pas en mesure d'acheter les terrains que tu comptais*
> *me vendre. Mais si ton but, en me les cédant, était de*
> *te constituer un capital, viens, je t'en conjure, viens*
> *donc, nous en parlerons toi et moi à tête reposée, je te*
> *mettrai au courant de toutes mes affaires, et je suis*
> *prêt à t'y associer de la manière qui te conviendra!*
>
> *Ah, si le Seigneur pouvait t'inspirer de prendre le*
> *bateau avant même d'avoir reçu la lettre que je suis*
> *en train de t'écrire!*

Si Botros, engagé désormais sur une tout autre voie, ne fut plus jamais «inspiré par le Seigneur» de s'embarquer pour La Havane, trois autres membres de la famille furent tentés de s'associer, chacun à sa manière, à l'aventure cubaine.

Le premier à partir fut un jeune homme prénommé Nayef, dont le courrier familial parle sans aucun ménagement – il est pour tous la brebis galeuse, le mauvais garçon, l'exemple à ne pas suivre – sans que l'on dise à aucun moment de manière explicite de quoi il se serait rendu coupable.

Il était le neveu de Botros et de Gebrayel, le fils de leur frère aîné, lequel s'appelait Youssef. J'ai peu parlé de ce dernier, je ne possède aucune lettre portant son écriture, et il me semble qu'il avait fait moins d'études que ses frères. L'une des rares histoires qui se racontent encore à son sujet concerne les circonstances de son mariage – que de souvenirs chez les ancêtres s'attachaient aux noces, corvées épiques, brèves incandescences de leurs vies obscures!

S'agissant de Youssef, les choses remontent à l'année 1880. Sa sœur aînée, prénommée Mokhtara, était sur le point de se marier, tandis que sa mère, Soussène, était enceinte. Celle-ci était quelque peu angoissée, et un soir, elle se plaignit à son mari, Tannous. Comment allait-elle se débrouiller avec tous ces enfants lorsqu'elle aura accouché, si sa fille aînée n'est plus à la maison pour l'aider? «Ne t'en fais pas, lui dit Tannous, j'ai une idée. On va marier Youssef, et sa femme pourra t'aider à la place de Mokhtara.» Ils passèrent alors en revue les différentes filles du village, avant de s'arrêter à Zalfa, une voisine que Soussène aimait bien. «Si tu es sûre qu'elle te convient, je m'en vais tout de suite parler à son père…»

Celui-ci reçut Tannous comme on reçoit au village, c'est-à-dire qu'il l'invita à s'asseoir, fit servir des boissons fraîches, lui posa vingt questions subsidiaires avant qu'on en arrive au fait. «Je suis venu demander la main de ta fille pour Youssef», dit enfin le visiteur. L'hôte répondit sur-le-champ : «Elle sera à lui !»

La jeune fille était déjà rentrée se coucher, elle venait de défaire sa longue chevelure, mais son père lui cria : «Zalfa, recoiffe-toi, nous t'avons mariée !» Une phrase qui est restée dans la mémoire des gens du village, même ceux qui ne savent plus qui l'avait prononcée ni en quelles circonstances. Lorsqu'on parle d'un mariage précipité, expéditif, et passablement autoritaire, il arrive encore qu'on lance, comme une boutade : «Recoiffe-toi, nous t'avons mariée !»

S'étant recoiffée, donc, et rhabillée en vitesse, Zalfa était revenue se présenter, tête baissée, devant son père, qui lui annonça : «Nous t'avons donnée à Youssef, ça te plaît ?» Elle prononça un «oui» timide et soumis, et ne sembla pas trop mécontente. Tannous revint alors chez lui, et trouva que Youssef dormait profondément. Il eut des scrupules à le réveiller, et c'est seulement le lendemain qu'il lui apprit qu'on avait décidé de le marier, qu'on lui avait choisi une épouse, et que celle-ci était d'accord. L'époux n'avait pas encore dix-huit ans.

Je tiens cette histoire de l'homme qui m'a probablement raconté, au fil des ans, le plus de choses sur notre vaste parenté. Né en 1911, il est le neveu de Youssef, le neveu de Gebrayel, et surtout, devrais-je dire, le neveu de Botros, dont il fut l'élève, le protégé, et l'admirateur. Avocat, tribun, séducteur, il a occupé de hautes fonctions politiques ; ceux qui connaissent la famille et le pays n'auront aucun mal à deviner son identité, mais dans ces pages je l'appellerai simplement l'Orateur, ayant pris pour règle de ne pas donner leurs véritables

prénoms aux proches qui seront encore en vie à l'achèvement de ce livre.

Selon l'Orateur, donc – mais je lis cela également
dans *L'Arbre –*, Youssef avait créé peu après son mariage
avec Zalfa une tannerie à l'entrée du village ; je ne l'ai
jamais connue en activité, mais le bâtiment est toujours
debout, intact ; la plupart de mes promenades d'enfant
avec les autres gamins de la famille me conduisaient
jusque-là. Et c'est également là que s'arrêtait jadis la
route carrossable qui venait de la ville ; après, les gens
continuaient à pied.

Youssef dirigeait cette entreprise avec l'aide occa-
sionnelle de ses frères ; puis son fils aîné, Nayef, vint
donner un coup de main. Mais le travail était pénible,
désagréable à cause de l'odeur, et pas toujours rémuné-
rateur. Nul doute que les perspectives qu'il offrait, surtout aux jeunes de la famille, étaient peu prometteuses,
et qu'elles ne dispensaient assurément pas de regarder
plus loin, au-delà de cette mer que l'on aperçoit à l'horizon lorsqu'on s'assied sur le toit de la tannerie, comme
je l'ai fait souvent dans mon enfance.

J'ignore si Nayef s'était rendu à Cuba de son propre
chef ou bien à l'invitation expresse de son oncle ; ce qui
est certain, c'est qu'ils ne s'étaient pas du tout appréciés,
et qu'ils étaient devenus très vite rivaux et même franchement ennemis. Le neveu avait même ouvert son propre
commerce à La Havane, à deux pas de son oncle…

Dans une lettre à ses frères, Gebrayel s'était plaint des
« agissements douteux » de Nayef, et il avait eu des mots
très durs envers la famille qui, au lieu de lui envoyer quelqu'un à qui se fier comme un fils et se décharger un peu
de son fardeau, lui avait expédié ce cadeau empoisonné
qui n'avait fait qu'accroître ses soucis et ses peines.

Affecté par ces propos, Youssef avait promis d'envoyer à Cuba, pour se faire pardonner, un autre de ses fils, un garçon un peu rêvasseur mais profondément intègre et affectueux, Nassif.

Gebrayel accueillit ce dernier sans préjugé hostile, et il put constater qu'il était effectivement différent de son frère. Seulement, pour un chef d'entreprise rigoureux, ce n'était pas assez. Dans une de ses lettres à Botros, il s'en lamentait sur un ton à la fois paternel et désespéré.

Quant à notre neveu Nassif, il en est toujours au même point. Sa santé est bonne, mais ses progrès sont lents, contrairement à ce que nous attendions de lui.

Je ne vois à cela que deux causes. La première, c'est sa fréquentation de Nayef et de ses acolytes ; je lui ai pourtant formellement interdit de les voir, mais il ne m'écoute pas. La seconde cause, c'est le courrier qu'il reçoit du pays, et qui perturbe son humeur. Un jour, il reçoit une lettre qui lui dit : «Notre enfant bien-aimé», ou bien «Notre frère bien-aimé», «ici le travail ne va pas bien, les peaux nous coûtent trop cher, les bons ouvriers sont rares, et les acheteurs plus rares encore. À cause des guerres, des troubles, des coups durs, la vie ici devient impossible, tout le monde est triste. Travaille bien là où tu es, peut-être que nous irons tous te rejoindre un de ces jours... » Alors Nassif se concentre pendant quelque temps sur sa tâche, il devient sérieux, appliqué, il fait plaisir à voir.

Puis une autre lettre arrive : «Notre enfant», ou «Notre frère», «nous sommes heureux de t'apprendre que tout va bien ici, notre pays se porte encore mieux que l'Amérique, notre travail n'a jamais été aussi prospère, nous gagnons beaucoup d'argent ; la demande est si grande que nous n'arrivons plus à faire face. Que ce serait bien si tu pouvais venir nous donner un coup de main !» Aussitôt, Nassif n'arrive plus à se concentrer sur son travail, et il commence à me parler de repartir.

Voilà donc comment il est depuis qu'il est arrivé. Chaque jour il faut scruter son visage pour voir dans quelle humeur il se trouve. Il n'arrête pas de penser au pays, il ne circule pas dans l'île, il ne veut rien voir, il ne veut rien apprendre. J'essaie souvent de lui montrer son erreur, parfois avec douceur, et parfois sans douceur, mais il n'y a rien à faire. Et cela dure depuis trois ans ! Trois ans qu'il est dans cet état d'indécision, de mélancolie ! Trois ans qu'il souffre de ce mal dont je t'ai décrit les symptômes, et qu'il refuse de se soigner !

Je n'ai pas encore écrit à son père, parce que je sais qu'il n'est pas encore remis de la souffrance que lui a causée le comportement de Nayef, et je ne voudrais pas l'accabler encore. En même temps, tu conviendras avec moi que je ne pourrai pas supporter indéfiniment cet état de choses. C'est pour cela que je t'écris, afin que tu me dises, avec ta sagesse, comment je devrais résoudre ce problème !

Mon sentiment, c'est qu'il vaudrait mieux que ce garçon rentre au pays, parce qu'il n'a visiblement pas le désir de progresser ici, en dépit de tout ce que j'ai fait pour faciliter son travail. Des choses qui étaient parfaitement à sa portée ! Par exemple, je lui ai confié le secteur alimentaire du magasin, avec pour tâche de le superviser, et rien d'autre ; en échange de quoi, je lui donnais la moitié des bénéfices. C'est ainsi que l'année dernière, il s'est fait près de cent livres françaises – net pour lui ! – et cette année il s'en fera plus encore. S'il était plus motivé, et qu'il utilisait un peu mieux son intelligence, s'il savait moduler les commandes en fonction de la clientèle, il aurait pu se faire, rien que dans cette *branche, quatre à cinq mille riyals, vu qu'il y a dans l'île près de six mille fils d'Arabes qui viennent tous acheter chez nous les produits alimentaires auxquels ils sont accoutumés, et que nous n'avons dans ce secteur aucun concurrent.*

En plus de cela, et pour le récompenser de l'aide qu'il nous apporte dans d'autres domaines – les emballages, etc. –, je lui verse par mois quarante riyals d'or ; et je suis tout le temps en train de guetter chez lui le moindre signe encourageant qui me permette de l'associer pleinement à l'ensemble de mes affaires… Alors dis-moi, frère bien-aimé, ne trouves-tu pas que je le traite convenablement ?

J'ai demandé plus d'une fois à Nassif d'écrire à son père pour lui expliquer la situation avec la même franchise, et qu'il lui demande s'il doit rester ici ou bien rentrer. Mais il ne l'a jamais fait, soit parce qu'il n'arrive pas à se décider, soit pour quelque autre raison qu'il ne m'a pas dévoilée. Ou alors, il préférait que ce soit moi qui le fasse. Eh bien voilà, je l'ai fait ! À présent, c'est à toi qu'il revient d'expliquer la situation à son père. Qu'il y réfléchisse, en toute liberté, puis qu'il me communique ses ordres, je ferai ce qu'il souhaitera, et ce qui le réconfortera. Mais il ne faut pas me demander de me résigner à cette perte de temps et à cette inconséquence qui ne mène nulle part. Ce n'est pas ainsi qu'on cueille les fruits de l'émigration !

Après ce long plaidoyer, une ligne ajoutée en marge, écrite de haut en bas au crayon à mine :

J'ai montré au bien-aimé Nassif ce que je viens de t'écrire à son sujet. Il l'a lu attentivement, l'a trouvé conforme à la vérité et ne l'a aucunement contesté.

34

Sauf que le neveu a éprouvé le besoin de prendre lui-même la plume quatre jours plus tard – le 1er novembre 1912 –, pour donner sa propre version des événements.

À Monsieur mon oncle Botros, Dieu le préserve,

Je baise vos mains, bien que de loin, et vous transmets mes sentiments affectueux en demandant au Très-Haut de nous réunir bientôt.

J'ai été plus d'une fois sur le point de vous écrire pour vous exposer la réalité de ma situation ici ; ce qui m'en a empêché, c'est le manque de temps. Mais aujourd'hui, c'est l'élection du président de la république, les magasins sont fermés, ce qui me permet de consacrer mon temps à vous écrire ; je m'efforcerai de le faire avec sincérité, sans aucune exagération, et en commençant depuis le début.

Je suis arrivé à New York le 28 octobre 1909. Mon oncle Gebrayel se trouvait là-bas, il est venu sur l'île – Ellis Island, vraisemblablement –, il m'a sorti de là, et m'a traité exactement comme s'il était mon père. Puis nous sommes venus ensemble à La Havane. Dès notre arrivée sur le vapeur, le batelier est venu reprocher à mon oncle les comportements de mon frère Nayef, ce qui a été pour moi très instructif.

Puis j'ai commencé tout de suite à travailler ici. Ce qui n'a pas été facile, surtout que je ne connais pas la langue. Au bout de six mois de souffrances, j'ai compris que tu avais eu raison de me dire que je n'aurais pas dû m'expatrier aussi jeune, et je me suis mis à regretter d'être venu. Alors j'ai décidé de repartir, soit pour New York, soit pour notre pays, mais mon oncle m'a retenu, et il m'a confié le secteur des produits alimentaires syriens. Je m'en suis occupé, dans la limite de mes capacités, tout en continuant à travailler dans le reste du magasin autant que je le pouvais. Mon salaire était d'abord de trente riyals par mois, qui sont passés ensuite à quarante. Mais tu connais la cherté de la vie ici; et, bien entendu, j'ai dû envoyer un peu d'argent à mes parents. Au total, ce qui m'est resté l'année dernière de ma paie et de mes gains dans l'épicerie était de 390 riyals espagnols…

Je suppose que ce sont les pesos cubains que le jeune homme appelait ainsi…

Pour l'année en cours, je n'ai pas encore fait mes comptes. De toute manière, je ne nie pas ce que je dois à mon oncle Gebrayel, j'apprécie ses conseils, et je n'oublierai jamais la manière dont il m'a reçu et tout ce qu'il a fait pour moi. Mais ce qui m'intéresse, moi, avant tout le reste, c'est de garder la santé, et dans ce pays on ne garde pas la santé – vous le savez mieux que moi ! Je ne suis pas seulement intéressé par le gain, comme l'oncle Gebrayel, je tiens aussi à mener une vie saine. C'est pourquoi je préfère revenir travailler avec mes frères, c'est à cette conclusion que je suis parvenu après avoir lon-

guement réfléchi. Le travail d'ici est bien pour ceux qui ont l'habitude de rester enfermés, moi je ne suis pas ainsi. À présent, ma décision est prise, je rentre au pays au début de l'été. Lorsque j'ai informé mon oncle de ma décision, il vous a écrit pour se plaindre de moi et pour dire que je ne savais pas ce que je voulais. Maintenant, vous connaissez la vérité, je vous laisse juge, et j'accepterai votre jugement.

Je ne suis pas d'accord avec mon oncle quand il vous dit qu'il m'a demandé d'écrire à mon père pour lui expliquer ce qui se passait dans mon travail, et que j'ai refusé de le faire. J'ai écrit une longue lettre à mon père, il y a un an, et je l'ai même montrée à mon oncle, vous pouvez vérifier auprès de mon père, la lettre a été postée le 17 octobre 1911, et j'y racontais dans le détail mon expérience depuis mon arrivée ici. C'est pourquoi, lorsque mon oncle vous dit que je change d'avis comme une plume dans un courant d'air, ce n'est pas la vérité, j'ai la tête sur les épaules, ma conduite n'a pas varié, et je représente honorablement notre famille, certainement pas mieux que ne le fait mon oncle, mais aussi bien que lui. Ce n'est pas vrai que la fréquentation de Nayef et de ses semblables a corrompu mes mœurs. Quand je vais voir mon frère, c'est pour lui donner des conseils de sagesse et pour essayer de lui faire admettre ses fautes, pas du tout pour m'inspirer de ses comportements.

Le jeune homme transmet ensuite à son oncle Botros, très délicatement, l'invitation de Gebrayel – sans trop se mouiller lui-même.

En résumé, je suis décidé à rentrer au pays au début de l'été, peut-être même avant. Alors, si la famille pense que le travail que je faisais ici a un bon avenir, il faudrait que l'un de mes oncles vienne s'en occuper dès que possible, je suis sûr qu'il y réussira bien mieux que moi. Et il pourrait effectivement en tirer quatre à cinq mille riyals par an, dont il aurait la moitié, d'après ce que me dit mon oncle Gebrayel. Réfléchissez-y et faites ce qui vous semble approprié !

Puis il revient un peu en arrière, vers une question qui le préoccupe.

Lorsque vous écrirez à l'oncle Gebrayel, rappelez-lui que Nayef est le fils de son frère, et qu'il doit se sentir responsable de lui quels que soient ses défauts. Parce qu'ils sont en train de se comporter l'un avec l'autre comme des ennemis, pas comme des parents, et je ne vous cacherai pas que je redoute le pire !

Pour conclure, Nassif salue Botros de la part de tous les émigrés de la famille, mentionnant Gebrayel, Alice, leur fils, et aussi «mon frère Nayef». Ensuite – échange de courtoisies –, il fait lire sa lettre à son oncle, lequel ajoute de sa main :

Ayant lu ce qu'a écrit notre neveu, je m'en réjouis. Premièrement, parce que la plupart des choses qu'il dit sont vraies. Deuxièmement, parce que je constate que ma lettre l'a secoué, et l'a obligé à s'exprimer de façon responsable. Et j'espère que cet appendice, que j'écris à sa demande et en sa présence, lui permettra de voir les erreurs qu'il a commises et de les corriger.

Je ne doute pas que notre bien-aimé Nassif a écrit ces pages avec des intentions louables et un cœur pur. Et je ne lui en veux pas de s'être exprimé avec franchise. Comme je vois en lui un garçon prometteur, qui a su se conduire honorablement, je lui ai montré dans sa lettre les phrases qui contenaient des erreurs ; alors il s'est excusé et il m'a promis de les rectifier ci-après, ce qui vous rassurera sur sa situation et vous permettra de prendre les bonnes décisions pour son avenir. Vous pouvez donc considérer cette lettre, ainsi que celle que j'ai écrite moi-même, non comme des plaintes et des accusations, mais comme des témoignages complémentaires qui vous permettront de juger en connaissance de cause.

Suit, effectivement, un dernier passage portant l'écriture de Nassif.

Il y a eu une erreur dans ce que j'ai écrit plus haut concernant la manière dont l'oncle Gebrayel traite Nayef. En réalité, il continue à se montrer patient avec lui. Il a essayé par tous les moyens de le ramener à la raison, et il l'a tiré de plusieurs mauvais pas. Mais mon frère n'écoute personne et il considère comme des ennemis tous ceux qui cherchent à lui donner des conseils pour son bien, même son propre père. Je ne sais pas où tout cela va mener, car Nayef s'est écarté résolument du droit chemin, et il est mis en cause dans des procès très graves.

Pour la lettre que j'avais écrite à mon père, mon oncle Gebrayel me dit qu'il se rappelle maintenant que je la lui avais donnée, mais qu'il n'avait pas eu le temps de la lire à ce moment-là, et qu'elle lui était complètement sortie de l'esprit.

S'agissant des bénéfices de l'épicerie, il n'y a pas de contradiction entre les chiffres de mon oncle et les miens. Lui a parlé des recettes totales et moi j'ai seulement parlé de la somme qui m'est restée. Voilà ! Je vous fais des excuses, il arrive qu'on se trompe…

35

Si j'ai cité longuement cette correspondance, c'est parce qu'elle m'a fait comprendre bien des choses qui, dans le courrier échangé entre Gebrayel et Botros, étaient constamment confinées dans le non-dit. À savoir l'atmosphère fébrile qui régnait dans «nos» entreprises de La Havane, et la difficulté, pour certains, de s'y accoutumer. Sans doute Botros n'avait-il pas été traité comme le sera son jeune neveu, mais le professionnalisme agressif de Gebrayel, qui explique sa réussite fulgurante, explique également son incapacité à retenir ses proches à ses côtés. Cette fougue sera d'ailleurs pour quelque chose dans sa disparition prématurée…

Ce que Nassif ne supportait pas, ce n'était pas l'éloignement, c'était la vie que lui faisait mener son oncle. D'ailleurs, dans les mois qui suivirent cet échange, il rentra effectivement au pays, il s'y maria avec l'une de ses cousines, mais pour émigrer aussitôt en sa compagnie vers une autre destination, l'Utah, dans l'ouest des États-Unis. Là, il semble qu'il se soit parfaitement intégré à la communauté des mormons; ses enfants, ses petits-enfants et ses arrière-petits-enfants y vivent encore, il m'arrive de les appeler quelquefois pour prendre de leurs nouvelles.

À l'inverse, Nayef ne quitta plus jamais La Havane.

Comme l'avait prédit son frère, le pire ne tarda pas à arriver : un jour on annonça à la famille qu'il était mort. Son destin demeure, aujourd'hui encore, enveloppé dans un épais silence familial – à l'origine, on s'était tu parce que le personnage dérangeait ; aujourd'hui on se tait pour la simple raison que plus personne n'en sait rien. J'ai simplement pu apprendre, par l'une de ses nièces, qu'il s'était engagé dans des organisations révolutionnaires, qu'il s'était fait un nom dans cette mouvance, ce qui ne devait pas arranger les affaires de son oncle – l'un tissait des relations avec les hommes politiques et avec les hauts fonctionnaires, et l'autre s'évertuait à les combattre. À relire ce que Gebrayel dit de lui, cette interprétation est la plus plausible…

Il semble que Nayef ait été tué durant l'une de ces campagnes massives de répression qui frappaient régulièrement l'île à l'époque de la Première Guerre mondiale. Je ne sais s'il fut jugé et exécuté, ou bien sommairement abattu. Un vers énigmatique composé par Botros à cette occasion laisse entendre, à mots couverts, que son corps n'a pas reçu sa digne sépulture.

Après la brouille avec Nayef, la « fuite » de Nassif, et la défection de Botros, Gebrayel se tournera vers un autre membre de la famille, avec lequel il s'entendra durablement, cette fois, et qui deviendra son homme de confiance : Alfred, l'un des fils de Khalil, et donc le frère d'Alice.

La première mention de cette collaboration vient dans une lettre du docteur Chucri à Botros, envoyée du Soudan le 6 août 1913.

Alfred nous a écrit d'Alep pour nous dire qu'il avait été engagé à titre temporaire par la compagnie du chemin de fer baghdadien, mais qu'il vient de donner sa démission parce qu'il a reçu un télégramme de notre cher Gebrayel lui demandant de partir pour Cuba. Il avait eu quelques problèmes de santé après son départ de Khartoum, mais il nous dit qu'il est à présent tout à fait rétabli. Comme il avait l'air pressé de voyager, je suppose qu'il a déjà embarqué. Si tu veux lui écrire, adresse la lettre à Gebrayel, qui lui transmettra. C'est en tout cas ce que je m'apprête à faire...

Ce que Chucri ne savait pas, c'est que son jeune frère avait, au dernier moment, modifié son itinéraire afin d'accomplir une dernière «formalité»: se marier. J'écris ces mots en souriant un peu, mais pas pour la raison qui vient spontanément à l'esprit...

En juillet 1913, donc, Alfred avait reçu l'invitation de son beau-frère, et il s'apprêtait à partir pour Cuba. Il venait de passer deux ans auprès de Chucri en Égypte puis au Soudan, où il avait travaillé comme fonctionnaire civil dans les services de l'armée britannique. Et comme il envisageait de s'absenter, cette fois encore, pour une longue période, il était revenu dire adieu à ses parents, Khalil et Sofiya, ainsi qu'à sa jeune sœur, Nazeera, ma future grand-mère, qui venait de mettre au monde son premier enfant, l'aîné de mes oncles – celui-là même qui, soixante-sept ans plus tard, lui annoncera au téléphone, en ma présence, que mon père était mort.

En rendant visite à la jeune maman, Alfred trouva chez elle sa meilleure amie, Hada, qui l'aidait à s'occuper du nouveau-né et remplaçait un peu auprès d'elle ses deux grandes sœurs, déjà émigrées dans les Amériques.

Hada était plus grande de taille que les autres femmes du village, et plus grande même que la plupart des hommes, plus grande, en tout cas, qu'Alfred, et les épaules plus larges que les siennes. Elle serait même apparue masculine si elle n'avait eu des traits suaves, et dans le regard comme dans les gestes des bras une infinie tendresse maternelle. Ma grand-mère l'aimait profondément ; et comme elle avait une immense affection pour Alfred, qu'elle le savait fragile et qu'elle savait Hada solide à toute épreuve, elle se mit en tête de les rapprocher. Bien entendu, ils se connaissaient déjà, au village tous les gens se côtoient depuis la naissance, et tous sont plus ou moins cousins. Alfred et Hada n'avaient donc pas besoin d'être présentés l'un à l'autre, mais jusque-là ils n'avaient jamais eu l'occasion de se parler en tête à tête ; cette rencontre-là fut donc déterminante, et l'entremise de Nazeera y joua un rôle certain.

La circonstance ne semblait, néanmoins, guère propice à un mariage. Alfred ne faisait que passer pour dire adieu, avant de partir à l'autre bout du monde pour un temps indéterminé. Il faut croire que ce sentiment d'urgence les incita plutôt à précipiter les choses : ils décidèrent de se marier sans tarder ; le jeune homme partirait ensuite seul pour Cuba ; s'il ne s'y plaisait pas, il reviendrait aussitôt ; sinon, ce serait Hada qui irait le rejoindre. Les noces furent célébrées le 6 septembre 1913, selon le rite presbytérien ; le surlendemain même, Alfred prit le bateau, en promettant à sa jeune épouse que dans un an au plus tard ils seraient installés ensemble dans leur propre maison, que celle-ci s'élevât dans les pays d'Orient ou bien dans les contrées américaines. Elle agita son mouchoir sur le quai jusqu'à ce que le paquebot eût disparu à l'horizon ; puis elle rentra au village pour attendre.

J'ai devant moi le fac-similé du formulaire que remplit Alfred en débarquant à Ellis Island, décidément le passage obligé des hommes de ma famille. J'y apprends qu'il avait transité par Le Pirée, où il avait pris place sur un paquebot nommé *Themistokles*; qu'il avait atteint New York le 11 novembre 1913; qu'il avait vingt-huit ans, et n'était ni polygame ni estropié ni anarchiste; et qu'il avait marqué comme pays d'origine la Turquie. Face à son nom, une inscription imprimée par un fonctionnaire, avec un tampon: «NON IMMIGRANT ALIEN», «ÉTRANGER NON IMMIGRANT»; de fait, Alfred avait déclaré qu'il était seulement en transit, vu que la destination ultime de son voyage était Cuba, où il avait déjà une adresse, *Chez son beau-frère Gabriel M., avenue Monte, La Havane*…

Arrivé sur l'île fin novembre, il écrivit à Hada une première lettre pour lui dire qu'elle lui manquait, qu'il en souffrait à chaque instant, qu'il ne pourrait pas vivre longtemps si éloigné d'elle, et qu'il était tenté de tout laisser tomber. Dans une deuxième lettre, postée en février 1914, il se plaignait d'être continuellement malade; à coup sûr, il ne passerait pas sa vie entière dans cette île! que son épouse ne soit pas surprise si, un jour, elle le voyait revenir! Mais dans une troisième lettre, écrite en mai, il lui apprenait que le travail, finalement, ne lui déplaisait pas, qu'il s'entendait bien avec Gebrayel, et que celui-ci envisageait de lui confier des responsabilités, en lui doublant son salaire initial. Dans la quatrième, il lui annonça sur un ton euphorique qu'il était devenu le bras droit de son beau-frère, lequel ne pouvait plus se passer de lui; à présent, son choix était fait, il vivrait à Cuba pour toujours, et il était sur le point de louer un grand appartement au centre de la capitale, tout près des magasins La Verdad – installés à présent dans l'ancienne demeure du général Gómez. Il était grand temps pour Hada de venir le retrouver !

Cette lettre fut la dernière qu'elle reçut. Postée à La Havane le 12 juin 1914, elle arriva au port de Beyrouth le 24 juillet. Quatre jours plus tard commença la guerre mondiale. Plus de bateaux, plus de courrier, plus de voyage. Les mariés ne pouvaient plus se rejoindre.

36

Pendant ce temps, Botros jetait les fondements de sa nouvelle existence. N'allait-il pas regretter un jour d'avoir renoncé à ses différents projets – notamment à sa plantation de tabac –, d'avoir écarté de son horizon tant d'avenirs possibles, pour suivre la voie commune à laquelle il avait toujours voulu échapper : s'établir au village, s'encombrer d'une famille, et passer le restant de sa vie « entre cahiers et encriers » ? Dans l'immédiat, en tout cas, aucun remords, rien que des joies, des satisfactions, des accomplissements.

Aux lendemains de leurs noces, Nazeera et lui connurent une longue période de célébrations familiales, des banquets, des joutes poétiques, et nombre de messages de félicitations, les uns en prose, d'autres en vers, qui furent dûment conservés – je les ai. Puis, lorsqu'un premier enfant naquit, dès le dixième mois de mariage, ce furent à nouveau des joutes, des éloges, à nouveau des banquets…

J'ai devant moi une photo de cette époque. Elle doit dater de l'automne 1913, vu que les arbres ont perdu leurs feuilles et que Nazeera porte dans ses bras un nouveau-né. Sur l'herbe, devant la jeune mère, deux bouteilles renfermant un liquide sombre, je ne sais si c'est du sirop, ou bien du vin acheté au monastère d'à côté.

À l'arrière-plan, une fillette joue avec une ombrelle renversée… C'est un déjeuner champêtre au lieu dit «Khanouq» – j'ai déjà eu l'occasion de le mentionner. Je compte, en plus du nourrisson, que l'on devine plus qu'on ne voit, treize personnes, onze femmes de tous âges, dont ma toute jeune grand-mère, et seulement deux hommes : son père et son mari. Khalil, assis par terre devant elle, au premier plan, à droite, lunettes fines, moustache claire et chapeau à l'américaine – on dirait un pasteur du Midwest ; et Botros, debout derrière elle, son regard perdu dans le vide. Il porte un costume trois-pièces, mais sa chemise est ouverte. Il est nu-tête, bien entendu, et ses cheveux sont courts, quoique abondants. Il a une épaisse moustache noire. Sa silhouette évoque pour moi l'un de ces instituteurs farouchement laïques qu'en France on appelait naguère «les hussards noirs de la République».

S'il était songeur, c'est sans doute qu'il ne parvenait pas à détacher son esprit de son école, qui était née quelques jours plus tôt, ou qui était sur le point de naître. Les premiers contacts avaient été encourageants. De nombreux habitants des villages avoisinants avaient promis d'y inscrire leurs enfants dès qu'elle aurait ouvert ses portes. Botros et Nazeera commençaient même à redouter une affluence telle qu'ils ne pourraient y faire face, faute de locaux. Avec les moyens limités dont ils disposaient, ils n'avaient pu aménager qu'une seule pièce à l'étage inférieur de leur propre maison – eux-mêmes logeant avec leur enfant à l'étage du haut, qui ne comptait, lui aussi, qu'une seule pièce.

Malgré l'extrême modestie des locaux, l'institution fut baptisée «École Universelle», rien de moins. Lorsqu'elle fut inaugurée, dans une brève cérémonie, en octobre 1913, ce fut une petite révolution, qui ravit les uns, amusa les autres, et scandalisa la plupart. Au début, on ne comprit pas que ce nom voulait dire, entre autres choses, qu'elle serait commune aux garçons et aux filles. Pas une école pour les garçons, une autre pour les filles ; ni des classes pour les garçons et d'autres pour les filles, comme Khalil avait commencé à le faire, timidement, lorsqu'il avait encore son établissement. Non, rien de tout cela, rien de ce qui s'était fait jusque-là : dans la même classe il y aurait des garçons et des filles assis côte à côte, un point c'est tout. Mes grands-parents firent le tour des maisons du village pour expliquer aux parents ébahis que – «Vous verrez! Faites-nous confiance !» – tout se passerait bien.

De fait, tout se passa parfaitement bien. Tant sur ce chapitre délicat que sur celui de l'enseignement lui-même. Les élèves étaient enchantés, ils venaient à l'école en courant par les sentiers, pour n'en repartir, le soir, qu'à contrecœur ; et ils faisaient des progrès rapides. Notamment grâce à une méthode qui allait devenir la spécialité de l'Universelle : on confiait aux meilleurs élèves de chaque classe la responsabilité de transmettre à leurs condisciples ce qu'ils avaient retenu ; une sorte de chaîne du savoir se créait, qui développait le sens de la responsabilité, et l'esprit de solidarité entre tous ; l'effet en était, semble-t-il, miraculeux ; les anciens de l'école qui vivent encore continuent à en parler avec émerveillement et gratitude.

Le succès de la formule fut si grand que les inscriptions reprirent au cours même de la première année scolaire, comme en témoigne cette circulaire datée du 28 février 1914, et dont une copie a été conservée dans les archives :

Respectés compatriotes,

Certains d'entre vous nous ont demandé par le passé d'accepter leurs enfants à l'école, mais nous avions dû nous excuser auprès d'eux, n'ayant plus de places vides dans la salle que nous avions aménagée pour l'enseignement. Mais à présent, avec le commencement du second semestre de l'année scolaire, il nous est apparu nécessaire d'admettre de nouveaux élèves, ce qui nous a contraints à aménager une deuxième salle.

En raison de cela, l'École Universelle est en mesure d'annoncer que toute personne qui nous accordera sa confiance au cours de ce semestre sera la bienvenue, et nous ferons en sorte de la servir au mieux, si Dieu veut.

Avertissement

Dans une circulaire précédente, nous avions dit que notre école ne se préoccuperait pas des rites confessionnels. Certains ont compris de cela que nous refusions d'enseigner tout ce qui se rapporte à la religion. Alors que cette école a pour principale préoccupation d'inculquer les préceptes du christianisme. Elle a même été fondée justement pour renforcer les vertus chrétiennes.

Le directeur de l'école
Botros M.M.

Cet «avertissement» signale le commencement d'une longue et pénible bataille. À vrai dire, elle s'était déclenchée bien avant, mais cet épisode allait être le plus éprouvant.

Lorsque Khalil avait créé son établissement, trente ans

plus tôt, le clergé catholique avait tenté de réagir. On avait fulminé dans les sermons contre les hérétiques, et promis le feu éternel à ceux qui les suivraient – notamment à ceux qui enverraient leurs enfants à l'école de ces démons qui ne croyaient ni à Marie, ni à l'hostie, ni aux saints. Mais les villageois, même les plus pieux, n'obéissaient pas aveuglément à leur Église. Tant que l'école des protestants était la seule, on y envoyait quand même ses fils. Mieux valait le risque de l'hérésie que la certitude de l'analphabétisme.

Tirant les conséquences de cette situation, le diocèse avait alors décidé de créer sa propre école, dirigée par un prêtre damascène nommé Malatios, homme habile et pas du tout inculte, avec pour mission explicite de ramener dans le droit chemin les âmes égarées. Riposte qui s'avéra efficace : si le prédicateur était apparu jusque-là comme le tenant de la lumière face aux ténèbres de l'ignorance, à présent on se retrouvait dans un autre cas de figure : l'école catholique contre l'école « hérétique » ; et lorsque Khalil commença à vieillir, qu'aucun de ses fils ne voulut reprendre le flambeau, et qu'il dut renoncer à son école, on vit même des familles protestantes inscrire leurs enfants chez le père Malatios.

La guerre des écoles s'était achevée par la victoire des catholiques. La première guerre, devrais-je dire. Car une seconde guerre allait commencer avec la création, par mes grands-parents, de leur « École Universelle ».

Botros avait beau être catholique, frère d'un prélat catholique, ancien professeur au Collège patriarcal comme au Collège oriental basilien grec-catholique, il n'était pas en odeur de sainteté. Entre autres parce qu'il était le gendre du prédicateur, mais pas uniquement. Entre autres parce qu'il avait fait ses études chez les missionnaires américains, et sa femme aussi, mais pas uniquement. Il y avait plus grave encore : ses propres croyances. Sans doute n'était-il pas protestant, mais alors qu'était-il ? On ne le voyait jamais à la messe le dimanche – ni, d'ailleurs, au « service » du prédicateur. Ce qui se chuchotait au village, c'est qu'il était athée ; lui-même s'en est toujours défendu avec véhémence – et rien, d'ailleurs, dans ses écrits intimes, ne pointe dans cette direction ; cependant, la plupart des gens en étaient persuadés, même parmi ses proches.

Alors, lorsque mon grand-père avait envoyé très solennellement aux familles de Machrah et des sept villages voisins sa première circulaire annonçant la création de son « École Universelle », et indiquant, parmi ses caractéristiques, qu'elle accueillerait filles et garçons ensemble, et qu'elle « ne se préoccuperait pas des rites confessionnels », ses adversaires s'étaient déchaînés : cet homme voulait non seulement pervertir les mœurs de nos enfants, il voulait aussi les déchristianiser ! D'où la réponse de Botros, ferme mais défensive : si cette école refuse d'entrer dans les querelles entre les diverses communautés, elle n'en est pas moins chrétienne. En d'autres termes : parents, ne croyez pas que vous aurez à choisir entre une école d'incroyants et une école de bons chrétiens ; le choix est plutôt entre une institution ouverte à toutes les confessions, et une autre réservée aux seuls catholiques, et même aux plus obtus parmi eux. Dans les huit villages concernés, et dans toute cette partie du Mont-Liban, la population était, en ce temps-là, exclusivement chrétienne, mais comprenait des grecs-orthodoxes, des grecs-catholiques melkites, des maronites, ainsi que – plus récemment – des protestants. Botros espérait attirer vers son école des élèves appartenant aux quatre confessions. « Universel », au Levant, veut d'abord dire que l'on est au-dessus des querelles entre communautés.

Mon grand-père avait poussé très loin ce souci du rassemblement. Ainsi, tous les élèves, quelles que fussent leurs appartenances, devaient réciter ensemble tous les matins une même prière, qui n'était autre que le Pater Noster. Chacun était censé l'apprendre en quatre langues : l'arabe, le turc, l'anglais et le français. Il y a d'ailleurs, au milieu des papiers familiaux, une plaque en argent sur laquelle est gravée cette prière dans sa version arabe. Je l'ai posée sur mon bureau comme elle devait se trouver sur le bureau de mon aïeul, et j'ai pris le temps de la réciter lentement à voix haute :

Notre père qui es aux Cieux, que Ton nom soit sanctifié, que Ton règne arrive, que Ta volonté soit faite sur Terre comme au Ciel.

De fait, il n'y a là aucun mot qui puisse heurter un protestant, un catholique, un orthodoxe, ni un franc-maçon puisque mon grand-père l'était, ni d'ailleurs un musulman ou un juif.

Donne-nous aujourd'hui notre pain quotidien, pardonne-nous nos offenses comme nous pardonnons à ceux qui nous ont offensés, et ne nous laisse pas succomber à la tentation, mais délivre-nous du Mal. Amen.

Non, même dans cette deuxième partie, rien qui choque un croyant, quel qu'il soit. Sans doute les uns ou les autres opteraient-ils pour une formulation différente, mais il n'y a là aucun dogme controversé, ni Trinité, ni pape, ni Église, ni Vierge Marie, ni même Jésus… C'est juste une prière monothéiste, une prière «universelle», comme l'école de mes grands-parents.

En dépit de cette volonté œcuménique, Botros ne parvenait pas à apaiser ses détracteurs. D'autant que cet homme d'ouverture et de rassemblement était aussi un homme de principes, et même un homme d'entêtements ; il en donnera en ces années-là une démonstration éclatante, dont ses adversaires seront ravis, dont tous ses proches seront embarrassés, et dont ses descendants ne pourront jamais surmonter le traumatisme : il refusera obstinément de baptiser ses enfants !

37

Alors que son frère Gebrayel, franc-maçon comme lui, et comme lui marié à une presbytérienne, n'avait pas hésité à faire appel au curé catholique de sa paroisse havanaise, quitte à confier le rôle de parrain à un haut dignitaire de la Grande Loge de Cuba, Botros s'entêta : lorsque ses enfants seront majeurs, dit-il, ils opteront pour la religion de leur choix, ou pour aucune religion ; d'ici là, ils seront libres de tout engagement. Une belle idée, une idée noble, qui témoigne du sérieux avec lequel il abordait ces questions ; une communauté de croyants ne devrait pas être une tribu à laquelle on appartient de naissance ! On devrait pouvoir chercher, méditer, lire, comparer, puis adhérer librement à une foi choisie en fonction de ses convictions ! Une belle idée, oui, surtout dans ce pays où le souvenir des massacres communautaires était encore dans les mémoires. Mais au village, ce fut le scandale des scandales. Que l'on défende une telle opinion dans une discussion vespérale, passe encore ; mais qu'on aille jusqu'à en tirer ces conséquences extrêmes, la chose était impensable, inouïe, monstrueuse presque. On crut que c'était une lubie passagère de ce « *moallem* Botros » qui ne voulait jamais ressembler à personne, qui allait tête nue quand tous les hommes respectables se couvraient, qui portait costume noir trois-pièces et longue cape quand ses propres frères portaient encore l'habit villageois. Original, on le savait, mais puisqu'il était, de l'avis unanime, d'une intelligence exceptionnelle, on estimait que ceci compensait cela, on en plaisantait un peu, puis on haussait les épaules : c'est Botros, il est comme il est !

Cette fois, ce n'était pas une excentricité ordinaire. Plusieurs de ses proches tentèrent de l'en dissuader, à commencer par son frère Theodoros, qui prenait la chose comme un affront personnel. Rien à faire, mon grand-père ne fera pas baptiser ses enfants ! Jusqu'à sa mort, il n'en démordra pas, quoi qu'il lui en coûtera. D'ailleurs, pour qu'ils demeurent libres de leur choix, il ne leur donnera pas des noms d'archanges ou de saints, comme ce fut le cas pour ses frères, pour lui-même, et pour la plupart des villageois de son temps ; ses enfants porteront des prénoms évoquant des qualités humaines, ou des aspirations – « fierté », « conscience », « espoir », « victoire » ou « perfection ». Aucune étiquette religieuse, qu'elle soit chrétienne, musulmane ou juive, ne leur collera à la peau une fois pour toutes à la naissance.

Pour ses adversaires, à commencer par le père Malatios, c'était là du pain bénit, si j'ose dire ! Quel besoin avait-on encore d'argumenter, de dénoncer, de prévenir les fidèles, puisque le mécréant s'était lui-même démasqué ? Ce à quoi mon grand-père répondait : « Je crois en Dieu, je crois aux vertus chrétiennes, mais je crois aussi en la liberté de choisir et je refuse les clivages confessionnels. » « Mensonge, disait Malatios, cet homme ne croit ni en Dieu ni en notre Sauveur, il dit cela pour vous leurrer ! » Mais Botros rétorquait : « Croyez-vous vraiment que je sois un homme à double visage, qui pense une chose et dit l'inverse ? Si je voulais pratiquer la dissimulation, ne croyez-vous pas que j'aurais pu facilement éviter toutes ces misères que l'on me fait ? Comprenez-le une fois pour toutes : ce que je dis, je le pense, et ce que je pense, je le fais ! Si tout le monde dans ce pays se comportait ainsi, on n'en serait pas arrivé à ce degré de déchéance ! »

En dépit des accusations qui le visaient, Botros, par son dévouement à sa tâche, et par l'efficacité de ses méthodes d'enseignement, réussit à gagner l'estime de nombreux villageois qui, sans jamais le suivre sur la question du baptême, lui confiaient malgré tout leurs enfants, garçons et filles, afin qu'il les prépare à mieux affronter les temps nouveaux. Mais la controverse ne devait jamais s'apaiser.

L'école de Malatios et celle de mon grand-père se trouvaient à moins de deux cents mètres l'une de l'autre, à vol d'oiseau. La première, tout en haut du village, a été récemment restaurée ; c'est aujourd'hui une belle bâtisse massive en pierre ocre, avec sur le toit une pyramide de tuiles rouges ; elle appartient toujours au diocèse. La seconde, « la nôtre », plus petite, n'est plus qu'une ruine. Mais pas depuis longtemps. Au début des années soixante, j'y allais encore quelquefois, l'été, avec ma grand-mère ; elle ouvrait la porte de l'étage supérieur avec une grosse clé qu'elle sortait de son ample sac à main ; elle ramassait deux ou trois objets qui traînaient encore ; avant de repartir avec un long soupir ; Dieu sait si c'était un soupir de nostalgie ou de soulagement.

Quant à l'étage inférieur, qu'on appelle encore dans la famille *l-madraseh*, « l'école », il n'a plus de portes depuis longtemps ; le sol des deux salles voûtées est encombré de pupitres désintégrés, de chaises désarticulées, de grabats et de crottes de biques, l'endroit

ayant servi depuis de nombreux hivers de refuge aux
bergers.

Les anciens du village n'ont jamais oublié la guerre
des deux écoles. Elle avait divisé la plupart des familles.
Même parmi les frères de Botros, il y en eut un qui avait
pris fait et cause pour « l'adversaire » Malatios.

« Mon oncle Semaan n'était pas avec nous », me
confia récemment l'un de mes oncles, à voix basse,
comme si les quatre-vingts années écoulées depuis
n'avaient en rien atténué la gravité de la chose.

Et le père Theodoros, était-il « avec nous » ?

« Ni avec, ni contre. Il était le plus ennuyé de tous, il
n'en dormait plus la nuit. Nous étions sa croix… »

De fait, il avait dû souffrir le martyre. C'était bel et
bien une révolte contre l'Église, avec son propre frère à
la tête des insurgés ! Comment le religieux aurait-il pu
voir dans ces événements autre chose qu'une calamité
envoyée du Ciel pour l'éprouver ? D'un côté, Botros,
soutenu – sauf sur la question du baptême – par la grande
majorité de ses frères et sœurs, et par de nombreux cousins ; de l'autre, le clergé, dont lui, Theodoros, était l'une
des figures montantes. On chuchotait qu'il pourrait bientôt devenir évêque, il avait pour cela toutes les qualités –
l'érudition, la prestance, l'éloquence, la piété apparente,
et le sens de l'autorité. Mais comment nommer un prélat issu d'une telle famille, et dans un tel climat ? D'abord
cette guerre des écoles ; ensuite, plus troublante encore,
la controverse à propos du baptême des enfants ; sans
même revenir sur ces mariages de trois de ses frères et
sœurs avec des enfants du prédicateur protestant. C'en
était trop ! Beaucoup trop !

La première réaction de Theodoros fut brutale.
Informé de la décision de son frère de ne pas baptiser son
premier enfant, il avait aussitôt quitté son couvent pour

retourner au village, avec une idée en tête. Profitant d'une matinée où Botros et Nazeera s'étaient absentés, laissant le nouveau-né à la garde de Soussène, sa grand-mère, le prêtre s'était rendu chez eux avec deux «complices»; arrivé là, il avait aussitôt revêtu son étole et sorti de ses poches son gros chapelet et un flacon d'huile; puis il avait décrété que son neveu lui paraissait chétif et qu'il fallait le baptiser sans tarder de peur qu'il ne meure païen et se retrouve dans les limbes jusqu'à la fin des temps!

Il avait déjà déshabillé l'enfant, et il s'apprêtait à le plonger dans une vasque d'eau tiède lorsque Botros, averti par des voisins protestants, fit irruption dans la maison, et piqua la colère que l'on imagine. Theodoros ne répondit pas, il haussa les épaules, sortit dignement de la maison, et repartit s'enfermer dans son monastère sur l'autre versant de la montagne!

Il semble que les frères ne tardèrent pas à se réconci-lier. Le prêtre promit de ne plus agir de la sorte, même s'il mettait ainsi en péril la vie éternelle de ses neveux et nièces; et Botros lui pardonna – pour cette fois! – en maugréant.

38

Si Theodoros avait renoncé à ces méthodes mus-
clées, il ne s'était pas résigné pour autant à voir se perpétuer une situation à ses yeux intolérable. Sans jamais
rompre avec son mécréant de frère, ni le désavouer
publiquement, il essaiera plus d'une fois de le
convaincre de mettre fin à sa rébellion. Botros ne
disait-il pas souvent qu'il détestait l'enseignement ?
Ne voulait-il pas que sa famille entière s'en aille de ce
village à l'horizon bouché ? Pourquoi alors s'entêter
dans cette entreprise épuisante, puisqu'il pourrait être
mieux considéré ailleurs, et bien mieux rétribué ?
Chaque fois que l'École Universelle se trouvera en difficulté, Theodoros tentera de persuader son frère de
mettre fin à cette expérience pour s'engager dans une
autre voie.

À témoin cette lettre écrite par l'ecclésiastique le
14 novembre 1915, peu après le début de la troisième
année scolaire ; il y parle de « hasard », mais on peut
aussi y voir une subtile manœuvre.

À mon cher frère Botros, que Dieu prolonge sa vie,
Après les salutations fraternelles et les prières,
j'écris pour te raconter une conversation que je viens
d'avoir, chez son excellence l'émir Malek Chehab,

avec son honneur Youssef Bey Bardawil. Cette rencontre n'était pas prévue, mais le hasard est parfois subtil et efficace. La conversation tournait autour du candidat le plus qualifié pour le poste de juge d'instruction au tribunal de Zahleh. Et la première personne dont l'émir ait mentionné le nom n'était autre que toi. Ce qui m'a permis d'intervenir pour dire quel homme tu étais, et quelles dispositions tu avais pour le service public. J'ai également mentionné le fait que tu avais eu pour condisciples à l'école de Droit tel et tel président de tribunal…

Une parenthèse: pour la première fois, j'ai ici la confirmation que Botros avait effectivement une sérieuse formation de juriste, ce qui rend moins absurde la légende familiale selon laquelle il serait allé défendre Gebrayel devant les tribunaux cubains. Mais si ce nouvel élément m'aide à comprendre la genèse de la légende, il ne confirme pas les faits pour autant ; jusqu'à preuve du contraire, je continuerai à penser que mon grand-père était parti pour Cuba afin de s'associer aux activités commerciales de son frère, et non pour le défendre devant la justice…

Je referme la parenthèse, et reviens vers la lettre de Theodoros.

De temps à autre, je prenais à témoin Youssef Bey, qui confirmait mes dires et les appuyait avec force. Si bien que l'émir a admis qu'en toute logique, tu devrais être nommé directement président de tribunal – poste qui sera bientôt vacant ; mais comme le règlement interdit à quiconque d'occuper une telle position avant d'avoir été assesseur ou juge d'instruction, il a estimé qu'il faudrait te nommer d'abord à ce der-

nier poste. Poste fort important, je te signale, puisque l'homme qui l'occupe est indépendant, et qu'il peut prononcer une sentence de son propre chef.

L'émir a donc promis de te nommer juge d'instruction, si tu en es d'accord, et il est entendu qu'après une période pas trop longue, tu seras promu à une position plus importante.

Une parenthèse encore, pour dissiper un malentendu : l'émir dont il est question n'est pas le prince régnant – à l'époque, il n'y en a plus – mais un haut fonctionnaire ottoman issu de la famille des anciens émirs du Liban, et qui continuait à porter ce titre honorifique. Quant à l'autre personnage, également fonctionnaire ottoman, il appartient à une famille chrétienne qui remonte probablement aux croisades, vu que Bardawil est la transposition arabe de Balduinus, ou Baudouin.

Alors, si tu veux obtenir cette fonction, il faudrait que tu viennes tout de suite chez l'émir, car la seule chose qui l'a retenu de te nommer séance tenante est la crainte que tu puisses ne pas accepter...

Mes salutations à tous nos proches, et que Dieu te garde...

À l'évidence, le prêtre redoute que l'indomptable Botros ne dise « non ». Il ménage ses susceptibilités ; raconte la scène sans jamais le faire apparaître comme un postulant ; et, pour le cas où la fonction proposée ne lui semblerait pas assez bonne pour lui, il se dépêche de lui faire miroiter une promotion rapide.

Le moment semblait effectivement propice. L'année 1915 avait été l'une des plus calamiteuses dans l'histoire du Mont-Liban. D'abord, il y avait la guerre, la grande, dans laquelle la Sublime Porte s'était engagée, dès novembre 1914, aux côtés des Empires allemands et austro-hongrois – une aventure dont Enver et ses Jeunes-Turcs attendaient une miraculeuse renaissance de l'Empire ottoman, mais qui allait finalement conduire, on le sait, à sa désintégration.

Au début du conflit, le théâtre des opérations était loin, et le Mont-Liban ne fut pas directement affecté. Même si certains produits jusque-là importés de France ou d'Angleterre commençaient à manquer, et même si les émigrés ne pouvaient plus faire parvenir de l'argent à leurs familles, on arrivait encore à se débrouiller : on remplaçait une denrée par une autre, on se privait de tout ce qui n'était pas indispensable, on s'entraidait entre frères, entre cousins, entre voisins, et on s'en remettait à Dieu pour que l'épreuve ne dure pas trop longtemps. Peu de gens comprenaient qu'un monde était en train d'agoniser, et que chacun, grand ou petit, aurait finalement sa part dans la souffrance commune.

L'arrêt de la Providence fut signifié à la population, si j'ose dire, sous la forme d'une plaie biblique : les sauterelles ! En avril 1915, des nuées de criquets migrateurs assombrirent soudain le ciel, avant de s'abattre sur les champs, pour dévorer tout – « le vert et le sec », selon l'expression locale.

En temps normal, il y aurait eu la disette ; en temps de guerre, avec toutes les privations dont on souffrait déjà, ce fut la grande famine, la pire dans la mémoire des Libanais. On estime qu'il y eut jusqu'à cent mille morts – près d'un habitant sur six ; certains villages furent quasiment dépeuplés. Il y avait déjà eu, certes, dans le passé, bien d'autres famines. Mais aucune n'allait frapper les esprits aussi durablement. Jusqu'à nos jours, on entend parfois dire que le flux d'émigration a été causé par la grande famine de l'an quinze. Bien entendu, c'est faux, le mouvement était bien amorcé déjà – vers l'Égypte, vers les diverses «contrées américaines», comme vers l'Australie –, et depuis plusieurs décennies. Mais il allait désormais s'amplifier, et trouver, dans les horreurs de la famine, de quoi donner raison à ceux qui étaient partis, en faisant taire culpabilité et remords.

Dans cette épreuve, Botros parvint encore à se singulariser. D'ordinaire, au début de l'automne, on semait les grains pour la prochaine moisson; ceux qui avaient un surplus en fournissaient à ceux qui en manquaient – le courrier familial regorge de comptes de cet ordre, tant de boîtes de grains livrées à Untel, et tant à Telautre… Mais à l'automne de 1914, en apprenant que la guerre avait éclaté, mon futur grand-père avait décidé que, cette année-là, il ne sèmerait pas.

«Il est fou!»

Ce n'était pas la première fois qu'on disait cela de lui. Il avait une propension inépuisable – mais sans nul doute épuisante pour ses proches! – à ne jamais se conformer au sens commun, à la sagesse ambiante. Cette fois encore, il avait ses arguments, bien affûtés: si l'on venait à manquer de nourriture, la part de grains mise de côté pour les semailles permettra de subsister quelques mois de plus.

Mais que fera-t-il l'année prochaine? S'il ne sème pas, il n'aura rien à récolter, et avec la disette causée par la guerre, personne n'aura de surplus pour le lui vendre… ou alors on le lui vendra à prix d'or.

Le fou! Cet entêtement à ne jamais faire comme tout le monde!

Le blé poussait dans les champs, les épis grossissaient

et s'alourdissaient, et l'on plaignait Botros ou on le raillait, lui dont les champs étaient restés en jachère…

Et soudain, les criquets, les sauterelles !

Le ciel qui s'assombrit à midi comme par une éclipse, puis ces petites bêtes rongeuses qui se répandent par milliers sur les champs, qui dévorent, qui moissonnent à leur manière, qui rasent tout, qui nettoient.

Entre-temps, les gens avaient déjà épuisé leurs réserves ; tout au plus pouvaient-ils encore, en consommant avec parcimonie, les faire durer jusqu'en novembre. Seul Botros avait encore de quoi nourrir les siens pour le restant de l'hiver ! Une situation enviable, certes, et la preuve qu'on devrait l'écouter plus souvent ; mais n'était-ce pas une malédiction que de se retrouver «enviable» en des temps comme ceux-là ? Difficile de vivre dans un village où les gens meurent de faim, alors que l'on a soi-même de quoi manger ! Si Botros avait des silos de grains, on peut imaginer qu'il aurait mis un point d'honneur à nourrir tous ceux qui seraient venus le lui demander. Mais il avait juste gardé la part de la récolte qui aurait dû aller aux semailles, ce qui lui permettait de faire vivre sa femme, son fils aîné, son puîné – mon père, né en octobre 1914 –, sa vieille mère, Soussène, éventuellement son plus jeune frère avec sa femme et leurs trois enfants – parmi lesquels celui que, dans ces pages, j'appelle l'Orateur… C'était là beaucoup de monde, il ne pouvait se charger davantage ! Que faire, alors, si un cousin, une cousine, un voisin, un élève ou un parent d'élève venait lui réclamer le pain qui allait l'empêcher de mourir ? Lui fermer la porte au nez ?

À l'École Universelle, la rentrée d'octobre 1915 s'effectua dans une atmosphère de fin du monde. Comment se concentrer sur les études quand on a faim, et qu'on s'attend à traverser l'hiver entier sans nourriture ? Et pas question, bien sûr, de réclamer aux familles les frais de scolarité ! On comprend, dans ces conditions, que Theodoros ait jugé le moment propice pour tenter de retirer Botros et les siens du village, pour lui faire fermer l'école – cas de force majeure ! – et pour lui assurer une charge prestigieuse et lucrative.

Ce qui aurait dû rendre la proposition fort acceptable, c'est que l'école rivale, celle du curé Malatios, avait dû cesser ses activités peu de temps auparavant, en attendant des jours meilleurs. Personne n'aurait donc pu prétendre que Botros était sorti perdant de ce duel…

Mon grand-père n'a pas gardé copie, dans ses archives, de la lettre par laquelle il avait répondu à Theodoros – ou alors, elle s'est égarée. Il a forcément dit non, puisqu'il n'a jamais fermé son école et qu'il n'est jamais devenu juge d'instruction. Mais je ne sais quels arguments il avait choisi d'invoquer. Je suppose qu'il avait fait état des scrupules qu'il avait à mettre la clé sous la porte du jour au lendemain, alors que l'année scolaire venait tout juste de commencer. Un tel comportement lui aurait paru indigne. Quoi ? « embarquer » sa femme et ses enfants, avec les sacs de provisions, pour aller se mettre à l'abri en laissant périr les gens de son village ? abandonner à leur sort ses élèves et leurs parents ? S'il avait été homme à déserter ainsi, il aurait quitté le pays depuis bien longtemps. Son hésitation à émigrer n'avait-elle pas été constamment motivée par son appréciation scrupuleuse, tatillonne, de ce qui lui apparaissait comme une conduite responsable, et honorable ?

39

Si la réponse *directe* de Botros à son frère n'a pas été conservée, il en est une autre, *indirecte*, qui demeure dans les archives, écrite trois jours après qu'il eut reçu la proposition de Theodoros. Elle n'est pas adressée à ce dernier, mais aux autorités ottomanes, pour leur demander d'inclure l'École Universelle dans la liste des institutions pouvant bénéficier de l'aide publique.

Rédigée dans le style déférent de l'époque, elle présente d'abord le signataire, « *Ottoman libanais du village de Machrah ayant passé près de vingt ans au service des institutions éducatives* », parmi lesquelles il prend soin de citer en premier « *le Collège ottoman* » – nulle part dans les documents familiaux je n'ai trouvé mention de cet établissement, mais je suppose que mon grand-père y avait donné quelques cours, et qu'il avait jugé habile de le mettre en avant dans une requête comme celle-là. Il énumère ensuite les matières qu'il a enseignées, parmi lesquelles les mathématiques, la logique, l'astronomie, les lettres arabes, les diverses sciences naturelles, ainsi que, plus vaguement, « *un brin de langues étrangères* » – en ces temps de guerre, de suspicion et de xénophobie, il valait mieux ne pas trop insister sur cet aspect des choses.

À la suite de ces années d'enseignement, de nombreux notables des villages proches de mon lieu de naissance m'ont choisi pour mettre sur pied une école nationale qui se charge d'éduquer les générations montantes dans l'esprit de la fraternité et de l'égalité entre les différentes communautés, et dans le rejet de tout ce qui va à l'encontre des intérêts de notre sainte patrie.

J'ai donc cédé à la pression de mes compatriotes et accepté de fonder il y a trois ans une école obéissant à ces principes dans mon village natal de Machrah, emplacement qui m'a paru convenable puisqu'il est à proximité de sept autres villages, dont aucun n'est situé à plus d'un mille et demi. Ces villages ont une population totale d'environ six mille âmes, et chaque élève peut venir à l'école le matin et rentrer chez lui le soir sans aucun désagrément ni fatigue, été comme hiver.

Tous ceux qui ont pu observer notre action au cours des deux années écoulées ont pu constater que nous avions accompli notre tâche avec succès et avec une totale loyauté envers la patrie ottomane. Chose confirmée par la grande affluence que notre école connaît cette année. Mais le nombre de familles pauvres est grand au sein de la population, et le phénomène des sauterelles dont les gens ont souffert, comme vous ne l'ignorez pas, les a rendus incapables de payer leurs frais de scolarité. J'ai donc eu d'énormes difficultés à poursuivre mon activité, au point que je crains de devoir y mettre fin.

Le destinataire de la requête était un haut fonctionnaire qui venait d'être nommé par les autorités ottomanes gouverneur du Mont-Liban, et qui avait promis, lors de sa prise de fonctions, d'obtenir des crédits d'Istanbul pour développer l'enseignement. Ce qui explique que Botros, qui n'avait pas jugé utile jusque-là d'informer les autorités de la création de son école, eût voulu faire une tentative dans cette direction. Il y avait mis les formes :

Lorsque j'ai appris que vous aviez annoncé votre intention d'implorer les grâces sultaniennes pour la création d'établissements scolaires dans notre patrie le Liban, je me suis dit que votre esprit d'équité et de générosité ne tolérera pas que seuls nos huit villages soient privés des bienfaits impériaux qui se déverseront sur les vastes territoires ottomans. C'est pourquoi j'ai voulu présenter cette requête, dans l'espoir qu'un ordre sera donné afin que notre école soit incluse dans la liste des institutions que vous comptez créer, et pour que vous lui accordiez une part des allocations royales afin que ces villages ne soient pas défavorisés par rapport aux autres villages du Liban, et pour que notre projet, qui avait commencé à donner des fruits, ne soit pas condamné à l'échec...

La requête était opportune : puisque le nouveau gouverneur avait promis de fonder des écoles, il allait pouvoir se vanter d'en avoir fondé une, et dans un coin reculé de la haute Montagne – seuls les esprits malveillants pourraient lui faire remarquer que l'école existait déjà. De fait, mon grand-père recevra un immense firman ornementé annonçant solennellement que le dénommé Botros M.M., sujet ottoman, du village de Machrah dans le Mont-Liban, était autorisé à créer un établissement d'enseignement pour garçons et filles sous le nom d'École Universelle. Le firman est daté de février 1917, quinze mois après l'expédition de la lettre au gouverneur, quarante mois après la fondation de l'école. Une aide financière fut promise, qui, bien entendu, ne vint jamais.

Mon grand-père connaissait trop bien l'administration ottomane pour jouer le destin de son école sur une telle démarche. Il avait écrit sa lettre par crânerie, et un peu aussi par correction – en tant que citoyen, il estimait de son devoir de s'adresser aux autorités publiques de son pays, quelles qu'elles soient. Parallèlement, il était allé frapper à une autre porte, plus prometteuse : celle de la Mission presbytérienne américaine. Une porte que, jusque-là, il avait voulu éviter, parce qu'il espérait préserver son indépendance à l'égard des différentes dénominations religieuses, et aussi parce qu'il avait gardé des souvenirs mitigés de ses propres études chez les missionnaires anglo-saxons. Mais en ces temps calamiteux, il fallait survivre, à tout prix, et il était prêt à s'accrocher avec gratitude à toutes les mains secourables qui se tendraient.

Un document dans les archives familiales évoque de manière éloquente ce que fut cette aide, et ce que furent ces temps de guerre pour les miens. Il s'agit d'une circulaire datée du 29 août 1917 et reproduite par un procédé mécanique utilisant une encre violette ; seul le nom de « *l'honorable professeur Botros M.M.* » est directement écrit à la main :

> *Aux respectés frères pasteurs, prédicateurs et enseignants,*
>
> *Après le salut fraternel, nous voudrions vous dire que nous n'arrêtons pas de penser à votre situation et aux difficultés de la vie dans les temps présents. Aussi, et après amples consultations, nous avons décidé ce qui suit :*

Nous continuerons à payer les salaires initiaux, un quart en monnaie métallique et trois quarts en billets ; puis, à partir du 1er octobre, au lieu d'augmenter les salaires, nous fournirons, en guise d'aide spéciale à chaque employé célibataire et aux membres de la famille de chaque employé marié, une provision de blé consistant en six ocques par personne et par mois sauf pour les enfants âgés de six ans et moins qui auront trois ocques. Mais si l'un d'entre vous préférait, pour des raisons qui lui sont propres, toucher le salaire de base et un second, complémentaire, comme c'est le cas aujourd'hui, plutôt que le salaire de base et le blé, c'est à lui de décider, et nous lui serions reconnaissants de nous en informer le plus vite possible.

Le but de cette aide est de protéger les employés contre la grande famine qui les menace, et contre la mort. Aussi nous réservons-nous le droit de juger si une personne n'a pas besoin de cette aide auquel cas nous lui verserions les deux salaires comme à présent.

Nous espérons que cette subvention vous évitera d'être exclusivement préoccupés d'assurer le pain quotidien, et vous permettra de vous consacrer à nouveau à votre œuvre missionnaire et éducative, afin que vous puissiez saisir les opportunités spirituelles en dépit de la situation présente. Sur ce point, nous attirons votre attention sur les paroles de l'apôtre Paul dans sa Seconde épître aux Corinthiens, chapitre VI, versets 1 à 10 ; et aussi dans sa Première épître aux Corinthiens, chapitre IV, versets 1 et 2, pour que vous les méditiez profondément, et pour que le Seigneur, qui œuvre en nous tous qui œuvrons avec Lui, vous guide et

vous fortifie avec Son esprit saint et bénisse votre
travail.

Avec nos salutations à vous tous
de la part de vos frères dans le Seigneur
George Shearer, William Friedenger,
Paul Arden

Même si les dernières exhortations s'adressaient forcément plus aux pasteurs et aux prédicateurs qu'à un enseignant laïc comme lui, Botros ne pouvait qu'éprouver de la gratitude envers ces missionnaires. Car si sa prévoyance lui avait permis de ne pas subir de plein fouet la famine de l'hiver 1915-1916, il n'aurait pas été mieux loti que les autres villageois s'il n'avait reçu, en 1917 puis en 1918, le blé et l'argent des donateurs presbytériens.

Cette chance, Nazeera se vantait encore devant moi, soixante ans plus tard, d'en avoir fait profiter le plus de personnes possible autour d'elle : les élèves, qui recevaient chaque matin à leur arrivée un bon repas ; les frères et sœurs avec leurs familles ; les voisins ; et même des personnes très éloignées. « Un jour, une vieille femme est venue avec son fer à repasser, en me suppliant de lui donner un pain en échange ; je lui ai donné ce pain, sans prendre le fer, bien entendu ; mais j'ai appris quelques jours plus tard qu'elle était quand même morte de faim. »

Nul ne se préoccupait plus de ces malheureux que le prédicateur, mon arrière-grand-père. Lui qui, depuis longtemps déjà, recensait les nécessiteux, il s'adonna corps et âme à cette tâche pendant les années de guerre.

Un document de 1917 porte sa signature, « *Khalil, fils du curé Gerjis* ». Intitulé, sur toute la largeur d'une feuille double manifestement arrachée à un cahier d'école,

Liste des pauvres ayant un besoin urgent de nourriture au village de Machrah et dans les alentours

Suivent six colonnes de largeur très inégale, séparées par des traits verticaux, indiquant le nom du chef de la famille nécessiteuse, son âge, son village de résidence, sa confession, le nombre de personnes à charge, ainsi que des «observations». Ainsi :

Chef de famille : Veuve de Haykal Ghandour.
Âge : 65 ans.
Personnes à charge : sept.
Village : Machrah.
Confession : évangélique.
Observation : «a vendu le contenu de sa maison et n'a plus rien à vendre».

Ou bien :

Veuve de Gerjis Mansour, 38 ans, cinq personnes à charge, Machrah, catholique ; «son mari et une partie de ses enfants sont morts de faim».
Eid el-Khoury, 11 ans, trois personnes à charge ; «ne possède rien».
Veuve de Habib Abou-Akl, 44 ans, cinq personnes à charge ; «possèdent des terrains mais ne parviennent pas à les vendre»...
Au total, treize foyers, comprenant – ironise Khalil, rageur, en bas de page – quarante-neuf personnes dont l'ange de la mort lui-même n'a pas voulu, et qui sont les plus misérables de cette région... Voilà donc la liste que vous avez demandée. J'espère que le Très-Haut vous soutiendra dans votre effort pour leur obtenir un peu d'aide. Si vous y réussissez, je vous prie de leur

*faire parvenir ces secours par l'intermédiaire de mon
gendre Botros efendi, qui dirige l'école, afin qu'il les
distribue parce qu'il ne m'est plus possible de le faire
moi-même...*

Si mon arrière-grand-père ne pouvait plus s'en occuper lui-même, c'est qu'il venait d'avoir quatre-vingts ans
– étant né en 1837 – et que sa santé déclinait. Son écriture paraît d'ailleurs mal assurée. Mais il demeurait passionné, fervent, lucide. Et soucieux de ne faire montre
d'aucun sectarisme religieux, ce qui, face à de tels malheurs, eût été mesquin, et même criminel. Dans la liste
que je viens d'évoquer, la répartition des indigents par
communauté est irréprochable : trois familles « évangéliques », c'est-à-dire protestantes, trois maronites, trois
orthodoxes et quatre catholiques melkites – le prédicateur
aurait difficilement pu se montrer plus équitable. Même
« les adversaires », à savoir ceux qui avaient soutenu le
curé Malatios, bénéficièrent quelquefois de l'aide que
Khalil parvenait à obtenir des missionnaires presbytériens, et que Botros et Nazeera s'occupaient de répartir.

Il semble bien que mes grands-parents aient rêvé, en
ce temps-là, de mettre fin une fois pour toutes à leur querelle avec l'école catholique. Grâce aux bons offices de
son frère Theodoros, Botros amorça une réconciliation
avec le clergé. C'est ainsi qu'on le vit, en cette même
année 1917, se rendre dans un monastère grec-catholique, assister sagement à une messe solennelle, puis, à
l'heure du repas, prononcer devant un parterre d'ecclé-
siastiques un discours ayant pour thème la coexistence
harmonieuse des contraires.

À son retour au village il nota, au crayon à mine, sur
un bout de papier :

*Quand l'homme reviendra-t-il de son égarement ?
Quand se réveillera-t-il ? Quand retrouvera-t-il le
chemin de la sagesse ?*

*Imagine-t-on ce qui se passerait si le blanc de l'œil
refusait de cohabiter avec le noir de l'œil sous une
même paupière ?*

Dans une phrase introductive, mon grand-père affirme
qu'il s'est inspiré, pour composer ces vers, des malheurs
causés par la Grande Guerre. Sans doute. Mais peut-être
ces sentiments étaient-ils également inspirés par sa petite
guerre avec l'école d'à côté.

Puis l'autre guerre – la vraie – finit par s'éteindre, et
Botros se sentit soulagé, pour un temps. Pour un temps
seulement, car il allait devoir faire face, dès les premiers
mois de l'après-guerre, à d'autres périls, à d'autres humiliations, à d'autres deuils injustes, au point que le souvenir des années de famine allait bientôt s'agrémenter
pour lui d'une étrange nostalgie. Celle d'une époque
héroïque où les mortels se battaient ensemble avec
vaillance contre les calamités, au lieu de subir la loi d'un
Ciel hostile. Comme un taureau mené à l'abattoir dans
la honte et qui regrette le temps de l'arène où il pouvait
au moins mourir en se ruant.

40

Extraits d'une lettre sur pages de grand format, portant la signature de Botros et datée du 4 décembre 1918.

Chère Alice et cher Gebrayel,
Je vous avais écrit le mois dernier pour vous annoncer que l'odieuse guerre qui avait entraîné la mort de centaines de milliers de personnes et nous avait tous fait vivre dans la terreur, s'était achevée, Dieu merci, sans qu'aucune perte ne soit enregistrée dans nos deux grandes maisons.

(Cette appellation désigne la descendance de Tannous et celle de Khalil. C'est de ce dernier qu'il s'agira dans les paragraphes qui suivent, même s'il n'est jamais désigné par son nom.)

Notre père et beau-père n'arrêtait pas de remercier le Ciel qui nous avait fait franchir cette époque calamiteuse en épargnant les êtres qui nous sont les plus chers. Il vous avait d'ailleurs écrit une lettre en ce sens, samedi dernier, le trente novembre, et dimanche, il avait célébré la messe avec joie et entrain, comme si c'était la plus grande des fêtes. Dans son sermon, il avait rappelé les paroles du vieux Siméon, lorsqu'il avait dit au Seigneur :

« *À présent, laisse partir ton serviteur en paix !* », expliquant qu'il avait traversé cette période si pénible en demandant constamment au Ciel de le laisser en vie, afin qu'il voie où allaient mener toutes ces catastrophes, toutes ces calamités, et pour qu'il soit rassuré sur le sort de ses enfants et de leurs familles. Il avait ajouté : « *À mon tour de dire, comme le vieux Siméon : À présent, Seigneur, laisse partir ton serviteur en paix !* » Il avait prononcé ces mots avec des larmes dans les yeux, et tous ceux qui étaient là s'étaient mis à pleurer.

Après la prière, il avait malgré tout terminé la journée dans la bonne humeur, et le lendemain, lundi, il était venu chez nous à la maison, puis à l'école. Il plaisantait avec chacun, et riait, surtout en compagnie de ses deux petits-fils. Puis il avait demandé à Nazeera de lui ôter de l'œil droit un poil qui le dérangeait, ce qu'elle s'était empressée de faire. Il avait dit alors : « *Ma vue a beaucoup baissé, aujourd'hui je ne vois presque rien de mon œil gauche, et je n'ai plus de force, il me semble que mon heure est venue.* » Puis il avait pleuré et nous avait fait pleurer. Nous avions essayé de lui remonter le moral autant que nous le pouvions. Quand il avait voulu partir, nous avions insisté pour le retenir, mais il s'était excusé, disant qu'il voulait se rendre dans les champs pour superviser des ouvriers qui plantaient quelque chose pour lui. J'avais proposé d'y aller à sa place, mais il avait refusé, disant qu'une telle promenade lui ferait le plus grand bien. Nous l'avions accompagné un bout de chemin, et il marchait sans donner des signes de fatigue. Il était passé chez lui, il avait pris un cadeau pour les ouvriers, des raisins secs et des choses de ce genre, puis il était allé les voir, et il avait passé la journée avec eux, à converser, à plaisanter, avec beaucoup de douceur, comme à son habitude…

Étrangement, parmi les papiers familiaux, et dans l'enveloppe même où se trouvait la lettre que je cite, il y avait une photo de Khalil dans les champs, assis sur une pierre, appuyé sur un bâton, vêtu d'un long manteau noir, la tête couverte d'un chapeau sur lequel a été enroulée une écharpe, derrière lui deux ouvriers rigolards. Avait-elle été prise ce jour-là? Ou bien l'avait-on rangée à cet endroit parce qu'elle semblait illustrer les propos de la lettre?

Le soir, il était revenu à la maison d'un pas ferme, il avait dîné avec appétit, puis veillé jusqu'à huit heures sans se plaindre d'aucune douleur ni d'aucune fatigue. Ensuite, il était allé au lit, il avait prié, et s'était endormi comme à son habitude. Vers neuf heures (de la soirée du lundi 2 décembre 1918), il nous avait appelés, nous avions accouru; pour constater qu'il souffrait du symptôme habituel, à savoir la sensation d'étouffement. Aussitôt, nous lui avions mis les pieds dans l'eau chaude, puis nous l'avions traité avec des revigorants et des cataplasmes. Hélas, les remèdes qui s'avéraient d'ordinaire efficaces ne furent cette fois d'aucun secours. Son état se détériora – une crise cardiaque, selon le docteur Haddad; et au bout de quelques minutes le malheur arriva. Notre maître se tut, son pouls cessa de battre, son âme princière le quitta, son corps pur s'immobilisa. Et de nous tous qui étions autour de lui, qui avions les yeux braqués sur lui, monta un hurlement de douleur qui aurait pu attendrir un rocher. Les voisins accoururent, qui cherchaient parfois à nous calmer, et parfois s'associaient à nos hurlements. C'était une heure à la fois lumineuse et pénible, que l'écrivain a du mal à décrire, mais que le lecteur n'a aucun mal à imaginer.

Quand nous retrouvâmes un peu de sérénité, nous commençâmes à nous poser les questions qu'il est indis-

pensable de se poser en de telles circonstances : Comment organiser des funérailles dignes d'un homme comme lui ? Comment éviter que la situation présente nous empêche de lui rendre l'hommage qui lui est dû, comme cela avait été le cas pour de nombreuses personnalités disparues pendant les années de guerre ?

La première chose à laquelle j'avais songé, et que j'avais évoquée avec les autres membres de la famille, c'était de faire appel à des médecins de Beyrouth pour qu'ils nous aident à embaumer le corps afin que nous ayons le temps de distribuer des faire-part à Beyrouth, à Zahleh, dans les villages alentour et dans ceux de la Bekaa, de sorte que des funérailles imposantes soient organisées dans quelques jours. Mais, après avoir réfléchi, je me dis que les gens que nous allions informer ne pourraient pas venir, même s'ils le souhaitaient, vu que les moyens de transport sont encore inexistants, comme chacun sait. De plus, le temps est pluvieux, et il y a des risques de tempête et d'enneigement. Voulant le mieux, nous aurions eu le pire. Aussi avons-nous décidé de n'envoyer des faire-part que dans les régions de Baskinta et de Choueir, et d'organiser les funérailles à une heure de l'après-midi, hier, mardi...

La lettre de Botros est encore longue, puisqu'elle raconte dans le détail la cérémonie, cite des passages des discours qui furent prononcés, ainsi que des poèmes. Elle fut recopiée en plusieurs exemplaires, pour être adressée à tous les enfants de Khalil, lesquels – à la seule exception de la benjamine, Nazeera – se trouvaient à l'étranger, comme j'ai déjà eu l'occasion de le signaler. Cette grande dispersion était présente dans tous les esprits lors des funérailles et des condoléances, tous ceux qui prirent la parole y firent allusion, parfois de manière insistante.

Comme lorsque les élèves de l'École Universelle, venus en cortège, entonnèrent un chant composé pour l'occasion et censé reproduire les propos du défunt; certaines paroles étaient de pure piété…

> *Le Seigneur m'a rappelé à lui, que mes proches viennent me dire adieu,*
> *Il n'y a ici-bas rien que je puisse regretter, c'est là-haut que je trouverai ce à quoi j'aspire.*

… alors que d'autres paroles contenaient des reproches non déguisés à l'adresse des absents, tels les deux fils aînés de Khalil, l'un médecin en Égypte, l'autre pharmacien à Porto Rico :

> *Chucri, où est donc ce remède que j'attendais?*
> *Nassib, où est ce médicament que tu as composé?*
> *Si vous deux n'êtes pas ici pour me guérir personne ne me guérira.*

La strophe suivante mentionnait cet autre fils, parti du village en même temps que Gebrayel, en 1895, qui résidait depuis à New York, et qui ne s'était jamais réconcilié avec son père :

> *Dites à Gerji que je m'en vais, peut-être daignera-t-il enfin m'écrire pour me dire adieu…*

Le malaise suscité par de tels propos devait forcément alourdir l'atmosphère et rendre le deuil plus intense.

41

Parmi les destinataires de ce très long faire-part il y avait, outre les personnes déjà citées, Alfred, qui se trouvait depuis cinq ans déjà à La Havane aux côtés de Gebrayel – mais pas sa femme, Hada, qui n'avait toujours pas pu l'y retrouver, et qui devait être présente aux funérailles; ainsi qu'Anees – à prononcer «Aniss» –, le plus jeune fils du défunt, et son épouse américaine Phebe. Je ne les ai pas mentionnés jusqu'ici, et j'aurais sans doute omis d'en parler – n'ayant pas l'intention de recenser tous les membres de notre ample famille – si le destin n'avait pas associé leurs noms, cette année-là, à celui du prédicateur, et de la manière la plus cruelle qui soit.

Anees était parti pour l'Amérique très jeune, il avait ouvert un commerce à Pottsville, en Pennsylvanie – très exactement ce que les missionnaires anglo-saxons conseillaient aux Levantins de ne pas faire! Il avait épousé une fille de là-bas, ils avaient eu des enfants.

Il y a, dans nos archives, plusieurs photos du jeune ménage, prises au Texas et dans l'Utah. Il y a aussi une carte portant la signature d'Anees, postée à Glasgow, dans le Kentucky, le 30 décembre 1914, et arrivée à Beyrouth le 13 mars 1915; elle est adressée à son père. Le texte dit simplement: «Nous allons tous très bien, et vous?» Au dos, une photo prise devant des studios de cinéma, sous une immense pancarte :

Don't miss seeing
THE MOVIE PICTURES

Une douzaine de personnes qui sourient au photographe ; sous chacune d'elles, une légende à l'encre, en arabe, «Moi» – un jeune homme frêle, au regard timide ; «Phebe» – une femme rondelette, peut-être enceinte, à la longue robe claire, au sourire éclatant ; «Louise», une nièce ; les autres étant désignés comme «des travailleurs».

Je ne suis pas surpris que cette carte ait été conservée, étant donné les circonstances. Je suis plus étonné qu'elle ait pu parvenir à destination en 1915. Si j'en juge par les archives que j'ai entre les mains, aucun autre courrier n'est arrivé de l'étranger pendant les années de guerre. D'ailleurs, même en ce mois de décembre 1918 où Botros avait rédigé le faire-part annonçant le décès de Khalil, il avait jugé utile de préciser, dans les dernières lignes, qu'il allait envoyer toutes les lettres au Caire, chez son beau-frère Chucri, pour que celui-ci se chargeât de les réacheminer vers les autres destinations, «*vu que seul le courrier pour l'Égypte est sûr à l'heure actuelle*».

C'est seulement dans les premières semaines de l'année suivante que la poste allait recommencer à fonctionner convenablement, désormais tenue par les Français, vainqueurs des Ottomans et qui venaient de leur arracher cette portion de leurs possessions levantines. Les lettres afflueront alors d'un peu partout, porteuses d'interrogations sur les proches – avaient-ils survécu à la guerre ? à la famine ? aux épidémies ? – et porteuses également de nouvelles, rassurantes ou pas, sur ceux qui avaient émigré.

Une lettre, en particulier, allait laisser des traces chez les miens, pour longtemps. Elle est parvenue au village le 1er février 1919, et de nombreuses personnes l'ont lue. J'ai eu beau la chercher parmi les documents familiaux, elle n'y est pas. Il est vrai qu'elle n'était pas adressée spécifiquement à Botros, ni à Nazeera – or ces archives sont les leurs…

Mais si le projectile n'est plus là, ses éclats sont partout. Et d'abord dans cette lettre écrite en anglais par ma grand-mère, le 2 février.

Ma chère Phebe,

Je t'écris ces mots avec la plus profonde tristesse et un cœur brisé. Ces quatre dernières années, nous attendions constamment des nouvelles de vous, mais notre attente aura été vaine. La semaine dernière, j'avais rassemblé tes lettres et celles d'Anees, et je les avais relues l'une après l'autre. Je pensais t'écrire bientôt pour te demander comment les choses s'étaient passées pour toi, comment allaient Anees et les enfants, etc. Mais hier, Seigneur !, quelle horrible journée ! Nous avons reçu une lettre d'Alfred qui nous a appris les plus horribles nouvelles, la mort de nos si chers Anees et Gabriel ; mais il ne nous a pas dit ce qui s'était passé pour Anees. Je ne sais quoi faire ni quoi dire pour te consoler, pour consoler ma mère, et pour me consoler moi-même !

Nous vous avons envoyé un faire-part accompagné d'une lettre à propos de la mort de mon père, qui est survenue le premier décembre…

Botros situe la mort au 2 décembre, mais peu importe. Nazeera a dû citer la date de mémoire. Pour cette jeune

femme de vingt-trois ans, déjà mère de trois enfants, et
qui avait su, au cours des dernières années, faire face
avec courage aux pires calamités de l'Histoire, les premières semaines qui venaient de s'écouler depuis la fin
du conflit prenaient à présent des allures de cauchemar :
d'abord son père, et maintenant son beau-frère et surtout
son plus jeune frère, le plus proche d'elle par l'âge et
qu'elle chérissait, disparu en Amérique pendant les
années de guerre pour des raisons inconnues. Aurait-il
été l'une des victimes de la grippe asiatique, qui battait
alors son plein, et qui allait tuer un demi-million de personnes aux États-Unis ? Je n'en saurai jamais rien…

*Peter – c'est-à-dire Botros – m'a dit que je devrais
t'écrire et te demander si tu aimerais venir en Syrie avec
les enfants pour vivre avec nous. Ma mère dit que ce
serait pour elle un grand réconfort…*

La rondelette Phebe ne reviendra pas. Elle ne répon-
dra pas non plus. Le courrier de Nazeera qui se trouve
dans les archives n'est pas un brouillon, c'est bien la
lettre originale que j'ai ressortie de son enveloppe pour
en citer ces quelques passages. Postée à Beyrouth, en
recommandé, le 1er mars, à l'adresse de *Mrs Anees M.,
Pottsville Pa., P.O. Box 165, USA*, elle était revenue en
juin, criblée de tampons – j'en compte une quinzaine,
énumérant les villes par où le courrier avait transité,
ainsi que les dates, et diverses constatations découra-
geantes : *Moved – Left no address, RETURNED TO
WRITER* – la lettre devait être retournée à son auteur, la
destinataire ayant déménagé sans laisser d'adresse…

Parmi les anciens qui survivent, plus personne ne se souvient du prénom de Phebe. Sans doute s'est-elle remariée, sans doute ses enfants ont-ils pris le nom de leur beau-père, je n'ai même pas essayé de les retrouver… Chapitre clos.

Mais je fais un petit pas en arrière pour revenir à la lettre de ma grand-mère, et à l'invitation qu'elle adressa à la jeune veuve de son frère pour qu'elle vienne s'installer «en Syrie». Un peu plus haut, lorsque j'ai mentionné la carte envoyée par Anees à son père, j'ai failli reproduire l'adresse entière, puis je me suis abstenu, en attendant de pouvoir l'accompagner d'un commentaire. Elle était libellée ainsi : *Professeur Khalil M., Machrah, Beyrouth, Syrie, Turquie*

À l'évidence, une clarification s'impose, au sujet de cette cascade de noms comme au sujet des nombreux vocables que j'emploie depuis le commencement de ce récit pour désigner le pays des ancêtres. C'est que notre géographie est mouvante, et j'ai souvent eu recours à des subterfuges – «la Montagne», «le Vieux-Pays», etc. – pour éviter d'utiliser telle dénomination qui, pour l'époque de mes aïeux, aurait été anachronique, ou telle autre qui, de nos jours, serait source de confusion et d'amères polémiques.

Si l'État turc, tel que nous le connaissons aujourd'hui, est né après la Première Guerre mondiale sur les décombres de l'Empire ottoman, ce dernier était communément appelé «Turquie» depuis un certain temps déjà. Quand Botros, par exemple, lors de son passage par Ellis Island, avait dû indiquer son pays d'origine, c'est ce nom-là qu'il avait marqué ; puis, dans la rubrique «Race ou peuple», il avait noté «Syrien». En revanche, dans la requête adressée aux autorités à propos de l'école, il s'était présenté comme «Ottoman libanais du village de Machrah». À Cuba, son frère Gebrayel fut le président-fondateur d'une association culturelle appelée «le Progrès syrien», mais dans ses lettres il appelait ses compatriotes «les fils d'Arabes», et exprimait sa nostalgie pour «l'odeur de la patrie» et «l'air vivifiant du Liban»…

Dans l'esprit de mes grands-parents, ces appartenances diverses avaient chacune sa «case» propre : leur État était «la Turquie», leur langue était l'arabe, leur province était la Syrie, et leur patrie la Montagne libanaise. Et ils avaient, bien entendu, en plus de cela, leurs diverses confessions religieuses, qui pesaient sans doute dans leur existence plus que le reste. Ces appartenances ne se vivaient pas dans l'harmonie, comme en témoignent les nombreux massacres que j'ai déjà évoqués ; mais il y avait une certaine fluidité dans les appellations comme dans les frontières, qui s'est perdue avec la montée des nationalismes.

Il y a cent ans à peine, les chrétiens du Liban se disaient volontiers syriens, les Syriens se cherchaient un roi du côté de La Mecque, les juifs de Terre sainte se proclamaient palestiniens… et Botros, mon grand-père, se voulait citoyen ottoman. Pas un seul des États de l'actuel Proche-Orient n'existait encore, et le nom même de cette région n'avait pas été inventé – on disait généralement *La Turquie d'Asie*…

Depuis, beaucoup de gens sont morts pour des patries prétendument éternelles ; beaucoup d'autres mourront demain.

42

Pour en revenir à une autre mort violente, celle de Gebrayel, il ressort clairement des propos de ma grand-mère que la famille fut informée des circonstances par la lettre arrivée de Cuba le 1ᵉʳ février 1919. Tout me porte à croire qu'Alfred n'y parla que d'accident, sans nullement évoquer l'hypothèse d'un attentat.

Par acquit de conscience, j'ai rappelé une fois de plus Léonore, pour lui demander si, par hasard, elle avait lu la lettre.

Lue, non, me dit-elle. Elle n'avait que huit ou neuf ans, et il n'était pas question qu'on la lui donne à lire. Mais elle l'avait aperçue dans les mains de sa grand-mère Sofiya. Qu'elle revoyait encore, assise dans sa chambre, sur un fauteuil, un grand châle noir lui couvrant les épaules et les genoux, et sur le châle une lettre qu'elle tenait entre ses doigts. Ses yeux étaient fixes, et elle ne disait rien.

— Je suis restée un moment à la regarder, puis j'ai eu la mauvaise idée de lui demander ce qu'elle avait. À l'instant, quelqu'un m'a saisie fermement par les deux bras pour me porter hors de la chambre. Peu à peu, la maison s'est remplie, comme lorsque mon grand-père Khalil était mort quelques semaines plus tôt.

« Plus tard dans la journée, Nazeera m'a expliqué que

la lettre qui avait causé tant d'émoi venait de mon oncle Alfred, qui nous avait écrit pour nous annoncer la mort de deux des nôtres. Il donnait des détails sur l'accident de Gebrayel, mais pour Anees il ne disait pas grand-chose.

Seule ma grand-mère aurait pu me dire ce qu'il y avait exactement dans la lettre de son frère, si seulement j'avais songé à le lui demander… Elle l'avait lue et relue, les mots s'étaient forcément imprimés dans sa mémoire de jeune femme, et jusqu'à la fin de sa vie. Que je m'en veux d'avoir à ce point manqué de curiosité ! La présence des vieilles personnes est un trésor que nous gaspillons en cajoleries et boniments, puis nous restons à jamais sur notre faim ; derrière nous des routes imprécises, qui se dessinent un court moment, puis se perdent dans la poussière.

Certains penseront : Et alors ? Quel besoin avons-nous de connaître nos aïeuls et nos bisaïeuls ? Laissons les morts, selon une formule galvaudée, enterrer les morts, et occupons-nous de notre propre vie !

Aucun besoin pour nous, il est vrai, de connaître nos origines. Aucun besoin non plus pour nos petits-enfants de savoir ce que fut notre vie. Chacun traverse les années qui lui sont imparties, puis s'en va dormir dans sa tombe. À quoi bon penser à ceux qui sont venus avant nous puisque pour nous ils ne sont rien ? À quoi bon penser à ceux qui viendront après nous puisque pour eux nous ne serons plus rien ? Mais alors, si tout est destiné à l'oubli, pourquoi bâtissons-nous, et pourquoi nos ancêtres ont-ils bâti ? Pourquoi écrivons-nous, et pour-quoi ont-ils écrit ? Oui, dans ce cas, pourquoi planter des arbres et pourquoi enfanter? À quoi bon lutter pour une cause, à quoi bon parler de progrès, d'évolution, d'humanité, d'avenir? À trop privilégier l'instant vécu on se laisse assiéger par un océan de mort. À l'inverse, en ranimant le temps révolu on élargit l'espace de vie.

Pour moi, en tout cas, la poursuite des origines apparaît comme une reconquête sur la mort et l'oubli, une reconquête qui devrait être patiente, dévouée, acharnée, fidèle. Quand mon grand-père avait eu, à la fin des années 1880, le courage de désobéir à ses parents pour aller poursuivre ses études dans une école lointaine, c'est à moi qu'il était en train d'ouvrir les chemins du savoir. Et s'il a laissé, avant de mourir, toutes ces traces, tous ces textes en vers et en prose soigneusement recopiés et accompagnés de commentaires sur les circonstances dans lesquelles il les avait dits ou écrits, s'il a laissé toutes ces lettres, tous ces cahiers datés, n'est-ce pas pour que quelqu'un s'en préoccupe un jour? Bien sûr, il ne pensait pas à l'individu précis que je suis, moi qui ai vu le jour un quart de siècle après sa mort; mais il espérait quelqu'un. Et puis, de toute manière, peu importe ce qu'il avait pu espérer lui-même; du moment que les seules traces de sa vie sont à présent dans mes mains, il n'est plus question que je le laisse mourir d'oubli.

Ni lui, ni aucun de ceux à qui je dois la moindre parcelle d'identité – mes noms, mes langues, mes croyances, mes fureurs, mes égarements, mon encre, mon sang, mon exil. Je suis le fils de chacun des ancêtres et mon destin est d'être également, en retour, leur géniteur tardif. Toi, Botros, mon fils asphyxié, et toi, Gebrayel, mon fils brisé. Je voudrais vous serrer contre moi l'un et l'autre et je n'embrasserai que vos ombres.

Sans doute devrais-je renoncer à chercher la lettre fatidique écrite par Alfred. Mais à l'intérieur de l'épaisse
enveloppe qu'il avait expédiée de La Havane dès la fin
de la Grande Guerre, il n'y avait pas que ce faire-part, il
y avait également des photos qui, par chance, n'ont pas
été égarées. En furetant au milieu des papiers de famille,
j'en ai eu plusieurs sous les yeux. Je ne les ai pas toutes
scrutées avec l'attention qu'elles méritaient tant j'étais
fasciné par une phrase écrite, en arabe, au bas de l'une
d'elles :

> *Cette image est la dernière que nous ayons de notre
> regretté Gebrayel. Elle a été prise le 16 juin 1918 à
> la loge Estrella de Oriente. Il est assis devant Alice,
> qui porte la couronne parce qu'elle était la reine de
> la loge.*

La dernière image ? Sans doute. Mais pour mes yeux,
c'était la première. Auparavant, je ne connaissais pas les
traits de mon grand-oncle cubain. Il m'a paru différent
de son frère. Botros, malgré tout le soin qu'il apportait à
son vêtement, avait toujours l'air d'un montagnard endi-
manché, avec ses cheveux trop raides, sa moustache aux
bords broussailleux, et cette manière de regarder l'objectif comme s'il était encore émerveillé par l'invention
de la photographie. Tandis que Gebrayel avait des allures
urbaines, tout propret, bien léché, sans un poil qui
dépasse, et posant pour la photo en ayant l'air de répri-
mer son impatience. Sa femme a elle aussi un air de riche
citadine, que sa sœur, ma grand-mère, n'a jamais eu –
sauf peut-être dans ses photos de jeune élève à l'*American school for girls*.

Sur cette « dernière image » havanaise, prise dans une
demeure luxueuse, dans un vaste salon au sol recouvert

de grands carreaux blancs et noirs disposés en damier, je compte, autour du couple, trente-sept autres personnes, hommes et femmes, les uns debout, les autres assis ; au fond de la salle, une statue antique et un miroir recouvert d'un grand drapeau cubain.

Renseignement pris, l'Estrella de Oriente que mentionne la légende de la photo est un ordre féminin d'inspiration maçonnique, répandu surtout aux États-Unis, dont Cuba était culturellement très proche en 1918. Ses loges se disent « chapitres », et ses membres, sans surprise, des « sœurs » – elles seraient aujourd'hui près de trois millions. Si la plupart d'entre elles sont épouses, veuves ou filles de maçons, leur symbolique est différente de celle des « frères » ; les maçons sont censés, comme leur nom l'indique, bâtir un temple idéal, à savoir un monde meilleur, aussi parle-t-on d'apprentis, de compagnons, de maîtres ; les sœurs se réfèrent plutôt à des figures féminines prestigieuses, notamment celles de la Bible ; leurs grades portent les noms de Ruth, de la fille de Jephté, de Marthe, ou de la reine Esther, sans doute celui auquel venait d'accéder Alice le jour où fut prise la photo, ce qui explique sa couronne et son sceptre.

Après cette première recherche, purement encyclopédique, j'ai voulu scruter d'un peu plus près quelques-uns des personnages. De prime abord, je n'en reconnaissais aucun. J'ai seulement supposé que, pour une cérémonie maçonnique aussi importante à leurs yeux, Gebrayel et Alice auraient probablement invité le parrain de leur fils, Fernando Figueredo Socarrás, figure prestigieuse de la Grande Loge de Cuba. Ayant appris, par des recherches antérieures, qu'un timbre à son effigie avait été émis en 1951, j'ai consulté les catalogues spécialisés. L'homme était bien là. Sur le timbre, et sur la photo. Le même, dans la même attitude, aisément reconnaissable avec son papillon noir et sa touffe de barbe sous la lèvre – celle qu'on appelle «impériale», et qu'il portait inhabituellement longue.

Encouragé par cette découverte qui n'était pas vraiment inattendue, j'ai voulu chercher sur la photo un autre personnage de marque mentionné dans les lettres de Gebrayel : Alfredo Zayas, à l'époque ancien vice-président de la République cubaine, et qui allait être élu à la présidence en 1920. Mon grand-oncle en parlait dans ses lettres comme d'un ami, et j'étais curieux de savoir s'ils étaient réellement proches. Ayant trouvé le portrait de l'homme politique dans un livre consacré à l'histoire de l'île, je le comparai aux personnages de la photo, et n'eus aucun mal à le reconnaître, tout à gauche, debout… D'autres recherches allaient me permettre d'identifier quelques figures encore, au total trois chefs d'État cubains anciens ou à venir ; mais mon regard ne s'est appesanti sur aucun d'eux, c'est le visage de Gebrayel que j'avais envie de scruter à nouveau, puis celui d'Alice, puis à nouveau Gebrayel. Quel long chemin ils avaient parcouru depuis leur minuscule village dans la Montagne libanaise ! L'un comme l'autre devait se dire en s'immobilisant face au photographe : Est-ce bien moi ? Ne serais-je pas en train de rêver ? Est-ce bien moi qu'on entoure ainsi, que l'on fête, que l'on honore ? Est-ce moi qui trône au milieu de ces nobles *señoras* et de ces hommes célèbres ?

Qu'elle était loin d'eux, la Grande Guerre ! Qu'elles étaient lointaines la famine du Vieux-Pays et la misère de l'Orient !

Et cependant, cette photo triomphale était arrivée dans une enveloppe lisérée de noir. Personne au village, personne dans la famille n'avait pu la contempler sans que ses yeux ne fussent voilés par l'ombre de la mort. «*Cette image est la dernière que nous ayons de notre regretté Gebrayel...* » En raison de cela, la photo était à double fond, d'une certaine manière : à la surface, l'incroyable réussite ; au-dessous, la malédiction. D'un coup d'œil, on pouvait embrasser toute la tragédie de notre famille cubaine.

Tragédie dont les étapes sont conservées dans le courrier familial : 1899, l'installation à La Havane et la fondation des magasins La Verdad ; 1910, le mariage ; 1911, le premier enfant ; 1912, la maison du général Gomez ; 1914, le deuxième enfant, une fille ; 1917, un garçon ; 1918, la mort. Gebrayel n'avait pas encore quarante-deux ans...

Pour tous ces événements, des documents subsistent, que de fois je les ai alignés devant moi : les faire-part de baptême dessinés à la main ; les photos de l'aîné en habits de carnaval, et ces autres photos de lui, avec sa mère, sur l'escalier d'un château ; la fille dans son berceau ; les enfants avec leurs amis sur une vaste terrasse lors d'une fête ; les lettres épaisses de Gebrayel, et son télégramme triomphal – *INFORMER BOTROS ACHAT MAISON GÓMEZ...* Oui, tout était devant moi, j'aurais dû tout savoir déjà et je ne savais pas grand-chose.

Tout au plus pouvais-je désormais situer dans le temps la disparition de mon grand-oncle. Lorsque j'avais eu ma conversation nocturne avec Luis Domingo, je « flottais » entre le tournant du siècle et les années 1920. Les archives familiales me permettaient à présent de dire qu'il était encore en vie le 16 juin 1918, et qu'avant la fin de cette année-là il était déjà mort ; mais j'avais le sentiment qu'elles ne pourraient rien m'apprendre de plus.

Il était grand temps pour moi de partir pour Cuba. Un peu en pèlerinage, un peu en repérage. Il y avait tant de lieux que j'avais besoin de connaître, mais je savais par lequel je devais commencer. Je l'ai su très tôt, dès mes tout premiers tâtonnements dans cette recherche, lorsque j'avais posé au cousin de mon père, celui que j'ai pris l'habitude d'appeler l'Orateur, quelques questions préliminaires sur son oncle Gebrayel, sa fortune, sa mort tragique. Il m'avait d'abord confirmé ce que Léonore m'avait appris :

— Oui, un accident. Il avait la passion des automobiles, et il roulait comme un fou !

Est-ce qu'il était seul, ce jour-là ?

— Il avait un chauffeur, qui est mort avec lui. Mais c'est Gebrayel qui conduisait.

Il était de chez nous, le chauffeur ?

— Non, mais il n'était pas de là-bas non plus. D'ailleurs, il a été enterré dans la même tombe que mon oncle, parce qu'il n'avait pas de famille à Cuba.

Comme je m'étonnais qu'il puisse connaître ces détails, il m'apprit qu'il avait eu l'occasion de visiter l'île, à la fin des années quarante.

— Je faisais partie d'une délégation arabe qui effectuait une tournée dans les pays d'Amérique latine. Arrivé à La Havane, je m'étais souvenu de tout ce qui se racontait dans mon enfance sur Gebrayel, et j'avais demandé aux membres de la colonie libanaise s'ils avaient entendu parler de lui. Les plus vieux s'en rappelaient encore, ils m'avaient tous dit que c'était un personnage illustre, un homme généreux, un prince ! Et ils m'avaient emmené dans un immense cimetière, au cœur de la capitale, pour me montrer sa tombe. Un vrai mausolée, tout de marbre blanc !

À la suite de cette conversation, je m'étais dépêché d'aller consulter, dans un guide récent, un plan de

La Havane, histoire de vérifier si cette vague indication pouvait me conduire vers un emplacement identifiable dans la cité d'aujourd'hui. Je n'avais trouvé qu'un seul endroit plausible : une vaste et ancienne nécropole qui porte le nom de Christophe Colomb. Si le fantomatique Gebrayel demeurait encore quelque part à la surface de notre monde, il ne pouvait être que là.

Demeures

43

Mercredi soir

Me voici donc à Cuba pour retrouver Gebrayel, dans mon agenda sa dernière adresse connue : à La Havane, le cimetière Colón. Je suis sûr de reconnaître sa demeure entre toutes, et de pouvoir déchiffrer sans peine ses inscriptions. Un nom gravé dans la pierre, ce ne serait pas grand-chose, je l'admets ; mais c'est le nom des miens, et la preuve qui manque à leur rêve atlantique.

Nous, les âmes nomades, avons le culte des vestiges et du pèlerinage. Nous ne bâtissons rien de durable, mais nous laissons des traces. Et quelques bruits qui s'attardent.

Sur les conseils de tous les amis qui connaissent cette île, je me suis résolument écarté des circuits touristiques, comme des canaux officiels, afin de vivre et circuler et fureter à ma guise. J'ai trouvé à me loger dans le Vedado, vaste quartier au nord-ouest de la ville, chez une dame prénommée Betty. Sa maison est un peu moins cossue que d'autres dans le voisinage, mais nettement moins délabrée aussi. Sur la véranda à colonnades, une table accueillante et des chaises en plastique. Les chaises sont attachées par les pieds aux pieds de la table pour qu'elles ne soient pas tentées de suivre le premier chapardeur venu. Il flotte dans l'air du soir une odeur d'essence et de jasmin. Dans la petite cour, deux bougainvillées, un gardénia, et, sous abri de tôle, une brave automobile verte fabriquée du temps de l'Union soviétique.

Je découvre, en consultant un plan de la ville, que je me trouve à quelques rues du cimetière. Je ne savais pas que je serais si proche de mon grand-oncle – si sa tombe est bien là. Je m'y rendrai demain, dès le matin, à pied. «Dix minutes tout au plus», m'assure ma logeuse.

Ce pèlerinage aurait dû être le premier. Mais je suis arrivé à La Havane plus impatient que fatigué, et il y a un autre lieu qui m'appelle. Il faut dire que n'ai jamais pu ôter de ma mémoire cette phrase si prosaïque découverte dans le courrier de Gebrayel :

> *J'ai l'intention d'acheter bientôt la maison que le gouvernement a fait construire il y a huit ans pour le général Máximo Gómez. Elle est située à l'angle des avenues Prado et Monte...*

Ces paroles avaient tout de suite éveillé en moi une envie de chasse au trésor qui remonte à mes premières lectures. Une envie que je crois partagée par nombre de mes semblables, mais que l'âge adulte, jaloux de nos rêves d'enfants, s'efforce d'étrangler. Cette maison, que Gebrayel appelait dans certaines lettres «le palais de Gómez», et qui fut jadis la nôtre, je ne pourrai pas m'endormir cette nuit sans l'avoir contemplée.

D'après les recherches que j'avais faites à la veille de ce voyage, l'avenue Monte, que mentionnait mon grand-oncle, porte aujourd'hui le nom de Máximo Gómez, justement; tandis que l'avenue du Prado porte celui de José Martí – en écrivant ces noms devenus familiers, et quasiment familiaux, j'ai le sentiment usurpé de me trouver au milieu des miens, dans une Amérique que mes aïeux auraient secrètement redécouverte et reconquise.

Ce doit être l'euphorie du voyage, cette même euphorie qui me fait toujours sentir que mes premières heures et mes premières journées outre-mer s'épaississent comme une lave, pour s'écouler avec une infinie lenteur.

Minuit

Au retour de mon exploration nocturne, je suis quelque peu dégrisé. Je n'ai pas pu voir la maison Gómez. Ou, si je l'ai vue, je ne l'ai pas reconnue. Pourtant, j'ai suivi scrupuleusement la procédure que, depuis Paris, je m'étais promis de suivre.

En début de soirée, je fais quelques pas dans le quartier, jusqu'à une artère que j'avais repérée sur le plan. J'arrête un taxi et lui demande avec aplomb de me conduire au centre-ville, «avenida Máximo Gómez». Première surprise, l'homme hésite. Aurais-je mal prononcé? Je répète, j'articule. Comment un taxi havanais peut-il ne pas connaître l'une des principales avenues de sa ville? J'ouvre le plan, et pose le doigt sur «Màximo». L'homme regarde. Réfléchit. Fait la moue. Mais finit par sourire de soulagement. «Claro, si, si! Avenida Monte!» J'aurais dû m'en douter; comme il arrive souvent, sous tous les cieux, c'est l'ancien nom qui continue à avoir cours chez les gens du pays…

Après avoir démarré, l'homme me demande de préci-

ser l'endroit exact où j'aimerais qu'il me dépose. Je lui
dis : « À l'angle de Prado et Monte. » Il ne dit rien, mais
je sens bien que nous ne nous comprenons toujours pas.
Et dès qu'il doit s'arrêter à un feu, il se tourne vers moi
de tout son buste pour pointer ses cinq doigts sur le plan :
« Quel angle ? Il n'y a pas d'angle ! »

De fait, il n'y a pas de véritable intersection entre
Prado et Monte. Non que ces avenues soient parallèles ;
l'une traverse la ville du nord au sud, et l'autre de l'ouest
à l'est, il n'y a donc aucune absurdité « géométrique »
à parler d'angle. Sauf qu'il s'agit de deux immenses
artères qui, à un moment, se rejoignent, ou plutôt se
confondent, comme deux rivières qui seraient venues se
jeter dans le même lac, en l'occurrence une place si vaste
et aux contours si irréguliers que ceux qui se tiennent au
centre ne peuvent jamais embrasser du regard les différents côtés.

Il fallait que je me rende à l'évidence : Gebrayel, dans
ses lettres, ne cherchait pas à donner une adresse ; il voulait juste claironner aux oreilles des siens qu'il venait
d'acquérir un somptueux palais en plein cœur de la ville.
L'emplacement précis, il ne « nous » l'a pas indiqué,
c'est à moi de le découvrir.

Mais pas ce soir. Je n'ai rien découvert ce soir. J'ai
seulement erré dans le périmètre, j'ai scruté de près plus
d'un vieil immeuble qui aurait pu être conçu, à l'origine,
comme un palais. J'ai essayé de me convaincre que ce
pourrait être cet étonnant chalet aux murs marron et
rouge vif, et qui est aujourd'hui un hôtel ; ou ce bâtiment
blanc, ici à l'angle ; ou encore celui d'en face, même
si les initiales qui y sont gravées, J et E, ne correspon-
dent à rien pour les miens – elles ont pu être rajoutées
plus tard.

Non, à quoi bon spéculer ainsi, en cherchant à sou-doyer les faits ? Quand je regarde autour de moi, il me semble qu'il n'y a pas eu, dans ce périmètre, trop de rénovations barbares ; s'y trouvent encore, Dieu merci, d'innombrables bâtisses anciennes ; si je ne sais toujours pas ce soir laquelle fut la propriété de Gebrayel, demain je le saurai, ou après-demain. Mieux vaut que je ne m'entête plus.

Je remonte donc dans le taxi, qui m'attendait, pour revenir terminer ma soirée devant un verre de rhum à la terrasse de ma maison provisoire. Je ne suis pas insen-sible au fait d'éprouver à mon tour, après mon grand-oncle, après mon grand-père, le sentiment d'être chez moi à La Havane, ne fût-ce qu'un instant de ma vie ; et d'offrir mon visage aux caresses d'une brise caraïbe. Autour de moi, dans le noir, des cris de toutes sortes, des aboiements surtout, ceux de milliers de chiens lointains et proches ; mais aussi, venant d'un immeuble voisin, la voix hargneuse d'une mégère qui hurle, toutes les trois minutes, le prénom d'un certain «Lázaro!»

44

Jeudi

Janua sum pacis, dit une inscription tout en haut de l'entrée monumentale de la nécropole Colón, «Je suis la porte de la paix».

Ayant mesuré du regard l'immensité de la cité mortuaire, couverte de maisons tombales fières ou plates, traversée de sentiers, d'allées, d'avenues, à perte de vue; ayant mesuré aussi, sur mon front, le poids du soleil havanais, je renonce d'emblée à toute flânerie pour marcher droit vers les bâtiments administratifs; où je demande, le plus prosaïquement du monde, le renseignement qui m'a fait traverser l'Atlantique:

«Quelqu'un de ma famille a été enterré ici en 1918…»

On me tend un carnet sur lequel je note en lettres capitales le nom complet de Gebrayel.

Un bon signe, déjà: on ne semble nullement impressionné, ici, par l'ancienneté de l'événement, et ma démarche ne paraît pas incongrue. Le fonctionnaire assis à l'accueil ouvre un registre devant lui, inscrit les noms et les dates dans les colonnes prévues à cet effet, me demande de signer à un endroit qu'il me désigne, puis referme le registre et m'invite à m'asseoir.

Je n'ai guère le temps d'attendre, elle arrive aussitôt. Elle, c'est mon héroïne de la journée – j'ai envie de l'appeler «Ange-Noir». Pas seulement à cause de l'endroit, où l'œil se pose partout sur des anges de pierre; ni seulement à cause de ses origines africaines, qu'elle partage avec une bonne moitié des Cubains; ni à cause du prénom qu'elle décline, María de los Angeles; mais surtout à cause de son large sourire futé et rassurant qui me donne à l'instant la certitude qu'un miracle va se produire.

Miracle? Le mot est sans doute excessif. En prenant l'avion pour venir dans cette île, puis en visitant cette nécropole, je me doutais bien que j'avais des chances de retrouver quelques traces de Gebrayel, et tout d'abord sa tombe. Mais pas dès aujourd'hui! Pas le lendemain même de mon arrivée!

J'avais commencé par expliquer à María, dans mon castillan laborieux, que mon grand-oncle était mort à Cuba.

«*Su abuelo?*»

Je faillis rectifier, préciser que ce n'était pas exactement mon grand-père… Mais à quoi bon s'attarder aux détails? Mieux valait faire simple. Si, c'est bien mon aïeul… Gabriel M… Oui, en 1918. Non, je ne sais pas en quel mois. Pas avant le 16 juin, en tout cas, et pas après décembre. À l'extrême limite, aux tout premiers jours de l'année suivante. S'il faut chercher aussi dans le registre de 1919? Non, honnêtement, cela me paraît très improbable. Dix-huit suffira…

Elle me demande de la suivre, puis de l'attendre à la porte du bureau des archives. Je m'assieds sur le rebord d'une fenêtre, à contempler tantôt le va-et-vient des visiteurs dans les allées du cimetière, et tantôt, par la porte entrouverte, le va-et-vient de María et de deux autres archivistes – des hommes âgés, en bleu de travail – qui montent sur des escabeaux pour atteindre des registres à la peau bronzée.

Ce ballet ne dure qu'un quart d'heure, au bout duquel mon héroïne revient avec un sourire de chasseresse, dans ses bras l'un des registres antiques que j'avais entrevus. Ouvert à une certaine page, qu'elle me met sous le nez. Comme je ne parviens pas à déchiffrer l'écriture du greffier d'antan, c'est elle qui me lit à voix haute, pendant que je note :

> *Livre des enterrements numéro 96, page 397, inscription 1588.*
> *Le 21 juin 1918 fut donnée sépulture en ce cimetière de Cristóbal Colón, dans la crypte numéro trente-trois, acquise par Alicia, Veuve M., au corps de Gabriel M., originaire de Syrie, âgé de 42 ans, marié, qui est décédé des suites d'un traumatisme par écrasement selon le certificat délivré par le docteur P. Perdomo. Il nous a été remis par la paroisse Jesús del Monte, avec l'autorisation de M. le juge municipal du faubourg San Miguel del Padrón...*

J'écoute avec recueillement, puis je prends le registre dans mes mains moites pour le lire à mon tour, et me faire expliquer quelques abréviations, quelques chiffres opaques... J'éprouve une émotion filiale qui me fait monter les larmes aux yeux, mais également, et simultanément, une joie de chercheur qui ne convient guère à l'événement consigné dans le registre, ni, bien entendu, à l'endroit où je me trouve, même si ce cimetière sous le soleil évoque pour moi la sérénité plus que la désolation, et la pérennité plus que la mort.

Ce qui m'arrête avant tout dans ce petit texte froid,

c'est la date. Si Gebrayel a été inhumé le 21 juin, c'est qu'il est mort la veille, ou l'avant-veille ; or, la dernière photo que je possède de lui a été prise lors de la grande réunion maçonnique pour le « couronnement » d'Alice, qui s'était tenue le 16. Quatre jours tout au plus ont séparé la minute de triomphe de la minute de mort.

Je demande à María s'il serait possible de voir la tombe. Elle me répond qu'il y eut, en fait, deux sépultures successives ; l'une louée à la hâte, où «*su abuelo*» avait reposé provisoirement ; l'autre, acquise en septembre de cette année-là, une concession permanente située dans le carré le plus cher du cimetière, celui des personnalités nationales et des riches marchands havanais.

De fait, la première était une dalle anonyme, rectangulaire, grise, au milieu de plusieurs dizaines de dalles identiques et numérotées – son propre matricule étant le 333 ; alors que la seconde est une véritable demeure mortuaire, pas tout à fait le somptueux mausolée que m'avait décrit l'Orateur, néanmoins une belle construction en marbre blanc.

Un nom est gravé dessus, qui n'est pas celui de mon grand-oncle ; mais dès que je me suis baissé, j'ai pu lire, comme sur un palimpseste :

GABRIEL M.M.

À l'évidence, notre caveau au cimetière Christophe Colomb avait servi, tout au long du siècle dernier, pour bien d'autres dépouilles. Il y a là plusieurs épitaphes évoquant diverses personnes, certaines manifestement d'origine levantine, d'autres portant des patronymes hispaniques ou slaves ; sur le toit en marbre sont posées des statuettes funéraires – il y en a sept ou huit qui ressemblent tantôt aux Tables de la Loi, tantôt à des lutrins, ou à des ailes d'ange.

Au voisinage de la tombe a été planté, ou bien s'est établi de lui-même, un arbuste dont je ne connais pas le nom, et qui porte des fleurs couleur de vin ; un peu plus loin, une sorte de cyprès nain. Puis, à quelques pas de là, dans le même carré, un mausolée, un vrai, pour abriter les cendres des parents de José Martí – un voisinage dont Gebrayel eût été flatté.

Assis au pied du caveau dans le seul triangle d'ombre, je prends le temps de raconter à María qui était Gebrayel, ce que j'ai entendu à son propos dans mon enfance, et ce que je sais de lui à présent. Elle me demande s'il a des descendants à Cuba, en précisant qu'elle est généalogiste de formation, et qu'elle veut bien m'aider à retrouver leurs traces. Je lui fournis, de bonne grâce, les quelques renseignements, les quelques rumeurs familiales dont je dispose, ce qu'elle note avec application. Je mentionne le nom d'Alfred, et aussi, d'un air énigmatique, celui de cet Arnaldo dont mon ami Luis Domingo m'avait dit qu'il était ici un personnage influent. Aucune réaction chez mon interlocutrice…

Avant que je reparte, elle me demande si j'aimerais avoir une transcription littérale, dûment signée par les autorités du cimetière, de ce qui est consigné dans le registre. Je lui dis oui, bien sûr. Elle me promet de s'en occuper dans la journée, et que je pourrai avoir ce document dès demain si je repasse la voir.

Il n'était pas tout à fait midi lorsque j'ai quitté le cimetière. Ivre, je dois bien l'avouer. Encore ivre d'avoir pu me recueillir sur la tombe de Gebrayel moins de vingt-quatre heures après avoir atterri sur cette île.

Et si, dans la foulée du miracle, j'essayais de retrouver la maison du général Gómez qui s'était dérobée à moi hier soir? Je repartis donc vers le centre-ville, vers l'insaisissable lieu d'intersection entre «Prado» et «Monte», et je me mis à errer, en échafaudant les théories qui m'arrangeaient. Mais cette fois aucun ange ne descendit du Ciel pour me guider, et je n'ai rien découvert qui puisse justifier que j'ajoute encore des lignes à ce paragraphe.

Je revins donc au Vedado, chez ma logeuse, pour me reposer du soleil et prendre quelques notes. Mais deux heures plus tard, poussé, comme souvent, par ma seule impatience, je décidai de repartir vers le vieux centre-ville avec une tout autre idée en tête. Plutôt que de chercher à tâtons une maison sans adresse précise, pourquoi ne pas me rendre à la seule adresse qui soit mentionnée explicitement dans le courrier familial? Gebrayel n'avait-il pas fait imprimer, sur ses enveloppes de 1912 comme sur son papier à lettres, «Egido 5 et 7»? C'est là que se trouvaient les magasins La Verdad avant qu'il n'achète, pour s'agrandir, la résidence construite pour Máximo Gómez. C'est également là qu'Alice et lui avaient leur appartement havanais, comme l'atteste le faire-part annonçant le baptême de leur fils aîné en 1911. Il est d'ailleurs probable que ce fut là, à cette adresse, que vécut mon grand-père Botros lors de son séjour à La Havane, et qu'il dut dormir au grenier.

Pourquoi, alors, n'y suis-je pas allé tout de suite, dès hier soir? Pour deux raisons, que je ne découvre que maintenant, en écrivant ces lignes. La première, c'est que j'avais hâte de contempler d'abord le palais qui, pour mon imaginaire, représente le mieux l'accomplissement de «notre» rêve cubain… L'autre raison, c'est que Luis Domingo m'avait prévenu que cette adresse allait être difficile à trouver.

Avant de m'envoler pour Cuba, j'avais eu plusieurs échanges, au téléphone et par courrier, avec mon ami diplomate, qui fut longtemps en poste sur l'île comme je crois l'avoir déjà mentionné, et qui m'a prodigué mille conseils. Je lui avais parlé, entre autres, de la rue Egido, et il avait eu l'amabilité de demander à l'un de ses bons amis havanais, un historien, s'il pouvait passer un jour par cette rue et nous dire à quoi ressemblaient aujourd'hui les façades du 5 et du 7 – peut-être même prendre une photo.

Je ne reçus de lui aucune image; juste ce courrier électronique, que je reproduis tel quel, et qui, on s'en rendra compte, ne pouvait qu'ajouter à ma confusion:

Mon ami cubain me dit que les petits numéros n'existent pas sur Egido, pour la simple raison que cette rue est, depuis les années trente, un prolongement de l'avenue de las Misiones, qui commence au Malecón, qui est le front de mer, ainsi que de Monserrate, qui va jusqu'au terminal des trains, face à la maison de Martí. Par un caprice urbanistique qu'il ne parvient pas à s'expliquer – et moi non plus! –, la numérotation d'Egido commence là où se termine celle de Monserrate, et celle de Monserrate là où se termine celle de las Misiones, va comprendre! Seule hypothèse possible: que les numéros 5 et 7 où vivait ton aïeul soient les actuels 5 et 7 de l'avenue de las Misiones…

On comprendra aisément que cet embrouillamini ne m'ait pas encouragé à me précipiter vers cette adresse dès hier soir. Mais j'y suis quand même allé aujourd'hui, très consciencieusement. Je me suis d'abord rendu à la rue Egido, pour constater que le numéro le plus bas était effectivement le 501. Au niveau des numéros 400, le nom change en avenida de Bélgica puis, vers les 200 et quelques, en Monserrate, et enfin, pour les plus petits numéros, en avenida de las Misiones – entre-temps, j'avais déjà marché trois quarts d'heure.

Là, à quelques pas du bord de mer, un bâtiment s'élève qui porte sur sa devanture le double numéro, «5 y 7», comme pour couper court à toute hésitation possible. Devant la porte patrouillent des vigiles, ce qui me décourage de m'attarder dans le coin. De toute manière, il n'y a rien à voir. Au lieu de la vieille bâtisse dessinée sur les lettres de 1912, se dresse aujourd'hui un immeuble tout neuf à dominante bleu électrique, sans doute l'une des constructions les plus inesthétiques de cette superbe capitale. C'est le siège des jeunesses révolutionnaires, ou quelque chose de la sorte. Sur le mur, une longue citation du Grand Chef: *Eso es que lo queremos de las futuras generaciones, que sepan ser consecuentes*, «Ce que nous demandons aux générations futures, c'est qu'elles sachent être conséquentes.»

Peut-être devrais-je profiter de la sérénité de la nuit pour élucider un point que, dans mon compte rendu de la journée, j'avais laissé en suspens… En reproduisant l'inscription tombale, je m'étais contenté d'écrire «*Gabriel M.M.*» Ces initiales, déjà abondamment utilisées en remplacement des vrais noms, méritent explication.

Je ne surprendrai personne si je disais ici, comme à

propos du village des origines, comme à propos du pays, que mon patronyme est à la fois identifiable et fluide. Identifiable, parce que tous ceux qui le portent éprouvent à sa mention une espèce de solidarité tribale, par-delà les langues, les continents, et les générations ; contrairement à la plupart des patronymes, il ne s'est formé ni à partir d'un métier, ni à partir d'un lieu géographique, ni à partir d'une caractéristique morale ou corporelle, ni à partir d'un prénom ; c'est un nom de clan, qui nous rattache tous, en théorie du moins, à une trajectoire commune, commencée quelque part du côté du Yémen et dont les traces se perdent dans la nuit des légendes…

Un patronyme identifiable, donc, et cependant fluide, disais-je. D'abord à cause de la structure même des langues sémitiques, où seules les consonnes sont fixes, tandis que les voyelles demeurent mouvantes. Si le « M » initial, le « l » central et le « f » final se retrouvent dans toutes les transcriptions, les variantes sont innombrables. J'en connais une trentaine, avec pour la première syllabe un double « a », ou un seul, parfois aussi un « e », et plus rarement un « o » ; avec pour la deuxième syllabe, « ou », « o », « u », « oo » ; et aussi quelques autres déclinaisons plus inattendues, qui aboutissent à des consonances slaves, grecques ou maghrébines… J'ajouterai, pour être moins incomplet, une difficulté de plus : il y a dans le nom des miens une consonne supplémentaire, « l'œil », la consonne secrète des langues sémitiques, celle qui n'est jamais reproduite dans les autres langues, celle qui, en arabe, précède le « A » de « Arabi » et le « I » de « Ibri », Hébreu, consonne gutturale insaisissable que ceux qui n'appartiennent pas à ces peuples éprouvent du mal à prononcer, et même à entendre. Dans le plus vieux nom de mon pays elle se trouvait déjà entre les deux « a » jumeaux de « Canaan », et dans mon patronyme égale-

ment elle se dissimule entre les deux «a», ce qui rend
approximatives toutes les transcriptions.

Oserai-je ajouter que, de toute manière, personne, au
village, ne m'a jamais désigné par ce nom? Ni moi, ni
Botros, ni Gebrayel, ni aucun des miens. Ce patronyme,
je le revêts, en quelque sorte, pour me rendre en ville, ou
à l'étranger, mais à Machrah, et dans tous les villages
avoisinants, je ne m'en sers pas, et personne ne s'en sert
pour me désigner. La chose se comprend aisément :
quand le nom de famille est le même pour la plupart des
habitants d'un village, il ne peut plus aider à les distinguer. Ils ont besoin d'un autre, plus spécifique. Pour qua-
lifier ces branches, on utilise le terme *jebb*, qui veut dire
littéralement «puits», ou, plus simplement, celui de *beit*,
qui veut dire «maison». Ainsi, Botros et ses frères appartenaient à *beit Mokhtara*, une branche de la famille qui
tient son nom de celui d'une aïeule prénommée ainsi.
Aujourd'hui, au village, quand on évoque le souvenir de
mon grand-père, on ne l'appelle jamais autrement que
Botros Mokhtara.

Les gens qui ne sortaient pas de leur petit univers villageois n'avaient jamais l'occasion d'utiliser un
autre nom. Aujourd'hui, c'est peu fréquent, mais autrefois c'était la chose la plus commune. Parfois, lorsqu'un
fonctionnaire ottoman ou français ou libanais leur
demandait leur nom de famille, c'est celui de leur
branche qu'ils déclinaient spontanément, et c'est ce dernier qu'on inscrivait sur leurs documents d'identité. Le
plus souvent, de nos jours, c'est l'inverse qui se produit :
le nom usuel est absent des papiers, seul y est consigné
le nom de la vaste «tribu». Ce qui donne lieu, on s'en
doute, à des situations cocasses, comme celle de ce vieux
cousin dont on a crié le nom «officiel» dix fois de suite
dans une file d'attente sans qu'il lui vienne à l'esprit qu'il

pourrait s'agir de lui ; personne ne l'avait jamais appelé
de la sorte…

Pour ce qui est de Botros et de ses frères, ils avaient
pris l'habitude d'utiliser simultanément leurs deux patronymes. Surtout lorsqu'ils se trouvaient «dans les
contrées américaines», où il est habituel d'insérer, entre
le prénom et le nom, une initiale centrale – Mokhtara se
muant alors en un discret et énigmatique «M.»…

Au bout de cette longue digression, il ne me reste
qu'à reproduire en entier l'inscription que j'ai lue ce
matin sur la tombe de mon grand-oncle au cimetière de
La Havane :

GABRIEL M. MALUF

45

Vendredi

Je suis revenu, comme promis, au cimetière Colón. Mais pas à pied, cette fois ; je n'ai pas eu le courage de marcher sous le soleil caraïbe, même pour dix minutes. J'ai appelé un taxi – en fait, un voisin de ma logeuse qui pratique ce métier sans licence. Il a pu entrer dans l'enceinte de la nécropole, circuler dans les allées, puis se garer à l'intérieur, choses que j'aurais toutes crues interdites.

María de los Angeles est venue aussitôt à ma rencontre, m'apportant non pas une *transcripción literal*, mais deux, quasiment identiques, tirées du même registre, l'une concernant la dépouille de mon grand-oncle, l'autre concernant celle d'un homme de vingt-huit ans, marié, originaire d'Espagne, dont le nom est orthographié, à quelques lignes d'intervalle, de deux manières différentes, ici José Cueto, là José Cuaeto, mort lui aussi «par écrasement», *por aplastamiento*, et qui fut inhumé dans la même tombe ; très probablement ce chauffeur «étranger» dont m'avait parlé l'Orateur…

Ma précieuse informatrice m'apprend que, d'après les registres du cimetière, la «concession» où repose

Gebrayel appartient encore à notre famille. Je me fais la réflexion que si je mourais au cours de ce voyage, c'est là que je serais inhumé – une perspective qui ne m'enchante pas, certes, mais qui ne m'angoisse pas non plus ; je me dis aussi que lorsque je mourrai, ailleurs, en France par exemple, je ne sais pas du tout où je serai mis en terre. À vrai dire, la chose m'importe peu. Après ma mort je ne serai plus qu'un fantôme nomade qui vogue de par le monde, ou alors une matière inanimée. N'est-ce pas là l'alternative que les humains contemplent : soit une sorte de divinité mineure, soit le néant sans mémoire ni souffrances ? Dans un cas comme dans l'autre, cela ne m'avancera à rien d'être planté dans un quelconque sol.

Pourtant, pourtant, j'ai traversé la moitié du globe pour venir contempler cette tombe ! Et ce matin encore, après avoir cérémonieusement remercié María et payé les frais de transcription, je me suis recueilli à nouveau devant les marbres familiaux, et mon émotion n'était pas feinte. Un nuage était venu tempérer la rigueur du soleil, ce qui m'a permis de rester debout, tête nue, quelques minutes de plus au pied du monument, en laissant battre contre mes tempes images et nostalgies.

Dès que l'ombre s'est déplacée, je suis remonté dans la voiture pour me rendre à la Bibliothèque nationale, qui porte à La Havane le nom omniprésent de José Martí. Je voulais y effectuer une recherche très précise : puisque je connaissais à présent, à un jour près, la date de l'accident mortel, ne devrais-je pas trouver, dans les journaux de l'époque, quelques échos de l'événement ?

Dans l'une de ses lettres, Gebrayel citait longuement un quotidien havanais, *El Mundo*, qui avait publié un article en 1912 où l'on parlait de lui en le désignant comme « *le fort bien connu Sr Gabriel Maluf* » ; il est légitime de supposer que lorsqu'un tel personnage fut victime d'un accident, le même journal en avait rendu compte.

El Mundo, hélas, ne peut être consulté, me dit la responsable. La collection se trouve bien à la bibliothèque, l'année 1918 y est même complète, d'après les fiches ; mais en si mauvais état que les pages pourraient s'effriter sous mes doigts. Et non, hélas, elle n'est pas non plus sur microfilms.

Y aurait-il alors quelque autre quotidien de l'époque ? Sur microfilms, un seul, le *Diario de Cuba* ; mais c'était un journal de Santiago, pas de La Havane. Tant pis, si c'est le seul, je le consulterai quand même.

Arrive donc la bobine de l'année 1918, que je parviens à introduire tant bien que mal dans d'antiques machines est-allemandes, et que je m'évertue à dérouler, page après page, jour après jour. La date s'approche : le 27 avril, le 3 mai, le 12 mai, le 31 mai… À la une, on parle évidemment de la guerre en Europe, et de certaines tentatives pour rétablir la paix. Le 14 juin, le 17, le 18, le 20 juin. Encore la guerre, encore les rumeurs de paix imminente, mais on rend compte aussi des pluies diluviennes qui s'abattent alors sur l'île – sans toutefois les photos qui, de nos jours, seraient venues illustrer ces calamités.

Soudain, un gros titre, juste au milieu de la première page :

DOS MUERTOS A CONSECUENCIA
DE UN ACCIDENTE AUTOMOVILISTA

Juste au-dessous, en caractères un peu moins gros :

L'une des victimes est le commerçant havanais bien connu, señor Gabriel Maluf.

Vient ensuite le texte de la dépêche :

La Havane, le 21 juin (de notre service télégra-phique) – Hier, alors qu'il se rendait dans cette ville par la route qui conduit à Santa María del Rosario, le commerçant de cette place, señor Gabriel Maluf, est tombé de la chaussée avec l'automobile qui le trans-portait, ce qui lui occasionna des blessures dont il mourut au bout de quelques minutes. La voiture était conduite par l'avocat José Casto, qui mourut lui aussi, presque instantanément, des suites de l'accident.

Pendant que je recopie à la main, mot après mot, le texte de la dépêche, tout en me demandant si le mal-heureux José s'appelait bien Casto, plutôt que Cuaeto ou Cueto, et s'il était avocat ou chauffeur, la respon-sable de la salle des périodiques vient m'annoncer qu'elle a trouvé, pour l'année 1918, un autre quotidien, de La Havane celui-là, le *Diario de la Marina* ; et qu'à titre exceptionnel, elle m'autorise à le consulter sur papier.

Ce journal devait être important, puisqu'il sortait deux éditions par jour, l'une le matin, l'autre l'après-midi. Et c'est dans cette dernière, *edición de la tarde*, en date du jeudi 20 juin 1918, que j'ai pu lire, à la première page, sous un titre identique à celui du journal de San-tiago – « Deux morts à la suite d'un accident d'automo-bile » –, ce « chapeau » :

Le commerçant Gabriel Maluf et son chauffeur tombent avec une voiture automobile d'une hauteur de vingt mètres, par-dessus le pont de San Francisco de Paula.

Puis ce texte :

À l'heure de boucler cette édition, on nous informe d'un regrettable accident d'automobile survenu aux abords de la capitale, à un kilomètre du village de San Francisco de Paula. Le commerçant señor Gabriel Maluf, propriétaire des établissements « La Verdad », situés à l'angle de Monte et Cardenas, qui venait par la route de Güines en direction de La Havane au volant de sa voiture, s'est précipité d'un pont qui se trouve près de San Francisco, pour atterrir dans la rivière vingt mètres plus bas.

La voiture a été détruite. Les corps de señor Maluf et de son chauffeur ont été extraits des débris du véhicule complètement broyés. Les autorités du village ont accouru pour apporter leur aide, et le juge s'est rendu sur place pour ordonner l'enlèvement des dépouilles.

Nous donnerons plus de détails dans notre prochaine édition.

Dans ma hâte de connaître la suite, je tourne la page d'un geste brusque ; il y a un bruit de déchirure qui retentit dans le silence de la bibliothèque ; rien de grave – le bord de la feuille s'est fendu sur un centimètre à peine –, mais la responsable de la salle se dresse déjà devant moi pour m'expliquer qu'il est décidément trop hasardeux de laisser les visiteurs manipuler ainsi des documents fragiles ; me sentant confus et fautif, je me défends mal, et la collection m'est retirée. Cet incident trivial, que j'ai presque honte de relater, me tire soudain vers l'âge de l'enfance. Un gros tiers de siècle de vie adulte, plusieurs centaines de cheveux blancs, et voilà que j'étais puni comme un écolier !

J'enrage, mais j'ai aussi envie de rire. Finalement, je me lève, je me compose un visage fâché, je me retire d'un pas digne.

Je reviendrai. Je m'absenterai un peu, le temps d'un week-end, puis je reviendrai, l'air de rien. Je n'ai aucun intérêt à faire un esclandre, et je m'en voudrais si je réagissais ainsi. Après tout, on m'a déjà fait des faveurs à la Bibliothèque Martí ; dans les salles parisiennes où j'ai coutume de travailler, je n'aurais jamais pu consulter une collection protégée, je n'aurais jamais pu contourner un « non » ; et même, pour commencer, quelqu'un dans ma situation, un simple voyageur, un passant, n'aurait jamais été admis à faire des recherches, il aurait dû remplir une demande, présenter divers documents, et attendre plusieurs jours, sans être assuré d'une réponse favorable. Ici, on m'a fait une fleur, j'aurais tort de réagir avec arrogance. Mieux vaut que je laisse passer la tempête.

De toute manière, j'ai déjà récolté quelques renseignements précieux. Non seulement la date exacte, les circonstances et le lieu de l'accident qui a coûté la vie à mon grand-oncle, mais également, et pour la première fois, l'emplacement exact de ses magasins – « à l'angle de Monte et Cardenas ».

Vendredi soir

Quand je finis de déjeuner, et sans attendre l'heure fraîche, j'appelle le faux taxi pour qu'il me conduise à cette adresse. Sur le chemin, je jette un coup d'œil au plan, pour constater que la rue Cardenas mène de Monte jusqu'à la station de chemin de fer dont parle Gebrayel dans son courrier. Parfait, tout concorde. Je brûle, comme je disais enfant…

À vrai dire, je ne brûlais pas encore. Dès que je me suis retrouvé sur place, ma perplexité est revenue, la topographie s'est brouillée, les repères se sont faits incertains.

En théorie, seuls les deux immeubles d'angle pourraient avoir été, dans une vie antérieure, la demeure construite par le gouvernement pour le héros Máximo Gómez, et que mon grand-oncle avait acquise pour y installer les magasins La Verdad. Me déplaçant d'un trottoir à l'autre, je scrute le premier, puis le second, puis le premier encore, puis le second. Non, aucun d'eux ne me convainc, aucun n'a pu être autrefois un palais ; l'un ressemble à une vieille fabrique reconvertie, l'autre à un immeuble de rapport. Je prends des notes, je mesure de mes doigts écartés les hauteurs de plafond, je m'adosse à une colonne ; fébrile, déçu, préoccupé, je ne remarque pas qu'un peu partout, des gens de plus en plus nombreux s'agglutinent dans la rue, ou apparaissent aux fenêtres, pour m'observer d'un air intrigué, et quelque peu méfiant.

Je prends conscience de l'agitation que je suscite seulement lorsqu'une femme métisse d'une quarantaine d'années m'interpelle de son balcon, les mains en porte-voix. Je la regarde, intrigué ; elle me fait signe de m'approcher, ce que je me sens obligé de faire. Me tenant alors juste au-dessous d'elle, les mains en porte-voix, j'entreprends de lui expliquer mes va-et-vient.

J'étais sûr qu'elle n'allait rien comprendre, mais au moins je voulais lui montrer ma bonne volonté en adoptant une posture explicative. Après cela, je comptais la saluer d'un geste, puis m'éloigner en douce. Mais la dame s'avère insistante, et comme elle n'a rien compris, forcément, à mes gesticulations, elle fait une chose qui ne serait arrivée dans aucun autre pays que celui-ci : elle tire de sa poche un trousseau de clés, et me le lance sans rien dire. Je l'attrape au vol, puis la regarde, interrogatif et amusé. Elle m'indique du doigt l'entrée de son immeuble et rentre aussitôt comme pour se préparer à m'ouvrir. Avais-je encore le choix ? J'y suis allé.

Derrière la porte métallique, un escalier sombre et raide où l'on oublie instantanément qu'il existe un soleil au-dehors. Plutôt que de chercher à tâtons une improbable minuterie, je m'agrippe à la rampe comme à une corde d'escalade. En me redisant, pour la centième fois peut-être depuis que je suis à La Havane, que cette ville est probablement la plus belle de toutes celles que j'ai connues, mais également la plus laide ; à chaque pas je suis tenté de m'arrêter devant une bâtisse virtuellement somptueuse, pour m'improviser architecte ou décorateur, pour imaginer la façade qu'elle aurait si l'on y réparait « les injures du temps » révolutionnaire… Ici un palais se débite en quatorze taudis, et l'on se trouve pris continuellement dans de pervers dilemmes de conscience : faut-il vraiment que le noble principe d'égalité répande ainsi l'insalubrité et la laideur ?

Arrivé au seuil du deuxième étage avec de telles interrogations derrière les yeux, j'ai presque honte de regarder en face la brave dame qui m'a invité sous son toit. Dans la pièce unique, où tremble l'image d'un téléviseur vétuste, deux adolescents affalés par terre qui, à la vue de ma face d'étranger, proposent sur-le-champ de me vendre des cigares de contrebande ; mais mollement, et sans prendre la peine de se redresser, comme si cela faisait partie des usages normaux entre leur univers et le mien. Je réponds par un sourire poli, mais la mère adresse à ses fils des paroles de réprimande qui ramènent leurs regards vers l'écran fascinant.

Je tente alors d'expliquer à mon hôtesse pourquoi je me suis retrouvé dans sa rue, devant son immeuble, évoquant forcément, pour la énième fois, mon *abuelo*, ce qui suscite aussitôt un tressaillement d'inquiétude chez elle comme chez ses fils ; il est vrai que dans un pays où tant de maisons ont été confisquées pour être distribuées aux occupants actuels, je pouvais aisément passer pour un ancien propriétaire venu en repérage, et qui comptait revenir dans quelque temps, accompagné d'un huissier, afin de réclamer son bien.

Je m'emploie alors à apporter toutes les nuances rassurantes : ce n'est pas mon grand-père qui a vécu à Cuba, seulement un grand-oncle ; et il n'était pas dans cet immeuble, mais dans celui d'en face ; de plus, il est mort en 1918. Je répète deux, trois, quatre fois la date, histoire de faire comprendre que je suis un nostalgique cinglé plutôt qu'un émigré revanchard. Ayant retrouvé le sourire, la dame m'invite à la suivre chez son voisin Federico, au bout du couloir. Là, de nouveau, explications, inquiétudes, précisions – «*el hermano de su abuelo ?*» – dates, et caetera. L'homme réfléchit, se gratte les cheveux, avant de prononcer sa sentence : «Seule Dolorès pourrait savoir.» Sa voisine approuve. Seule Dolorès est dans l'immeuble depuis assez longtemps. Elle habite au rez-de-chaussée, si je voulais la voir…

La dame d'en bas me fit l'impression d'être une aristocrate espagnole dont les ancêtres seraient venus dans les caravelles de Christophe Colomb, puis seraient repartis en l'oubliant sur place. Son appartement était sombre comme une cave, mais il émanait de ses cheveux blancs une sereine clarté nocturne. Son appartement donnait

directement sur le trottoir, peut-être un ancien magasin,
ou une ancienne loge de concierge. Elle s'était établie
dans le quartier depuis des décennies, et elle avait longtemps travaillé dans l'immeuble d'en face, justement,
comme chef de rayon. Jamais, cependant, elle n'avait
entendu parler des magasins La Verdad, ni d'une maison
ayant été construite anciennement pour Máximo Gómez.
«D'ailleurs, voyez par vous-même, aucun de ces
immeubles n'a pu être conçu comme une résidence pour
un héros national.» Elle ne cherchait pas à me décourager, c'était l'exacte vérité, telle que je l'avais moi-même
ressentie. Elle se disait d'ailleurs désolée, et semblait
l'être sincèrement; dans ses yeux s'était allumée, dès
notre premier échange, une lueur de saine curiosité. Elle
posa des questions sur les magasins, sur Gebrayel, sur la
manière dont il était mort, puis elle émit des hypothèses
sensées, et quelques suggestions. «Il faut que vous alliez
consulter l'historien de la cité; si vous voulez, passez me
prendre un jour, je vous emmènerai chez lui.» Elle prononça *el historiador de la ciudad* avec une infinie fierté,
et je lui promis – et me promis – de faire appel à elle en
début de semaine, car en ce vendredi après-midi, il était
déjà trop tard pour entreprendre des démarches auprès
d'une administration.

Une fois de plus, je serai resté sur ma faim en ce qui
concerne la fameuse maison Gómez. Je ne sais toujours
pas laquelle c'est, ni même si elle existe encore.
L'adresse a beau être plus précise qu'avant, le flou
demeure.

Ma journée aura été émaillée d'insuccès, mais elle ne
me laisse aucune amertume. Si je ne sais pas grand-

chose de plus qu'hier, j'ai reçu mille sensations qui, pour être insaisissables et confuses, n'en sont pas moins réelles. Ce pays est en train de m'apprivoiser comme jadis il avait pris possession de Gebrayel. On me lance des clés par les balcons, on me confisque mes livres, on me tutoie dans les rues, on me sourit, on me courtise, on m'aide, on me punit. Je suis bousculé de toute mon âme de mâle levantin et d'adulte européanisé. Mon grand-père ne l'avait pas supporté, et je ne l'en blâme pas. Je suis juste un peu triste pour lui, pour nous, qu'il ait choisi de ne pas rester sur cette île.

Oui, je sais, il est absurde de raisonner ainsi ; si Botros avait opté pour Cuba, il aurait eu une autre vie, d'autres enfants, d'autres petits-enfants, et moi je ne serais pas venu au monde ni dans les Caraïbes, ni au Levant, ni ailleurs. Je suis né d'une succession de rencontres, et si l'une d'elles avait été manquée je ne serais pas né et je n'aurais manqué à personne… Je cherchais simplement à dire que cette île m'inspire une profonde tendresse ; en une autre vie je l'aurais volontiers faite mienne, et j'aurais eu plaisir à l'aimer.

46

Samedi

S'il est vrai que je n'ai fait hier aucune découverte significative, j'ai cependant eu le temps d'apprendre, par le journal consulté à la *Biblioteca nacional*, en quel endroit précis avait eu lieu l'accident d'automobile qui coûta la vie à Gebrayel et au jeune homme qui l'accompagnait. Et aujourd'hui, je me suis rendu en pèlerinage au vieux pont de San Francisco de Paula.

Cette bourgade, située au sud-est de La Havane, n'est mentionnée dans les guides récents que parce qu'elle abrite le musée Hemingway. Bien qu'elle soit dans le voisinage immédiat de la capitale, elle n'en fait pas pleinement partie, du moins pas encore, les constructions qui se multiplient n'ayant pas encore tout à fait relié les deux agglomérations, et l'on y a le sentiment de n'être plus vraiment en zone urbaine. Surtout lorsqu'on dépasse les quelques bâtiments récents du centre-ville pour prendre la route menant vers Güines et, plus loin, vers Matanzas.

«À un kilomètre du village», comme l'indiquait le *Diario de la Marina* du 20 juin 1918, se trouvait – et se trouve encore – un pont.

Le taxi se gare à quelques pas de là, dans un coin

ombragé, et je reviens à pied vers l'endroit où l'accident a dû se produire. La route allant vers La Havane rétrécit brutalement à ce niveau ; roulant trop vite, Gebrayel s'en serait rendu compte trop tard ; en tentant de braquer, il aurait dérapé sur la chaussée boueuse et serait tombé dans le ravin, qui n'est pas «vingt mètres plus bas» comme le disait le journal, tout au plus six ou sept – assez cependant pour tuer les passagers d'une voiture qui s'y serait précipitée à toute allure.

Si je pouvais oublier un instant le drame qui s'est produit, le site me serait apparu comme un minuscule paradis tropical : ce ruisseau d'eau claire émaillé de pierres blanches ; ces bananiers ; ces palmiers de carte postale ; ce *yagruma* envahi jusqu'au sommet par une plante grimpante aux feuilles gigantesques ; et puis ce tapis d'herbes rebelles. Mais le jour où périt Gebrayel, il ne devait y avoir que la boue, le carburant répandu, et le sang.

Pendant que je m'activais, en compagnie du chauffeur de taxi, au voisinage du précipice, un homme d'un certain âge vint vers nous pour nous demander si aucun malheur n'était arrivé. Vêtu d'un casque orange de chantier, mais seulement pour se protéger du soleil, il me fit l'effet d'être un ingénieur à la retraite. «J'étais en train de jardiner, dit-il, lorsque je vous ai vus regarder en bas, et j'ai eu peur qu'il y ait eu encore un accident. Il y en a souvent par ici, vous savez ! La route rétrécit trop soudainement, alors les gens qui vont trop vite ne parviennent plus à s'arrêter…»

L'homme accompagnait ses explications de gestes démonstratifs. Je l'écoutai en hochant poliment la tête, ne sachant si je devais rire ou pleurer de ce témoignage tardif. Devant un jury, ces propos auraient balayé toute suspicion d'attentat. Avant de venir ici, j'avais des doutes; me tenant aujourd'hui en ce lieu, je n'en ai plus aucun. En cette maudite journée de juin 1918, mon grand-oncle n'avait pas eu d'autre ennemi que lui-même, il n'avait pas eu d'autre meurtrier que sa propre rage de vivre et d'arriver. Avec, pour complices, les pluies diluviennes.

Il est possible que je me trompe, mais telle est, en cet instant, ma conviction intime.

Depuis que j'ai élu domicile chez elle, Betty m'a déjà plusieurs fois interrogé sur ce que j'étais venu faire à La Havane, sur mes allées et venues; de bonne grâce, je lui en avais parlé. N'ayant rien à cacher, et persuadé que son voisin le faux taxi l'aurait déjà mise au courant de mes déplacements, j'avais pris l'habitude de lui raconter mes journées le soir, à la terrasse, devant un verre de rhum, ou le matin devant un café – en revanche, pas la moindre trace de thé à Cuba cette année; je n'ai pas cherché à savoir pour quelle raison.

Et ce soir, donc, à mon retour, ma logeuse m'annonce qu'elle a sorti de ses vieilles armoires un document qui lui a semblé utile à mes recherches: un très vieux plan de La Havane, établi du temps des Espagnols, et que son grand-père avait acquis quand il était officier; ayant peu servi, il est encore en bon état, sauf qu'il a tendance à casser lorsqu'on le déplie. Cela dit, il demeure parfaitement lisible. Étalé sur la table de la salle à manger, sous un lustre à la lumière dure, il s'avère plein de ressources.

Mon regard y cherche d'abord les grandes artères; presque toutes sont, curieusement, les mêmes que sur les plans modernes, à ceci près que la plupart ont changé de nom – du moins en apparence. Ainsi, l'avenue qui porte aujourd'hui le nom de Máximo Gómez portait à la fin de l'époque coloniale celui d'un certain «Prince Alphonse»; mais il semble bien que les gens s'obstinaient déjà à l'appeler «Monte», vu que ce dernier nom est signalé entre parenthèses. Tout près de là, le parc «Isabel la Católica», ainsi que «la calle de la Reina», à présent rebaptisée, sur une partie de sa longueur, du nom de Bolívar. Quant à la «calle del Egido», elle n'a, à ma grande surprise, pas varié d'un pouce! Je mets côte à côte le plan ancien et celui d'aujourd'hui, la rue commence toujours au même endroit; je peux même comparer les numéros: là où je lis sur le plan moderne «517» – un ancien couvent des Ursulines – il était marqué «17» du temps des Espagnols. Cette fois, oui, j'ai envie de crier: «Eurêka!»

J'ai hâte que le jour se lève pour pouvoir aller vérifier sur place.

Je suis rentré me coucher. Mais, trop impatient, je n'ai pu trouver le sommeil. Je me suis versé un rhum et je suis sorti m'asseoir sur la véranda, avec mon carnet.

Le quartier dort peut-être, mais les bruits ne dorment pas. Les chiens aboient toujours, ceux du voisinage et aussi ceux de la nuit lointaine. De temps à autre, la mégère d'à côté hurle, comme à son habitude: «Lázaro!»

Je souris et ferme les yeux. Un petit vent tiède souffle sur mes paupières moites. J'ai soudain le sentiment d'être né dans cette ville. Oui, dans cette ville aussi.

47

Dimanche

Tôt ce matin, lorsque les sept ou huit familles habitant au 505, rue Egido, commencèrent à ouvrir leurs volets pour laisser entrer la première clarté du jour, elles purent voir un étranger corpulent aux cheveux longs et gris, posté en face de chez elles, adossé à l'étrange rocher qui se trouve planté, Dieu sait pourquoi, parmi les palmiers en éventail de la petite place triangulaire. Dans ses mains, un carnet à ressort couleur de terre, et une lettre rédigée dans cette maison même en 1912.

Tant que je n'avais pas encore vu l'immeuble, je n'étais sûr de rien, je n'avais que des hypothèses, des suppositions, des attentes. À présent, j'ai des certitudes, que je vérifie de mes propres yeux : la façade qui se trouve devant moi est identique à celle qui figure sur les enveloppes de Gebrayel, comme sur le papier à en-tête des magasins La Verdad. Oui, absolument identique, les mêmes colonnades à l'avant, les mêmes encadrements de fenêtres, la même forme de toit, les mêmes bordures… À cela près que les établissements de mon grand-oncle s'étendaient sur deux immeubles voisins, le 5 et le 7 ; aujourd'hui, il ne reste que le premier, celui de gauche, rebaptisé 505 ; l'autre a été démoli, il n'y a plus rien à sa place, un terrain vague.

Je regarde encore le dessin, le bâtiment, le dessin, je mesure des doigts, je compare… Mon grand-oncle avait fait écrire en lettres blanches sur toute la façade : LA VERDAD DE G. M. MALUF. Sur l'immeuble encore debout, on pouvait lire autrefois LA VERDAD et le D de DE, le E étant déjà à cheval sur les deux immeubles mitoyens. Je m'approche. Est-ce une illusion, une hallucination, un mirage ? Il y a encore, bien visible, au bon emplacement, la moitié inférieure du A de VERDAD, ainsi qu'un bout du D final. Tant d'années plus tard ? Ma raison me dit de me taire ; elle préfère croire que ce sont des traînées de calcaire, ou les restes d'une peinture moins vieille. Plus tard, je scruterai les photos à la loupe, au microscope… Non, finalement, non, à quoi bon ? J'ai déjà les chiffres et les dessins, pourquoi aurais-je besoin de convoquer, en plus, les hallucinations ? Pourquoi troquer le bonheur d'une découverte inespérée contre un miracle vulgaire ?

Je m'approche de l'entrée, qui est aujourd'hui celle d'un logement insalubre mais qui a une porte de magasin antique. Les habitants me regardent, intrigués, et je leur explique avec mon castillan boiteux ce que je n'arrête pas d'expliquer depuis que je suis à Cuba. Ils ne me sourient pas, et demeurent muets, se contentant de hocher leurs têtes avec lassitude et résignation. À l'intérieur, tout est noir de misère et de suie. Je monte à l'étage par une échelle et je cherche des yeux le grenier où mon grand-père avait dormi lors de son passage par la ville, ce qui l'avait sans doute démoralisé, et dissuadé de prolonger son séjour.

Comme lui, je me sens mal à l'aise en ce lieu. Je me suis quand même imposé d'y rester une ou deux minutes, immobile dans l'obscurité humide, comme pour aspirer en mon âme un peu de l'âme de «notre» ancienne maison. Mais j'ai eu hâte d'en sortir. Je suis allé à nouveau m'asseoir sur le rocher, en face d'elle, pour l'embrasser de loin, pour imaginer les temps passés, et pour prendre ces notes.

Je me sens envahi par un sentiment d'inutilité et d'oubli. Qu'étais-je venu chercher, à l'origine, dans cette ville ? L'empreinte des miens ? Devant mes yeux se dressent leurs mythes lézardés, et leurs cendres reposent au cimetière.

48

Lundi

Retour, ce matin, à la Bibliothèque José Martí. Les portes qui s'étaient fermées se sont ouvertes, et d'autres portes aussi, que je ne soupçonnais pas. Les divinités joviales de l'île veillent sur mon itinéraire, à moins que ce ne soient nos mânes émigrés.

J'arrive donc, je m'installe à une table vide, je demande à consulter la collection du *Diario de la Marina*, sur papier, comme si l'incident de vendredi n'avait pas eu lieu. Et c'est la responsable de la salle qui m'apporte elle-même le volume jusqu'à la table de lecture, avec un clin d'œil complice pour bien me montrer que la chose ne s'est pas faite contre sa volonté. Sans réfléchir, je lui donne un baiser sur la joue ; ce qui la fait sursauter, mais son sourire s'élargit. Derrière moi, j'entends ses collègues qui gloussent. Dieu que j'aime ce pays ! Et comme je regrette que les miens s'en soient détournés un jour ! Mais peut-être l'auraient-ils quitté de toute manière, pour de tout autres raisons, quelques décennies plus tard. Les routes de l'histoire cubaine n'ont pas été moins glissantes que celle de San Francisco de Paula…

En vain je cherche dans le quotidien du 21 juin 1918 des détails supplémentaires sur l'accident. Mais, à la quatrième page, je tombe sur un faire-part encadré de noir, surmonté d'une croix, et des lettres « E.P .D. » qui signifient *en paz descanse*, « qu'il repose en paix ». Puis c'est l'annonce du décès :

El Señor
Gabriel M. Maluf
ha fallecido

Ses funérailles sont prévues pour aujourd'hui, vendredi, à quatre heures de l'après-midi. Sa veuve et l'ensemble de ses proches prient ses amis de bien vouloir assister à la levée du corps, de son domicile, au 53, rue Patrocinio, Loma del Mazo, jusqu'à la Nécropole de Colón.

Suivent les noms d'Alicia et de ses enfants, d'Alfred, d'un certain Salomón B. Maluf, et d'une douzaine d'amis proches, parmi lesquels se trouve, et ce n'est pas vraiment une surprise, l'omniprésent Fernando Figueredo Socarrás. J'observe que les autres intimes qui s'associent au deuil viennent d'origines fort diverses : José Cidre Fernández, Charles Berkowitz, Elias Felaifel, José Solaun, Milad Cremati, Pablo Yodú, Bernardo Argüelles, Alejandro E. Riveiro, Aurelio Miranda, Morris Heymann, ainsi que Carlos Martí – réputé journaliste et écrivain cubain, d'origine catalane comme José Martí, mais sans lien de parenté avec lui…

Je note soigneusement tous les noms, mais ne m'y attarde pas trop. Ce qui m'arrête surtout dans ce texte, c'est l'adresse du domicile de Gebrayel, que je recopie en grosses lettres sur une feuille à part : «… Calle de Patrocinio num. 53, Loma del Mazo… »

Je me promets de retrouver l'endroit, et d'y aller. Mais avant cela, par acquit de conscience, je poursuis ma lecture du *Diario de la Marina*, où je trouve encore, dans les pages suivantes, un deuxième faire-part signé par les employés des magasins La Verdad, puis un troisième signé par l'association appelée «Le Progrès Syrien».

Dans le numéro suivant, celui du 22 juin, un long compte rendu des funérailles, sans doute le signe le plus révélateur de la place qu'occupait Gebrayel dans la société cubaine de son temps.

El sepelio del Señor Maluf

Une émouvante manifestation de deuil, une belle expression de sympathie, telle fut la cérémonie d'enterrement du très connu, et à juste titre très estimé commerçant de cette place, Monsieur Gabriel Maluf, qui a connu une mort affreuse des suites d'un accident d'automobile, ce dont nous avions rendu compte dans notre édition de jeudi après-midi.

La splendide résidence des époux Maluf, en la rue Patrocinio numéro 53, s'était transformée en chapelle ardente. La détresse des proches était bouleversante. Dans une même salle mortuaire étaient les corps de M. Maluf et de son chauffeur, M. Cueto, et sur le cercueil de ce dernier nous avons vu une couronne, avec cette inscription : «De la famille Maluf à José Cueto», l'infortuné chauffeur espagnol n'ayant pas de famille dans cette République, c'est là une attitude qui méritait d'être signalée.

Le luxueux cercueil de ce malheureux commerçant était littéralement couvert de belles couronnes et d'une grande quantité de croix en fleurs naturelles, envoyées par d'importantes sociétés et par nombre de familles de notre ville.

À quatre heures précises, le convoi partit de la Víbora. La foule était immense. Des centaines de voitures et d'automobiles suivirent le corbillard austère et luxueux. Et à l'entrée du Cimetière de Colón, beaucoup de gens vinrent se joindre au cortège.

Lors de la cérémonie funèbre se trouvaient, au premier rang de l'assistance : le beau-frère du défunt, M. Alfredo K. Maluf ; M. le colonel Fernando Figueredo Socarrás, trésorier général de la République ; M. José Solaun, M. Aurelio Miranda, M. Charles Berkowitz, les docteurs Bernardo Moas et Felix Pages, notre confrère Carlos Martí, ainsi que MM. Elias Felaifel, Milad Cremati, Pablo Foch, Bernardo Argüelles, Alejandro E. Riveiro et Morris Heymann. Suivaient des délégations de l'association des employés du commerce, dont le défunt était membre d'honneur, et de l'association « El Progreso Sirio », dont il était le président, ainsi que des représentants des colonies française, nord-américaine, espagnole et syrienne, comme des sociétés importantes établies dans cette capitale.

Sépulture lui fut donnée dans l'un des caveaux de l'Évêché, après que des phrases émues eurent été prononcées, en espagnol, en anglais, en français et en arabe, par les distingués amis du défunt, louant ses qualités, son caractère, son entregent, son énergie, son enthousiasme et son esprit de décision, qui se manifestaient dans chacune de ses initiatives, dans chacune de ses obligations quotidiennes, comme dans chacun de ses engouements. Parmi les proches qui lui firent des adieux était M. Martí.

Le défunt appartenait à une distinguée famille de

Syrie. Au Mont-Liban réside l'un de ses frères qui est un haut dignitaire de l'Église.

Qu'il repose en paix, lui qui fut un bon époux, un bon père, et un homme utile à la société.

Nous adressons à l'inconsolable veuve, la distinguée et cultivée dame Alicia Maluf, ainsi qu'à M. Alfredo Maluf, nos condoléances les plus émues.

Il a fallu recopier patiemment à la main ce long article, car il n'était pas question de coucher le grand volume fragile sur une photocopieuse ! Après quoi, je n'ai plus eu la patience de chercher encore dans les vieux journaux de l'époque ; surtout, j'avais hâte de me rendre à l'adresse où se trouvait, d'après l'auteur de l'article, « la somptueuse maison des époux Maluf ».

Je cherchai donc, sur le plan de La Havane, le quartier « Mazo del Loma » mentionné dans l'article. En vain. Je demandai à la responsable de la salle. Ce nom ne lui disait rien. À l'évidence, il est sorti d'usage. Elle me conseilla d'aller voir à la *Mapoteca*, la section des cartes anciennes. J'aurais pu aussi bien attendre d'être rentré chez ma logeuse, pour consulter son vieux plan, mais puisque j'étais sur place...

La recherche fut brève et fructueuse : sur un plan du début du XXe siècle, ce nom s'étalait en grandes lettres ; ce devait être le quartier résidentiel à la mode pour les riches Havanais, sur les hauteurs ; mais l'appellation Mazo del Loma, « Coteau du Maillet », était déjà concurrencée par une autre, plus usuelle, et qui est restée ; le *Diario de la Marina* la mentionnait, d'ailleurs, puisqu'il disait que le cortège funèbre était parti de « la Víbora » ; j'avais bien lu ce mot en recopiant l'article, mais, dans ma hâte, je n'avais pas fait le lien.

Décidément, les Cubains n'ont aucune considération

pour les noms qu'on leur impose. Rien d'étonnant à ce que le Grand Chef d'aujourd'hui n'ait voulu accoler le sien à aucune rue, à aucune place, à aucun bâtiment. Sage précaution, il n'a pas non plus de statue monumentale, ni même un timbre à son effigie. Le jour, forcément proche, où ses successeurs se révolteront contre sa mémoire, ils ne trouveront aucune barbe en bronze à abattre, et pas grand-chose à débaptiser.

Oublié, donc, le «Coteau du Maillet»; demeure «la Víbora», «la Vipère» – c'est par ce seul nom qu'est connu aujourd'hui ce quartier au sud-est de la capitale, pas très loin de la route de San Francisco de Paula; si l'on se base sur l'heure approximative de bouclage de la seconde édition quotidienne du *Diario de la Marina*, on peut raisonnablement supposer que Gebrayel était pressé de rentrer chez lui pour déjeuner lorsqu'il avait perdu le contrôle de son véhicule.

En quittant la bibliothèque, j'ai hélé un taxi – une antiquité de Dodge, rouge au toit blanc, comme il n'en existe plus que dans les musées et dans les rues de La Havane; j'ai donné l'adresse au chauffeur, puis j'ai sombré dans un puits de contemplation. Autour de moi, rien qu'un brouhaha, et des images fugaces. J'avais l'étrange sentiment d'avoir sauté dans une voiture pour revenir vers le début du XXᵉ siècle en marche arrière, et je redoutais l'instant où je me réveillerais dans mon lit en me demandant ce que pouvait signifier ce rêve. Mais lorsque j'ai ouvert les yeux, j'étais devant la plaque indiquant la rue Patrocinio.

— Quel numéro vous avez dit?

— Cinquante-trois.

Le taxi dut rouler encore, ladite rue étant rectiligne et interminable. À un moment, pourtant, elle sembla s'interrompre; alors que les numéros des maisons étaient encore dans les 300 et quelques, un bâtiment vint carrément barrer la route. Mais ce n'était qu'une fausse alerte, il suffisait de dévier vers la gauche, puis de reprendre la même direction, c'était de nouveau Patrocinio, et les numéros diminuaient.

Ensuite la route se fit montagneuse; à gauche comme à droite, il y avait, en guise de trottoirs, de longs escaliers raides; le taxi manqua d'audace, et de souffle; il préféra faire demi-tour pour aller reprendre son élan dans la plaine. Lorsqu'il repartit à l'assaut et qu'il atteignit, d'un dernier hoquet, le haut de la colline, je fus tenté d'applaudir, comme cela se fait parfois à l'atterrissage des avions méditerranéens.

Les numéros baissaient encore, 71, 65, et à notre gauche 68. La route, elle, montait toujours, bien qu'en pente plus douce. Me traversa alors l'esprit une expression fort répandue au Liban; pour dire qu'un homme a réussi, on s'exclame: «Sa maison est tout en haut du village!» Rien d'étonnant à ce que ce fils de la Montagne ait voulu marquer sa réussite sociale en allant s'établir sur les cimes.

Cinquante-trois. Seigneur!

«Notre maison», je murmure, alors qu'elle n'est d'aucune manière la mienne; tout au plus, et dans la meilleure des hypothèses, celle d'une douzaine de lointains cousins que je n'ai jamais rencontrés. Mais je murmure encore: «Notre maison», et j'ai, bêtement, banalement, les yeux en larmes.

Puis je la contemple affectueusement, et je constate qu'à l'opposé de la plupart des maisons havanaises, elle n'est aucunement délabrée. Elle semble même avoir été repeinte dans l'année. Seul le muret extérieur, celui qui porte la grille en fer forgé et donne directement sur la rue, est maculé de moisissures récentes, mais la grille elle-même est entière, il ne lui manque pas une lance, et elle n'est presque pas rouillée.

« Notre maison à La Havane » est une solide bâtisse bourgeoise à colonnades, semblable à celles que l'on trouve en nombre dans les quartiers résidentiels de la capitale, de couleurs blanche et crème, plus élégante que voyante, comme si mon grand-oncle, brusquement enrichi, avait su malgré tout éviter l'écueil de l'étalage indécent. C'est pour moi une bonne surprise, et un réconfort. Vu l'exubérance levantine de son papier à en-tête, je m'attendais à autre chose. Cette retenue s'explique très certainement par l'influence modératrice de l'épouse presbytérienne, que son éducation avait rendue rétive à toute ostentation – pour avoir « pratiqué » ma propre grand-mère, la sœur d'Alice, pendant plus de trente ans, je n'ai pas le moindre doute à ce propos.

La grille était fermée par une chaîne. Devais-je me contenter de ce coup d'œil extérieur, de ces observations rassurantes, et repartir avec deux ou trois photos de la façade ? En temps normal, je me serais abstenu de pénétrer dans la propriété ; mais depuis que j'ai posé les pieds sur l'île, je ne répugne pas à bousculer parfois ma nature. Je décide d'entrer, au besoin par effraction. Je ne suis pas venu de si loin dans le temps comme dans l'espace pour rester sagement dehors ! J'entreprends donc de défaire la chaîne, qui était enroulée et nouée, mais heureusement sans cadenas. Puis je monte les marches jusqu'à la grande et haute porte en bois sculpté, elle aussi impeccablement conservée, ou peut-être restaurée, et qui était très légèrement entrouverte, ce qui, de la rue, ne se voyait pas.

De mes doigts pliés et serrés, je frappe à la porte,

suffisamment fort et suffisamment près de la tranche pour qu'à chaque coup le battant s'ouvre un peu plus. Quand je parviens à glisser la tête à l'intérieur, j'aperçois un homme assis derrière une table encombrée de feuilles, de crayons, de tampons. À l'évidence, ce n'est pas une résidence, mais les bureaux d'une société, ou d'une administration.

Alors je pousse franchement la porte, en retenant mon souffle. Ce que je vois en premier ? Sur les murs de l'entrée, jusqu'à hauteur d'homme, des azulejos aux motifs orientaux, comme une signature. La lointaine signature arabesque de mon grand-oncle sur son coin de patrie amérique. Si je n'ai traversé l'océan que pour poser mes yeux sur ça, je ne suis pas venu pour rien.

L'homme à l'accueil me sourit et me serre la main – un métis grand et mince mâchonnant un mégot de cigare, et prénommé Matteo. Il écoute le résumé désormais bien rodé concernant mon aïeul cubain, s'en montre ému, puis m'explique en retour que la maison est à présent un centre culturel, plus précisément un «Centro de Superación para la Cultura de la ciudad de La Habana», *superación* étant un concept un peu plus ambitieux que «développement», «promotion» ou «avancement» ; en réalité une école de musique.

D'ailleurs, quelques instants après mon arrivée, des notes se font entendre. Elles proviennent, par-delà le couloir, d'une vaste pièce dont le haut plafond et les murs sont tapissés à la fois de faïence et de stuc, avec des motifs et des inscriptions imités de ceux de l'Alhambra, notamment la devise des Nasrides, derniers rois musulmans de Grenade : *La ghaliba illa-llah*, «Pas d'autre vainqueur que Dieu». Dans cette pièce, qui fut peut-être la salle à manger, il semble que l'influence de la fille de l'austère prédicateur n'ait pas su prévaloir ; non qu'il y ait là une débauche ostentatoire, mais disons que la richesse n'y est pas demeurée timide.

Il serait toutefois injuste de ne voir en cela qu'un caprice de nouveau riche ; ce n'est pas le drapeau de sa fortune que Gebrayel a déployé sur ces murs, c'est le drapeau de sa culture d'origine, de son identité ; il éprouvait le besoin de proclamer fièrement son appartenance à la civilisation andalouse, symbole du rayonnement des siens.

Me vient à l'esprit, en cette minute intense, une synagogue berlinoise construite dans la seconde moitié du XIXᵉ siècle, aujourd'hui transformée en musée, et que j'ai visitée récemment. Comme je m'étonnais de l'extraordinaire ressemblance entre son architecture et celle de l'Alhambra, un responsable m'expliqua que l'adoption d'un tel style était, à l'époque, pour la communauté juive de la ville, une manière d'affirmer ses origines orientales, et une marque de confiance en soi ; mais que c'était aussi, sans doute, un phénomène de mode auquel on avait voulu se conformer.

Pour mon grand-oncle havanais, on pourrait dire très précisément la même chose : affirmation d'identité, confiance en soi, et conformité au style décoratif du moment ; d'ailleurs, l'hôtel d'Angleterre, prestigieux palace havanais construit à la même époque, porte les mêmes motifs sur ses murs – y compris la devise de Boabdil. J'ajouterai cependant, en ce qui concerne Gebrayel, que pour un Levantin émigré dans un pays de langue espagnole, c'était là, de surcroît, un symbole de l'apport de ses ancêtres à la péninsule Ibérique.

Comme pour souligner encore sa double appartenance, mon grand-oncle avait commandé, sans doute auprès des plus habiles artisans de son temps, deux tableaux en faïence représentant des scènes de *Don Qui-chotte*, fixés sur le mur du corridor, juste en face de la grande salle mauresque, comme pour faire pendant.

Je n'ai pas voulu m'éterniser dans la grande salle andalouse. Un professeur de musique et ses trois élèves étaient là, qui avaient interrompu leur classe par égard pour mon pèlerinage ; pour ne point abuser de leur ama-bilité, j'ai poursuivi mon tour du propriétaire, avec pour guide Matteo. Son mégot toujours aux lèvres, et dans les mains un impressionnant trousseau de clés, il semblait aussi ému que moi de mes découvertes, et prêt à me consacrer tout le temps qu'il faudrait.

Le reste de la maison, sans être nullement tape-à-l'œil, n'en est pas moins cossu, surtout lorsqu'on le compare à ce qu'étaient à l'époque les conditions de vie dans nos villages du Mont-Liban, et aussi à ce qu'avait dû être la vie de Gebrayel aux premiers temps de son installation à Cuba. «*Grâce à Dieu nous avons maintenant une mai-son où nous pourrons vivre ensemble comme tous les gens respectables au lieu de dormir au grenier comme avant...*», écrivait-il à mon grand-père pour l'encoura-ger à revenir auprès de lui. De fait, il y a dans la maison principale sept chambres à coucher et trois ou quatre salles de bains, sans compter les dépendances où devaient être logés les nombreux gens de service, et notamment l'infortuné chauffeur.

Je n'ai pas encore oublié le temps où ma grand-mère, Nazeera, et parfois aussi mon père, m'emmenaient visi-ter notre maison-école de Machrah ; il n'y avait ni salle de bains ni toilettes, on allait se soulager dans une petite cabane à l'extérieur des murs, et parfois même tout sim-plement dans les champs, en quelque endroit discret ; on se munissait alors d'un petit caillou plat, avec lequel on s'essuyait l'orifice, avant de le lancer le plus loin possible en se levant.

La cuisine était, elle aussi, hors de la maison, alors qu'à la rue Patrocinio, Gebrayel avait fait installer, tout près de la somptueuse salle à manger, une vaste cuisine avec des placards, un grand évier et un plan de travail.

Mais le plus émouvant en «notre» résidence cubaine n'est pas ce qui rompt avec les origines, mais ce qui les rappelle. La salle andalouse, d'abord; et, sur le toit, l'immense terrasse dallée. Le nom du village d'origine de la famille, Machrah, signifie probablement, comme j'ai déjà eu l'occasion de le dire, «lieu ouvert», pour la simple raison que lorsqu'on s'y trouve, on a une vue enveloppante sur les hautes montagnes, sur les villages alentour et, à droite, sur la mer; lointaine, certes, mais qui fait partie intégrante de notre paysage, vu que nous sommes logés à mille deux cents mètres d'altitude et que rien ne vient s'interposer entre elle et nous. C'est sans doute pour cela, d'ailleurs, que la tentation du voyage n'est jamais absente de nos pensées.

Au sommet de la colline de la Vipère, trônant sur le toit de sa maison, les mains appuyées sur la balustrade en pierre, Gebrayel pouvait retrouver les mêmes sensations. Luxueusement carrelée, sa terrasse était sans doute son salon principal; mon grand-oncle devait s'y installer à son retour du travail, entouré de sa famille, de ses amis, jusque tard dans la soirée. Au loin, il pouvait contempler la silhouette de La Havane, et, au bout de l'horizon, son regard pouvait atteindre la mer. Non plus celle par laquelle il partirait un jour, mais celle par laquelle il était arrivé. Il devait savourer sur cette terrasse chaque instant de vie, chaque instant de triomphe sur le destin; hélas, ces instants lui furent comptés avec parcimonie.

Je parviens à imaginer les postures de Gebrayel mieux que celles d'Alice, dont les sentiments étaient assurément plus mitigés ; elle ne devait pas avoir à la bouche le même goût de victoire, mais plutôt de l'appréhension devant tant de richesse trop vite acquise, et trop orgueilleusement dépensée. Dans les lettres qui ont été conservées, son mari ne la mentionne que brièvement, *« Alice te salue »*, *« Alice te remercie pour le cadeau... »*, *« Alice te prie de demander à notre ami Baddour de lui envoyer un livre de chants liturgiques qui contienne les notes de musique »*. Et puis il y a encore et encore cette photo prise au cours de la cérémonie maçonnique, où on la voit ceinte d'une couronne, et à la main un sceptre. Je l'ai regardée de près, de très près ; rien dans le visage de ma grand-tante ne reflète le triomphe qu'elle connaît en cet instant-là. Elle paraît inquiète, et peut-être même effrayée. Non qu'elle pressente le cataclysme imminent, mais tout, dans son éducation, lui prêche la méfiance à l'égard du succès et de la richesse, tout lui instille dans le cœur et dans le regard une sourde terreur.

D'après les souvenirs des anciens de la famille, Alice serait restée prostrée chez elle pendant des mois après la mort de Gebrayel ; assommée, déboussolée, amère, et un tantinet paranoïaque. Contrairement à son frère Alfred, elle semble avoir toujours considéré que son mari avait été victime d'un complot meurtrier.

Ayant lu ce matin le récit du *Diario de la Marina*, et connaissant à présent la maison de la rue Patrocinio, je me représente bien l'atmosphère au jour des funérailles. La veuve écroulée dans un fauteuil, de noir vêtue, aveuglée par les larmes, entourée de femmes qui lui murmuraient des paroles apaisantes qu'elle n'entendait même pas ; les enfants, âgés de sept ans, de quatre ans et le plus jeune d'un an à peine, retenus dans quelque pièce à l'étage par des amis ou des domestiques, les deux grands qui pleuraient, le plus jeune qui gazouillait et parfois appelait son père, suscitant dans l'assistance des bouffées de pleurs et de lamentations.

J'éprouve de la gratitude envers Matteo qui, avec son lourd trousseau de clés, m'a ouvert les portes l'une après l'autre pour me laisser flâner et rêvasser. Le passé pour moi aujourd'hui n'est plus aussi lointain, il s'est habillé de lumières présentes, de brouhaha contemporain, et de murs attentifs. Je rôde, j'apprivoise, je m'oublie, je m'imagine, je m'approprie. Je traîne de pièce en pièce mon obsession d'égaré : ici, jadis, les miens…

Ruptures

49

Mardi

Je me suis promis de ne rien découvrir ce matin. Trop d'images viennent se déposer les unes sur les autres, trop d'émotions s'enchaînent, j'ai besoin de laisser décanter. Et de savoir où j'en suis de mon pèlerinage. Des sentiments contradictoires m'agitent ; celui d'avoir déjà mission accomplie et celui d'avoir à peine effleuré la peau des choses passées. Je m'enferme donc dans ma chambre pour la journée afin de me retremper dans les papiers que j'ai apportés avec moi. Ils étaient censés guider mes pas, mais je me suis laissé guider plutôt par le quotidien des miracles – de cela je ne me plaindrai pas ! Ils étaient également censés me rappeler comment les événements survenus jadis sur l'île avaient affecté ceux qui étaient restés au pays. Je n'ai apporté ici avec moi qu'une fraction infime des documents familiaux, pour l'essentiel ceux où l'on voit apparaître les visages de nos émigrés cubains, ou leurs noms. Je les ai tous alignés sur mon lit pour les embrasser d'un même regard.

C'est seulement en février 1919, sept mois et demi après la mort de Gebrayel, que l'on versa au village les premières larmes pour lui. Il y eut une messe célébrée

par Theodoros – mais je n'ai pu savoir s'il évoqua dans
son élégie cette prémonition qu'il avait eue, le mince
filet d'encre rouge qui avait couru sur son journal, et sa
montre qui s'était mystérieusement arrêtée. Ensuite,
bien entendu, «on ouvrit les maisons», selon l'expression consacrée, pour que les gens du village et des envi-
rons viennent présenter leurs condoléances.

Quant à Botros, sa réaction au drame fut, comme souvent, de composer un poème. Il choisit de s'adresser,
pour l'occasion, au courrier qui avait apporté la nouvelle
de la disparition de son frère. N'avait-il pas écrit lui-
même à Gebrayel et Alice en novembre 1918 pour se
réjouir de l'armistice et leur annoncer que notre famille,
même si elle avait énormément enduré pendant la
Grande Guerre, en était finalement sortie indemne, sans
aucune mort à déplorer parmi les proches? Il avait déjà
évoqué cette lettre avec une ironie triste lorsqu'il avait dû
la faire suivre, quelques jours plus tard, du faire-part
annonçant le décès de Khalil. Cette fois, la circonstance
était plus cruelle encore puisque mon grand-père venait
de découvrir qu'au moment où il écrivait ces paroles rassurantes à son frère, celui-ci avait déjà péri.

> *Courrier d'Orient, lorsque tu porteras notre mes-*
> *sage de paix à ceux que nous aimons,*
> *Ne leur dis pas que nous avons souffert en leur*
> *absence, car pour eux l'absence a été synonyme de*
> *mort.*
> *Courrier d'Orient, comment as-tu pu leur dire que*
> *nous vivions ces dernières années comme dans une*
> *tombe?*
> *Ce sont eux qui ont dû s'établir dans leur tombe,*
> *alors que nous, nous étions comme des rois en leurs*
> *palais.*

Comparaison cruelle, involontairement sans doute. Dire de Gebrayel : nos modestes maisons de village sont des palais quand on les compare à sa tombe – n'est-ce pas une curieuse manière d'évoquer le frère disparu ? Ce n'est pas exactement ce qui est dit, mais on ne peut qu'entendre, entre les lignes, l'écho d'un persiflage, ou tout au moins d'une vieille querelle : fallait-il émigrer, ou bien rester ? À contempler la somptueuse maison de la rue Patrocinio, on se dit que Gebrayel avait eu raison de partir ; mais dès qu'on songe à la chaussée glissante de San Francisco de Paula et au misérable précipice où la voiture est allée s'abîmer, on se dit qu'il aurait été mieux inspiré de ne pas quitter le village.

J'ai parlé de cruauté, et de persiflage. C'est d'abord le destin qui se révèle cruel, et qui persifle : faire en sorte que le frère resté au pays survive à la famine, à la guerre, et à l'écroulement de l'Empire ottoman, tandis que le frère émigré vers une île épargnée par la conflagration mondiale succombe, au volant de son coûteux bolide, victime de sa prospérité ! Botros ne fait que constater l'incongruité de la chose ; et s'il se félicite encore d'avoir pu survivre, il pressent déjà que la mort de son frère sera, pour lui, la disparition d'un horizon, l'anéantissement d'un espoir.

Le destin qui, tant de fois, s'est acharné sur moi, n'avait, avant ce jour, jamais réussi à m'abattre !

Puis il termine son poème sur ces invocations rituelles :

Que Dieu accorde la consolation à ceux que Gebrayel a quittés !

> *Que Dieu accorde la fraîcheur à la tombe où*
> *Gebrayel demeure !*

Passé le temps du deuil, il semble que la famille ait commencé très vite à s'alarmer. Des nouvelles en provenance de Cuba laissaient entendre que la fortune amassée par Gebrayel était menacée d'anéantissement. Des proches parents se trouvant aux avant-postes, c'est-à-dire aux États-Unis, à Porto Rico et en République dominicaine ainsi qu'à La Havane même, commençaient à envoyer des messages, certains allusifs, d'autres très explicites, où il était question de dettes, d'hypothèques, de propriétés qu'il allait falloir vendre... De loin, on ne comprenait pas bien le pourquoi des choses, mais on se faisait du souci. Pour une fois qu'un des nôtres avait su prospérer, il eût été malheureux, n'est-ce pas, de laisser tout cela se perdre. Certaines lettres accusaient nommément Alfred de dilapider l'héritage de Gebrayel, et critiquaient même Alice.

Un conseil de famille fut donc tenu, au cours duquel plusieurs personnes prièrent Botros d'aller reprendre les choses en main, vu qu'il connaissait déjà Cuba et les entreprises de Gebrayel ; de plus, ses liens familiaux étroits avec les deux «accusés», frère et sœur de sa propre épouse, devaient lui faciliter la tâche. Mais mon grand-père refusa net. Il n'était pas question pour lui d'abandonner l'école qu'il avait fondée, ni son foyer – il venait d'avoir son quatrième enfant.

Quelqu'un proposa alors que l'émissaire de la famille soit Theodoros ; peut-être avait-on eu vent des articles consacrés par la presse cubaine à la mort de Gebrayel, où il était dit pompeusement que le frère du défunt était un haut dignitaire de l'Église. Si le prélat en personne débarquait sur l'île, nul doute que les portes s'ouvriraient devant lui, et qu'il pourrait rétablir la situation en faveur des nôtres.

Ce n'était pas la plus sage des décisions. Alice et Alfred étaient tous les deux farouchement protestants, et il était quelque peu hasardeux de dépêcher auprès d'eux un prêtre catholique à la barbe épaisse pour leur dire : « Écartez-vous, c'est moi qui vais m'occuper de tout ! »

Leur réaction fut effectivement méfiante, et même hostile, comme le confirme une longue et étrange lettre que j'ai trouvée dans les archives familiales, et dont j'ai apporté avec moi dans ce voyage une photocopie. Elle est datée de La Havane, le 23 décembre 1920, et porte la signature de Theodoros. Je ne sais si elle rend compte des faits avec exactitude et impartialité, mais elle a le mérite de ne pas se cantonner dans les sous-entendus.

À mon frère bien-aimé Botros, que Dieu le préserve,

Après les salutations fraternelles et les vœux que je formule pour toi et pour les tiens, je t'informe que plusieurs courriers ont précédé celui-ci, postés à Alexandrie, à Marseille, puis à La Havane, pour te dire que j'étais bien arrivé. Ils ne s'adressaient pas à toi seulement mais à tous mes frères. Ce courrier, en revanche, ne s'adresse qu'à toi, j'aimerais que personne d'autre ne le lise.

J'avais dit dans les lettres précédentes qu'à mon arrivée au port, la veuve de notre regretté Gebrayel, son frère Alfred, ainsi que notre jeune neveu Taufîc, étaient montés sur le bateau pour me souhaiter la bienvenue et pour m'inviter à résider chez eux – j'ai déjà signalé précédemment qu'ils habitaient à présent tous ensemble.

Deux jours plus tard, Alfred est venu me parler très ouvertement, pour me reprocher d'avoir fait ce voyage. Il m'a dit : « Lorsque j'ai appris que tu songeais à venir nous voir, je n'ai pas voulu t'écrire directement pour t'en dissuader, alors, par politesse, j'ai préféré écrire à divers membres de la famille pour les prier de te faire changer d'avis si jamais ton intention se confirmait ; apparemment, ils ne l'ont pas fait. Sache qu'en venant ici, tu nous as causé un grand tort. » Et il s'est mis à parler avec énervement. J'ai répondu calmement, je lui ai expliqué que j'avais effectué ce voyage dans les Amériques en raison d'une mission spirituelle que m'a confiée ma hiérarchie, et que j'avais fait un détour par cette île juste pour les saluer, pour m'assurer qu'ils se portaient bien, et pour leur présenter mes condoléances au nom de la famille. Je lui ai dit cela parce qu'il venait de me dire que pas un parmi nous n'avait songé à écrire une lettre de condoléances à la veuve du disparu, et qu'elle et lui étaient très fâchés de cela, et qu'ils envisageaient de rompre leurs relations avec la famille ; il m'a même dit qu'ils les avaient déjà rompues...

Après cela, j'ai rencontré la veuve de mon frère en tête à tête, et je lui ai expliqué la raison de ma visite, en lui disant que la famille entière pensait constamment à elle, que tout le monde l'aimait et la respectait, et qu'on m'avait délégué pour venir jusqu'à Cuba afin de lui rendre visite et de m'assurer que tout allait bien pour elle, etc. Mais ses propos furent identiques à ceux de son frère ; et elle a même ajouté qu'avant mon arrivée, elle était en train de parler avec une certaine personne afin de se remarier, et que si la chose se faisait, ma présence ici n'aurait plus aucun sens. Puis elle a dit qu'elle et son frère ne pouvaient pas m'accueillir indéfiniment chez eux, vu qu'ils étaient tous dans une seule maison.

Dès que j'ai entendu cela, j'ai pris mes affaires et je suis venu m'installer dans cet hôtel d'où je t'écris.

Ainsi, le vénérable Theodoros avait été mis à la porte, quasiment. Sa lettre a d'ailleurs été écrite sur du papier à en-tête de l'hôtel Florida, 28 rue Obispo, La Havane. Quand on connaît les dimensions de la maison de la rue Patrocinio, on ne peut que sourire du prétexte invoqué par Alice. Si tant est que ses propos et ceux de son frère aient été rapportés fidèlement… Car l'on perçoit, entre les lignes, les échos d'une querelle déjà envenimée. Quand Alfred reproche à la famille de n'avoir pas écrit à sa sœur après la disparition de son mari, le prêtre ne le dément pas. Or, lorsque ces propos sont tenus, Gebrayel est mort depuis deux ans et demi, et les proches en ont été informés depuis près de deux ans. Que pendant tout ce temps, on n'eût pas jugé bon d'envoyer à sa veuve une lettre de condoléances est pour le moins incongru et grossier.

Ces reproches, même s'ils semblaient s'adresser à la parenté entière, n'en visaient qu'une partie : ceux des nôtres qui n'avaient jamais vu d'un bon œil ces alliances matrimoniales successives avec les protestants, et au premier chef Theodoros lui-même. Tant que son frère Gebrayel était en vie, il avait gardé avec lui des relations étroites ; mais il s'était toujours tenu à distance de la maison de Khalil – le fils d'un curé catholique qui se métamorphose en prédicateur presbytérien, n'était-ce pas à ses yeux un suppôt de Satan ?

Que Theodoros n'ait eu aucune affection pour ces «hérétiques», et qu'eux-mêmes n'aient eu aucune sympathie pour ce «papiste» barbu et ventru, c'est leur droit à chacun. Mais rien ne justifie que le prêtre n'envoie pas ses condoléances à la veuve de son frère. Et, en tout état de cause, quelle maladresse d'avoir chargé un tel homme d'une mission de bons offices ! Si Botros ne voulait pas faire ce voyage, il aurait mieux valu que personne n'y aille !

Une fois installé à l'hôtel, poursuit Theodoros, *j'ai reçu la visite de certains amis de notre regretté frère, j'en ai visité moi-même quelques autres, et la plupart m'ont dit qu'ils étaient mécontents des agissements d'Alfred mais qu'ils ne pouvaient pas le lui dire ouvertement parce qu'il s'est éloigné d'eux tous. Les agissements dont ils parlent sont ceux que nous connaissons, à savoir qu'Alice est la seule dépositaire de l'héritage du défunt et qu'elle a fait de son frère son mandataire. Celui-ci la traite avec beaucoup d'égards, et se comporte avec ses enfants comme s'ils étaient les siens propres, mais il agit en sous-main pour vendre tout ce qu'il peut vendre, pour hypothéquer le reste, et avec l'argent qu'il en tire il achète des terrains ou d'autres choses qu'il met à son propre nom, avec certaines subtilités juridiques qui lui permettront, dès qu'il le voudra, de se retrouver lui-même possesseur de tout l'héritage. Et sa sœur ne s'en inquiète pas, elle lui fait confiance aveuglément, et ne veut pas écouter ceux qui la préviennent contre de tels agissements. Alfred, de son côté, s'emploie à l'éloigner de notre famille ; chaque geste que nous faisons dans leur direction est présenté comme une menace. En fait, il essaie de garder son influence sur elle, jusqu'à ce qu'il ait accompli son dessein. C'est ce que m'ont dit de nombreuses personnes ici, et tous les indices que j'ai pu rassembler m'ont démontré que c'était vrai, notamment le fait qu'il ait poussé sa sœur et tous les autres membres de la famille à se méfier de moi, à ne pas me parler, et à ne pas prêter l'oreille à ce que je leur disais.*

Malgré cette hostilité manifeste, j'ai continué à parler avec douceur, en demandant à Alfred de me dire quelle était la part de chacun des héritiers, mais il a refusé, et il n'a pas voulu m'expliquer les décisions qu'il avait prises. Il ne me semble pas possible de mettre fin à ses agissements autrement que par les voies légales, en intentant un procès, ce que je ne puis faire sans l'accord de la tutélaire légitime qui est la veuve de mon frère. J'essaie encore de l'amener à mes vues, pour qu'elle comprenne enfin la vérité; si j'y parviens, tant mieux, sinon, il faudra intenter un procès aux deux, pour démontrer qu'ils sont associés contre les mineurs. Mais si l'on en arrive là, il faudra que ce soit toi, Botros, qui viennes, parce que tu pourras prendre en main les magasins, et y mettre de l'ordre. Tu es également le seul à pouvoir contacter l'ambassade américaine d'ici, sans besoin d'interprète, pour démontrer que les intérêts des mineurs sont menacés, et pour leur préserver ce qui reste de la fortune paternelle – ce que ne pourrait évidemment pas faire un homme de religion comme moi...

Cette dernière observation donne à penser que Gebrayel était un citoyen des États-Unis, dont il avait sans doute acquis la nationalité dans sa jeunesse, lors de son séjour à New York; ce que confirme le fait que des représentants de la colonie nord-américaine de l'île assistaient à ses funérailles.

Theodoros nomme ensuite une certaine personne d'origine libanaise qui pourrait aider Botros s'il acceptait de venir à La Havane et d'y engager une procédure; il évoque également un «moratoire» visant à «empêcher Alfred de causer d'autres dégâts». Puis il laisse libre cours à son amertume.

Si la veuve de mon frère continue à ne pas m'écou-
ter, je quitterai bientôt Cuba profondément affecté par
les réminiscences anciennes et récentes, et je m'effor-
cerai de ne plus penser à tout cela. Le proverbe popu-
laire ne dit-il pas : « Si toute la maison est perdue, à quoi
bon se lamenter pour les chaises ? » Je préfère me dire
que mon frère Gebrayel est mort comme un émigré
pauvre. Je préfère me dire que j'ai été envoyé dans cette
île comme d'autres étaient exilés par l'État ottoman
vers les immensités désertes de l'Anatolie… Il me
semble que je ne pourrai pas te dire à quel point je suis
peiné par ce que j'ai vu ici. Ah, tu aurais dû me
conseiller de ne pas entreprendre ce voyage !

En dépit de cela, je vous adresse à tous mes saluta-
tions chaleureuses et j'espère vous revoir bientôt en
excellente santé. Je prie le Ciel de vous préserver.

Après la signature, Theodoros ajoute en bas de page :

La dernière fois que nous nous étions vus, j'avais cru
comprendre qu'il n'était pas exclu que tu viennes ici. Si
la chose est encore envisageable, fais vite avant que tout
soit perdu, car si tu venais et que tu intentais un procès,
tu pourrais encore sauver le peu qui reste de la part des
enfants, et tu pourrais assurer à toute la famille un
meilleur avenir, vu que la renommée de notre regretté
Gebrayel est très grande ici. En revanche, s'il est exclu
que tu viennes, alors il vaudrait mieux ne plus penser à
tout cela et laisser les choses suivre leur cours.

Botros n'ira pas à La Havane. Traverser la moitié du
globe pour aller intenter un procès au frère et à la sœur
de sa propre femme, non merci ! Il préféra lui aussi faire
comme si Gebrayel était « mort comme un émigré

pauvre». Mais peut-être faut-il trouver dans la lettre du prêtre, et dans les débats familiaux de l'époque, une source supplémentaire de la légende selon laquelle mon grand-père serait parti pour Cuba en vue d'effectuer une action auprès des tribunaux, et pour «sauver son frère»; les légendes, comme les songes, butinent dans la mémoire pour se bricoler un semblant de cohérence…

Lorsque Theodoros revint au pays, qu'il apprit aux siens que leur fortune cubaine était perdue, et qu'il désigna nommément le coupable, il y eut de la colère, de la rage même, mais qui céda assez vite la place à une résignation teintée d'amertume. De toute manière, ce rêve était trop beau, il ne pouvait se prolonger indéfiniment, il fallait bien s'en réveiller un jour ou l'autre.

Ce qui ne veut pas dire que l'on pardonna à Alfred. Du jour au lendemain, il fut banni. Banni des mémoires, pour toujours. Sans invectives, sans insultes, ni aucune campagne de dénigrement. L'oubli, juste l'oubli. Dans le courrier familial, son nom disparaît à partir de 1921. On ne demande plus de ses nouvelles, on ne le mentionne plus. Il cesse tout simplement d'exister.

Cuba aussi s'estompe. Son souvenir est douloureux, on l'efface. Avec ceux des nôtres qui y sont demeurés, le contact est rompu. Treize ans plus tard, il y aura des retrouvailles, mais elles seront tragiques – j'en reparlerai.

Le soir

María de los Angeles m'a appelé de chez elle. En généalogiste consciencieuse, elle est allée fouiller aujourd'hui dans les archives de l'état civil, pour retrouver tous les enfants nés à Cuba et qui portent le même patronyme que moi dans ses diverses orthographes. Jusqu'ici, elle en a recensé six ; il y a aussi quelques mariages, dont elle n'a pas eu le temps de s'occuper.

Elle m'a égrené les prénoms des enfants, trois ou quatre pour chacun, en épelant ceux qui lui semblaient barbares : Nesbit Victor Abraham, Taufic Gabriel Martín Theodoro, Nelie Susana Margarit, William Jefferson Gabriel, Carlos Alberto Antonio, Henry Franklin Benjamin…

— Pas d'Arnaldo ?

— Non, hélas, aucun Arnaldo. Pourtant j'ai bien cherché. Mais il y a d'autres registres, je chercherai encore…

Ma voix a dû trahir une légère déception, car María m'a demandé aussitôt si j'aimerais avoir « malgré tout », pour chacun, « *la certificación de nacimiento* » ? Oui, bien sûr ! Tous ? Oui, tous ! Et les « *matrimonios* » également, si possible…

À quoi pourraient me servir tous ces certificats ? D'abord à garder une trace écrite des noms et des dates. Mais aussi, dans l'immédiat, à ne surtout pas donner à mon informatrice le sentiment que mon enthousiasme est moins vif que le sien. Tout ce qu'elle parviendra à obtenir pour moi sera le bienvenu.

Une autre personne qu'il ne faudrait pas décourager, c'est Dolorès. Puisqu'elle a proposé de m'accompagner chez l'historien de la ville, il serait inélégant de ne pas repasser la voir. Je le ferai demain, demain matin, sans faute. Mon temps sur l'île se fait court.

50

Mercredi

Retour donc, ce matin, au centre de La Havane, où je contemple à nouveau les immeubles d'angle situés à l'intersection de «Monte» avec «Cardenas», où je prends quelques photos de repérage, avant d'aller frapper à la porte de Dolorès. Elle avait mis sa plus belle robe, comme si elle m'attendait. Aussitôt, nous partons ensemble, comme en délégation, pour la plaza de Armas, où se trouve le musée de la ville et où se trouve aussi, à l'arrière du même somptueux bâtiment colonial, le bureau de l'énigmatique *historiador de la ciudad*, dont le beau titre s'étale sur tous les chantiers de rénovation. Le personnage, hélas, est absent. Sa secrétaire, après avoir écouté nos explications, nous conseille d'aller voir au service photographique s'il n'y a pas quelque vieux cliché représentant la demeure construite jadis par le gouvernement pour le général Máximo Gómez.

Je m'installe donc avec Dolorès dans une petite salle à l'air conditionné, je dirais même réfrigéré – on nous explique que c'est nécessaire à la conservation des archives. Et je me plonge dans les vieux albums à en oublier l'heure; une délectation, même si la récolte s'avère maigre: deux photos seulement, panoramiques, prises en 1928, et qui embrassent tout le quartier où se trouvaient les magasins La Verdad. N'étant pas parvenu à repérer «notre» immeuble sur-le-champ, je demande des copies scannées sur disque pour pouvoir les scruter patiemment chez moi dans les semaines qui suivront mon retour. La responsable me prévient, horrifiée, que ce sera «très coûteux»… J'ai un peu honte de lui dire que ce mot n'a pas la même signification aux normes d'ici et aux normes européennes. Je lui explique seulement que ce cliché a pour moi une immense valeur sentimentale, et qu'il serait impensable que je reparte de Cuba sans avoir posé le regard sur la prestigieuse demeure acquise jadis par mon *abuelo* – ce qui est la vérité.

Quand nous quittons l'endroit, Dolorès suggère que nous allions faire un tour du côté des archives foncières. Pour savoir ce qu'est devenu tel immeuble de La Havane, en quelle année il fut construit et par qui, en quelle année il fut vendu et à qui, il n'y a, me dit-elle, aucune autre source. Pourquoi pas ? Allons-y !

À première vue, l'endroit semble prometteur : une immense salle où s'activent des dizaines de fonctionnaires, avec, à l'arrière, une vaste cour rectangulaire arborée comme celle d'un couvent – renseignement pris, le bâtiment est effectivement un ancien monastère. Dolorès présente au bureaucrate une carte plastifiée qui lui vaut des salutations respectueuses, puis elle demande avec autorité où nous pourrions consulter les archives. À l'étage, dit l'homme, par ce grand escalier, là-bas, tout au fond.

Nous nous dirigeons donc, docilement, vers ce grand escalier, là-bas, tout au fond. Nous montons jusqu'à l'étage, et cherchons des yeux un responsable, ou tout au moins un interlocuteur. Personne. L'endroit est désert.

Pas comme si les fonctionnaires s'étaient absentés pour déjeuner, ou pour une réunion. Non, désert, déserté, abandonné, évacué… Trois pièces aux portes ouvertes qui ne sont meublées ni de tables ni de chaises ni d'appareils téléphoniques ni d'aucune machine. Des murs, c'est tout, et qui ont oublié depuis des âges la couleur des peintures. Puis une très vaste salle, tout aussi vide, où l'on peut seulement contempler, au pied d'un mur, un monceau de dossiers brunâtres et poussiéreux, empilés en calvaire comme pour un autodafé, et sur un autre mur des étagères où sont amoncelés d'autres dossiers encore, attachés avec des ficelles noirâtres, usées. Ci-gisent les archives foncières.

Je regarde Dolorès et souris ; elle sourit aussi, mais avec une infinie tristesse. Je la sens blessée, sa fierté nationale bafouée. Elle sort de la salle à la recherche de quelqu'un à sermonner, puis elle rentre aussitôt, n'ayant rencontré personne, sa colère intacte sous son sourire de façade.

Pour la consoler, je décide de faire comme si ce fouillis était une source précieuse. J'entreprends de prélever, par terre et sur les étagères, en surface comme dans les couches ventrales, des dossiers présentant divers degrés de brunissement, afin d'en vérifier la date. Je parviens ainsi à établir que les plus anciens remontent au début des années 1950, les plus récents au milieu des années 1980. Rien qui puisse concerner Gebrayel, ou La Verdad.

Tant mieux, à vrai dire. Si j'étais tombé sur un seul dossier datant de 1912 ou de 1918, je me serais senti obligé de me plonger tête et bras dans ce piège à poussière. Mon sondage infructueux me dédouanait, et sauvait l'honneur de mon accompagnatrice. Nous pouvions repartir.

Au moment de quitter la salle, je me retourne pour poser un dernier regard : finalement, ces piles burinées sont émouvantes comme des ruines antiques ; un photographe de talent aurait su les immortaliser. Je crois même que je serais déçu si, à ma prochaine visite, je trouvais ces dossiers bêtement enfermés dans des placards propres.

Dolorès, quant à elle, ne prend pas la chose d'un cœur aussi léger. En sortant du vieux «monastère», elle ne peut s'empêcher de lancer quelques phrases assassines à l'endroit du fonctionnaire qui lui avait indiqué l'escalier, là-bas, tout au fond... L'homme ne comprend pas sa fureur : les archives n'étaient-elles pas à l'étage ? Je le rassure tant bien que mal en mon castillan approximatif – si, si, les archives étaient bien à l'étage, aucun problème, il ne doit pas s'en faire !

Puis je presse le pas pour aller rejoindre Dolorès. Qui déambule déjà, droit devant elle, au beau milieu de la chaussée, barrant la route à un automobiliste éberlué. Elle a le cou raide, et elle boitille légèrement, ce qui – la colère aidant – donne à sa démarche une majesté.

Soudain, elle s'immobilise.

— Et si nous allions voir Teresita ?

Pourquoi pas ? Mais qui est Teresita ?

— C'est mon amie, venez !

Je la suis. Au bout d'une dizaine de minutes, nous parvenons au pied d'un immeuble d'angle dont la partie haute est ancienne, et les deux étages du bas modernisés. Encore une administration, de toute évidence, avec des gens qui attendent devant les guichets, quelques fonctionnaires qui travaillent, et d'autres qui font semblant. Dolorès demande à voir Teresita. Qui émerge après quelques minutes d'un ascenseur vert pomme ; menue, cigarette au bec, et aux pieds des tongues. Palabres,

palabres. Conciliabule animé dont je suis tenu à distance. Mais quand Teresita reprend l'ascenseur, Dolorès vient m'informer des décisions prises :

— C'est Olguita qu'il faut aller voir !

Qui est Olguita ?

— Une amie. Venez !

De ce pèlerinage havanais, bien des choses s'efface-ront de ma mémoire avec le temps, mais pas le royaume d'Olguita. C'est un rez-de-chaussée à moitié enterré au bas d'un vieil immeuble d'habitation, on y descend par quelques marches, on y entre par une banale porte métal-lique, et là, si l'on est n'importe quelle personne au monde à l'exception d'Olguita, on retient sa respiration, on ne bouge plus. Dans la pénombre, à perte de vue, un labyrinthe d'archives, et le crissement d'une eau invisible et omniprésente comme au fond d'une grotte. Ce qu'il y a au premier étage de l'ancien monastère, ce n'est rien, en comparaison. C'est ici qu'est la mémoire de la ville, quartier par quartier, rue par rue, immeuble par immeuble. Pour l'œil du visiteur, une fois qu'il s'est accommodé à la nuit de l'endroit, ce ne sont que des murs de dossiers indistincts et si imbriqués qu'il suffirait d'en retirer un seul pour que tout s'effondre et que l'on soit enseveli sous l'éboulement. Seule Olguita navigue à son aise dans cette mémoire opaque.

— Quelles rues, déjà ? Ah oui, Monte et Cardenas… Et quels numéros, disiez-vous ?

Elle s'en va droit devant elle, sans une hésitation, puis revient avec des dossiers plein les bras qu'elle déverse sur une table métallique dans le coin le plus éclairé, sous la lucarne. Je m'y plonge avec effroi. Des permis de construire, de démolir, des conflits entre propriétaires, des successions, des actes notariés, des procès-verbaux –

ai-je vraiment besoin de passer par cela ? De temps à autre, mes yeux s'échappent vers le sol, où gisent des dizaines de blattes mortes, ou vers le mur, en face de moi, où est collé, jaune, un papillon en plastique qui porte ce slogan : *Viva el día del Constructor*, « Vive la journée du Bâtisseur ».

Encore des documents certifiés, agrafés, timbrés… Mais nulle part la satisfaction simple de voir écrit le nom de Gabriel, ou celui de La Verdad. La lassitude me gagne, je jetterais bien l'éponge. Sauf que les regards de Dolorès et d'Olguita sont braqués sur moi, qui attendent de ma bouche un « Eurêka ». Je n'ai pas envie de les décevoir, ni de les froisser.

Ce que j'ai fini par découvrir en cette caverne administrative au bout d'une heure et demie de fouille assidue n'est consigné noir sur blanc dans aucun dossier, dans aucun document ; je n'y suis parvenu qu'après divers recoupements, mais c'est la terne vérité : l'immeuble qui avait été construit par le gouvernement pour être la résidence du général Máximo Gómez, qui avait été acheté par Gebrayel en 1912 puis transformé en grands magasins, fut froidement démoli en 1940 pour que s'élève à sa place, juste un peu en retrait par rapport à la rue, un vulgaire immeuble d'habitation. La Verdad, « notre » Verdad, n'existe plus.

Au moment où nous nous apprêtions à quitter le local des archives, il y eut une scène cocasse : Olguita, qui avait soigneusement fermé à double tour la porte métallique, ne parvenait plus à l'ouvrir. Après la quatrième tentative infructueuse, lorsque la clé faillit se casser, et que l'hôtesse baissa les bras, il y eut, entre Dolorès et moi, un échange de regards mi-amusés, mi-inquiets ; on était déjà au crépuscule, et la perspective de passer la nuit dans cette cave humide et obscure, sans téléphone, sans aucun contact avec l'extérieur, dans ce repaire à blattes, très probablement infesté de rats même si aucun n'avait montré le bout de son museau, n'enchantait personne. Alors Olguita monta sur une table pour glisser la tête par la lucarne, en espérant qu'un voisin passerait dans les parages. Dès qu'elle entendit des pas dans l'escalier de l'immeuble, elle appela. Un gamin s'approcha, et se pencha vers la lucarne pour se faire expliquer ce qu'on espérait de lui : de l'extérieur, la porte s'ouvrirait sans problème. Notre hôtesse lui confia tout le trousseau. Le sauveteur improvisé était hilare, et nous craignîmes un moment de ne plus le revoir, soit qu'il voulût nous faire une mauvaise farce, soit que la possession de ce trousseau eût stimulé chez lui quelques avidités. Mais au bout d'une poignée de secondes qui nous semblèrent interminables, nous entendîmes le déclic de la serrure, et ce fut l'air libre.

Après avoir raccompagné Dolorès chez elle, à travers le dédale mal éclairé de La Havane Vieille, où des jeunes par centaines sont assis à bavarder en bandes sur le seuil des maisons, je traverse la rue nommée Obispo, et me retrouve soudain devant l'hôtel Florida, celui-là même où s'était installé Theodoros lorsqu'il avait été mis à la porte par Alfred et Alice en 1920. En voyant son enseigne illuminée, je me rappelle avoir lu dans un guide que ce palace mythique du Cuba d'autrefois avait rouvert ses portes tout récemment après quarante années de fermeture.

Tel qu'il a été restauré, et sans doute tel qu'il était du

temps où mon grand-oncle y était descendu, l'hôtel a des allures résolument méditerranéennes ; le vestibule verdoyant n'est qu'un patio à toit couvert, les arcs superposés gardent le souvenir de Cordoue, et à l'étage les portes des chambres, surmontées d'une demi-lune de vitraux teintés, sont identiques à celles de notre maison au village. Il a beau se trouver en Extrême-Occident et s'appeler Florida, cet établissement a pour ancêtre un caravansérail. Je ne suis pas étonné que, pour Theodoros, il ait évoqué les immensités de l'Anatolie.

Dans la soirée

Assis à la terrasse de ma maison provisoire, à la main une coupe de rhum ambré, j'éprouve le besoin de faire le point sur ce que j'ai déjà pu accomplir au cours de mon voyage, et sur ce qu'il faudrait encore que je fasse dans le peu de temps qui me reste – à peine quarante-huit heures.

Avant de venir à Cuba, j'avais consigné sur un bristol jaune quadrillé une liste des lieux à visiter, des informations à rechercher ou à vérifier. Je la reprends, pour cocher, biffer, annoter.

« *Egido 5 et 7* »...

C'est fait. J'ai même pris de nombreuses images.

« *La maison de Máximo Gómez* »...

N'existe plus, hélas, mais j'ai désormais dans mes bagages une photo ancienne où elle devrait apparaître.

« *Les journaux de l'époque* »...

Ont été consultés ; j'aurais sans doute pu y dénicher mille autres choses encore, des réclames pour les magasins La Verdad, par exemple, mais j'y ai déjà trouvé plus que je n'osais espérer : les nouvelles du décès de mon grand-oncle, les faire-part, le reportage sur les funérailles, le lieu de l'accident, et l'adresse de la maison familiale…

« *Le cimetière Colón* »…

C'est visité et revisité, bien sûr, mais j'y repasserais bien une dernière fois avant de reprendre l'avion, si j'en ai l'occasion…

« *Le port et la quarantaine* »…

Pour cette dernière, je sais à présent où elle se trouvait à l'époque, et comment on y allait, je ne crois pas que je découvrirais autre chose si je la visitais – de toute manière, je n'en ai plus le temps ; s'agissant du port, je suis allé flâner dans les parages, j'ai repéré les vieux bâtiments de la douane et les quais anciens, j'ai effectué une traversée en bac jusqu'au faubourg de Regla, puis je suis revenu par la même voie, dans l'espoir de retrouver les images qui s'étaient offertes aux yeux de mon grand-père lorsqu'il avait débarqué ici en 1902 ; mais je me suis également plongé dans de vieilles photos achetées chez les bouquinistes de la plaza de Armas, qui montrent la cohue poussiéreuse du port à l'arrivée des émigrés.

« *L'église presbytérienne où priait Alice* »…

Je ne l'ai pas cherchée. Peu importe…

« *Les francs-maçons* »…

Ah oui, j'allais les oublier… Il faudrait peut-être que j'essaie de savoir s'ils ont gardé quelque trace du « frère » Gebrayel et de la « reine » Alice.

« *La grande photo de la cérémonie de l'Estrella de Oriente* »…

Je m'étais promis de faire identifier par un historien d'ici les personnalités qui entouraient mon grand-oncle sur la dernière image que l'on possède de lui… Je ne m'en suis pas occupé. À vrai dire, l'intérêt de la chose m'est apparu de plus en plus réduit. Les Cubains illustres d'autrefois sont pour nous des inconnus. Que Gebrayel ait réussi à se faire une place au sein de la bourgeoisie havanaise de son temps, je le sais amplement par les journaux, et par l'apparence de sa maison. Je n'ai pas besoin de preuves supplémentaires, je ne vais pas recenser une à une ses fréquentations mondaines…

Tout cela, tout ce que j'ai glané ici, demeure fragmentaire, je le sais. Mais il serait illusoire de vouloir autre chose. Le passé est forcément fragmentaire, forcément reconstitué, forcément réinventé. On n'y récolte jamais que les vérités d'aujourd'hui. Si notre présent est le fils du passé, notre passé est le fils du présent. Et l'avenir sera le moissonneur de nos bâtardises.

51

À Cuba, la franc-maçonnerie n'est pas du tout souterraine, elle possède même, sur l'avenue qui porte le nom du « frère » Salvador Allende, anciennement Carlos III, un immeuble imposant – j'ai compté onze étages, avec les emblèmes de la Grande Loge bien en évidence sur la façade. Ce qui ne veut pas dire que tout y soit transparent.

J'y suis allé en compagnie de Rubén, un écrivain cubain qui m'a appelé ce matin de la part de Luis Domingo, en s'excusant de ne s'être pas manifesté plus tôt. Il avait travaillé jadis à l'ambassade d'Espagne, et il s'est proposé de m'assister un peu dans mes recherches. Il connaissait quelqu'un dans la place, un cousin de sa femme, un certain Ambrosio…

Ce dernier le reçut, pourtant, et me reçut sans aucun empressement. Il esquissa un sourire ennuyé, et se leva pesamment de sa chaise comme s'il s'extrayait d'une trappe… Ensuite, il me serra la main d'une certaine manière, rituelle, qui ne m'est pas inconnue, et j'aurais pu lui laisser croire que j'étais l'un des leurs. Mais par égard pour la mémoire de Botros, de Gebrayel, d'Alice, et de tant d'autres de mes aïeux, je n'ai pas voulu jouer à ce jeu, j'ai salué comme un profane, et mon interlocuteur s'est refermé comme un bénitier.

À sa décharge, je dois dire que l'homme n'avait visiblement aucune expérience des relations publiques ; occupant une fonction administrative relativement subalterne, il devait redouter qu'un étranger comme moi soit venu lui soutirer des informations qu'il n'était pas censé divulguer. Quand je lui annonçai que mon grand-oncle était franc-maçon, il me demanda comment je le savais ; quand je lui expliquai que son magasin vendait des insignes maçonniques, il me rétorqua que cela ne prouvait rien. Je lui montrai alors la photo de la cérémonie où Alice fut intronisée, en désignant du doigt les hauts personnages qui y figuraient, les anciens chefs de l'État, et bien entendu Fernando Figueredo Socarrás, dignitaire emblématique de la Grande Loge. L'homme regarda tout cela en hochant poliment la tête, mais sans laisser percer le moindre intérêt pour ce que je racontais. S'il lui était désormais difficile de mettre en doute le fait que mon *abuelo* fût un « frère », il affirma cependant qu'il ne pourrait rien trouver à son sujet si je ne lui disais pas à quelle loge il avait appartenu. Comment saurais-je le nom de sa loge ? Il y eut une discussion en espagnol entre les deux Cubains, à la suite de laquelle on me suggéra d'aller jeter un coup d'œil au musée maçonnique et à la bibliothèque, cinq étages plus bas.

Là, dès l'entrée, une surprise : le musée est dédié à la mémoire d'Aurelio Miranda, l'un des douze amis intimes dont les noms figurent sur le faire-part publié à la mort de Gebrayel, et dont la présence est signalée lors des funérailles. Surprise n'est peut-être pas le mot le plus adéquat, mais c'est une éclatante confirmation. D'après le vieux gardien – cette fois, fort affable – qui nous fit visiter la salle, Miranda était le grand historien de la maçonnerie cubaine. Incidemment, un autre Miranda est connu pour avoir «initié» l'un des grands libérateurs de l'Amérique latine, Simón Bolívar.

Une partie de l'espace est consacrée à une exposition permanente autour de cet autre *libertador* maçon que fut José Martí. Sur les photos anciennes, je cherche la tête de Fernando Figueredo – en vain. En un moment d'égarement, je me surprends même à chercher, dans une foule rassemblée autour de Martí, le visage du jeune Gebrayel ; mais ils n'ont pu apparaître sur la même image, mon grand-oncle est arrivé à New York en décembre 1895, le dirigeant révolutionnaire avait quitté la ville en février de la même année, il était mort au combat en août, Gebrayel n'avait pu rencontrer que sa légende, sa légende grandissante, et quelques-uns de ceux qui l'avaient approché.

Ailleurs dans le musée, d'autres pages d'histoire, d'autres héros, des lettres manuscrites, des livres ouverts, des rubans, des reliques… En me penchant au-dessus d'une vitrine horizontale, je remarquai soudain deux médailles placées côte à côte, l'une appartenant à l'ordre féminin *Estrella de Oriente*, l'autre provenant d'une loge nommée *La Verdad*. Fort de cette découverte, je courus avec Rubén chez l'incrédule Ambrosio pour lui annoncer avec aplomb :

« À présent je sais comment s'appelait la loge de mon aïeul. »

Pour être honnête, je n'avais aucune certitude, je m'étais juste permis d'extrapoler : puisque Gebrayel avait appelé son entreprise La Verdad, puisqu'il appartenait forcément à une loge, et qu'il y avait à Cuba, de son temps, une loge qui portait précisément ce nom, il n'était pas invraisemblable de faire le rapprochement… Si j'avais affaire à une personne compréhensive, j'aurais expliqué ce cheminement hasardeux ; m'adressant à quelqu'un qui avait systématiquement dénigré tout ce que j'avais tenté de lui expliquer, je n'allais pas prêter le flanc. J'ai donc prétendu que je venais de retrouver le nom de la loge dans mes notes, et que je n'avais plus le moindre doute à ce propos.

Mon aplomb eut l'effet désiré. L'homme se montra embarrassé. Il prononça à l'adresse de Rubén une phrase en espagnol où j'entendis distinctement « *archivo* » et « *Estados Unidos* ». Mon accompagnateur me traduisit en anglais : « Il paraît que les archives concernant cette loge ont brûlé. » Sans m'arrêter à ce pieux mensonge révolutionnaire, je me dis qu'il était bien possible que les archives maçonniques aient été emportées en Floride par des « frères » émigrés ; après tout, la franc-maçonnerie cubaine devait compter bien plus de bourgeois que de prolétaires, nul doute que la plupart d'entre eux se soient exilés depuis de longues années ; je suppose qu'ils doivent avoir à Miami un immeuble plus haut que celui-ci, et des archives mieux fournies.

Avant de repartir bredouille, je décochai ma dernière flèche : je sortis de ma poche le texte du faire-part publié à la mort de mon grand-oncle, en soulignant à l'encre rouge le nom d'Aurelio Miranda. Mon interlocuteur prit le texte que je lui tendais ; il le lut, le relut ; pour la première fois, il ne se montra pas indifférent à ce que je lui racontais. Il donna à Rubén le nom et le téléphone d'un haut responsable qui serait là vendredi en fin de matinée, et qui pourrait nous ouvrir des portes.

Je n'attends pas grand-chose de ces archives. Mais il y a au moins, pour chaque membre, me dit-on, un dossier de candidature, où se trouvent des informations sur son itinéraire, ses origines, ses convictions... Si je pouvais avoir accès au dossier de Gebrayel, un voile serait levé, un de plus. Nous verrons bien…

L'après-midi

Revenu à ma maison du Vedado avec plus de questions que de réponses, forcément déçu, encore sur ma faim, j'ai la surprise d'y trouver María de los Angeles. Elle patiente depuis une heure, me dit-elle. Elle m'a apporté les six certificats de naissance qu'elle m'avait promis. «Trois sont les enfants de Gabriel et Alicia, les trois autres pas…»

Je palpe ces documents avec tendresse, bien qu'il ne s'agisse que de copies datant d'aujourd'hui même et dues à l'écriture expéditive d'un fonctionnaire de l'état civil. «*Taufic Gabriel Martín Theodoro Maluf Maluf. Né à La Havane, le 30 janvier 1911. De sexe masculin. Fils de Gabriel Maluf Maluf, natif de «Monte Libano, Siria, Turquia», et d'Alicia Maluf Barody, native du même lieu. Grands-parents paternels: Antonio et Susana. Grands-parents maternels: Julián et Sofia. Inscription pratiquée en vertu de la déclaration du père, etc.*»

Que les prénoms de mes arrière-grands-parents Tannous, Soussène et Sofiya aient été hispanisés en Antonio, Susana et Sofia, c'est effectivement la traduction habituelle; mais pour que mon autre arrière-grand-père, Khalil, soit devenu Julián, il avait fallu suivre des cheminements qui m'échappent. Sans doute le son arabe «kh» est-il l'équivalent – et peut-être même l'ancêtre – de la «jota» castillane; la métamorphose n'en demeure pas moins étonnante…

«*Taufic Gabriel Martín Theodoro*» est mentionné à plusieurs reprises dans le courrier familial ; il y a son faire-part de baptême, que j'ai déjà mentionné, en citant le nom de l'illustre parrain ; il y a également plusieurs photos de lui, à divers âges. Lorsque j'ai commencé à m'intéresser à notre parenté cubaine, c'était la personne que je rêvais le plus de rencontrer, puisqu'il était le seul des enfants de Gebrayel à avoir un peu connu son père. Hélas, il ne m'a pas attendu, si j'ose m'exprimer ainsi. Quand j'ai cherché à savoir ce qu'il était devenu, j'ai appris qu'il venait tout juste de s'éteindre, aux États-Unis. Inutile d'encombrer encore mes pages avec des dates, qu'il me suffise de signaler ici que sa mort est survenue au moment même où ma mère, en vacances d'été au Liban, venait de trouver pour moi, dans l'armoire de notre maison, les premières lettres de Gebrayel.

En songeant à ce que le cousin lointain aurait pu m'apprendre, comment ne pas ressentir la brûlure d'un remords ? Mais c'est un remords qui vient s'ajouter à tant d'autres, plus justifiés encore… Je ne m'y attarderai plus !

Pendant que je contemple pensivement ces certificats, María m'observe. En silence, la mine fière. Je la remercie une nouvelle fois, lui redisant toute la reconnaissance que j'éprouve envers elle depuis cet instant miraculeux où elle m'a lu à voix haute le registre du cimetière à la page qui évoquait le destin des miens, avant de me conduire vers la tombe de mon grand-oncle. Elle a un rire de gamine espiègle, puis elle chuchote théâtralement à mon oreille, en me tutoyant pour la première fois :

— Je ne t'ai pas tout dit. Je ne me serais pas déplacée jusqu'ici pour ces quelques papiers !

Pour quoi d'autre était-elle venue ?

— Pour lui, me dit-elle en désignant du doigt l'un des certificats de naissance.

J'attends. Elle ne dit plus rien. Je saisis la feuille pour la parcourir du regard. «*William Jefferson Gabriel… Né à La Havane… 1922… De sexe masculin… Fils d'Alfredo… et de Hada… Grands-parents paternels : Julián et Sofía…*»

Je savais déjà, par le courrier familial, que juste après la guerre, Hada était allée rejoindre son mari à Cuba. Après six longues années d'attente, leur vie de couple pouvait donc commencer. L'épousée patiente fut convoyée outre-Atlantique par sa belle-mère Sofiya, qui voulait également demeurer quelque temps auprès de sa fille endeuillée, Alice. Mon arrière-grand-mère revint de La Havane en 1920, un peu avant que Theodoros s'y rende pour son infructueuse mission.

Je savais aussi qu'Alfred et Hada, enfin réunis, avaient eu un premier enfant, prénommé Henry Franklin Benjamin, né en 1921 – j'ai retrouvé le faire-part de naissance. Mais cet autre fils, William, je n'avais jamais encore lu ni entendu son nom. Soit dit en passant, il est significatif que, dans ce pays de langue espagnole, ces émigrés aient choisi d'appeler leurs fils Henry et William, plutôt que Enrique et Guillermo ! Et en deuxièmes prénoms Franklin pour l'un, et Jefferson pour l'autre ! D'autant que leurs ancêtres, mes ancêtres, avaient généralement tendance à s'appeler Khattar, Aziz, Assaad, Ghandour ou Nassif…

Mais ma généalogiste, qui m'observe depuis un moment, ne sait évidemment rien de nos levantines incongruités. Ce qui l'a amenée jusqu'ici, en cette fin d'après-midi, ce qui remplit ses yeux de rire et de fierté, c'est autre chose, c'est tout autre chose.

Elle pose à nouveau le doigt sur le certificat que j'ai
en main.

— Il vit toujours ici !

Parce qu'elle me voit figé, sans même un battement
de cils, elle reprend, plus lentement :

— William. Il vit toujours ici, à Playa.

Ma première pensée : Dieu merci, notre famille n'a
pas quitté Cuba ! Je croyais cette page tournée, elle ne
l'est pas encore. La descendance de l'oncle répudié s'est
maintenue sur le sol de l'île ! Un fils est resté.

Pas un des nôtres ne connaît même son prénom, ni ne
soupçonne son existence.

— William Jefferson Gabriel…, je murmure, à voix
audible.

María pose la main sur mon épaule.

— J'arrive de chez lui. Il nous attend !

Sur le seuil de sa maison, William nous attend, en
effet – depuis combien d'heures ? depuis combien d'années ? Entouré de tous ceux qui constituent aujourd'hui
sa propre famille, il scrute toutes les voitures qui passent
sur l'avenue Marrero, l'une des plus larges et des plus
bruyantes du faubourg de Playa. Il a quatre-vingts ans, et
c'est la première fois de sa vie qu'il rencontre un membre
de sa fantomatique parenté. Bien qu'il hésite à me
l'avouer, il en éprouve de l'amertume. Il n'a jamais su
pourquoi les proches les ont ainsi abandonnés, son père,
sa mère, son frère et lui. Ses parents n'en parlaient jamais,
et moi-même, en cette journée de retrouvailles, je n'ai pas
trop envie de m'étendre sur cette question épineuse. Oui,
bien sûr, il sait que Gabriel, le mari de sa tante Alice, possédait les magasins La Verdad, et que son père, Alfred, y

travaillait. Puis qu'il avait fallu les vendre, après la mort de l'oncle. L'accident de voiture, oui, bien sûr, il en a entendu parler. Ses parents l'évoquaient quelquefois.

— Il paraît que Gabriel perdait la raison dès qu'il entendait les rugissements de son moteur. Il avait un chauffeur, mais c'était comme avoir un garçon d'écurie, pour laver la voiture, pour la faire briller, pour la surveiller dans la journée et la rentrer au garage le soir. Seul le maître conduisait. Et le plus vite qu'il pouvait. C'est ainsi qu'ils sont morts tous les trois.

Les trois ?

— Lui, son chauffeur, et le petit garçon.

Quel petit garçon ?

— Gabriel avait des voisins qu'il traitait comme sa propre famille. Des gens modestes. Leur fils, qui avait sept ans, demandait toujours à partir avec lui en voiture, et ce jour-là il l'avait emmené contre l'avis de ses parents.

Je me tourne vers María, qui confirme : un enfant a été enterré le même jour au cimetière Colón, mort, lui aussi, par écrasement ; elle l'avait remarqué au moment de recopier les pages du registre, et elle s'était étonnée d'une telle coïncidence, me dit-elle, mais elle avait hésité à faire le lien avec «notre» accident.

Comment se fait-il que ce drame n'ait été évoqué nulle part, même dans les comptes rendus les plus détaillés de l'accident ou des funérailles ? Je l'ignore... J'imagine que les parents de l'enfant devaient être furieux contre Gebrayel et les siens, et qu'ils ne voulaient d'aucune manière s'associer aux mêmes condoléances. Mais les journaux ? Pourquoi n'en parlent-ils pas ? Pour ne pas entacher l'image du notable disparu ? Je dois sans doute me résigner à ne jamais le savoir...

Je montre ensuite à William diverses photos qui se trouvaient dans les archives familiales et que j'ai apportées à Cuba dans mes bagages. L'une d'elles le fait sursauter. Elle représente un jeune couple ; l'épouse est grande et joufflue, l'époux plus petit et plus mince ; ils sourient l'un et l'autre, mais si faiblement ; elle a la tête appuyée doucement sur la sienne, en un geste de tendresse maternelle.

— Mon père et ma mère ! En nouveaux mariés !

C'était bien cela. Enfin, pas tout à fait : la photo, qui porte l'estampille d'un atelier havanais, date de 1920. Si c'était bien la photo « officielle » de leurs noces, ils n'en étaient pas moins mariés depuis sept ans déjà !

— D'où vient-elle ? me demande William.

Du tiroir de ma grand-mère, sa tante paternelle, autrefois la meilleure amie de sa mère, lui dis-je en guettant sa réaction ; elle s'appelait Nazeera. À l'évidence, il n'a jamais entendu ce prénom, ou, s'il l'a entendu de la bouche de Hada, il ne l'a pas retenu. Je saisis l'occasion pour dire qu'elle, au moins, ne les avait pas tout à fait oubliés, puisqu'elle a toujours conservé leurs photos. C'était pour moi une manière d'atténuer la faute de la famille, ce si long abandon, cette interminable bouderie.

De fait, il semble bien que ma grand-mère fut la dernière personne à maintenir, pendant un temps – mais un temps seulement –, quelques liens avec notre branche cubaine. Les autres avaient tous rompu avec Alfred dès le début de 1921, au retour du père Theodoros de sa désastreuse mission à La Havane ; chez Nazeera, j'ai trouvé du courrier plus tardif. Dans un tiroir qu'elle ouvrait rarement, elle avait rangé quelques lettres, quelques faire-part, et de nombreuses photographies prises outre-Atlantique. Les plus intéressantes lui avaient été envoyées par sa sœur Alice, qui avait l'appréciable habitude de noter au dos la date, la circonstance, et les personnes que l'on pouvait voir. Sur un tirage de février 1922, les enfants de Gebrayel sont en habit de carnaval, sur une terrasse dallée, peut-être celle de leur maison de la rue Patrocinio ; sur une autre, datant de 1923, on voit la veuve, encore tout habillée de noir, assise sur un fauteuil en rotin, en train d'allumer une lampe «tiffany» ; au mur, une image encadrée sur laquelle on peut distinguer, à l'aide d'une loupe, la famille entière, à savoir Gebrayel, Alice et leurs trois enfants ; le plus jeune, âgé de quelques mois à peine, est assis sur les genoux de son père.

J'ai apporté avec moi certaines de ces photos, ainsi que celle d'Alfred et de Hada en «nouveaux mariés» – il n'est pas surprenant que le cousin retrouvé y ait réagi. Aux photos de la famille de Gebrayel, en revanche, il n'a pas réagi, ou si peu. J'ai fait défiler devant lui les parents, les enfants, en lui lisant la légende au dos, chaque fois qu'il y en avait une. Les noms, oui, il en avait entendu certains, mais les visages ne lui disaient rien.

Soudain, il sursaute et me prend une photo des mains.

— *Soy yo !*

Il blêmit.

— *Soy yo !*

La photo représente deux jeunes enfants, l'un âgé de quelques mois, l'autre de deux ans et quelques. Le plus jeune a une tache noire bien visible sur le bras droit. William me la montre sur la photo, puis il relève sa manche de chemise pour me montrer la même tache.

— C'est moi !

Il a des larmes aux yeux, et moi aussi, ainsi que tous ceux qui assistent à la scène – y compris María.

Nous nous sommes regardés, lui et moi, nous nous sommes tenus des deux mains, fermement, comme pour sceller la fin de notre séparation. Dans ses yeux je lisais cependant cette angoisse qui a grandi, puis vieilli avec lui : pourquoi avons-nous été abandonnés ? S'il m'avait posé la question, je lui aurais dit ce que je savais déjà, aussi pénible que cela puisse être. Il ne l'a pas demandé, je n'ai rien dit. Je ne me voyais pas en train de lui expliquer dès notre première rencontre que la famille accusait son père d'avoir dilapidé la fortune acquise à Cuba. Et qu'une sanction était tombée, sans doute jamais clairement formulée, qui avait conduit à faire comme si Alfred, Hada et leurs enfants n'existaient pas, n'avaient jamais existé. J'avais honte de ce qui était arrivé, mais comme tout était dans les impressions et les conjectures, je n'ai rien expliqué. J'ai surtout posé mes propres questions, pour comprendre.

Son père, jusqu'à quand avait-il vécu ?

Jusqu'à la fin des années 1940.

Et que faisait-il, après la fermeture de La Verdad ?

Il donnait des cours d'anglais.

Et sa mère ?

William se lève pour aller apporter de sa chambre une boîte où sont rangés de vieux papiers. Il en sort une photo de Hada vers la fin de sa vie, le regard triste mais le visage toujours illuminé par son sourire de jeune fille. Puis son acte de décès – en 1969, à soixante-quatorze ans, dans une maison de retraite havanaise. Il y a dans la même boîte un document en arabe, que le cousin cubain conserve précieusement mais qu'il ne sait pas lire. Je le déplie : c'est l'acte de mariage de ses parents, établi au village en 1913. Avec, pour témoin, Botros…

Et son frère aîné, Henry, qu'est-il devenu ?

Il a quitté Cuba bien avant la Révolution pour aller vivre dans l'Utah, et travailler avec ses oncles maternels dans le textile. Depuis l'enfance, me dit William, son frère était constamment triste ; il jouait peu, et souriait rarement. « Un jour, on m'a annoncé qu'il était mort. » Le télégramme funeste est encore rangé dans la même boîte ; daté de janvier 1975 et signé par l'épouse norvégienne de Henry ; une crise cardiaque, cinq mois avant son cinquante-quatrième anniversaire.

Est-ce qu'ils ont toujours vécu dans cette maison ?

Oui, depuis 1932. Avant, ils vivaient dans un appartement du centre-ville, pas loin des magasins La Verdad. Puis ils sont venus s'installer dans ce quartier, excentré, mais qui, en ce temps-là, devait être résidentiel. Leur maison est aujourd'hui exiguë, probablement une fraction de ce qu'elle fut à l'origine. Comme tant d'autres, elle a été partagée. Un mur est venu la traverser de part en part.

William n'en parle pas. Et moi, je ne lui en parle pas non plus, pour éviter de l'embarrasser. Mais on n'a pas besoin d'en parler, le mur du partage est une présence lourde. De plus, il semble que ceux qui occupent la demi-maison d'à côté aient été les plus influents, car le mur n'est pas droit, il a été construit en biais, au point que la maison est plus triangulaire que rectangulaire ; l'autre partie doit être, de ce fait, un ample trapèze. L'égalité est souvent à géométrie variable.

Cette spoliation n'entame pas la constante bonhomie du cousin retrouvé. Dont Amalia, sa femme, témoigne avec tendresse. Elle l'a connu lorsqu'ils travaillaient l'un et l'autre au ministère de l'Industrie. Tous deux étaient divorcés, lui sans enfants, elle avec une fille et un fils. Au bureau, tout le monde affectionnait William, qui était constamment jovial, constamment enjoué… Un jour, son meilleur ami est mort ; il en devint si malheureux, si inconsolable, qu'elle avait décidé de le consoler. Ils ne s'étaient plus jamais quittés.

À un moment, William se mit à me parler à voix basse du seul voyage qu'il ait jamais effectué : lorsqu'il était petit, sa mère les avait emmenés, son frère et lui, dans l'Utah, chez leurs oncles. Ils avaient passé deux années là-bas ; leur père ne les avait pas accompagnés. Sans doute y avait-il, en ce temps-là, une grave crise au sein du ménage ; c'est la conviction qu'il a acquise, bien des années plus tard, pour avoir écouté les récits de sa mère ; mais sur le moment il ne s'était évidemment rendu compte de rien. De nos jours, un tel couple aurait sûrement divorcé, me dit-il, mais dans les années vingt les choses ne se passaient pas ainsi. Hada avait finalement dû se résigner à revenir vivre à Cuba auprès de son époux. Elle ne quittera plus jamais l'île, et William non plus. Ni d'ailleurs Alfred.

Tout ce que je viens d'entendre à propos de ce dernier ne fait que confirmer ce que Léonore m'a dit un jour à sa manière – tout simplement qu'il était «pénible à vivre». D'ailleurs, si toute la famille, au Liban, ne voulait plus lui parler, si sa sœur Alice, après lui avoir fait aveuglément confiance, avait fini par rompre avec lui, et si sa propre femme avait éprouvé le besoin de prendre ses enfants et de s'éloigner, je n'ai aucune raison de mettre en doute tout ce qui s'est raconté à son propos.

Reste à savoir s'il s'était montré malhonnête, ou simplement incompétent, prétentieux et grincheux. Il me semble que s'il avait commis les malversations dont l'accuse Theodoros, s'il avait enregistré les terrains et les diverses propriétés de Gebrayel à son propre nom, il n'aurait pas été obligé de donner des cours particuliers pour nourrir sa petite famille.

Je regarde à nouveau les photos où figurent Alfred et Hada, puis Henry et William. Suis-je en train d'interpréter à partir de ce que j'ai appris par ailleurs ? ou bien sont-elles vraiment parlantes ? Car il me semble à présent qu'elles disent l'essentiel. Alfred mal assuré, engoncé, fragile, et Hada qui se penche vers lui, affectueuse, maternelle, avec un sourire qui cache et révèle à la fois un abîme d'inquiétude. Et puis les deux garçons, l'un qui fronce déjà les sourcils et semble avoir peur du photographe et peur de bouger, l'autre qui parle, ou gazouille, sans trop d'égard pour la solennité de l'instant. Comme si le foyer d'Alfred et de Hada se divisait en deux. Le père et le fils aîné étaient des taciturnes, des ombrageux, des mélancoliques, constamment insatisfaits. Tandis que la mère et le cadet prenaient la vie comme elle venait, et répandaient autour d'eux le clair plus que l'obscur.

Ce petit enfant habillé d'une robe blanche à dentelles est aujourd'hui un vieil homme adulé. Entouré d'une épouse généreuse et souriante, d'une belle-fille et d'un gendre qui l'idolâtrent, de deux petits gamins qu'il fait sauter sur ses genoux – il me semble qu'il vit heureux. Mais il porte toujours, en son cœur, la blessure de la séparation.

Lorsqu'au bout de trois heures, je me lève enfin pour partir, il me demande avec une angoisse non feinte combien de temps je compte encore rester à La Havane. Seulement jusqu'à demain, hélas. À quelle heure je pars ? Dans la soirée. Alors pourquoi ne pas revenir déjeuner chez lui, histoire de rattraper un peu de ce siècle perdu ?

Sur le chemin du retour, je songe encore à lui, et je songerai à lui longtemps, longtemps. Et je parlerai de lui à ses cousins qui survivent. Je vais même inciter certains d'entre eux à lui écrire. Mais en quelle langue ? Il a parlé l'arabe, me dit-il, jusqu'à l'âge de deux ans ; à présent, il ne connaît plus qu'un seul mot, *laben* – c'est le nom du lait caillé prononcé comme au village. Il a encore un livre en arabe, qui n'est autre que *L'Arbre* ; il sait qu'on y raconte l'histoire de la famille, et que son père y est mentionné ; mais il n'a jamais pu en déchiffrer l'écriture.

Plus tard dans la vie, il a un peu parlé l'anglais ; jusqu'à quatre ans, dans l'Utah, ce fut sa langue ; il l'a un peu étudié, plus tard, avec son père, mais il l'a oublié ; il est encore capable de saisir le sens général d'une phrase, rien de plus. Il n'a qu'une langue aujourd'hui, l'espagnol, et qu'une patrie, Cuba. Oui, bien sûr, il sait bien que ses parents sont venus d'ailleurs. Mais n'est-ce pas aussi le cas de tous les autres Cubains ? Le comportement de notre famille a sans doute contribué à lui faire sentir qu'il n'avait pas d'attaches ailleurs. Moi, en tout cas, je lui écrirai, je le lui ai promis ; en espagnol, si j'y parviens, sinon en anglais ; son gendre lui traduira. Promis, promis, je ne le quitterai plus, je ne l'abandonnerai plus. Même quand je serai reparti loin d'ici, vers ma propre patrie adoptive.

Ce soir, je me suis replongé dans les documents que j'ai apportés avec moi, j'ai relu la lettre accusatrice de Theodoros, et certaines notes que j'avais prises. Pour essayer de comprendre…

Si j'en crois les rares survivants qui se souviennent encore de son nom et de son histoire, Alfred semble avoir été, de tout temps, un garçon à problèmes. Dès que l'un de ses frères s'établissait quelque part, il cherchait à lui débrouiller du travail à ses côtés ; il y allait, mais ne se plaisait pas, et broyait du noir. Instable, susceptible, introverti, il ne parvenait jamais à établir des rapports normaux avec ses collègues ni avec ses supérieurs, ni même avec ses propres frères. Alors il repartait – c'est ainsi qu'on le retrouve tour à tour à Khartoum dans les services de l'armée britannique ; au Caire comme fonctionnaire du gouvernement égyptien ; puis brièvement à Alep, en 1913, comme employé de la toute nouvelle Compagnie des chemins de fer ; enfin à La Havane…

À l'époque, Gebrayel avait déjà désespéré de faire revenir Botros auprès de lui, et désespéré de faire travailler ses neveux comme il aurait voulu qu'ils travaillent. Alfred débarqua au moment opportun, son beau-frère le reçut à bras ouverts, lui confia très vite des responsabilités et l'associa à tout ce qu'il faisait. En particulier, il se déchargea sur lui de son courrier professionnel, ces dizaines de lettres qu'il fallait écrire chaque jour aux fournisseurs, aux clients, aux banques, une corvée pour Gebrayel, qui s'en disait épuisé. Le nouvel arrivant avait une belle plume, notamment en anglais, son patron n'avait plus qu'à relire en diagonale, et à signer.

Les deux étaient ravis, et Alice plus que les deux encore. Enfin le frère vagabond était stabilisé, et mis sur un chemin droit, grâce à elle !

Mais soudain, l'accident, soudain le cataclysme. Gebrayel disparu, Alfred se vit propulsé à la tête d'un petit empire commercial – des magasins, des ateliers, des dizaines d'employés, des marques américaines, françaises ou allemandes dont il se retrouvait agent exclusif, alors qu'il n'avait jamais eu affaire à elles. Sans doute avait-il été, pendant quatre ans, l'homme de confiance de son beau-frère ; sans doute lui était-il arrivé de lui suggérer ceci ou cela ; jamais, cependant, il n'avait dirigé une entreprise, il n'imaginait pas toute l'énergie qu'il fallait déployer chaque jour, et dans toutes les directions, pour pouvoir simplement survivre, il ne comprenait pas l'importance cruciale de tout ce réseau de relations politiques, financières ou mondaines que Gebrayel avait tissé avec les années et qui lui permettait de faire face aux concurrents, aux envieux, ainsi qu'aux fonctionnaires tatillons. Tout cela était arrivé trop brutalement, Alfred était encore dans l'ivresse de son ascension rapide, il avait dû croire qu'il gravirait la dernière marche comme il avait gravi celles qui l'avaient précédée. Il ne se doutait pas qu'à l'instant où l'accident serait connu, les concurrents prendraient langue avec les fournisseurs étrangers pour leur proposer leurs services, ou que le banquier, dès son retour de la cérémonie funèbre au cimetière Colón, demanderait à sa secrétaire le dossier marqué «La Verdad» pour chercher les moyens de récupérer sa mise.

Privée bientôt de ses produits les plus emblématiques, privée de l'œil du maître qui assurait son bon fonctionnement quotidien, privée des amitiés qui la soutenaient, l'entreprise commença à perdre de l'argent; pour la renflouer, et pour calmer les débiteurs, Alfred n'eut d'autre choix que de céder les nombreux biens – notamment les terrains – que Gebrayel avait acquis au cours de ses vingt années d'activité à Cuba. Bientôt, pour arrêter l'hémorragie, les magasins furent vendus à leur tour... et la prestigieuse maison de Máximo Gómez cessa de «nous» appartenir! Theodoros l'a très bien dit dans sa lettre: c'est comme si son frère était redevenu pauvre.

Dans la famille, au village, l'inquiétude s'était manifestée très tôt. Si Gebrayel était un symbole de réussite et d'habileté, Alfred était à peu près l'inverse. De savoir que ce jeune homme au parcours chaotique se retrouvait désormais gardien d'une fortune considérable ne rassurait personne. Lorsque Theodoros revint au pays après l'échec de sa mission, qu'il parla de malversations, et annonça que tout était perdu, ou en voie de l'être, la méfiance se transforma en rage et en hostilité.

Le coup de grâce fut assené à Alfred quand Alice elle-même, découvrant l'ampleur du désastre, rompit à son tour avec lui. Trop tard – de la fortune amassée par Gebrayel il ne restait plus rien, ou presque. Tout juste de quoi se retirer dignement. Avec ses trois enfants, elle quitta Cuba pour aller s'établir aux États-Unis – très précisément à Chatham, en Virginie. La plus récente des photos qu'elle envoya à Nazeera datait de 1924 ; ensuite, un long silence amer. Elle était persuadée que la famille l'avait laissée tomber, elle aussi. Il est vrai qu'on la jugeait en partie responsable du naufrage, même si on lui accordait des circonstances atténuantes qu'on ne reconnaissait pas à son frère.

S'agissant de lui, il disparaît très tôt des archives. Sa photo de « nouveau marié » avec Hada est la dernière que ma grand-mère ait conservée de lui. Il y a ensuite un faire-part de naissance par lequel on apprend qu'un garçon leur est né le 22 février 1921, prénommé Henry Franklin Benjamin… J'ai apporté avec moi à Cuba l'enveloppe minuscule dans laquelle il est arrivé, adressée uniquement à « Mrs. Nazeera Malouf… Mount-Lebanon » alors qu'en toute logique elle aurait dû porter également le nom de son époux ; mais ma grand-mère devait être la seule personne de la famille avec laquelle Alfred maintenait encore des rapports. À moins que ce soit Hada qui ait écrit à son amie à l'insu de son mari… Non, c'est plutôt une écriture d'homme. Mais quelle élégante calligraphie !

Et il y a enfin cette photo, la plus poignante de toutes celles que j'ai trouvées dans nos archives. J'ai dû la contempler déjà des dizaines de fois sans savoir qui elle pouvait représenter – c'est aujourd'hui seulement que j'en devine le sens. Si aucune indication de date ni de lieu ne figure au verso, j'y reconnais Hada, assise en tailleur sur l'herbe, adossée à un arbre. Elle portait une robe noire et sur ses genoux était couché un enfant tout habillé de blanc, qui devait avoir trois ou quatre mois tout au plus, mais qui avait le regard étonnamment vif – William, depuis ce soir je sais que ce nourrisson était lui. Sa mère, elle, ne regardait que le vide, elle semblait infiniment triste, comme une pietà au pied du crucifix. À sa droite se tenait un autre enfant, plus âgé, deux ou trois ans.

Plus je contemple cette photo, plus j'ai le sentiment que c'est un appel à l'aide. Comme si la jeune femme en noir criait par-delà l'océan à son amie lointaine : « Ne m'abandonne pas ! »

Pourtant, nous les avons abandonnés, elle et ses enfants. J'en ai éprouvé, aujourd'hui, face à l'enfant octogénaire, un sentiment de honte et de culpabilité, moi qui ne suis pourtant qu'un descendant tardif.

Vendredi

Je suis en route pour l'aéroport, mon carnet brun à la main, pas encore rempli. J'ai l'impression de partir trop tôt, en abandonnant une maison, une de plus.

Cette dernière journée à Cuba aura été comme une récapitulation sommaire. Une nouvelle station contemplative devant le 5 rue Egido. Une nouvelle tentative infructueuse dans l'immeuble de la Grande Loge – «le responsable est en voyage». Un bref passage chez l'*historiador* pour récupérer la disquette où se trouvent les deux photos de 1928. Un pèlerinage à l'avenue Máximo Gómez, pour un nouveau coup d'œil à l'endroit où s'élevait son palais, le nôtre; à présent je vois bien quel immeuble a été construit à sa place, en retrait, et je le trouve naturellement laid. Un déjeuner familial chez William, en compagnie de notre parenté retrouvée, comme si tous les obstacles élevés entre nous par l'espace et le temps s'étaient soudain évaporés, et que seul demeurait l'obstacle de la langue – Dieu que je souffre de ne pas assez comprendre l'espagnol; je m'y suis si souvent mis, mais j'ai peu de constance, peu de capacité répétitive, et, pour tout dire, aucune volonté… Enfin, pour conclure cette dernière journée, une nouvelle expé-

dition, l'après-midi, à la maison de la rue Patrocinio. Flânerie de pièce en pièce, de véranda en salle de bains, et
longue méditation dans la salle andalouse, cette fois vide
de toute musique, sans étudiants ni professeur ; assis par
terre, je regarde le plafond et j'imagine Gebrayel trônant
à un repas de fête. Flânerie aussi dans le jardin, ramas-
sage de quelques fétiches rouillés qui datent de l'époque
où «ils» étaient là. Rêve éveillé autour d'un rêve brisé.

Je regarde ma montre, il est tard, un siècle s'est terminé et l'avion de Paris ne m'attendra pas.

En vol

Ainsi s'achève donc mon pèlerinage vers cette patrie
éphémère qu'aura été pour les miens l'île chaleureuse.
Du jour où Luis Domingo a secoué en moi les poussières
endormies, j'ai su que je devais me rendre un jour à La
Havane. Sans doute n'y ai-je trouvé aucune trace de cet
Arnaldo dont mon ami diplomate m'avait parlé – je suis
résigné maintenant à considérer ce cousin fantôme
comme un hameçon du destin, un leurre salutaire ; peu
importe qu'il ait joué un rôle dans la dernière en date des
révolutions cubaines, peu importe même qu'il existe ou
qu'il n'existe pas… C'est grâce à lui que je me suis enfin
décidé à entreprendre cette patiente remontée vers les
origines.

Je regarde par le hublot – rien qu'une transparence
immobile et bleuâtre. J'aurais voulu embrasser des yeux
l'étendue atlantique ; je peux tout juste la deviner.

Je consulte ma montre d'un geste si machinal qu'en
relevant la tête je ne me souviens plus de l'heure qu'il

est. Il me faut vérifier à nouveau, et calculer : on devrait être à mi-chemin, ou un peu au-delà…

Je voudrais m'assoupir un peu, mais je n'ai pas l'esprit à dormir. Mes obsessions tournoient autour de moi comme des insectes piqueurs…

Contrairement à ce que je redoutais, ce voyage qui s'achève ne m'a pas trop brouillé avec ce qu'on m'avait raconté dans mon enfance sur l'aventure cubaine de mes aïeux. J'ai voulu faire consciencieusement mon devoir de chercheur et d'historien amateur en secouant l'un après l'autre tous les détails ; néanmoins, à l'arrivée, je me sens contraint de raconter, pour l'essentiel, la même histoire. L'âme de la légende n'a pas menti, et la tragédie est là, qui culmine – comme si souvent depuis que le monde est monde – dans un sacrifice tragique.

La mort de Gebrayel – l'émigré Icare qui monte jusqu'au Ciel, puis qui se fracasse comme par une punition divine –, je n'avais jamais compris avant ces derniers mois à quel point cet événement avait été constamment présent dans ma mémoire sourde, comme dans celle des miens. Une mort fondatrice, que suivront en cascade quelques autres, plus tragiques, plus obsédantes encore…

L'histoire des miens pourrait parfaitement se raconter ainsi : les ancêtres meurent, et de leurs morts lointaines les descendants meurent à leur tour. La vie engendre la vie ? Non, la mort engendre la mort – telle a toujours été pour moi, pour nous, la loi muette des origines.

Impasses

À mon retour de Cuba, le soir même, assis par terre sur un coussin, je déballai tout autour de moi les photos, les cahiers, les enveloppes, persuadé d'avoir établi avec le passé des miens une liaison nouvelle. Non que j'aie appris mille choses de plus, mais il fallait que je m'approche ainsi de la légende, que je touche de mes propres mains les pierres de là-bas, que je feuillette les journaux d'alors, que je pénètre, le cœur battant, sous le toit qui fut nôtre, pour pouvoir me replonger avec sérénité, avec confiance et légitimité, dans les archives familiales.

Où en étais-je, déjà?

La dernière lettre adressée par Botros à Gebrayel en décembre 1918 était donc arrivée bien après la disparition du destinataire. À la relire, on a le sentiment qu'il s'en dégage une certaine allégresse. Il s'agit pourtant d'un faire-part annonçant le décès de Khalil, et l'on y parle de larmes, de cercueil, d'embaumeurs et de condoléances. Mais le ton attristé cache mal le soulagement d'avoir survécu à l'une des plus dures épreuves que les hommes – y compris ceux du Mont-Liban – aient traversées au cours de leur histoire. Cette mort d'un être cher était elle-même, par certains côtés, une victoire remportée sur la guerre, sur la bestialité : qu'au sortir de ce carnage, le vénérable prédicateur se soit ainsi éteint, de cause naturelle, en sa quatre-vingt-deuxième année, l'esprit quiet, l'âme consentante, patriarche entouré de ceux qui l'adulaient, n'était-ce pas là un triomphe de la décence et de l'humanité ?

C'est seulement deux mois plus tard que furent communiquées au village les nouvelles maudites : la mort prématurée de nos émigrés, là-bas, aux Amériques, dans la force de l'âge. Bienheureux Khalil qui s'était endormi sans avoir appris la disparition d'Anees ! Bienheureuse Soussène, qui s'était éteinte, elle aussi, quelques mois avant le déclenchement de la guerre, rassurée de savoir son bien-aimé Gebrayel rayonnant et prospère ! Malheureuse Sofiya, en revanche ! Et malheureux tous les survivants !

Pour Botros, ce fut le commencement d'une étape pénible de son parcours, même si les choses ne lui apparurent pas tout de suite sous un jour sombre. L'année 1919 lui apporta même certaines satisfactions ; aussi, son humeur – à en juger par les lettres qui nous sont parvenues – demeura-t-elle, pour un temps, confiante et combative.

Bien entendu, pour l'École Universelle, les problèmes persistaient : les parents d'élèves qui n'avaient toujours pas de quoi payer la scolarité, l'aide des missionnaires presbytériens qui fut constamment parcimonieuse, et les pouvoirs publics qui avaient tant d'autres priorités. Néanmoins, la réputation de cette petite école villageoise ne faisait que s'affirmer, au point que l'Église grecque-orthodoxe, à laquelle Botros n'appartenait pourtant pas, lui demanda de créer pour elle une série d'établissements sur le même modèle, et dans tout le Levant. La proposition lui fut faite à Beyrouth, où il s'était rendu pour régler certaines affaires.

Mais je le laisse raconter à sa manière, dans un courrier d'octobre 1919 adressé à ma grand-mère, Nazeera, et au frère de celle-ci, Chucri, qui était rentré au pays pour quelque temps à la mort de son père, et qui « donnait un coup de main » à l'école bien que ce ne fût pas du tout son domaine, lui qui était médecin.

À l'évidence, la lettre a été écrite en toute hâte, puisque les deux feuilles dont Botros s'est servi sont les factures d'une librairie, *Al-Ahwal, sous la direction de M. Rahmet, Beyrouth (Syrie). Papeterie, Fournitures de bureaux, Matériel scolaire, Livres en diverses langues, Romans français & arabes, etc., Imagerie religieuse, Articles de fantaisie, Agrandissement & réduction de Photographies*, le tout imprimé en français à gauche, en arabe à droite ; et, sur la moitié inférieure de chaque feuille, des colonnes pour enregistrer les articles vendus, leur nombre, leur prix…

Je suis arrivé à Beyrouth hier pour quelques affaires concernant la maison et l'école, et je me suis aussitôt trouvé porté, en quelque sorte, par cette vague nouvelle qui réclame des écoles et un enseignement de qualité, et mis en présence de Sa Béatitude l'évêque d'Alep, qui était justement venu ici à la recherche d'une personne qui puisse organiser les écoles de son diocèse. Il m'a tenu par la main, et m'a dit : « C'est la Providence qui t'a conduit à Beyrouth, tu es l'homme que j'étais venu chercher ! » J'ai voulu m'excuser, en énumérant toutes les responsabilités que j'avais à l'égard de notre école, et de notre famille, mais Sa Béatitude a « lâché » contre moi toute une bande d'amis pédagogues qui m'ont barré la route des excuses… Si bien que j'ai été contraint de lui promettre que j'irai pour un mois au diocèse d'Alep pour y orga-

niser l'enseignement sur le modèle de notre École Universelle.

Je vais donc partir par le premier train pour revenir, si Dieu veut, au début du mois prochain. Je vous prierai donc de me remplacer pour l'accueil de nos chers élèves, pour l'ordonnancement des classes, et pour la pratique des trois langues, avec l'aide de notre bien-aimé Theodoros pour le français surtout, et avec l'aide de nos respectés surveillants. Dites à chacun que je ne me serais pas absenté un seul instant si nous n'avions pas le devoir sacré de diffuser le savoir dans le respect de la religion et dans l'amour de la patrie...

Botros se sentait pousser des ailes. Il lui arrivait soudain, comme par miracle, ce dont il avait toujours rêvé sans trop oser y croire : que l'expérience pionnière qu'il avait tentée dans un minuscule village de la Montagne devînt un modèle à imiter. Alep était alors la grande métropole de la Syrie ; les grecs-orthodoxes qui y vivaient constituaient probablement la communauté chrétienne la plus nombreuse et la plus prospère du Levant ; que leurs écoles modernes fussent bâties sur le modèle de celle de Botros donnait forcément à celui-ci le sentiment de n'avoir pas trimé pour rien.

Et il ne s'agissait pas seulement d'une ville ou d'une communauté, le pays tout entier entrait alors dans une ère nouvelle, qui semblait prometteuse. Vaincu en 1918, l'Empire ottoman venait de se désintégrer, après avoir dominé la Méditerranée orientale pendant plus de quatre siècles. Dans les territoires actuels de la Syrie et du Liban, c'était la France qui avait pris la relève, à titre provisoire, mandatée par la Société des Nations pour préparer ces pays à l'indépendance. Et elle avait proclamé aussitôt son intention de développer l'enseignement pour mettre fin à l'hémorragie de l'émigration.

Botros s'en réjouissait. Non qu'il fût hostile aux Ottomans, loin de là. Lorsque des réformes avaient été entreprises au cours des dernières décennies de l'Empire, il les avait applaudies. On le voit écrire fièrement « *Moi, Botros M… citoyen ottoman* ». Mais la révolution l'avait déçu, les dérives des Jeunes-Turcs l'avaient écœuré, et il n'était pas mécontent de voir la Grande Guerre bousculer l'ordre séculaire poussiéreux qui pesait sur les peuples d'Orient.

De sa lettre écrite de Beyrouth – que suivront trois autres, expédiées d'Alep – transparaît un enthousiasme qui sera, hélas, très vite contrarié. D'abord par la réaction des siens. Car au village, dans son propre foyer, on ne voyait pas les choses à sa manière. On se méfiait plutôt de ses ambitions grossissantes. Lui qui avait depuis longtemps une solide réputation d'instabilité, n'allait-il pas vouloir chambouler la vie des siens, les entraînant sur un coup de tête dans quelque nouvelle aventure ?

Botros craignait, à l'évidence, une telle réaction. Il s'était efforcé de justifier son voyage en invoquant les principes les plus nobles, dans l'espoir de prévenir les blâmes de ceux qui étaient restés au village. En vain. La réponse qu'il reçut est conservée dans les archives, et elle ne correspondait certainement pas à ce qu'il espérait.

Ce n'est pas un adulte qui la signa, mais un enfant de six ans, son propre fils, l'aîné de mes oncles. À la lire, je ne parviens pas à croire qu'elle ait pu être rédigée en octobre 1919 par un garçon né en juillet 1913. Mais je suis le seul dans la famille à émettre de tels doutes. Tous les survivants, à commencer par l'intéressé lui-même, m'assurent qu'il l'a bien écrite, et que sa précocité était proverbiale… Je prends acte, et je traduis :

À mon père respecté, Dieu le garde,

Je te baise les mains avec ferveur et dévouement, et je demande au Seigneur de te préserver, comme soutien et fierté pour les tiens, pour de longues années à venir. Puis je t'apprends que je t'ai déjà écrit il y a quinze jours, et à nouveau il y a quatre jours, afin de t'informer de la situation qui prévaut ici, situation qui exige que tu reviennes le plus rapidement possible, car beaucoup d'élèves ne fréquentent plus l'école en raison de ton absence, tandis que d'autres ne veulent plus payer la scolarité, comme tu le constateras dans la liste que j'ai jointe à cette lettre.

Certaines personnes craignent que tu ne reviennes plus, car Malatios leur a affirmé que tu avais été conduit à Alep menottes aux poignets, pour une raison mystérieuse. Ces nouvelles ont découragé certains élèves de venir à l'école, surtout ceux qui habitent loin, à Baskinta par exemple...

Les élèves de la première classe, à savoir Assad, Afifeh et Khattar, maintiennent la discipline à l'école, avec l'aide de maman, autant que sa santé le lui permet. Mon oncle Chucri enseigne l'anglais aux grands. Et ils attendent tous ton retour avec impatience...

54

Que la lettre ait été écrite ou non par le « fils obéissant » qui la signe, il est certain que l'insistance sur le
retour nécessaire de Botros, dans les plus brefs délais,
émanait aussi des adultes, et notamment de ma grand-
mère, qui était alors au quatrième mois de sa quatrième
grossesse, d'où l'allusion à sa santé.

L'argument le plus efficace pour convaincre mon
grand-père d'écourter son séjour à Alep fut très certainement le bruit malveillant répandu par son vieux rival,
le curé Malatios, selon lequel il aurait été « *conduit
menottes aux poignets* », comme un malfrat. Le raccourci
employé dans la lettre, *tsarkalt*, est typique de l'époque
ottomane encore toute proche… À la lecture de ce passage, le sang de Botros s'est sûrement échauffé, et il a dû
comprendre qu'il ne pourrait rester plus longtemps loin
de chez lui.

Car la guerre des écoles, qui s'était apaisée pendant
le conflit mondial lorsque le curé avait dû cesser ses activités, avait repris de plus belle. Pendant que le fondateur
de l'École Universelle rêvait d'étendre son expérience
pionnière aux quatre coins du pays, c'est dans son
propre village qu'il était menacé, d'autant que son rival
venait d'obtenir le soutien des autorités mandataires
pour son propre établissement.

Quoi ? La France ? le pays des Lumières ? accorder ses subventions à l'école des bigots ? et la refuser à celle qui promeut les idéaux de la Révolution ? Mon grand-père ne décolérait pas. Le 24 janvier 1920, il adressa au cabinet du général Gouraud, haut-commissaire français, cette lettre, dont il a soigneusement gardé copie dans ses archives :

Monsieur,
Après vous avoir présenté respect et hommages, j'ai l'honneur de porter à votre connaissance que j'ai fondé il y a sept ans dans mon village d'origine, situé dans l'ar-rondissement de Baskinta, une école à laquelle j'ai assi-gné des tâches précises tant du point de vue des principes qui la fondent que du point de vue de l'enseignement des langues, et de toutes les autres matières. J'y ai laissé aux élèves la liberté du culte, ce qui a déplu à certaines per-sonnes, ignorantes et fanatiques, qui nous ont persécutés. Mais leur entreprise avait échoué, vu que les résultats probants de notre école avaient attiré les gens vers nous plutôt que vers eux. Pendant la guerre, alors que tous les établissements de Syrie avaient fermé leurs portes, j'ai tenu pour ma part à poursuivre mon action, malgré la disette et malgré la persécution, et j'ai même utilisé mes propres économies, en me disant qu'un jour les secours français arriveront...

En vérité, je doute fort que Botros ait jamais prié pour l'arrivée des Français. Mais ce pieux mensonge diplo-matique n'est mensonge que dans la forme ; pour ce qui est des idéaux, mon aïeul s'est toujours senti proche du pays qui avait pour devise Liberté, Égalité, Fraternité ; le fait que la France eût à présent la responsabilité de tracer pour son propre pays la voie de l'avenir ne l'angoissait certainement pas ; c'était pour lui, à tout le moins, un moindre mal.

… en me disant qu'un jour les secours français arriveront, qui compenseront ces pertes et mettront fin aux persécutions. Hélas, je dois dire avec un immense regret que lorsque les secours français sont arrivés, ils n'étaient pas pour nous mais pour ceux qui nous persécutent. On leur a donné de l'argent, qu'ils ont employé pour nous combattre ; et nous, nous n'avons rien obtenu.

Lorsque j'ai interrogé certains fonctionnaires, j'ai entendu des réponses qui ne peuvent refléter l'opinion d'un réformateur universaliste tel que Monsieur Gouraud. Ils ont dit : « Nous n'aidons pas deux écoles dans une même localité. » J'ai demandé : « S'il en est ainsi, pourquoi n'aidez-vous pas l'école qui existe, au lieu de financer la réouverture d'une école qui avait cessé d'exister ? » Ils ont répondu : « Votre bâtiment est trop petit ! » J'ai dit : « Premièrement, quelle importance que le bâtiment soit petit, si tout le monde reconnaît que l'enseignement est bon. Deuxièmement, aidez-nous, et nous construirons des bâtiments plus importants ! » Ils ont répondu : « Vous recevez de l'aide des Américains ! » J'ai dit : « Si les étrangers eux-mêmes ont jugé utile de nous aider, à plus forte raison notre gouvernement, qui a reçu pour mandat d'assurer notre bien-être… »

Botros s'obstine, s'insurge, discute encore, compare son école à l'autre – « *Nous avons soixante élèves, ils en ont moins de vingt, pour la plupart inscrits fictivement…* » –, agite les grands principes, le combat contre le sectarisme, contre le fanatisme, contre l'ignorance, réclame l'envoi d'un inspecteur impartial… Peine perdue. Puisque l'École Universelle avait reçu l'aide des missionnaires anglo-saxons, elle devenait suspecte aux yeux des Français. Son fondateur n'était plus désormais qu'un pion minuscule et pathétique dans le jeu des Puissances, et ses idéaux révolutionnaires ne lui servaient à rien. Non seulement on ne l'aidera pas, mais on le combattra bien plus férocement que par le passé, de quoi lui faire regretter le bon vieux temps des Ottomans, de la Grande Guerre, de la famine, et des nuées de sauterelles s'abattant sur les champs de blé vert.

Mais Botros ne renonce pas tout de suite. Quand, le 31 août 1920, le général Gouraud proclame la création de ce qu'on appellera brièvement «le Grand Liban» – qui est en fait le pays actuel, né de la réunion de la Montagne, de Beyrouth, de Tripoli, de Saïda, de Tyr, de la plaine de la Bekaa… –, et que le gouverneur français du nouvel État, Georges Trabaud, effectue une tournée inaugurale qui le conduit jusqu'à la bourgade de Baskinta, à une heure de marche de notre village, mon grand-père va à sa rencontre, et prépare laborieusement un discours à cet effet. Je me permets de dire «laborieusement» parce que ce texte, qui se trouve dans les archives, paraît quelque peu embrouillé. D'ordinaire, les textes écrits de la main de Botros sont clairs, lisibles, et la présentation en est soignée ; les corrections, quand il y en a, sont faites proprement, dans la marge, ou rajoutées en petits caractères sur une ligne intermédiaire. Rien de tout cela dans le discours prononcé devant Trabaud : des ratures grossières en barbelés, des pâtés d'encre, une écriture nerveuse et embrouillée, reflet d'un esprit tourmenté, qui ne sait s'il doit plier face à l'adversité ou bien se rebeller…

Si je viens m'immiscer ainsi au milieu des…

Non, la ligne est barrée.

Si je peux me permettre de m'adresser à vous...

Non plus. Pourquoi ce ton contrit ? Mieux vaut une formule plus directe, et plus ferme :

Monsieur, je m'adresse à vous en ma qualité de fondateur de l'École Universelle, et au nom d'un grand nombre des hommes de cette région...

La formule est plus fière, mon aïeul la conserve. Suivent quelques phrases d'accueil et d'éloge convenu ; puis, très vite, les reproches :

Ce dont nous nous plaignons auprès de Votre Excellence, c'est cette «spécialisation» pernicieuse qui est pratiquée à notre égard : lorsqu'il y a des corvées, on nous y associe ; lorsqu'il y a des avantages à répartir, on nous en prive. Sans doute sommes-nous trop éloignés des centres de décision, où se trouvent des gens habiles qui accaparent les avantages et se déchargent des corvées sur ceux qui sont plus loin. Ainsi, cela fait des années que le gouvernement a imposé une taxe pour la réfection des routes. Quand il s'agit de percevoir la taxe, on fait payer aux gens de cette région deux fois plus que les autres ; mais dès qu'on veut allouer des crédits pour la réfection d'une route, on ne regarde jamais de ce côté-ci, ce ne sont jamais nos routes qu'on répare ; si bien qu'elles sont toujours dans l'état que vous pouvez constater, périlleuses pour tous ceux qui les pratiquent. Si l'on créait un jour un musée des routes, il faudrait y placer les nôtres, en guise d'antiquités...
De la même manière, la France – Dieu la soutienne ! –

qui a alloué des millions pour l'amélioration de l'enseignement dans ce pays, n'a pas jugé utile de nous en faire bénéficier ; certaines de nos écoles n'ont pas encore reçu le moindre sou, alors que nous savons parfaitement que l'ignorance seule est à l'origine du fanatisme et de la division, que l'ignorance seule nous empêche de nous adonner efficacement aux travaux vitaux tels que l'agriculture et l'industrie, et qu'elle seule pousse les gens à émigrer. Si nous ne parvenons pas à faire reculer l'ignorance, il n'y aura pour nous ni progrès ni concorde civile ni avenir. La connaissance, c'est la vie, mais nous ne pourrons accéder à la connaissance sans l'aide du pouvoir. Or, le pouvoir, c'est vous, Monsieur Trabaud...

Le discours s'achève par quelques vers qui commencent ainsi :

Protégée soit la France, mère des Vertus, pionnière courageuse...

Finalement, cette démarche se révélera inutile. La « pionnière » continuera à ignorer le pionnier, qui deviendra chaque jour un peu plus désemparé, plus révolté, plus amer.

55

Cela dit, soyons justes : Botros ne fut pas persécuté par les nouveaux maîtres du pays, son école ne fut pas interdite. Seulement, il ne réussissait jamais à faire entendre sa voix, alors que ses adversaires « ignorants et fanatiques » recevaient, de la part des autorités françaises, d'importantes subventions, dont ils se servaient pour s'acharner sur lui de cent manières différentes, afin de l'épuiser, de le démoraliser, et de le démolir.

La rumeur malveillante propagée par le curé Malatios pendant le voyage de mon grand-père à Alep est un exemple de ces tracasseries. Le courrier familial conserve d'autres épisodes de l'interminable guéguerre.

Celui-ci, par exemple, que je me suis employé à reconstituer en triant patiemment les feuilles jaunies : il y avait, près de l'École Universelle, un terrain à l'abandon appartenant à une veuve émigrée en Australie ; les élèves, qui n'avaient pas beaucoup d'espace pour jouer entre les classes, avaient pris l'habitude de s'en servir comme d'une cour de récréation. Un jour, Botros reçut une notification officielle lui enjoignant d'évacuer le champ et de ne plus autoriser ses élèves à y mettre les pieds, sous peine de poursuites. Suivirent deux années de procès, dont il reste des traces dans nos archives. Notamment cette lettre adressée par mon grand-père à l'un de ses amis, pour lui demander d'intervenir auprès de la propriétaire.

Votre parente Mariam, veuve du regretté Milad, a envoyé une procuration au curé Malatios pour qu'il me fasse un procès. Le curé en question nourrit à mon égard une hostilité que nul n'ignore ici, et il s'est dépêché de créer une situation de conflit qui a perturbé les élèves, ce que votre parente, qui est une dame honnête et de bonne foi, ne souhaite certainement pas...

Je vous serais donc infiniment reconnaissant si vous pouviez lui écrire pour lui expliquer qui est ce personnage qui arbore le titre de curé, et qui je suis, en lui précisant qu'elle peut me présenter ses réclamations soit directement, soit par l'intermédiaire d'un autre représentant, et que je m'engage auprès de vous à satisfaire toutes ses demandes. Je ne cherche pas à la priver de son dû, je veux seulement éviter que ce personnage se serve de votre parente comme d'un instrument contre moi et contre l'école...

La médiation du destinataire de ce courrier semble avoir porté ses fruits, puisqu'une lettre réunie à la précédente dans une même enveloppe annonce que le conflit a été réglé quelques mois plus tard. Écrite de la main de Malatios, elle précise qu'en vertu de la procuration certifiée par le consulat de France en Australie, le curé est autorisé à louer ledit terrain à mon grand-père pour une période de cinq ans au prix d'une livre syrienne par an, payable à l'avance... Avec cette lettre, une carte de visite, extrêmement polie mais sèche et pompeuse, enjoint à «*Botros efendi*» d'envoyer le muletier Aziz, muni d'un mandat écrit, afin qu'on puisse lui remettre l'acte susmentionné. On dirait un traité entre deux chancelleries, alors qu'il suffisait d'enjamber un muret et deux buissons pour passer d'une école à l'autre…

Se trouvent dans les archives familiales divers autres documents, remontant à la fin de la guerre ou à l'immédiat après-guerre, et qui parlent de procès, de plaintes, de convocations, de témoignages… Il y a même un exemplaire du *Journal officiel du Grand-Liban*, où sont publiées deux décisions de justice en faveur de Botros, l'une contre un certain Mansour, l'autre contre une femme prénommée Hanneh…

Je suis forcément tenté de prendre parti pour mon grand-père, et de voir les choses de son point de vue. Mais je ne veux pas dissimuler que cette profusion de litiges me perturbe. Si je ne doute pas un instant de son intégrité morale, ma propre intégrité exige que je me pose toutes les questions, même les plus inconvenantes, les plus douloureuses, celles qu'il n'aurait pas aimé que je me pose. Était-il l'être pur, pétri d'idéaux, seulement préoccupé de répandre le savoir et de contribuer à l'avancement des nations d'Orient ? Pour l'essentiel, oui, et bien plus que les gens de son époque ou de la mienne. Mais il avait aussi ses travers. Pas uniquement son côté «redresseur de torts», finalement attachant, même s'il n'a pas rendu plus facile sa vie, ni celle des siens. Pas seulement son côté moraliste, irritant mais respectable, et de toute manière inséparable de son tempérament de pédagogue. Il avait aussi, les indices sont probants, une immense soif inassouvie de possession matérielle, ainsi que de reconnaissance. Une soif comme seuls l'éprouvent ceux qui n'ont jamais été rassasiés. Ce n'est pas, en soi, un reproche infamant – ou alors il s'adresse aussi à moi-même, à mes compatriotes, et à la plupart de nos semblables ; mais il m'apparaît qu'en certaines circonstances, notamment pendant la guerre, cette «soif» a conduit mon grand-père à de graves erreurs de jugement.

Le courrier qui va suivre, signé par un prénommé Sabeh, permettra d'illustrer mon propos. L'affaire qui y est évoquée concerne un terrain que l'on proposait à mon grand-père d'acheter, pendant la Grande Guerre. Le bien appartenait à de jeunes héritiers, et l'auteur de la lettre était un intermédiaire se présentant comme un cousin – mais il est vrai qu'en nos villages, tout le monde est cousin, par un biais ou par un autre.

Ledit cousin, donc, avait fixé un prix, et Botros avait répondu qu'il le trouvait trop élevé. Ce qui lui avait attiré cette réplique cinglante et insidieuse :

À notre respecté cousin khweja Botros,
Après les salutations que je vous dois, je porte à votre connaissance que votre lettre est arrivée, que j'ai compris votre explication, que j'ai été heureux d'apprendre que vous étiez en bonne santé, mais que je n'ai pas été heureux de lire votre réponse concernant l'héritage de notre oncle Ghandour, vu que je vous avais exposé la réalité de notre situation, en précisant que nous n'avions pas le temps de discuter longuement. Pour cela, il fallait que votre réponse soit claire, soit vous achetez, soit vous n'achetez pas. Je ne veux pas croire que vous cherchez à discuter le prix de ce que possèdent ces malheureux enfants, étant persuadé que vous êtes un homme magnanime. Alors, de grâce, dites-nous clairement combien vous voulez payer ! Si le prix nous convient, l'un de nous viendra avec une procuration pour conclure la vente, sinon nous devrons trouver pour ces enfants une autre solution.
Voilà pourquoi il faut nous répondre très vite à ce pro-

pos, tout en nous rassurant bien entendu sur votre santé précieuse…

Mon grand-père a-t-il apprécié l'humour grinçant de l'expéditeur ? C'est peu probable. Toujours est-il qu'il a eu l'élégance de conserver cette lettre, ainsi qu'une autre, de la même main, écrite six mois plus tard, le 12 novembre 1918. Dans l'intervalle, la vente n'avait pu se faire, et un expert était venu, qui avait évalué la propriété au quart du prix qui avait été proposé à Botros. Dans la nouvelle lettre, Sabeh accuse mon grand-père d'avoir influencé l'expert, avili le bien, et empêché ainsi les héritiers de le vendre à un autre que lui.

S'il est vrai que vous cherchez à réaliser un gain aux dépens de ces malheureux, sachez que ce sont des êtres faibles, misérables, qui ne méritent pas d'entrer en conflit avec des personnages de votre stature. Il serait honteux que l'on dise de vous que vous vous êtes abaissé à vous attaquer à si piètre adversaire. Pour cela, je supplie le grand professeur et le célèbre érudit, si respecté dans le monde des lettres et du savoir, de songer au prophète David et à ne pas convoiter la brebis du pauvre. Mesurez-vous plutôt à des adversaires qui soient capables de se défendre…

La lettre contient encore mille persiflages que le récipiendaire a dû ressentir comme des coups de couteau.

Botros avait-il raison ou tort dans cette affaire ? Sur le fond, je ne dispose évidemment pas de tous les éléments qui me permettraient de trancher. Ce dont je suis intimement convaincu, en revanche, c'est qu'il avait tort, mille fois tort, de se laisser entraîner vers de tels marécages. J'émets cette opinion en étant, oui, bien sûr, assis dans mon fauteuil, dans la quiétude de ma terre adoptive ; lui, au village, pendant la Grande Guerre, devait avoir à chaque instant la certitude de se battre pour sa survie, pour son école, pour sa place au soleil – que, finalement, il n'obtiendra jamais.

Mais je ne voudrais pas tomber dans l'indulgence à son égard, ni dans la compassion. Je ne voudrais pas que mon propre sentiment de culpabilité m'amène à passer ses manquements sous silence. Je dois aussi à sa mémoire la vérité. La vérité n'est pas une sanction que je lui inflige, c'est un hommage à la complexité de son âme, et c'est l'épreuve du feu pour l'homme qui voulait s'échapper de l'obscurité vers la pleine lumière.

Pendant les années de guerre, quand sévissait la famine, quand les morts se comptaient déjà par milliers, mon grand-père se trouvait, grâce à sa prévoyance, à l'abri du besoin, avec plus de grains qu'il n'en fallait pour nourrir ses enfants, avec un peu d'argent aussi, de quoi attendre des jours meilleurs, et de quoi garder l'école ouverte… Une situation peu enviable, paradoxalement, comme j'ai déjà eu l'occasion de le dire. Car les gens n'avaient pas envie de croire que Botros échappait au désastre parce qu'il avait été le plus prévoyant ; ils n'avaient pas envie de croire que s'il disposait d'un peu plus d'argent qu'eux, c'est parce qu'il administrait depuis vingt ans avec rigueur les propriétés familiales, qu'il s'occupait des graines, des récoltes – il avait même fait des études de comptabilité, et obtenu un diplôme, afin de mieux gérer la petite, la toute petite fortune familiale. Les gens, du temps de la famine, ne voulaient pas croire que Botros s'était tout simplement montré un meilleur gestionnaire qu'eux. Ils voyaient seulement en lui un nanti, un privilégié, et donc, forcément, un profiteur.

Quand, pendant la guerre, on venait lui proposer d'acheter un terrain, qu'il répondait que le prix était trop élevé, et qu'il réclamait une expertise, on le regardait de travers, on persiflait dans son dos, on le traitait de vautour. Lui, cependant, était persuadé de suivre là une procédure régulière, et l'expert, sans avoir besoin d'être influencé ou corrompu, lui donnait raison. Comment aurait-il pu en être autrement ? Le pays entier était à vendre et personne ne voulait ni ne pouvait acheter ; on voyait chaque jour des gens mourir de faim pour n'avoir pu monnayer leurs propriétés ; alors, forcément, les prix étaient au plus bas, et si l'on trouvait acheteur, celui-ci n'avait aucun mal à obtenir les conditions les plus avantageuses. Botros devait même avoir le sentiment de rendre service en se séparant d'une partie de sa réserve de survie pour acquérir un terrain dont personne d'autre ne voulait, et qui ne lui servait à rien ; vue de l'autre côté, la transaction ne pouvait qu'apparaître léonine, abusive, sordide ; sinon tout de suite, du moins après la guerre, lorsque les prix seraient remontés et que les gens se seraient mis à regretter d'avoir vendu trop bas.

À n'en pas douter, Botros a manqué de discernement. Il aurait certainement dû s'abstenir d'acheter quoi que ce fût pendant les années de conflit. Mais peut-être la tentation était-elle forte de posséder ici une terrasse de figuiers, là une forêt de pins, voire un pan de colline. Peut-être y avait-il aussi, dans un recoin de son esprit, le désir d'égaler, au pays même, la réussite matérielle obtenue par Gebrayel aux Amériques… Cela dit, s'agissant d'un homme à la fois intègre et passionné, on ne devrait pas exclure l'éventualité la plus honorable de toutes, à savoir qu'il ait sincèrement voulu aider des familles dans le besoin, qui, sans la vente de leurs terrains, seraient mortes de faim. Et qu'il n'ait tout simplement pas compris que son geste pourrait être interprété de manière infamante.

Autre erreur de jugement, à la même époque : il a prêté de l'argent. Personne n'a jamais prétendu que c'était à des taux usuraires, il lui est même arrivé de prêter à taux nul. Mais il y a en la matière des logiques imparables ; il est difficile de maintenir, entre un débiteur et ses créanciers, des rapports humains limpides. En dépouillant le courrier de ces années-là, j'ai découvert que bien des gens au village avaient vécu pendant la guerre grâce à l'argent de Botros : ses frères, ses neveux, son beau-père Khalil, et quelques autres… À un moment où tous étaient ruinés et démunis, mon grand-père s'était retrouvé dans une position malencontreusement privilégiée, qui ne lui valut, j'imagine, que des rancœurs, et des inimitiés.

Là encore, dilemme. Qu'aurait-il dû faire ? S'il possédait une immense fortune, j'aurais aimé entendre qu'il l'avait distribuée autour de lui à tous ceux qui étaient dans le besoin, que toute notre vaste famille et tout notre village avaient survécu grâce à sa générosité. Mais son dilemme n'était évidemment pas celui-là, puisqu'il ne disposait que d'une somme modique, considérable seulement aux yeux des villageois, et qui ne faisait pas de lui un homme riche ; il suffit, pour s'en rendre compte, de voir à quoi ressemblait sa maison, et comment étaient habillés ses enfants… Non, à vrai dire, il n'était pas riche, tout juste avait-il un petit pécule qu'il aurait peut-être mieux fait de dissimuler. Il opta pour une autre voie, qui lui paraissait à la fois plus morale et plus judicieuse : le prêter à ceux qui manquaient d'argent, pour le récupérer une fois la guerre terminée.

Où donc se trouvait, en ces années calamiteuses, la ligne de partage entre l'action honorable et la transaction abusive? On pourrait en débattre longtemps. Ce qui est certain, c'est que l'image de Botros en fut ternie, et que lui-même en fut meurtri. D'autant plus meurtri qu'il ne voyait sincèrement pas en quoi il avait fait fausse route.

Il y a dans les archives familiales, comme pour fixer sur papier cette époque pénible, une photo qui représente Botros, Nazeera, et leurs quatre premiers enfants. À en juger par l'âge apparent du plus jeune, on devait être en 1921, au printemps, ou peut-être en été. Mon grand-père n'avait que cinquante-trois ans, mais déjà une allure de vieillard, un sourire forcé et désabusé, la tête prise dans des soucis qui se reflètent jusque dans les yeux des enfants, olives noires qui osent à peine rêver. Ils sont tous habillés de la même étoffe à carreaux comme des orphelins qu'ils ne sont pas encore, derrière eux un vieux mur de pierre et le tronc nu d'un arbre anonyme. Ils ne savent pas ce que sera leur vie et moi aujourd'hui, sans mérite, je le sais. Qui est mort en premier? Qui a émigré? Qui est resté?

Un seul parmi eux est encore en vie, et sur la photo il est le seul à paraître joyeux. L'aîné de mes oncles, toujours lointain, dans sa retraite interminable en Nouvelle-Angleterre.

Ma grand-mère était alors enceinte. Sur l'image, cela se voit à peine, mais par les dates je le sais. Elle allait accoucher début décembre 1921, et mon grand-père avait déjà choisi pour l'enfant un prénom: il s'appellerait «Kamal», en l'honneur d'Atatürk.

56

Pourquoi mon grand-père s'enflamme-t-il cette année-là pour Kemal Atatürk ? Nulle part, dans ses écrits, il ne s'en explique, mais je n'ai pas trop de mal à le deviner. Lui qui, depuis toujours, rêvait d'assister au grand chamboulement de l'Orient, lui qui avait passé sa vie à batailler contre le passéisme, contre le poids étouffant des traditions, et pour la modernité, jusque dans les habitudes vestimentaires, il ne pouvait demeurer insensible à ce qui se produisait dans la Turquie de l'après-guerre : un officier ottoman né à Salonique, instruit dans ses écoles, nourri de ses Lumières, qui proclamait son intention de démanteler l'ordre ancien, pour faire entrer ce qui restait de l'Empire, de gré ou de force, dans le siècle nouveau.

Ce côté musclé de l'entreprise kémaliste ne devait pas trop déplaire à mon aïeul, me semble-t-il. Je garde en mémoire des vers en langue dialectale que mon père m'a souvent récités, composés par son propre père, et qui visaient clairement les hommes de religion – en premier lieu, je suppose, le curé Malatios. Je les traduirais comme suit :

Si des ciseaux de cordonnier pouvaient les tondre,
Les tondre, de la tête aux pieds !

Je cite ici cette épigramme parce qu'elle évoque pour moi la manière dont Atatürk allait faire couper autoritairement les barbes des religieux musulmans – comme, deux siècles plus tôt, Pierre le Grand celles des popes. En 1921, rien de cela ne s'était encore produit, mais les convictions laïques et modernistes du nouveau maître de la Turquie étaient déjà affirmées, et je ne suis pas étonné de l'engouement de Botros, qui avait dû éprouver envers cet homme une puissante affinité, tant dans les idées que dans le tempérament ; je suis même persuadé qu'il avait dû regretter que sa Montagne ne soit plus territoire turc. Kemal, lui au moins, était un laïc cohérent, pas comme ces Français qui, chez eux, séparaient l'État de l'Église, et chez nous finançaient l'école du curé !

Peut-être bien qu'il y avait çà et là, entre l'admirateur et son héros, certaines différences d'attitude – il m'est arrivé d'en signaler une, à propos des couvre-chefs ; alors qu'Atatürk voulait remplacer le fez et le turban par le chapeau à l'européenne que lui-même arborait volontiers, Botros préférait aller tête nue, prenant ainsi ses distances aussi bien envers ceux qui demeuraient soumis aux traditions orientales qu'envers ceux qui mimaient les gestes des Occidentaux. Mais la différence était plus apparente que réelle : mon grand-père voulait bien que les Orientaux prennent exemple sur l'Occident, ses critiques visaient surtout ceux qui singeaient l'Autre sans chercher à comprendre les raisons profondes de son avancement ; quant à Atatürk, même s'il était un admirateur des Occidentaux, il savait aussi leur tenir tête.

Justement, en cette année 1921, il avait remporté succès sur succès contre les armées européennes qui occupaient la Turquie. Et en octobre, il avait obtenu de la France qu'elle reconnaisse son gouvernement et qu'elle retire ses troupes de son pays. C'est à ce libérateur des terres et des esprits que mon grand-père voulait rendre hommage en appelant son enfant de son prénom, prononcé à la manière arabe : « Kamal ».

Il ne s'était d'ailleurs pas gêné pour annoncer sa décision à l'avance. C'était manifestement une bravade, contre les tenants de l'obscurantisme et du traditionalisme, contre les adversaires de son École Universelle, contre le général Gouraud et Monsieur Trabaud, contre tous ceux qui le combattaient, qui le calomniaient, ou qui lui refusaient leur aide…

L'enfant attendu naquit le 9 décembre 1921. Botros se trouvait à Beyrouth ce jour-là. Quand il revint au village quelques jours plus tard, il y avait des murmures à son propos, des ricanements, des railleries… Et ses proches, à commencer par Nazeera, étaient embarrassés. Hélas, il ne pourra pas tenir sa promesse, la Providence en a décidé autrement, l'enfant ne pourra pas porter le prénom d'Atatürk – puisque c'est une fille !

Mon grand-père fronça les sourcils, et ne dit rien. Il alla s'asseoir à sa table d'écriture, dans un coin de la chambre, à deux pas du lit où était étendue sa femme ; laquelle fit signe de la main à tout le monde de sortir, les grands emmenant les petits. Il ne resta plus dans la pièce que la mère, le père, et le nouveau-né – tous les trois silencieux.

Au bout d'une longue méditation, Botros regarda Nazeera et lui dit :

— Et alors ? Nous avons une fille – et alors ? Je l'appellerai quand même Kamal ! C'est un prénom de garçon – et alors ? Quelle différence ? Ce n'est pas ça qui me fera changer d'avis !

L'histoire ne dit pas si ma grand-mère chercha à le dissuader. J'imagine que oui. J'imagine qu'elle tenta courageusement de lui expliquer que ce prénom serait lourd à porter pour une fille. Mais qu'il s'entêta, comme à son habitude, et qu'elle, comme à son habitude, finit par lui céder.

Les jours suivants, d'autres membres de la famille, j'imagine, tenteront encore d'argumenter... Peine perdue ! Mon grand-père était ainsi fait que lorsqu'on cherchait à lui indiquer la voie de la raison et du bon sens, c'était pour lui une puissante incitation à s'en écarter. Sa fille, ma tante paternelle, portera le prénom d'Atatürk.

Kamal – j'attendais ce moment pour parler d'elle. À plusieurs reprises, dans les chapitres qui précèdent, parfois entre guillemets et parfois sans, je l'ai citée en prenant soin de ne pas la nommer avant d'en être arrivé à ce point de l'histoire où s'explique son nom. Lequel figure pourtant, avec celui de son mari, aux toutes premières pages, puisque c'est d'abord à elle que ce livre est dédié.

Dès que j'ai formé le projet d'une recherche sur mon grand-père, sur mon grand-oncle Gebrayel, sur notre parenté et nos origines, c'est vers elle que je me suis tourné, c'est elle que j'ai mise dans la confidence. Il me manquait, pour ce voyage délicat, un guide intime, proche de moi et proche de ce temps-là, capable de me décrire avec précision et rigueur les personnages, les sentiments du moment, de me dire ce qui est plausible, s'agissant du passé, et ce qui ne l'est pas. Un guide qui remplace à mes côtés tous ceux qui n'étaient plus là. Je parle d'elle avec émotion, avec gratitude, et aussi avec tristesse, parce qu'elle a disparu à son tour, trop tôt, au cours de ce voyage.

Les derniers temps, stimulés l'un et l'autre par la commodité du courrier instantané, nous nous écrivions souvent de longues lettres. Moi en français, elle en anglais, un anglais à la fois élégant et précis. Quand je l'interrogeais sur une histoire qu'on m'avait rapportée, ou que j'avais déduite des documents que j'épluchais, je savais que je pouvais me fier, les yeux fermés, à son appréciation. «*Cette version de l'événement me paraît douteuse*», «*Ce récit correspond à ce que j'ai entendu autrefois, et il me semble qu'il s'approche de la réalité*», ou bien «*J'ai une autre version de cette histoire, que je tiens de l'intéressé lui-même...*», ou, mieux encore «*À l'âge de treize ans, j'ai entendu – I overheard – Alice murmurer à l'oreille de ta grand-mère que la mort de Gebrayel n'était pas accidentelle*»... Son évaluation rigoureuse ne l'empêchait d'ailleurs pas de me rapporter parfois des ragots, lorsqu'elle les jugeait instructifs ; mais dans ce cas, elle précisait entre parenthèses «*(hearsay)*», pour qu'il n'y ait aucune confusion.

Les récits concernant sa propre naissance et son prénom appartiennent en partie à cette dernière catégorie, celle de «l'entendu-dire». Mais en partie seulement. Tout ce qui concerne Atatürk, l'engouement de mon grand-père à son endroit, sa ferme volonté d'appeler son enfant de son nom, est strictement authentique ; en revanche, les propos de mon grand-père dans la chambre ne sont pas de première main. L'unique témoin, sa femme, Nazeera, ne les a certainement pas rapportés tels quels. Pourquoi ? Parce que ma grand-mère ne se laissait jamais aller à ce genre de confidences. Ni à sa fille, ni à qui que ce soit d'autre. D'ailleurs, personne n'aurait osé l'interroger. La fille du prédicateur presbytérien, la fille de l'austère Sofiya, n'inspirait à ceux qui l'approchaient aucune familiarité ; elle suscitait plutôt la circonspection, et même la crainte. Pas pour nous, ses petits-enfants, qui l'avons connue âgée, adoucie, affectueuse ; mais ceux qui l'ont connue plus tôt la traitaient avec égards, et ses propres enfants lui étaient soumis. Ils l'aimaient aussi, sans doute, mais avant tout ils la craignaient ; entre elle et eux, pas de bavardage. Et pas de grandes effusions. J'ai déjà eu l'occasion de raconter l'histoire de la petite fille qui demandait à sa mère pourquoi elle ne l'embrassait jamais comme d'autres mères au village embrassaient leurs enfants, et cette mère qui répondait, gênée, qu'elle l'embrassait seulement pendant son sommeil. La petite fille, c'était Kamal, justement.

Si j'évoque ici un peu plus longuement le personnage de ma grand-mère, c'est pour une raison précise. Une raison vers laquelle je m'avance avec d'infinies précautions. Étant de la même argile que mes aïeux, j'ai les mêmes pudeurs, le même culte du silence et de la dignité. Pour cela, il ne m'est pas facile d'aborder cette question qui, depuis quelque temps, me taraude, et dont les survivants ne m'ont parlé qu'avec parcimonie : comment Nazeera, personnalité forte, rigoureuse, autoritaire, trempée dans le bon sens, parvenait-elle à cohabiter avec un mari fantasque, provocateur, et instable ? La réponse à laquelle j'ai abouti, c'est qu'ils n'étaient plus très souvent sous le même toit.

Le premier indice m'est venu il y a très longtemps, de mon père, mais je n'y avais pas prêté attention. J'étais, dans mon enfance, terrorisé à l'idée de perdre un jour mes parents, surtout lui, qui me paraissait fragile, vulnérable, menacé, depuis que j'avais su qu'il avait perdu son propre père lorsqu'il était lui-même enfant. À l'époque, je n'effectuais évidemment aucune recherche, je ne songeais pas à écrire, je voulais juste calmer mes angoisses. J'avais donc posé une série de questions sur «*jeddo* Botros», auxquelles mon père avait patiemment répondu, avant d'ajouter :

— Je te dis les choses comme on me les a racontées, parce que j'ai peu connu ton grand-père. Il travaillait à Beyrouth, et nous, nous étions au village.

— Il ne remontait pas à la maison le soir ?

— À l'époque, tu sais, il n'y avait pas de routes, et les automobiles étaient rares…

Sur le moment, je n'avais décelé là-dessous rien d'anormal. Tous les étés de mon enfance, nous allions au village, ma mère, mes sœurs et moi. Mon père aussi, qui cependant ne lâchait jamais son travail ; il continuait à « descendre » à Beyrouth, au journal, chaque matin, pour « remonter » au village en fin d'après-midi. Dès qu'il arrivait sur l'autre versant de la Montagne, il klaxonnait d'une manière caractéristique, alors nous courions sur la route à sa rencontre, jusqu'au lieu-dit la Tannerie. C'était un rituel quotidien. Mais c'était seulement pendant les trois mois d'été. Les neuf autres mois de l'année, toute la famille était rassemblée dans la capitale.

Aujourd'hui, je trouve aberrant de n'avoir pas demandé à mon père comment il se faisait que mon grand-père travaillait à Beyrouth, quand tout le monde m'avait toujours dit qu'il était le directeur de « notre » école villageoise, dont j'avais si souvent visité les locaux abandonnés.

Bien des années plus tard, j'ai eu entre les mains un autre indice. Provenant encore de mon père, mais cette fois dans un texte sur son propre père – le seul, à ma connaissance, qu'il lui ait jamais consacré. Il l'avait écrit pour le cinquantenaire de sa mort ; non que Botros fût un personnage illustre dont on célèbre les anniversaires, mais son fils avait voulu saisir l'occasion, justement, pour le sortir un peu de l'obscurité. Le papier, couvrant une demi-page dans le supplément littéraire d'un grand quo-

tidien, commençait par un préambule où mon père s'ex-
cusait de ne pouvoir décrire le personnage convenablement, n'ayant gardé de lui que des souvenirs embrouillés :

*Il est mort alors que j'étais encore très jeune, et les
dernières années, je ne le voyais que rarement, vu qu'il
travaillait à Beyrouth...*

J'ai trouvé cet article par hasard, perdu au milieu de
mille autres papiers, dans un tiroir, sous la bibliothèque
de mon père. Lui-même n'était plus en vie, et ma grand-
mère non plus, mais je pouvais encore interroger de précieux survivants – notamment Kamal. Qui, au bout de
quelques jours, m'adressa cette réponse :

*Sur la question de savoir si ton grand-père avait eu
une activité régulière à Beyrouth au cours des dernières années de sa vie, j'ai interrogé les trois ou
quatre personnes qui pourraient encore se souvenir, et
j'ai obtenu ces quelques éléments, que je te livre tels
quels : après s'être assuré que l'école de Machrah
fonctionnait désormais correctement, et que les grands
élèves s'occupaient efficacement des plus petits en son
absence, il avait décidé de créer à Beyrouth une structure qu'il avait appelée « le Bureau de la connaissance
et du travail », et qui proposait des cours privés...*

Sans exprimer ses doutes, ma correspondante prenait
ses distances par rapport à cette version, en l'attribuant
à ses informateurs (qu'en un autre endroit de la lettre elle
mentionnait un à un). De fait, l'explication était quelque
peu elliptique : quand on a eu l'occasion de constater tous
les scrupules qu'avait manifestés Botros lorsqu'il avait
dû s'absenter quelque temps à Alep, quand on sait les dif-

ficultés qu'avait son école à survivre face aux attaques incessantes du curé Malatios, on ne peut que sourire en lisant qu'il se sentait en mesure de se lancer dans une nouvelle entreprise, loin du village, parce qu'il savait que les élèves âgés de dix ans s'occupaient à présent de ceux qui n'en avaient que six ! Et alors que sa femme avait déjà cinq enfants sur les bras, et qu'elle allait bientôt donner naissance à un sixième.

Kamal, qui savait deviner ce qui me trottait dans la tête, prit le soin d'ajouter, dans la suite de la lettre :

À Beyrouth, ton grand-père logeait chez les Abou-Samra, ce qui explique les liens étroits entre eux et notre famille ; moi-même, quand je suis allée pour la première fois en ville avec ma mère, c'est chez eux que j'ai logé... Leur fils allait d'ailleurs épouser Sarah, la principale institutrice de notre école...

Message reçu : mon grand-père n'avait pas quitté le domicile familial pour mener une double vie. Mais il est clair qu'il avait envie de s'éloigner. Peut-être pas de son foyer ou de son école – si, un peu, tout de même ! – mais surtout du village et des villageois. Toutes ces querelles autour des terrains, de l'argent prêté, autour de son refus de baptiser ses enfants ; toutes ces diatribes, tous ces procès avec des voisins, des cousins ; sans même reparler du curé...

Botros était, à l'évidence, épuisé, dégoûté ; il avait besoin de respirer, il avait besoin d'autre chose, ailleurs. Ses instincts de célibataire avaient repris le dessus.

57

L'année 1922 n'apporta rien qui pût atténuer la rage de mon grand-père. Un nouveau haut-commissaire fut nommé par la France pour ses nouvelles possessions du Levant : Maxime Weygand, général déjà célèbre et catholique fervent. Botros ne prit même pas la peine de lui écrire. Avec Gouraud, il pouvait essayer de démontrer que ses actes n'étaient pas en conformité avec ses convictions humanistes ; avec son successeur, hélas pour mon grand-père, aucune contradiction : dès son entrée en fonctions, Weygand manifesta son intention de favoriser l'enseignement religieux.

Dans les archives familiales, les vers composés cette année-là redoublent de violence contre les hommes de religion.

> *Ce sont des démons en habits de braves gens*
> *Ou, si l'on préfère, des satans sans queue,*
> *Sauf que des queues leur poussent dans le visage*
> *Telles sont leurs barbes, que Dieu y mette le feu !*

Il faut espérer que Theodoros, qui arbora toute sa vie et jusqu'à sa mort une imposante barbe de prélat, n'eut jamais vent de ces paroles de son frère.

Ni de celles-ci, d'ailleurs :

Qui dira aux jésuites qu'ils sont à présent
Comme des loups à qui l'on aurait confié des bre-
bis ?
Le mal, tout le mal, se cache sous le mot « amour »
Un mot qu'on entend fréquemment dans les lupa-
nars.

Je ne saurai jamais quels événements précis avaient provoqué un tel assaut de Botros contre la Compagnie de Jésus. Ce qui est certain, c'est que cet ordre religieux jouait un rôle majeur dans l'enseignement au Liban à l'époque du Mandat français, rôle qui n'était évidemment pas du goût de mon grand-père. Mais il y avait probablement eu un incident précis, qui l'avait affecté plus directement. Que les jésuites aient apporté par exemple un soutien quelconque à l'école du curé Malatios, qu'ils lui aient accordé leur caution pédagogique, d'une manière ou d'une autre… Je n'ai aucune preuve tangible, mais la chose est plausible, et elle expliquerait la véhémence de Botros.

Oserai-je irriter mon aïeul davantage en signalant ici, rapidement, entre deux paragraphes, que plusieurs « brebis » de sa descendance allaient se retrouver un jour sous la férule de ces « loups » jésuites ? Fort heureusement pour lui, il s'en est allé, paix à son âme, sans avoir vu cela !

Ayant refermé cette brève parenthèse, je m'engage dans une autre digression, un peu moins brève, mais qui me semble nécessaire pour dissiper un malentendu.

Je viens en effet de citer, coup sur coup, plusieurs propos violemment anticléricaux de Botros. Je tenais à le faire, ayant souffert de voir son image dans la famille édulcorée, attiédie, dissoute… C'était un révolté, et c'est dans les ruines de sa révolte que je cherche mes origines, c'est de sa révolte que je me réclame, c'est d'elle que je suis issu. Mais je ne voudrais pas non plus remplacer une falsification par une autre. Ce qui serait le cas si je passais sous silence le fait que, face à cette poignée de vers rageusement anticléricaux, il y en a des centaines – oui, plusieurs centaines – qui laissent entendre autre chose.

Ainsi, dès les premières pages des plus anciens cahiers conservés par Botros, on trouve un hymne de 1893 à la gloire du patriarche grec-catholique Gregorios Ier, et déjà un poème de 1892 en l'honneur de ce même prélat – alors que mon grand-père était encore à l'école des missionnaires américains. En 1898, un livre est publié à Beyrouth pour rendre hommage au nouveau patriarche grec-catholique, Botros IV, à l'occasion de son élection ; on y trouve un poème de Theodoros, qui occupe une page et demie, mais aussi un poème de Botros, tout aussi dithyrambique, et qui occupe trois pages.

Où que l'on promène son regard dans les cahiers de mon grand-père, on rencontre des patriarches, des évêques, des archimandrites, des *ekonomos*, des supérieurs de couvent, des Saintetés, des Béatitudes, des Révérends… Les uns grecs-catholiques, les autres grecs-orthodoxes ou maronites ou protestants.

Cela voudrait-il dire que Botros pratiquait, lui aussi, ce double langage qu'il fustigeait tant chez ses compatriotes ? Il me semble que ce serait injuste de l'affirmer. Un homme qui refuse de baptiser ses enfants, et prend ainsi le risque de se mettre à dos toute sa communauté et toute sa famille ne peut raisonnablement être accusé de duplicité. Il a une ligne de conduite cohérente, minutieuse, toute en nuances, pour laquelle il a accepté de souffrir et qui, pour cela, mérite d'être respectée : lorsqu'il affirme qu'il ne faut pas imposer à des nourrissons une religion qu'ils n'ont pas librement choisie, et qu'il faut attendre qu'ils soient en âge de décider par eux-mêmes, c'est très exactement ce qu'il pense, et il l'a démontré; lorsqu'il ajoute qu'il n'est aucunement hostile au christianisme – ni, plus généralement, à la religion – et qu'il entend inculquer à ses élèves les vrais préceptes de la foi sans entrer pour autant dans les querelles entre communautés, c'est là encore très précisément ce qu'il pense.

Son anticléricalisme avait une cible délimitée : ceux qui, par obscurantisme et par fanatisme, combattaient son École Universelle, tel le curé Malatios, et ceux qui lui prêtaient main-forte. Personne d'autre. Son rêve n'était pas d'abolir la religion ni même les Églises ; son rêve était de pouvoir vivre un jour dans un pays libre, entouré de femmes et d'hommes libres, et même d'enfants libres ; dans un pays régi par la loi plutôt que par l'arbitraire, gouverné par des dirigeants éclairés et non corrompus, qui assureraient au citoyen l'instruction, la prospérité, la liberté de croyance et l'égalité des chances, indépendamment des appartenances confessionnelles de chacun, afin que les gens ne songent plus à émigrer. Un rêve légitime mais inatteignable, qu'il poursuivra avec entêtement jusqu'à son dernier jour. Et qui le conduira souvent à l'amertume, à la rage, au désespoir.

> *Avec une infinie tristesse je songe à toutes ces années que j'ai perdues entre cahiers et encriers dans un pays de futilité et de superficialité !*

Si je cite à nouveau ce passage d'une lettre adressée à son beau-frère Chucri, c'est parce qu'elle dévoile un sentiment d'échec qu'il a souvent éprouvé mais que, d'ordinaire, sa fierté et un certain sens de la responsabilité lui imposaient de taire. À vrai dire, il a constamment douté, douté de ce qu'il faisait, et douté de l'avenir des «contrées orientales», même lorsque l'occasion semblait propice à l'espoir. Comme lors de la grande révolution ottomane.

Si un certain temps s'écoulait sans que nous ayons rattrapé les peuples avancés, ceux-ci ne nous regarderont même plus comme des êtres humains !

Puis, un peu plus tard :

Un sultan a abdiqué, un autre est monté sur le trône, mais le pouvoir s'exerce toujours de la même manière, Nous sommes une nation volage, que le vent des passions entraîne par-ci, par-là…

Ces paroles aussi, je les ai déjà citées en leur temps. Mais pas celle qui vient, griffonnée au crayon à mine sur une feuille volante, avec, en guise de titre, simplement : *Beyrouth, 1923.*

Je suis las
Las de décrire
L'état de nos pays d'Orient,
Remplacez «pays» par «calamité»
Remplacez «Orient» par «malédiction»,
Vous aurez une idée de ce que je cherche à dire

Ces propos désabusés ne s'expliquent pas seulement par les calamités ordinaires auxquelles il devait constamment faire face. Une secousse d'une tout autre magnitude venait de se produire. Une tragédie à la fois brutale et emblématique, dont il ne se remettrait pas.

58

En 1923, l'un des neveux de Botros, un garçon d'une grande intelligence que tout le monde s'accordait à comparer à son oncle, et qui avait été l'un des meilleurs élèves de l'École Universelle, annonça à ses parents qu'il n'avait pas l'intention de travailler dans l'entreprise familiale, et qu'il allait s'inscrire à l'université pour étudier la littérature. Il ajouta même, peut-être par simple bravade, mais peut-être aussi par conviction, qu'il avait décidé de consacrer sa vie à la poésie.

Ces projets n'enchantèrent ni sa mère, qui était la sœur de Botros, ni son père. L'un et l'autre auraient préféré le voir s'orienter vers des ambitions moins fantasques. Ils se seraient cependant résignés, me dit-on, si le frère aîné du père, qui était, selon la coutume, la véritable autorité dans cette branche de la famille, avait accordé son consentement. Ce qu'il refusa obstinément; à son neveu, qui osait argumenter, il répondit: «Tu n'iras nulle part! Tu travailleras ici, avec nous, comme nous! Tu es un homme maintenant et il est temps que tu commences à gagner ton pain.» Le jeune homme répliqua: «Je ne mangerai plus de pain!»

Il m'est arrivé de raconter, par le passé, une légende villageoise où un garçon prénommé Tanios faisait la grève de la faim pour obtenir le droit de poursuivre ses études ; au moment où il semblait perdu, ses parents capitulaient, et le confiaient à la garde d'un pasteur anglais ; alors il recommençait à se nourrir. Je m'étais évidemment inspiré de l'histoire qui s'était produite chez les miens, en la transformant selon mon cœur.

À présent, l'histoire vraie : le jeune homme est mort. Très exactement le 28 juillet 1923.

Lorsqu'il avait commencé à jeûner, ses parents s'étaient montrés intraitables, persuadés qu'il finirait bien par céder. Voyant qu'il ne mettait vraiment plus rien en bouche, qu'il maigrissait et s'affaiblissait, ils avaient changé d'attitude, et lui avaient promis qu'ils ne s'opposeraient plus à ses projets. Mais il avait déjà passé la ligne invisible qui sépare le désir de vivre du désir de mourir.

Mon père, qui était né en octobre 1914 et avait donc un peu moins de neuf ans à l'époque, m'avait parlé quelquefois de ce drame :

— Je m'en souviens comme si c'était hier. Toute la famille défilait devant mon cousin pour le supplier de recommencer à se nourrir. On lui tendait des choses qu'il aimait, comme si cela pouvait lui faire envie et lui redonner de l'appétit. On lui jurait, on lui promettait… Il y avait toute une foule autour du lit, et sa mère pleurait. Mais il n'écoutait plus personne.

— Il a jeûné jusqu'à la mort ?

— Il ne s'est pas éteint lentement comme une bougie. Un jour, alors qu'on n'avait pas encore désespéré de lui faire changer d'attitude, son cœur a soudain lâché.

Botros se trouvait à Beyrouth lorsque la crise avait éclaté. Au début, les parents du garçon n'avaient pas voulu le prévenir, l'estimant un peu responsable des lubies de leur fils, et craignant qu'il ne vînt le conforter dans son entêtement, lui dont les entêtements étaient proverbiaux dans la famille. C'est quand la situation s'aggrava dangereusement qu'ils firent appel à lui. Trop tard. Le jeûneur ne voulait plus écouter personne.

Ce drame affligea la parenté entière, et perturba les esprits pour longtemps. Venant si peu de temps après la grande famine, qui avait causé pour tous les fils de la Montagne un traumatisme durable, cette famine librement consentie, librement imposée à soi-même, et pour de pures raisons de principe, avait une noblesse inquiétante. Le neveu de Botros avait émigré vers la mort comme d'autres émigraient vers l'Amérique, pour les mêmes raisons : l'univers qui l'entourait devenait étroit, étroites les communautés, leurs idées, leurs croyances, leurs manigances, leur grouillement servile ; étroites aussi les familles, étroites et étouffantes. Il fallait s'échapper !

Mon grand-père a consigné dans un de ses cahiers l'élégie qu'il prononça à cette occasion, partie en prose, partie en vers. Dans les lignes introductives, il ne parle pas de grève de la faim, mais seulement de «mort soudaine»…

Chacune de ses paroles montre à quel point il était affecté, et révolté ; dans le même temps, il ne pouvait s'acharner sur sa sœur, qui vivait un calvaire, ni sur son beau-frère, ni sur les membres de leur clan, aussi coupables fussent-ils. Les funérailles ne sont pas faites pour polémiquer, pour régler des comptes, pour dénoncer l'esprit obtus des uns et des autres. Elles ne sont pas non plus l'occasion de dire toute la vérité. Elles servent à consoler, à apaiser, à mettre du baume.

Les premiers propos de Botros ne débordèrent point de ce cadre. Après avoir dit que certaines personnes laissaient, après un passage trop bref au milieu de nous, une trace que ne laissaient pas bien d'autres, qui avaient vécu plus longtemps, il s'adressa à lui-même, dans le style des élégies anciennes :

Je t'avais déjà vu pleurer, mais jamais encore des larmes de sang…

Puis il fit l'éloge du disparu, avec parfois certaines images convenues, «*son âge aura été celui des roses*», et d'autres qui l'étaient moins… Avant de s'approcher, à petits pas, de la chose indicible.

La vie nous avait offert un joyau, mais, prise de remords, elle nous l'a retiré.

Jusqu'au moment où il lança, tout près de la fin :

Nous t'avons fait détester notre existence et ses tracasseries
Alors tu l'as quittée, tu nous as quittés, de ton plein gré…

Le mot était lâché. Le masque des convenances, écarté : le jeune homme était parti de son plein gré, et de «notre» faute.

Que te soit belle cette autre vie que tu as désirée
Là-haut, au-dessus de nous, dans le palais du Maître.

*Quant à nous, nous resterons ici, près de ta
tombe
À l'arroser de larmes pour que son herbe reste verte.*

Dans l'assistance, ce jour-là, circulaient parmi les san-
glots d'innombrables murmures ; ainsi que cette histoire
qui, depuis, continue à se raconter au village : les parents
du jeune défunt avaient eu un premier enfant qui s'était
révélé chétif, et qui était mort en bas âge ; pour conjurer
le sort, le père avait décidé de donner désormais aux
fils qui lui naîtraient des noms de carnassiers vigoureux ;
il en eut trois, qui reçurent des prénoms signifiant
« Fauve », « Lion » et « Guépard ».

J'ai parfaitement connu le plus jeune, « Guépard » –
Fahd ; je lui rendais visite quelquefois avec mon père ;
c'était un homme réservé, affable, plutôt timide, rien en
lui pour suggérer la férocité. J'imagine que ses deux
grands frères, « Fauve » et « Lion », ne devaient pas être
très différents ; nul doute que celui qui leur avait accolé
ces prénoms faussement prédestinés devait se sentir
floué ; ils écrivaient, l'un comme l'autre, des vers délicats,
bien tournés ; dans les papiers familiaux ont été conservés quelques poèmes de chacun, dans leur écriture.

Celui qui se laissa mourir de faim était « Lion »,
Assad, le cadet. « *Le lion est roi, et tu as été roi, mais roi
de la pureté et du savoir* », lui dira Botros dans son élégie. Nul doute que ces paroles aient été comprises, par
une partie de l'auditoire, au-delà de leur sens apparent.

Ce drame aura une suite immédiate, que mon père évoqua jadis devant moi, et qui m'apparut, sur le moment,
comme un épilogue satisfaisant :

— À la mort d'Assad, son frère aîné, qui était inséparable de lui, a décidé de quitter le pays le jour même, sans attendre l'enterrement. Il s'est glissé hors du village dans la nuit, puis il a marché par les sentiers jusqu'à la côte, jusqu'au port de Beyrouth, où il s'est embarqué sur le premier bateau en partance pour le Brésil. Plus personne ne l'a revu !

C'est ce que j'avais gardé en mémoire depuis des décennies. Mais en dépouillant les archives familiales, j'ai trouvé les échos d'un épilogue différent. Dans une lettre à ma grand-mère Nazeera, l'un de ses frères, émigré aux États-Unis, lui demandait de transmettre ses condoléances à sa belle-sœur et à son époux, «*qui viennent de perdre coup sur coup leurs deux fils*».

Leurs *deux* fils ? Je me dépêchai d'interroger Kamal qui, au bout de quatre jours, me rapporta ce qui suit :

J'avais entendu dire dans mon enfance que l'aîné était effectivement parti pour le Brésil, et qu'on n'avait plus jamais eu de ses nouvelles. Plus tard, on m'a appris qu'en fait il s'était engagé dans un mouvement politique radical, et qu'il avait été tué au cours d'une fusillade. Mais je viens d'avoir une longue conversation avec sa nièce, Aïda, qui m'a donné une autre version encore de cet événement. D'après elle, son oncle aurait eu au Brésil une liaison avec la femme d'un gouverneur. Ce dernier l'aurait appris, et il aurait demandé à l'un de ses gardes de l'abattre. Le meurtre se serait produit sur les marches de l'escalier monumental du palais. On a prétendu qu'il s'agissait d'un anarchiste qui était venu tuer le gouverneur. Je ne sais pas si l'histoire est vraie...

Je ne le sais pas non plus, mais c'est probablement la version d'origine, celle que le courrier en provenance du

Brésil avait rapportée à l'époque aux parents. Qui, la trouvant inconvenante pour la respectabilité de la famille
comme pour la mémoire de l'enfant disparu, avaient préféré gommer l'aspect sentimental pour ne garder que
l'explication politique – celle-là même que les meurtriers
avaient mise en avant : « Fauve » avait adhéré à un mouvement militant, et c'est pour cela qu'il avait été tué.

Quelles qu'en aient été les circonstances exactes, la
tragédie de l'aîné n'a pas laissé beaucoup de traces dans
les mémoires – trop enveloppée dans le brouillard, et
trop lointaine. Celle du cadet, limpide et proche comme
une lame nue, a entaillé les âmes pour longtemps.

S'agissant de Botros, aucun événement ne pouvait lui
être plus douloureux. Pire qu'un deuil, c'était une
défaite, pour tout ce à quoi il avait cru, pour tout ce qu'il
avait cherché à bâtir. C'était bien la peine de rester au
pays, de se dévouer à l'enseignement, si les plus brillants
des disciples, les plus talentueux, les plus purs, les plus
proches, devaient finir ainsi ! Mon grand-père était à présent bien au-delà de l'amertume, aux portes du désespoir.

Ah s'il pouvait encore emmener femme et enfants et
partir, oui, partir au loin, partir pour La Havane, s'associer à son frère, prospérer comme lui, construire comme
lui une belle maison sur les hauteurs…

Mais ce rêve aussi lui était désormais interdit.
Gebrayel était mort, sa fortune était perdue, il ne lui restait, pour toute demeure, qu'une dalle pompeuse et pathétique au cimetière Cristobal Colón.

Cuba ne sera plus jamais à nous, grand-père, et le
Levant non plus ! Nous sommes, et pour toujours serons,
des égarés.

59

L'année 1924 apporta cependant à Botros quelques nouvelles prometteuses ; venues d'un univers éloigné du sien, mais susceptibles de peser sur ses propres combats : en mai, des élections en France donnèrent la victoire au Cartel des gauches, qui avait mis en tête de son programme le retour à une stricte application de la laïcité, notamment dans l'enseignement. Pour le Levant, les conséquences allaient être immédiates : le très catholique Maxime Weygand fut contraint de céder son fauteuil de haut-commissaire à Maurice Sarrail, général comme lui, héros comme lui de la Grande Guerre, mais franc-maçon et farouchement anticlérical. Si ce changement radical d'orientation et d'hommes allait devenir officiel en fin d'année, dès le mois de juillet il était acquis, les journaux de Beyrouth, relayant ceux de Paris, s'en étaient fait l'écho. Ils avaient même rapporté ces propos inouïs du nouveau représentant de la France : dans l'exercice de ses fonctions, il ne voulait surtout pas entendre parler de communautés, d'évêques, ni de patriarches, pas plus que de muftis ou d'ulémas ! Les dignitaires religieux du pays en avaient été abasourdis, et outrés.

Pour Botros, à l'inverse, de telles déclarations étaient plutôt porteuses d'espoir. Cette fois, les « secours fran-

çais» allaient arriver pour lui, pas pour ses adversaires ;
son École Universelle allait enfin bénéficier du soutien
des autorités mandataires, elle allait pouvoir se redresser,
s'agrandir, et diffuser ses clartés. Malatios et ses protec-
teurs n'allaient plus savoir à quel saint se vouer !

À vrai dire, les choses ne se passeront pas ainsi. Sarrail, homme droit, était également un homme maladroit,
insensible aux subtilités politiques locales ; il suscitera
tant de méfiance, tant d'hostilité, tant de remous – notamment une révolte sanglante en pays druze – qu'il sera rappelé à Paris au bout de quelques mois seulement...

Mon grand-père n'a jamais su comment s'est achevé
le règne de ce «frère». Il n'a connu que l'euphorie
laïque initiale, et il est mort en espérant de bonnes nouvelles. C'était le 17 août 1924, un dimanche. Il était dans
sa chambre, assis à sa table, en train d'écrire. Ma grand-
mère préparait le repas de midi lorsqu'elle l'entendit
l'appeler d'une voix étrange.

Il avait l'habitude de griffonner diverses choses tout
au long de la semaine sur des bouts de papier, sur des
cartons, sur le dos de ses paquets de cigarettes, pour, le
dimanche, à l'heure où d'autres villageois s'en allaient
à la messe, sortir tout ce fouillis de sa poche et recopier
ce qui méritait de l'être sur des cahiers propres.

Si c'est bien ce qu'il faisait ce dimanche-là, je crois
savoir sur quel cahier il s'est penché pour la dernière fois.
J'en ai récupéré au total treize, en comptant le petit livret
d'épargne new-yorkais dont mon grand-père s'était servi
jadis pour le même usage au large de l'Atlantique, sans
doute parce qu'il n'avait pas d'autres feuilles sous la
main.

Un seul cahier contient des textes de 1924. Il a une couverture marbrée, de couleurs ivoire et bordeaux. Une étiquette y est collée, qui porte cette mention :

Brouillon de quelques paroles improvisées en des circonstances inattendues, entre l'année 1917 et l'année

Mon grand-père avait l'habitude de laisser la dernière date en blanc, pour la préciser lorsque le cahier était saturé ; il en inaugurait alors un autre, sur lequel il inscrivait une formule similaire. Cette fois, le cahier n'a pas été rempli. Il reste encore deux doubles pages vides.

À le feuilleter, je ne puis m'empêcher de guetter avec fièvre la date à laquelle sa plume s'est arrêtée… J'ai parfois éprouvé une émotion comparable à la lecture du journal d'un écrivain, ou de quelque autre personnage, lorsque je connaissais le jour de sa mort et que je le voyais s'en approcher les yeux bandés. Sauf qu'il y a ici, pour moi, une dimension supplémentaire, qui n'est pas seulement liée à la parenté, mais également à la nature du document que je possède : ce n'est pas un ouvrage imprimé, c'est un exemplaire unique, et il est de la propre main de l'homme qui va mourir, de son encre propre ; je pourrais même trouver sur ces feuilles des empreintes digitales, et d'infimes traces de sueur ou de sang.

En tête de cet ultime cahier, des vers qui ne devaient pas être conçus comme un exergue, mais qui le sont devenus :

Tu commences à pleurer ta jeunesse
Dès qu'apparaissent tes premiers cheveux blancs,
Fleurs minuscules au milieu des ronces.
Mais cet âge mûr lui-même,

Tu as tort de le gaspiller en lamentations,
Car lui non plus ne durera pas.

Au bas de la même page revient la même idée, ou
presque :

Il ne sert à rien de regretter sa jeunesse,
Ni de maudire la vieillesse,
Ni d'avoir peur de la mort,
Ta vie, c'est la journée que tu es en train de vivre,
Rien d'autre. Alors divertis-toi, sois heureux,
Et sois prêt à partir.

Et deux pages plus loin, encore une tentative de se
réconcilier avec la fin que, confusément, il devait sentir
proche :

Qui observe le monde d'un œil avisé
Constate forcément que la vie
Est une denrée périssable,
Seul un esprit libre sait se détourner
Des pâturages où l'on ne broute que la misère,
Pour respirer un parfum d'éternité.

Ce cahier contient des poèmes et des discours prononcés en divers lieux, notamment à Alep, à Zahleh et
à Baalbek. Puis l'oraison funèbre, déjà citée, pour son
neveu « Lion » en 1923. Ensuite quelques vers composés à l'occasion d'une cérémonie à l'Université Américaine de Beyrouth, en 1924 – le mois n'est pas précisé.

À la même page, je trouve une feuille pliée. C'est une
ordonnance de médecin, rédigée en français le 4 juin à
l'intention du « *Professeur Pierre Malouf* ». Elle ne ressemble guère à ces ordonnances d'aujourd'hui, où les

praticiens se contentent de griffonner illisiblement une liste de noms barbares ; elle contient des dosages précis, destinés au pharmacien qui doit composer les médicaments ; aussi est-elle entièrement tapée à la machine, pour éviter toute erreur.

> *SODII ARSENIATIS*   *00.05 Grammes*
> *YOHIMBINES SPIEGLES*   *00.20 Grammes*
> *EXT. NUCIS VOMICAE*   *2.00 Grammes*

Inutile d'aller plus loin, ce jargon est, pour moi, hermétique. Mais je ne m'en inquiète nullement, ayant dans ma famille proche, pour pallier mon ignorance, un savant ; oui, à côté de mille littérateurs, un savant vrai, et même une encyclopédie vivante en matière de chimie médicinale, justement. Je m'empresse de lui adresser par courrier une copie de l'ordonnance. Ses explications détaillées me parviennent quelques jours plus tard.

Tu trouveras ci-dessous quelques notes en réponse à ton interrogation concernant les remèdes prescrits à ton grand-père. Ils ne visaient pas à le guérir d'une maladie précise. J'imagine qu'il se sentait affaibli, et qu'il devait avoir besoin de quelque chose qui lui redonne de l'énergie, et un sentiment de bien-être. Les aliments dont la liste figure en arabe au dos de l'ordonnance étaient censés avoir un effet similaire.

Voici donc un bref commentaire sur les ingrédients mentionnés. La plupart ne sont plus du tout utilisés. Ils appartiennent à une époque révolue, avant l'avènement des produits de synthèse et de la pharmacologie moderne.

Le premier remède est une prescription à l'ancienne réunissant les sept produits suivants :

a. Arséniate de sodium. L'arsenic peut avoir un effet dopant ; des alpinistes professionnels l'utilisaient parfois pour qu'il leur donne la force de grimper et de supporter les très basses températures.

b. La yohimbine est un alcaloïde extrait d'une plante africaine. C'est un stimulant sexuel, un aphrodisiaque.

c. Ext. Nucis Vomicae est un extrait d'une graine indienne contenant de la strychnine, dont on pensait qu'elle stimulait les nerfs, et donnait de l'appétit.

d. Zinci Phosphidi – il s'agit du phosphure de zinc, utilisé autrefois pour son apport en phosphore, substance tonique (aujourd'hui, on l'utilise comme poison contre les rats).

e. Ext. Damianae – c'est un extrait de la feuille de damiane, que l'on trouve dans les régions tropicales d'Amérique et d'Afrique, et qui contient un certain nombre de composants qui ont divers effets : tonique, stomachique et antidépresseur.

f. Ext. Kolae – extrait de la noix de cola, graine africaine riche en caféine, qui est un stimulant pour les nerfs.

g. Ext. Cocae – extrait de la feuille de coca, qui vient d'Amérique du Sud (Pérou, Bolivie, etc.). On en tire la cocaïne, qui est un stimulant du système nerveux central, ainsi qu'un anesthésique local. Les indigènes mâchent ces feuilles pour combattre la fatigue. Elles leur permettent également de rester sans nourriture pendant plusieurs jours.

Les substances a, c et d sont toxiques au-delà de certaines doses minimales.

Un autre remède prescrit à mon grand-père était un emplâtre, *Alcock's american porous plaster, N°. I.* Dans l'ordonnance, le mode d'emploi était expliqué en français : «*À placer sur la région lombaire et laisser à sa place jusqu'à ce qu'elle décolle d'elle-même.*»

Ce «sparadrap», connu ici sous l'appellation «lazka amerkaniyyeh», est toujours utilisé. Il stimule la circulation sanguine dans un organe douloureux. La douleur pourrait provenir d'un rhumatisme, d'un refroidissement, ou d'une autre cause. L'emplâtre peut être appliqué à diverses parties du corps, le dos, l'épaule, le cou, etc. Il est efficace quand on l'utilise à bon escient.

Pour ce qui est des aliments que le médecin conseillait à ton grand-père, il est intéressant de noter qu'il s'agit de mets nourrissants destinés eux aussi à stimuler l'énergie corporelle, et qui constituent en quelque sorte des compléments aux médicaments prescrits. Ainsi les œufs à la coque, les amourettes d'agneau, les poissons, les poulets, les pigeons et les autres volailles...

Mon grand-père n'avait donc pas été soigné spécifiquement pour une maladie de cœur. Ce qui n'exclut pas qu'il ait développé une fragilité de ce côté-là. C'est, en tout cas, l'impression qu'avait eue Nazeera à l'époque. Plus tard dans la vie, elle s'en était ouverte à sa fille, Kamal, qui me l'a rapporté :

Mère a dit un jour devant moi que, peu de temps avant sa disparition, Père avait commencé à l'informer de diverses affaires, afin qu'elle puisse s'en occuper quand il ne serait plus là. Elle avait eu alors le sentiment que ses médecins venaient de le prévenir que son cœur pourrait céder.

60

Parlant de cœur, je trouve dans ce tout dernier cahier de Botros plusieurs vers qui m'intriguent.

Si ma persécutrice éprouvait pour moi
Un peu de ce que j'éprouve pour elle
Elle aurait manifesté envers moi
Un peu de ce que je manifeste envers elle,
Et elle n'aurait pas cherché à démolir mon cœur.
Comment une personne peut-elle s'acharner ainsi
À démolir la maison qui l'abrite ?

Il est vrai que l'usage du mot « cœur » dans les métaphores amoureuses est la chose la plus commune aux humains, et pas seulement chez les poètes. Mais je ne puis m'empêcher de penser que dans cette citation, il s'agit un peu aussi du cœur en tant qu'organe. Surtout lorsque mon grand-père renchérit, deux pages plus loin :

Sois donc plus conciliante, plus aimante,
Allège mes souffrances
Mon cœur n'est pas fait en acier !

Puis, juste après, comme s'il poursuivait la même conversation, et les mêmes reproches :

Tu demandes des nouvelles de mon cœur
Après ce qui l'a frappé ? Sache donc
Qu'aucune créature ne l'a fait souffrir plus que toi -
Maintenant tu l'as, ta réponse !
Mon cœur n'a pas voulu que soit délié
Ce qui avait été lié...

Sans vouloir faire de la psychanalyse sommaire, il m'apparaît néanmoins que cette propension à évoquer ainsi son cœur à longueur de page, et en l'associant fréquemment à la souffrance, peu de temps avant la crise cardiaque qui allait l'emporter, n'est pas sans signification. L'angoisse et la douleur ont pu induire les mots, et se travestir ainsi en fatidiques muses.

Si ce pressentiment d'une fin proche transparaît dans les derniers écrits de Botros, celui-ci ne renonça pas pour autant à ses activités professionnelles, ni à ses obligations sociales, qu'il remplissait avec une apparente bonne humeur. Ainsi, en quittant Beyrouth, juste après son rendez-vous chez le médecin, il se rendit à Souk-el-Gharb pour assister à des noces. C'est une bourgade qu'il connaissait bien, puisqu'il y avait fait une partie de ses études à l'école des missionnaires américains ; il prit d'ailleurs le temps de visiter cette institution, et de composer, selon son habitude, quelques vers en l'honneur de ceux qui l'animaient, saluant leur dévouement et leur compétence ; il y mentionna le fondateur de l'établissement, le pasteur Calhoun, ainsi que le directeur du moment, le pasteur Shearer.

Ce village était celui de Sofiya, sa belle-mère, et le jeune homme qui se mariait cet été-là était justement un neveu de celle-ci, et donc un cousin germain de ma grand-mère. Je l'ai bien connu, d'ailleurs, beaucoup plus tard, dans les années soixante – un vieux monsieur ron-douillard et courtois que mon père appelait affectueuse-ment «Uncle Émile», et qui envoyait chaque année au printemps une corbeille de fleurs à Nazeera pour la Fête des mères.

De Souk-el-Gharb, Botros écrivit le 21 juin 1924 cette lettre, adressée à l'aîné de ses enfants, mais desti-née à tous ceux qui étaient restés au village.

J'aurais voulu être auprès de vous dès aujour-d'hui, mais je n'ai pas trouvé de moyen de transport convenable, et sans doute devrai-je rester ici jusqu'à la semaine prochaine.

Émile se mariera samedi à l'église, puis il partira avec son épouse pour quelques jours de miel, sans que personne les accompagne. Ceux qui assisteront aux noces se disperseront en quittant l'église, sauf bien entendu les intimes, qui iront attendre les deux mariés à la maison (personne ne sait qu'ils y repas-seront, mais Émile me l'a dit en secret).

Alors dites-moi, qui d'entre vous aurait envie de venir, et quand? Discutez entre vous, prenez la déci-sion qui vous paraîtra convenable, et informez-moi de vos intentions lundi, afin que je sois au courant et que je vous guette si vous décidez de venir.

Pour ce qui est des feuilles de mûriers, ne les arra-chez surtout pas, pas encore…

La femme de votre oncle Sleymenn m'avait dit qu'elle voulait un bidon de halva; je ne sais pas si elle a pu en commander chez le muletier; si elle ne l'a pas encore fait, avertissez-moi.

Appliquez-vous dans les révisions scolaires, et si vous avez des questions, gardez-les jusqu'à ce que je sois revenu.

J'ai rencontré le pasteur Friedenger à Souk-el-Gharb ; il m'a dit qu'il se pourrait qu'il aille vous rendre visite le 22 ou le 23 du mois. Mrs Shearer m'a demandé de saluer ta maman...

Cette lettre est la dernière que Botros ait écrite. S'y manifestent à la fois sa propension à tout ordonnancer de loin, jusque dans les plus infimes détails, son sens pointilleux de la responsabilité, mais également son sens aigu de la liberté des autres – peu de pères, à son époque, auraient envoyé dire à leurs enfants : « Consultez-vous, prenez une décision, et informez-moi ! »

L'aîné n'avait pas encore onze ans ; on allait fêter son anniversaire le 19 juillet. Ce serait la dernière occasion pour la famille de se rassembler tout entière.

61

C'est au cours des dimanches de juillet et d'août 1924 que Botros, revenu au village, avait pris le temps de recopier, sur ce cahier à la couverture marbrée, les différents discours et poèmes qu'il avait eu l'occasion de prononcer au fil de ses derniers déplacements – notamment à Souk-el-Gharb. Tout à la fin figure son compte rendu de la cérémonie nuptiale, avec un éloge – plutôt convenu – d'Émile et de sa jeune épouse, de toute leur parenté, ainsi que du pasteur qui officiait.

Soudain, le texte s'interrompt. Sans raison apparente. Au bas d'une page à la calligraphie passablement brouillonne.

Les derniers vers disaient :

> *Ne vois-tu pas ces flots de lumière*
> *Et ces anges du Ciel qui se promènent parmi nous,*
> *Messagers venus nous dire : réjouissez-vous…*

Les pages suivantes sont restées vides.

On serait tenté d'interpréter ces dernières paroles comme une prémonition de son départ imminent pour l'au-delà. À la première lecture, je l'avais cru. Mais à les relire aujourd'hui, à tête reposée et en prenant en compte leur contexte, je dois reconnaître qu'il n'en est rien : ces vers sont tout simplement la conclusion du discours prononcé à l'occasion des noces, les «anges du Ciel» n'étant autres que les enfants habillés de blanc qui se promenaient au milieu des convives.

Lorsque la mort le saisit par l'épaule, mon grand-père ne composa aucun poème. Mais peut-être eut-il le temps de comprendre qu'il s'en allait.

— Je n'étais pas au village ce jour-là, me raconte son neveu l'Orateur. *J'étais parti avec ma mère visiter des cousins à Rayfoun, lorsqu'on est venu nous apprendre la nouvelle. On nous a dit que mon oncle venait de prendre son bain...*

J'imagine qu'en se frottant le corps, en agitant les bras, mon grand-père avait pu ressentir une douleur, ou une raideur, un élancement, une gêne, du côté gauche. Mais j'imagine aussi qu'il éprouvait depuis longtemps des sensations similaires et qu'il y était accoutumé. En tout cas, il n'en a rien dit à sa femme, il s'est séché, puis s'est habillé, revêtant sans aucun doute l'une de ces chemises fantaisie que personne d'autre au pays ne portait. Puis il s'était assis à sa table, il avait ouvert devant lui ce cahier, ce même cahier que je viens d'ouvrir à mon tour devant moi, à la même page...

Lorsqu'elle l'entendit l'appeler d'une voix étrange, ma grand-mère accourut ; derrière elle trottinait Kamal, alors âgée de deux ans et demi, et qui racontera ses souvenirs dans un livre trois quarts de siècle plus tard.

Je n'ai pas vu mon père, ce jour-là. Les seules images que je garde sont celles de ma mère se hâtant vers leur chambre, et moi qui la suivais. On m'a dit, des années plus tard, que c'était une crise cardiaque.

*Je n'ai pas assisté aux funérailles, et aux condoléances
non plus. Les enfants en bas âge étaient habituellement éloignés de chez eux en de telles circonstances,
pour leur éviter toute peine, et probablement aussi
pour éviter qu'ils ne dérangent les adultes. On a dû
m'envoyer chez une de mes tantes. Non, je n'ai aucun
souvenir de ces journées, et aujourd'hui je le regrette
un peu.*

J'ai entendu quelquefois dans mon enfance parler des
funérailles de mon grand-père. Jamais un récit détaillé,
mais des allusions éparses qui, toutes, tendaient à dire
que des foules entières avaient convergé vers notre village, vers notre maison-école, venues des quatre coins
du pays. Je dois à la vérité de dire qu'il est habituel
chez nous, s'agissant de la mort d'une personne chère,
de recourir aux superlatifs pour décrire ses obsèques,
comme si l'importance des foules et la vigueur des
lamentations étaient un baromètre infaillible de la valeur
du défunt et de sa renommée. J'ai si souvent entendu les
mêmes épithètes, les mêmes exclamations, que je ne leur
accorde plus beaucoup de crédit. Cela dit, je crois bien
que Botros inspirait de l'admiration, de la gratitude, de
l'exaspération, et aussi tout simplement de la curiosité à
ses compatriotes. Qui se déplacèrent probablement en
grand nombre pour l'accompagner vers son ultime
demeure. Même ceux qui ne le portaient pas dans leur
cœur. Je suis persuadé, par exemple, que le curé Malatios se trouvait en bonne place dans le cortège…

En tout cas, il fut dûment averti de la disparition de
son vieil ennemi. Je le sais, parce qu'il y a, au milieu des
papiers familiaux, un document qui le confirme. De ces
documents que, dans d'autres familles que la mienne, on
n'aurait sûrement pas conservés : une très longue liste,

des dizaines de colonnes, sur des feuilles de si grand format qu'il avait fallu les plier en huit pour les ranger dans une enveloppe. Des noms, des noms, avec souvent la mention d'un titre honorifique, d'une fonction, et quelquefois d'un lieu de résidence – «nos» villages, les bourgades voisines, ainsi que Zahleh, Beyrouth, Baalbek, Alep, Damas, et même Baghdad, Jérusalem ou Le Caire. «*Gens à informer du malheur survenu*», précise une phrase griffonnée au crayon sur l'enveloppe.

Cet interminable alignement de noms n'avait pas été établi par une seule personne. Ici, c'était la main de Botros, là celle de Nazeera, et aussi quatre ou cinq autres écritures que je ne reconnaissais pas. Je mis du temps avant de comprendre que cette liste avait été utilisée sur une longue période comme «base de données», en quelque sorte. Elle avait d'abord servi lors du décès de Khalil, mon arrière-grand-père, en décembre 1918. Les premiers noms sont ceux de ses amis et connaissances, pour beaucoup d'entre eux des lettrés levantins convertis comme lui au protestantisme, ainsi qu'une cohorte de pasteurs, les uns «nationaux», les autres anglo-saxons, Rev. Arden, Rev. Shearer, Rev. Friedenger…

Il me semble que ma grand-mère conserva cette liste, à l'origine, par piété filiale. Mais lorsque son époux mourut subitement, six ans plus tard, elle la reprit pour s'épargner le tracas d'en établir une autre, d'autant que les deux défunts avaient d'innombrables connaissances communes, parmi lesquelles, justement, ces révérends, qui fournissaient encore de l'aide à l'École Universelle, et aussi toute notre parenté, comme les gens des villages alentour; ensuite, elle ajouta de sa main, ou fit ajouter par des proches, des noms supplémentaires.

On y trouve également, en bonne place, une liste des journaux qu'il fallait informer du deuil, en tête desquels

Sawt el-Ahrar, «La Voix des Hommes libres»; *al-Barq*, «L'Éclair»; *al-Watan*, «La Patrie»; *al-Aalam al-Israïli*, «Le Monde Israélite»; *al-Chaab*, «Le Peuple»; *al-Dabbour*, «Le Frelon», revue satirique… Je m'arrête, intrigué. Je scrute l'écriture de plus près. Je compare avec d'autres documents. C'est, de toute évidence, la main de Botros. Cette énumération date donc des funérailles de Khalil, en 1918. Pour quelle raison voulait-on publier un faire-part de la mort de mon arrière-grand-père dans une revue juive? Je l'ignore; mais ce que je viens de lire ravive ma nostalgie récurrente pour cette époque bénie où il n'y avait encore, entre Juifs et Arabes, aucune guerre, aucune détestation, ni aucune hostilité particulière…

Dès que la mort de Botros fut connue, par les faire-part ou simplement par le bruissement des rumeurs, commencèrent à affluer des lettres et des télégrammes de condoléances. Nazeera a tout gardé, par fidélité, par fierté, et aussi par habitude. Plus de quatre-vingts messages en provenance de Zahleh, de Beyrouth, d'Alep, du Caire, de New York, d'El Paso au Texas, de São Paulo, comme des villages de la Montagne – mais aucun de La Havane. Tous soigneusement préservés; avec, sur chacun, une inscription au crayon apprise de Botros: «Il lui a été répondu».

Au milieu de ce flot arriva une lettre qui n'était pas de condoléances, mais qui fut conservée au même endroit. À celle-là, on n'a pas répondu. Elle avait été postée à Paris, rue de Cléry, le 23 août à 19 h 15. L'enveloppe est à l'en-tête d'un certain «Hôtel du Conservatoire, 51 rue de l'Échiquier, Près des Grands Boulevards…»

L'adresse du destinataire y est écrite en deux langues. En arabe, d'abord : *À Son Excellence l'Érudit vénérable le Professeur Botros M...* Puis, en français, plus sobrement : *Monsieur Botros M...*

Mon grand-père était mort depuis six jours, ce que l'expéditeur ne savait manifestement pas encore. Il s'agit, à l'évidence, d'un de ses anciens élèves, devenu un ami ; il était de passage en France sur le chemin d'une émigration plus lointaine, qui ne l'enchantait visiblement guère mais à laquelle il se résignait avec un humour triste. Ce n'est toutefois pas pour cette raison que la lettre a été conservée.

> *Paris, le 23 août 1924,*
> *Monsieur le Professeur,*
> *J'ai pris mon crayon pour écrire, mais mon crayon ne voulait rien entendre. Je l'ai mis de côté pour allumer une cigarette dans l'espoir que cela réveillerait mon inspiration dormante – sans résultat. Alors j'ai commencé à arpenter la pièce comme si je devais résoudre une affaire politique grave, ou comme Napoléon lorsqu'il était en captivité. (Voilà que je me compare à Napoléon ! Pardonnez cet écart, maître, j'ai écrit cela sans réfléchir...)*
> *Je suis revenu vers la table, j'ai pris une plume en fer, je l'ai trempée dans l'encrier, mais la feuille est restée vierge... Alors j'ai décidé d'aller faire un tour. Je suis sorti, j'ai marché, et j'ai vu des gens rassemblés devant une porte noire. J'ai attendu un peu avec eux pour voir de quoi il s'agissait, et je les ai vus ôter leurs chapeaux, puis j'ai vu un cercueil sortir de la porte, soulevé par quatre hommes sur leurs épaules jusqu'à une voiture drapée de noir. N'ayant rien d'autre à faire, j'ai décidé de marcher avec eux jus-*

qu'au cimetière. Le défunt a été enterré, puis ces gens sont revenus et moi au milieu d'eux. Ils n'étaient plus du tout recueillis, mais bavardaient librement de politique et d'affaires...

Je devine que les doigts de Nazeera ont dû trembler à la lecture de ces lignes... Dieu sait si elle a poursuivi la lecture ou si elle a rangé aussitôt la lettre en la gardant comme témoignage d'une coïncidence troublante...

Je quitte Paris dans trois jours pour Boulogne, où je prendrai la mer le 30 de ce mois. J'emporterai avec moi ma misère et mes soucis, qui sont tellement lourds que je crains de voir le paquebot sombrer. Eh oui je m'en vais finalement vers ce pays si lointain, le Mexique, qui pourrait accomplir mes rêves ou bien les démolir. Il est possible que j'y reste pour toujours, et que je sois enterré dans son sol, comme il est possible que je le quitte dans un mois, je n'en sais rien, j'ai aujourd'hui le sentiment que la terre entière est étroite.

En disant cela, je dois paraître orgueilleux, ce que je ne suis pas. Je me dis seulement que je n'ai pas mérité tant de souffrance. Je rêvais de me battre pour le droit et pour Dieu sous ton drapeau, mon très cher professeur, mais les circonstances que nul n'ignore m'ont contraint à quitter le pays, et à abandonner les ambitions que j'avais nourries dans ma patrie.

Le bateau du désespoir a jeté l'ancre sur le rivage de la misère, et j'ignore s'il y demeurera à jamais ou s'il le quittera un jour. Il faut que tu m'écrives, cher professeur, car tes lettres seront la seule lumière dans la nuit noire de ma vie. J'espère que tu n'oublieras pas ce jeune homme qui a trouvé en toi le confesseur de son esprit.

Écris-moi chez le Sr Praxedes Rodriguez, San Martin Chachicuhatha, Mexico, en demandant que l'on transmette le courrier

au jeune homme triste,
ton fils spirituel
Ali Mohammed el-Hage

N.B. En tout état de cause, je voudrais que tu salues la terre du Liban, et que tu lui dises adieu en mon nom car il me semble que je ne la reverrai plus.

62

À la mort de Khalil, Botros s'était demandé comment faire pour lui offrir des funérailles dignes de lui. Il avait même envisagé de le faire embaumer, pour pouvoir organiser les choses majestueusement, et pour que les gens qui n'habitaient pas dans le voisinage eussent le temps d'apprendre la nouvelle et de se déplacer. Mais mon grand-père avait finalement renoncé à ce projet hasardeux, comme il s'en était expliqué lui-même dans une lettre que j'ai longuement citée en rapportant cet épisode. «*Voulant le mieux, nous aurions eu le pire*», avait-il conclu; avant de revenir à des ambitions plus réalistes.

À la disparition de Botros lui-même, six ans plus tard, se posa un dilemme similaire. De nouveau on parla de convoquer les embaumeurs; mais on ne tarda pas à écarter cette idée pompeuse au profit d'une autre, plus ingénieuse, et plus conforme à la personnalité du défunt: dans l'immédiat, on ferait des obsèques ordinaires, avec les gens des villages alentour, avec les élèves de l'École Universelle et leurs parents; on ouvrirait les maisons pendant trois jours pour les condoléances; ensuite, on prendrait le temps d'organiser tranquillement, pour le premier anniversaire du décès, une cérémonie grandiose.

Je me souviens encore de ce rassemblement, écrira

Kamal dans ses mémoires. *On parlait sans arrêt de cet événement, et on nous a clairement dit, à nous qui étions encore en bas âge, que nous devions y assister. La cérémonie s'est tenue dans un très vaste champ en terrasses, bordé de figuiers et de vignes ; un lieu tout proche de la maison, et que mon père chérissait.*

Je ne sais plus comment on avait réussi à étendre des draps blancs sur cet immense espace pour protéger la foule entière du soleil d'août. On avait emprunté des chaises dans les maisons du village afin que tout ce monde puisse s'asseoir. Mes frères, ma sœur et moi avions été installés au premier rang. C'est tout ce dont je me souviens personnellement. Plus tard, on m'a raconté que des personnalités éminentes avaient pris la parole, les unes en prose, d'autres en vers. Une élégie émouvante fut également prononcée par mon cousin Nasri, qui avait alors treize ans…

Je m'étais fixé pour règle de ne pas présenter sous leur véritable identité ceux qui seront encore en vie à l'achèvement de ce livre. Mais je viens de changer d'opinion ; je ne vois pas l'utilité de grimer un prénom que Kamal a cité tel quel dans ses mémoires. D'autant que ce cousin au verbe précoce est l'une des personnes qui m'ont appris le plus de choses sur mon grand-père, comme sur toute notre famille, depuis que j'ai entrepris cette recherche. Il s'agit donc de Nasri… Jusqu'ici, je l'avais appelé «l'Orateur» – un surnom qui m'avait été inspiré justement par l'épisode que je viens de citer, à savoir sa prise de parole lors du premier anniversaire de la mort de Botros, son oncle, alors qu'il était encore adolescent.

J'ai fini de traduire ce témoignage de l'anglais, je l'ai conclu par trois points de suspension, j'y ai ajouté ce dernier paragraphe en guise de note explicative, puis je me suis levé. Je me trouve à cet instant en bordure de l'Atlantique, sur l'île où je me retire pour écrire ; il est huit heures du matin, le 6 juin 2003. Je sors dans le couloir, je prends le combiné du téléphone, j'appelle à Beyrouth le domicile de Nasri. Nous avions déjà prévu de nous retrouver lui et moi au Liban, dans notre village familial, à la fin de ce mois ; mais je ne résiste pas à la tentation de le joindre dès à présent, pour lui demander, sans préambule, et sur un ton délibérément anodin, s'il se rappelle encore les mots qu'il a prononcés en cette journée d'août 1925 – il y a soixante-dix-huit ans.

— Je ne pourrais plus te réciter des phrases entières, mais dans les grandes lignes, oui, je me souviens de ce que j'ai dit. On m'avait demandé de m'exprimer au nom des élèves de l'École Universelle. J'ai donc surtout parlé de l'apport de ton grand-père en tant que pédagogue ; du fait qu'il laissait les grands enseigner aux petits ; du fait qu'il avait été le premier à fonder une école pour les garçons et les filles à la fois ; du fait que c'était une école laïque, oui, résolument laïque, comme il n'en existait pas encore dans cette partie du monde… Tu n'imagines pas ce qu'était l'enseignement dans la Montagne avant lui ! Il n'y avait qu'un seul livre de lecture, pour des générations d'élèves, *al-Ghosn al-Nadhir min Kitab al-Rabb al-Qadir*…

Je traduis librement : « La Branche Verdoyante du Livre du Seigneur Tout-Puissant ». Le neveu de Botros s'esclaffe. Son oncle aussi se moquait constamment de ce manuel, recueil simpliste d'historiettes tirées des Écritures, et débouchant toutes sur une morale bigote et craintive.

— Ton grand-père nous a ouvert l'esprit sur le vaste monde. C'est d'ailleurs ce qu'ont répété tous ceux qui ont pris la parole ce jour-là. Les plus hautes personnalités s'étaient déplacées pour la cérémonie…

Il me cite des noms, à la file, sans grand effort pour s'en souvenir, comme s'il avait encore la liste sous les yeux. Des poètes, des directeurs de journaux, des juges, des notables, dont plusieurs anciens élèves du disparu, soit à l'école du village, soit au Collège oriental de Zahleh. La plupart de ces personnages ne disent plus rien à mes contemporains, mais certains ne me sont pas inconnus ; notamment cet homme politique, lettré de renom, cousin et ami de mon grand-père, et qui était en ce temps-là un haut dignitaire franc-maçon.

Les uns évoquaient la poésie de Botros, son érudition, son sens de la repartie, son intelligence proverbiale, le fait qu'il avait appris l'espagnol en quarante jours sur le paquebot qui l'emmenait chez son frère à Cuba… D'autres parlaient de ses convictions, de son dévouement, de son caractère, et parfois aussi de ses entêtements.

Nasri s'est même souvenu de certaines paroles qui avaient retenti dans le ciel du village en cette journée de commémoration :

Je t'ai connu homme libre, refusant de fraterniser avec les êtres à deux visages, et refusant de reconnaître un autre créateur que Dieu.

Les gens suivent tant de chemins, croyant arriver jusqu'à Lui, mais ils finissent par L'oublier, pour adorer leur chemin lui-même.

Tout le monde insista en tout cas sur le fait que Botros avait apporté la Lumière dans ce coin de Montagne, et que pour cette raison, son souvenir ne s'effacera pas.

À la fin de la cérémonie, on rangea les draps blancs, on rendit les chaises à ceux qui les avaient prêtées, on ramassa les papiers et les mégots jetés sur l'herbe. Les invités rentrèrent chez eux…

Puis le visage de mon grand-père fut effacé.

Dénouements

63

Que de fois j'ai essayé de retrouver dans mes souvenirs un instant, aussi bref soit-il, où j'aurais pu apercevoir le visage de mon père ! En vain…

Quelque temps après sa mort, on commanda à un peintre un grand portrait de lui, qui fut accroché dans la maison. Souvent on parlait de lui, en l'appelant al-marhoum, *qui veut dire « celui à qui miséricorde a été accordée », terme courant pour désigner un défunt.*

Bien des années plus tard, en triant des papiers de famille, je suis tombée par hasard sur une photo de lui, avec ma mère et l'aîné de mes frères, prise lors d'un pique-nique dans les champs en 1914. À ma grande surprise, j'ai découvert qu'il ne ressemblait pas du tout au portrait qui était accroché sur le mur. Le peintre à qui l'on avait commandé ce tableau n'avait jamais vu mon père, on le lui avait seulement décrit, et il avait fait au mieux.

Je me souviens parfaitement du jour où Kamal m'avait donné, comme à tous les membres de la famille proche, cette photo de Botros. J'avais alors vingt-trois ans, et elle plus de cinquante. Oui, cinquante ans lorsqu'elle avait vu le vrai visage de son père pour la première fois ! Pour moi aussi c'était, bien entendu, la première fois. Jusque-là, je n'avais vu que «l'autre», «l'usurpateur». Chaque fois que je me rendais dans mon enfance chez ma grand-mère, je m'arrêtais quelques instants au pied de ce portrait, qui était accroché au salon, aux côtés de celui de Theodoros, la barbe majestueuse.

Au cours d'un de nos échanges, je demandai à ma tante si elle savait ce qu'était devenu ce portrait «officiel». Sa réponse me parvint le lendemain même :

> *Comme tu le sais, la maison de ta grand-mère avait été occupée pendant la guerre par des personnes déplacées. Un jour, ton oncle est passé par là, il a discuté avec les squatters, qui l'ont autorisé à prendre quelques affaires personnelles. En regardant autour de lui, il a trouvé le portrait de notre père. Quelqu'un l'avait lacéré au couteau, Dieu sait pourquoi. Ton oncle l'a emporté. Il croit se rappeler qu'il l'a rangé dans sa maison de campagne. Il m'a promis de vérifier dès qu'il aura eu l'occasion de s'y rendre.*

Une semaine plus tard :

> *J'ai une bonne nouvelle pour toi : ton oncle a retrouvé le portrait. Il est plus abîmé que je ne croyais, mais encore reconnaissable. Nous allons te faire parvenir des photos, en attendant que tu puisses venir le contempler de tes propres yeux.*

À l'instant où j'écris ces lignes, j'ai devant moi, sur ma table, les reproductions des deux images de mon grand-père, celle qui fut prise lors du pique-nique de 1914, et celle qui fut peinte après sa mort. Le contraste est saisissant. Le faux Botros arbore le fez local, le tarbouche, ne laissant apparaître sur les tempes et à l'avant du front que des cheveux gris, lisses, peignés ; il porte une cravate étroitement nouée sur une chemise à col raide, fixée par deux épingles comme par des clous ; sous sa moustache impeccablement taillée, il a les lèvres sévères du directeur d'école qui s'apprête à gronder un élève. Alors que le vrai Botros est tête nue, col ouvert, avec une chemise fantaisie, bouffante ; il se trouve dans un cadre champêtre, sa femme est assise devant lui, appuyée sur ses genoux ; c'est lui qui tient dans sa main le biberon de leur fils ; sous sa moustache broussailleuse, un rire épanoui et espiègle. En observant son visage de près, on croit deviner qu'il louchait légèrement ; mais pas sur le portrait officiel, bien entendu.

Sur ma table, à côté de ces images, j'en ai placé une troisième, ni vraie ni fausse, ou peut-être devrais-je plutôt dire vraie et fausse à la fois. C'est un dessin effectué par mon père dans sa première jeunesse. À la mort de son propre père, il n'avait pas encore dix ans, et comme la jeune Kamal, il n'avait jamais eu sous les yeux une autre image que celle qu'il voyait accrochée tout en haut, sur le mur ; seulement, à la différence de sa sœur, il connaissait, lui, le vrai visage de son père. Vaguement, mais suffisamment pour sentir qu'il y avait tromperie. Il ne savait pas que le portrait accroché au mur avait été commandé à un artiste qui n'avait jamais vu le défunt ; il supposa qu'il s'agissait bien de son père, quoique dans une posture inhabituelle, et avec des traits quelque peu altérés. Voulant retrouver le visage dont il se souvenait, il avait fait ce dessin au crayon à mine sur le dos d'une carte postale française, de celles – répandues à l'époque – dont on remplissait soi-même les deux faces, et qui portaient cet avertissement : «*La correspondance au recto n'est pas acceptée par tous les pays étrangers (se renseigner à la poste).* » À l'évidence, mon père s'était basé sur le seul portrait qu'il pouvait encore contempler – la posture est la même. Mais il lui avait ôté le couvre-chef et la cravate, dégagé le col, épaissi la moustache, modifié l'implantation des cheveux ; de plus, il avait fait les yeux dissemblables. Le résultat est un personnage hybride, qui ne correspond ni au père accroché au mur, ni au père accroché au souvenir.

Peu satisfait de son dessin, mon père l'avait déchiré. Pourtant, l'objet est encore là, dans les archives. Soit que le jeune garçon avait eu des remords et avait finalement renoncé à le jeter, soit que sa mère l'avait récupéré dans sa corbeille à son insu ; toujours est-il que ce témoin hésitant est resté, la déchirure incluse.

Depuis que j'ai pu reconstituer l'histoire de ce dessin d'enfant, je ne me lasse pas de le contempler. Je l'ai fait reproduire en de nombreux exemplaires, grands et petits, pour être sûr que plus jamais ses traits ne seront perdus. Ayant retrouvé, depuis le début de ma recherche, pas moins de cinq photographies oubliées de mon grand-père, je suis obligé d'admettre que ce Botros dessiné au crayon par son fils n'est pas plus ressemblant que celui du peintre officiel. Mais je ne puis les mettre sur le même plan ; l'un est inspiré par un ardent désir de vérité, quand l'autre ne cherche qu'à enserrer une âme rebelle dans la raideur mortuaire des conventions.

64

Ce n'est pas par hasard que le Botros aux yeux rieurs fut échangé très tôt après sa mort contre un Botros au regard sévère. Ma grand-mère éprouvait le besoin d'accrocher au mur de la maison une image qui inspirât la crainte du père, pas celle d'un rebelle nu-tête, pas celle d'un dandy à la chemise flottante, pas celle d'un papa facile à attendrir, qui cajole sa fille et donne le biberon à son fils. Nazeera était devenue veuve à vingt-neuf ans, avec une école à diriger et six orphelins à élever ; « l'aîné avait onze ans, le plus jeune onze mois », aimait-elle à répéter jusqu'à la fin de sa vie, comme pour se faire pardonner d'avoir soumis tout ce monde à sa loi rigoureuse. Elle se sentait contrainte de gouverner sa maison comme on gouverne un royaume longtemps plongé dans l'anarchie et qui vient d'être frappé par une calamité naturelle.

Mais il est vrai aussi qu'elle suivait en cela sa propre pente familiale, en quelque sorte. Le mariage de mes grands-parents avait été une rencontre improbable entre deux traditions contraires, l'une faite d'austérité, l'autre de fantaisie. Deux ruisseaux qui se sont entrelacés sans se confondre. À la disparition prématurée de Botros, l'une des deux sources s'était brusquement tarie. Ou, plutôt, elle était devenue souterraine. J'ai mis du temps à comprendre cette dualité des miens : sous une façade de raideur, un bouillonnement qui souvent confine à la folie.

Dans la maison-école de Machrah, l'atmosphère se transforma très vite après le drame ; et pas seulement à cause du deuil, même s'il pesait forcément sur les poitrines des six orphelins et de la jeune veuve. L'une des premières conséquences de la disparition de Botros fut l'arrivée dans la maison de mon arrière-grand-mère Sofiya, avec sa robe noire, sa bible noire, et son visage sans sourire. Elle s'établit dans la chambre nuptiale, près de sa fille, à l'endroit que le mari venait de déserter. Du jour au lendemain, les éclats de rire dans la maison se firent plus rares, les voix se firent plus basses, et les effusions furent bannies.

La sévérité de mon arrière-grand-mère était déjà proverbiale au village ; celle de ma grand-mère n'allait pas tarder à le devenir. Chacun savait, désormais, que Nazeera avait un mot magique qu'il lui suffisait de prononcer pour que ses enfants s'immobilisent instantanément : « *Smah !* », qui veut dire « Écoute ! » C'est elle-même qui, un jour, m'en a expliqué l'usage, non sans fierté.

— Nous vivions, comme tu le sais, dans un village où il y a partout des précipices, des puits mal bouchés, des nids de vipères, et j'avais sous ma responsabilité une flopée de gamins turbulents, mes propres enfants, et aussi les élèves. Si j'avais crié à l'un d'eux : « Arrête-toi ! », et qu'il avait poursuivi sa course une seconde de trop, il risquait de se tuer. Alors je les avais tous habitués à obéir sans même reprendre leur souffle. Il suffisait que je crie : « *Smah !* », pour qu'ils se figent sur place à l'instant même. Que de fois j'ai sauvé un enfant de la mort par ce seul mot !

L'un des principes de ma grand-mère, c'était que l'autorité ne devait pas s'exercer dans le bavardage, mais dans le silence, ou tout au moins dans la plus grande économie de mots.

Mon père me racontait :

— Lorsque je demandais quelque chose à ta grand-mère, et qu'elle continuait à vaquer à ses occupations comme si je ne lui avais rien dit, je ne devais surtout pas considérer qu'elle ne m'avait pas entendu. Je devais simplement comprendre que sa réponse était non. Si j'avais après ça la mauvaise idée de poser ma question une seconde fois, elle se tournait vers moi en fronçant les sourcils, et je regrettais alors amèrement de m'être montré insistant.

Et il ne fallait surtout pas recourir avec elle à un argument douteux.

— Je m'étais entendu un jour avec des cousins de ma génération pour faire une longue marche dans la montagne, et j'étais venu demander à ma mère sa permission. Elle ne semblait pas trop mal disposée, elle m'a juste dit : «Laisse-moi réfléchir!» Je l'ai laissée, puis je suis revenu une heure plus tard. Elle m'a dit : «Je suis encore en train de peser le pour et le contre. Je me demande si c'est raisonnable qu'un groupe de jeunes aille passer des heures dans la montagne loin de tout, et sans un adulte pour les accompagner... Redis-moi qui il y aura...» Alors j'ai énuméré les marcheurs, en commençant par les plus âgés, qui devaient avoir quatorze ou quinze ans. Puis j'ai cru habile d'ajouter : «Tous les autres parents ont dit oui!» Alors ta grand-mère s'est redressée, son visage s'est fermé, elle m'a regardé droit dans les yeux : «Dans cette maison, quand nous prenons une décision, c'est en fonction de notre bon jugement, pas en fonction de ce que les autres font ou ne font pas. Va dire à tes amis que tu n'es pas autorisé à les accompagner! Et n'utilise plus jamais un tel argument avec moi!»

Une autre fois, les enfants avaient trouvé un amandier plein de fruits verts à la peau veloutée. Un cousin leur expliqua que les propriétaires étaient aux Amériques, et que l'on pouvait donc se servir sans remords. Les enfants de Nazeera écoutèrent l'argument, et se fourrèrent des poignées d'amandes dans les poches, sans toutefois en manger une seule avant d'en avoir référé à leur mère.

— Elle a écouté notre argumentation sans broncher, mais avec un très léger froncement de sourcils. Puis elle a demandé: «Est-ce que cet amandier est à nous?» Nous avons répondu: «Les propriétaires sont en Amérique.» Le froncement s'est fait plus appuyé. «Je ne vous ai pas demandé où se trouvaient les propriétaires, je vous ai juste demandé si cet amandier était à nous!» Nous avons dû reconnaître que non, cet arbre ne nous appartenait pas. Alors notre mère nous a obligés à vider immédiatement nos poches dans la poubelle. Je ne saurai jamais quel goût avaient ces amandes.

Ce que je trouve remarquable dans cette dernière histoire, que j'ai entendue plus d'une fois de la bouche de mon père, c'est que les enfants de Nazeera hésitaient à lui désobéir même quand ils étaient loin de la maison. Cette propension à intérioriser l'autorité maternelle avait, je le sais, quelque chose d'excessif, et elle eut même, je crois, quelques effets castrateurs. Mais, à tout prendre, je ne renie pas cet héritage de sévérité. Pour avoir vécu au sein d'une société sans grande rigueur morale, j'ai appris à éprouver envers cette tradition presbytérienne fierté et gratitude. Sans doute ai-je fini par intégrer à mon insu cet axiome familial jamais clairement formulé, mais qui dit en substance: peu importe que notre éducation ait rendu difficile notre adaptation au milieu ambiant, notre fierté réside justement dans ce refus de se laisser contaminer par la déchéance établie – plutôt souffrir, plutôt s'exclure, plutôt s'exiler !

Il est clair, en tout cas, que ma grand-mère ne s'était jamais fixé pour objectif de préparer ses enfants à vivre dans la société levantine telle qu'elle était – en cela, elle se retrouvait en totale harmonie avec son rebelle de mari. Mais, contrairement à lui, elle ne voulait jamais définir ses objectifs en termes abstraits, elle ne parlait jamais de lutte contre l'obscurantisme, de réforme de la société, ou d'avancement pour les peuples d'Orient. Les deux ou trois fois où il m'est arrivé de l'interroger sur l'École Universelle qu'elle avait dirigée après la mort de mon grand-père, et sur les idéaux qui l'animaient, elle avait évité de se laisser entraîner sur ce terrain :

— Je voulais seulement que tous mes enfants arrivent à l'âge adulte en bonne santé physique et mentale. Et qu'ils aillent ensuite tous les six à l'université. Je m'étais fixé ces objectifs depuis longtemps, mon regard ne s'en détournait jamais, et je ne désirais rien d'autre ni pour moi ni pour les miens.

À l'époque, la plupart des familles perdaient un enfant en bas âge, ou même à l'adolescence, c'était une malédiction commune à laquelle toutes les mères se résignaient. Pas Nazeera. Elle s'était juré qu'elle n'en perdrait aucun. Et dans ce but, elle ne se contentait pas de prier, d'allumer des cierges et de faire des vœux. Pour ne pas être désarmée face aux maladies des siens, elle s'était mise à étudier tous les ouvrages médicaux qui lui tombaient sous la main, et avait fini par acquérir de telles compétences dans ce domaine qu'on venait désormais la consulter de tous les villages avoisinants ; et elle prescrivait des remèdes en toute confiance. J'ai trouvé au milieu des archives un manuel dont elle se servait apparemment beaucoup. Il a pour auteur – qui s'en étonnera ? – un missionnaire écossais orientaliste, et pour titre : *Ce que doivent savoir les profanes ou comment garder la santé et combattre les maladies en l'absence d'un médecin.* Il est usé, et quasiment démembré à force d'avoir été compulsé ; et il a été abondamment annoté ; par Nazeera, et aussi par sa mère, Sofiya, qui semble avoir été encore plus compétente que sa fille en la matière.

Les six orphelins traversèrent les âges difficiles sans aucune de ces maladies tristement coutumières qui emportaient ou débilitaient durablement les enfants de leur temps – ni fièvre typhoïde, ni poliomyélite, ni diphtérie... Et sans accidents corporels graves.

Une autre préoccupation obsédante de leur mère, ce fut de les nourrir et de les habiller décemment. Ce qu'elle ne put leur assurer qu'au prix d'énormes sacrifices. Botros leur avait pourtant laissé de quoi vivre aisément, il était même considéré, selon les modestes critères du village, comme un homme riche ; mais dès sa disparition ils se retrouvèrent pauvres.

C'est ma grand-mère elle-même qui m'a raconté comment le renversement s'est produit.

— Ton grand-père était le seul de la famille à avoir un peu d'argent, et tout le monde ou presque venait lui en demander. Quelque temps avant sa mort, lorsqu'il avait senti que sa fin était proche, il m'avait expliqué ce que chacun lui devait, et il m'avait donné tous les papiers qu'on lui avait signés. Il y avait là une petite fortune, j'étais tranquille...

« Après les funérailles, Theodoros a été nommé tuteur des enfants de son frère. Alors il est venu me voir, et il m'a dit : "Je sais que mes frères et mes cousins ont emprunté beaucoup d'argent à Botros. Je suppose qu'ils ont tous signé des reconnaissances de dette." Je lui ai dit : "Oui, bien sûr, *al-marhoum* m'a tout donné. – C'est bien. Est-ce que tu pourrais me montrer ces papiers ?" Je suis allée les apporter de la chambre. Il a commencé par les lire, l'un après l'autre, très attentivement ; puis, sans crier gare, il s'est mis à les déchirer, tous. J'ai hurlé ! C'étaient toutes nos économies qu'il s'acharnait ainsi à détruire ! Mais il m'a imposé silence. "Nous ne voulons pas nous faire des ennemis dans la famille !" En quelques secondes, nous avions tout perdu, nous étions redevenus pauvres. "Et comment veux-tu que je nourrisse ces orphelins ?" Theodoros a répondu : "Notre-Seigneur nous a donné, Notre-Seigneur nous redonnera." Puis il s'est levé, et il est parti.

Chaque fois que ma grand-mère m'a raconté cet incident – ce qui s'est produit six ou sept fois, si ce n'est davantage –, elle est repassée par la même palette d'attitudes : la fureur, les larmes, la résignation, puis la promesse de ne pas se laisser abattre. Moi-même, dans mon enfance, je m'étais constamment associé à sa rage ; mais pour m'être plongé depuis trois ans dans les papiers familiaux, je suis moins sévère aujourd'hui à l'égard de Theodoros. Si sa méthode fut indiscutablement brutale, ses raisons d'agir n'étaient pas aberrantes. Mon grand-père n'avait-il pas gâché ses dernières années en procès et en querelles pour des questions d'argent et de terrains ? Il eût été malsain que ses enfants gâchent leur jeunesse, et peut-être leur vie entière, dans des disputes autour des créances. L'acte décisif de leur oncle leur a probablement évité de sombrer dans un tel marécage.

Cela dit, je comprends parfaitement que Nazeera ait pu voir dans le geste magnanime de Theodoros une trahison. Désormais, et pour de nombreuses années, elle allait être obligée de trimer, trimer, sans jamais pouvoir se sentir à l'abri du besoin.

D'autant que sa seule source de revenus était constamment menacée. Je veux parler de l'École Universelle ; et plus précisément des subventions accordées à «notre» école par les missionnaires anglo-saxons. Ceux-ci, dès la disparition de Botros, avaient envisagé de couper les vivres. L'idée qu'une veuve puisse remplacer son époux comme directrice d'école ne suscitait chez la plupart d'entre eux que de la méfiance. Ma grand-mère dut leur démontrer, témoignages à l'appui, que durant les dernières années, son mari était constamment à Beyrouth, et que c'était elle qui dirigeait effectivement l'école. On finit par lui accorder le bénéfice du doute, à condition qu'elle sache faire ses preuves. Elle recevait plusieurs fois par an des inspecteurs qui venaient vérifier la bonne tenue de l'établissement et les performances des élèves.

Elle ne put obtenir toutefois qu'une fraction de ce qui était alloué à son mari ; ce qui, ajouté à la maigre scolarité payée par les parents d'élèves, permettait tout juste de couvrir les dépenses de fonctionnement de l'école et d'assurer la subsistance du foyer. Rien de plus, aucun écart, aucun superflu. Pas question d'acheter des habits aux enfants, par exemple, c'est elle qui devait leur coudre tabliers, robes, pantalons et chemises, avec l'aide de sa mère.

Pour se faire un peu d'argent supplémentaire, Nazeera passait ses nuits à broder des napperons et à tricoter des chandails et des châles en laine qu'elle allait vendre aux dames étrangères lorsqu'elle se rendait à Beyrouth. Plus tard, dans son grand âge, elle continua à tricoter plusieurs heures par jour, non plus pour vendre mais pour distribuer autour d'elle, notamment à ses petits-enfants. Je continue à porter de temps à autre une écharpe d'hiver qu'elle m'a offerte, toute blanche et si longue que je dois l'enrouler plusieurs fois autour des épaules pour qu'elle ne traîne pas à terre.

65

Si ma grand-mère fut prise de court par le geste de Theodoros, elle fut moins étonnée de son autre coup de force – celui-ci, à vrai dire, elle l'attendait avec résignation dès l'instant où le cœur de son mari avait cessé de battre.

Je fais allusion à la question du baptême. Botros avait réussi à imposer ses vues en la matière, à savoir que ses enfants pourraient choisir librement leur religion quand ils auraient atteint l'âge adulte, et que jusque-là on ne leur imposerait rien. Une attitude – dois-je le rappeler encore ? – totalement inacceptable, totalement impensable à une telle époque et dans un tel milieu… Il avait fallu tout l'entêtement de mon grand-père pour tenir une telle position face au monde entier.

Tant qu'il était là, sa femme et ses enfants n'avaient qu'à se réfugier derrière les hauts murs de sa sagesse ou de sa folie. Lui parti, ils se retrouvaient sans défense, exposés, assaillis. Ils ne pouvaient plus assumer ses combats, ses entêtements, ni même son apparence – au point qu'il avait fallu accrocher au mur un portrait abondamment rectifié.

S'agissant des baptêmes, le combat était perdu d'avance ; et si la remise au pas ne s'est pas produite tout de suite, c'est juste parce que Theodoros respectait trop son frère pour aller bafouer sa volonté au lendemain de sa mort. Il attendit donc une année, puis une deuxième et une troisième, et c'est seulement en 1927 qu'il se décida à agir. Il arriva au village à l'improviste, un jour où il savait que Nazeera était absente ; il rassembla ses neveux et nièces pour les baptiser séance tenante. L'aîné de mes oncles, alors âgé de quatorze ans, rappela courageusement au prêtre les volontés exprimées par son regretté père sur la question, et proclama qu'il se refusait à lui désobéir ; les cinq autres, mon père et ses jeunes frères et sœurs, se laissèrent baptiser sans broncher.

Ce baptême catholique ne fut évidemment pas du goût de la branche protestante de la famille – Nazeera et Sofiya en furent meurtries ; mais c'est surtout le frère aîné de ma grand-mère, le docteur Chucri, qui réagit le plus rageusement. Il s'estima personnellement bafoué, insulté, agressé par ce coup de force. Il eut des mots très durs contre le prêtre, son évêque, son patriarche et son pape, et il jura qu'on n'en resterait pas là.

De fait, on n'en resta pas là. En 1932 eut lieu, sous l'égide des autorités françaises, un recensement de la population du Liban. Un premier recensement qui allait être, curieusement, le dernier, vu que les équilibres confessionnels extrêmement délicats faisaient de tout nouveau décompte de la population une revendication explosive. Pour longtemps, la répartition du pouvoir entre les communautés libanaises allait être basée sur les chiffres obtenus cette année-là : cinquante-cinq pour cent de chrétiens, et quarante-cinq pour cent de musulmans, avec, au sein de chaque groupe, une répartition plus précise entre maronites, grecs-orthodoxes, grecs-catholiques, sunnites, chiites, druzes, etc. Chez les miens, toutefois, le recensement de 1932 allait avoir des conséquences très spécifiques.

Des fonctionnaires français et libanais s'étaient donc présentés au village, et ils avaient fait le tour des maisons pour demander aux gens, entre autres renseignements, à quelle communauté religieuse ils appartenaient. Lorsqu'ils frappèrent à notre porte, c'est Chucri qui les reçut. En tant que médecin, il s'adressa à eux avec autorité, leur fit offrir café et rafraîchissements, puis il leur proposa son aide. Il leur épela soigneusement les prénoms de ses neveux, leur précisa leurs dates de naissance, et lorsqu'on lui posa la question de leur appartenance religieuse, il répondit sans sourciller qu'ils étaient tous protestants. Ce qui fut dûment enregistré.

Le baptême catholique opéré par Theodoros venait d'être annulé, du moins aux yeux des autorités publiques. La branche protestante de la famille s'était vengée. On en était donc à une victoire partout, si j'ose m'exprimer ainsi. Mais la partie n'était pas encore terminée.

Mon père, ses frères et ses sœurs ne savaient plus eux-mêmes à quelle communauté ils appartenaient. Tantôt ils se présentaient comme catholiques, tantôt comme protestants.

Trois d'entre eux finiront par demander officiellement à l'état civil leur rattachement à la communauté grecque-catholique. La modification ne sera effectuée que des années plus tard, et elle demeurera incomplète. Si bien qu'aujourd'hui encore, lorsqu'il m'arrive de demander aux autorités libanaises un extrait de naissance, il y est dûment précisé que je suis «de confession grecque-catholique», mais «inscrit sur le registre des protestants».

66

Au printemps de 1934, Nazeera et sa mère reçurent des États-Unis une nouvelle qu'elles s'étaient résignées à ne plus jamais entendre : Alice, après des années d'éloignement, de silence, et de brouille, leur annonçait dans une lettre son intention de revenir passer quelque temps au pays. Elle arriva au port de Beyrouth le 18 juin avec sa fille, Nelie, vingt ans, et le plus jeune de ses deux fils, qu'on appelait maintenant Carl, mais qui avait été baptisé Carlos lorsqu'il était né à Cuba dix-sept ans plus tôt. Pour la première fois, les deux familles de Botros et de Gebrayel étaient réunies, huit jeunes qui ne s'étaient jamais rencontrés, et leurs mères – à la fois sœurs et belles-sœurs – qui ne s'étaient plus vues depuis qu'elles s'étaient quittées adolescentes. Elles avaient vécu sur deux continents différents avec deux frères impatients et exubérants qui avaient trouvé chacun sa mort. Elles avaient tant de choses à se raconter.

Il y a dans les archives de nombreuses images de cette période, certaines regroupant toute la famille, d'autres seulement les jeunes en excursion à Baalbek ou vers le mont Sannine – je suppose que les cousins américains étaient arrivés avec les appareils photographiques les plus récents. Il y a également un petit texte de mon père, écrit dix ans plus tard, où il dit que cet été de 1934 fut le moment le plus joyeux de toute sa vie. De fait, il se dégage des photos de l'époque une impression de bonheur intense ; même mon arrière-grand-mère Sofiya avait troqué son éternelle robe noire contre une robe gris clair, et en scrutant son visage de près, on croit deviner une ébauche de sourire.

Cette jovialité venait, à l'évidence, d'outre-Atlantique. Le visage de Nelie resplendit d'un sourire si vrai qu'il se reflète même sur les visages de tous ceux qui l'entourent ; quant à Carl, il a osé jeter ses deux longs bras avec désinvolture sur les épaules de Nazeera, visiblement bousculée dans ses habitudes, et qui arbore une expression étonnante : dans le bas du visage, un sourire amusé, et dans le haut des sourcils froncés, comme un dernier carré de sévérité qui résiste encore.

Quand l'été s'acheva, Alice était si heureuse qu'elle ne voulait plus repartir. Lorsqu'elle fit part de ses sentiments à ses enfants, ils s'en montrèrent contrariés. Bien sûr, ils étaient aussi heureux qu'elle de ces retrouvailles, de tout ce qu'ils découvraient, de ces excursions, de ces banquets… Mais pas au point de renoncer à leur Amérique ! « Je ne veux pas vous forcer la main, leur dit-elle. Quand vous aurez envie de repartir, nous repartirons, c'est promis. Seulement, gardez à l'esprit que ce voyage, nous ne le referons probablement pas une seconde fois ; les gens que nous voyons, nous ne les reverrons pas – surtout votre grand-mère, qui vieillit. Alors, si nous pouvions rester encore un peu… »

Le séjour se prolongea donc au-delà de l'été, jusqu'en octobre, jusqu'en novembre ; Alice se sentait de plus en plus heureuse, de plus en plus chez elle, mais son fils et sa fille commençaient à s'impatienter. Après une dernière discussion avec eux, elle leur promit à contrecœur qu'elle allait réserver les billets de retour. Mais pas avant les fêtes. On passerait Noël et le Nouvel An au village, et on prendrait la mer le 15 janvier.

Les fêtes eurent, cette année-là, pour les deux familles, quelque chose de magique. D'ordinaire, on parvenait rarement à se dégager des soucis permanents pour que la fête soit un moment totalement à part, comme une bulle étanche, on n'arrivait jamais à oublier la gêne matérielle, ni les deuils, les disparitions brusques et prématurées de Gebrayel, puis de Botros, l'une et l'autre lointaines mais aucunement dépassées, car les bouleversements qu'elles avaient provoqués ne s'étaient toujours pas apaisés. En ces fêtes-là, pourtant, il y avait au milieu des convives, jeunes ou vieux, un brouillard de bonheur.

Aussitôt après le jour de l'an commencèrent les derniers préparatifs du voyage. Mais le 11, mon arrière-grand-mère Sofiya fut prise d'un malaise. Elle n'était certes pas jeune, mais elle paraissait, la veille encore, en bonne santé. Le matin, elle se réveilla avec des douleurs à la poitrine ; dans la journée, elle toussait beaucoup et avait du mal à respirer. Le soir, elle était morte.

Le pasteur qui prononça l'éloge funèbre ne manqua pas d'évoquer le retour de sa fille et de ses petits-enfants, et le bonheur qu'elle avait eu à passer du temps avec eux. Comme si le Ciel, en Sa bonté, en Sa sagesse, n'avait pas voulu qu'elle s'en aille sans avoir eu cette dernière joie, si méritée par une vie irréprochable… Puis on enterra Sofiya aux côtés de Khalil, son mari, dans la tombe qui fut construite pour lui seize ans plus tôt au milieu des vignes, à quelques pas de la maison qui fut la sienne et qui est aujourd'hui la mienne.

À l'issue des journées de condoléances, Alice tenta de convaincre ses enfants qu'elle devrait peut-être rester un peu plus longtemps avec Nazeera. Mais la mort de leur grand-mère avait eu sur eux un tout autre effet : ils avaient à présent le sentiment qu'ils étaient restés trop longtemps, qu'ils auraient mieux fait de repartir à la fin de l'été comme cela avait été prévu initialement, et ils avaient plus que jamais hâte de retrouver l'Amérique. Tout au plus leur mère obtint-elle de retarder le départ de deux petites semaines, jusqu'au 28 janvier.

Mais le 24 – c'était un jeudi, Alice se réveilla avec une douleur à la poitrine. Dans la journée, elle toussait beaucoup et avait du mal à respirer. Le soir, elle était morte…

Le retour des émigrés, qui avait débuté comme un long festin de noces, s'achevait en une farce funèbre. Dans son élégie, le pasteur fit observer que la défunte ne souhaitait manifestement plus quitter sa terre natale, et que le Ciel, en Son insondable sagesse, l'avait autorisée à y demeurer pour toujours.

Alice fut inhumée dans le caveau familial fraîchement descellé puis rescellé, aux côtés de son père et de sa mère, mais à des milliers de kilomètres de cet autre caveau qu'elle avait elle-même fait construire jadis pour Gebrayel, et où elle pensait reposer à son tour quand son heure serait venue – là-bas, aux Amériques, à La Havane, dans la nécropole qui porte le nom de Christophe Colomb.

67

1935, qui avait débuté par ces deuils successifs, fut à plus d'un titre un tournant dans le parcours des miens. Notamment parce que notre «École Universelle» ferma définitivement ses portes cette année-là après avoir fonctionné pendant vingt-deux ans, onze du vivant de Botros et onze après sa mort; et que notre famille quitta le village pour s'établir en ville.

Comme ma grand-mère me l'a souvent répété au crépuscule de sa vie, elle n'était nullement attirée par les lumières de la capitale, elle voulait juste rapprocher ses enfants de l'université. Ce mot signifiant, dans sa bouche, l'AUB, l'American University of Beirut, fondée à l'origine par les missionnaires sous le nom de Syrian Protestant College, et où Khalil, son père, mon arrière-grand-père, avait été l'un des tout premiers étudiants. L'appartement qu'elle loua se trouvait à quelques pas des grilles du vaste *campus*, dans une rue baptisée par la puissance mandataire du nom de «Jeanne d'Arc»…

La maison-école de Machrah fut reléguée au rang de résidence d'été; pour quelques années encore, on continuera à s'y rendre, mais seulement aux derniers jours de juin pour fuir les grandes chaleurs de la côte; les hivers, on les passera à Beyrouth, dans un appartement loué au dernier étage d'une vieille bâtisse de l'époque ottomane.

C'est là, dans le salon entouré de toutes les chambres, que sera désormais accroché le faux portrait de Botros.

Ce passage d'une existence à l'autre, ma grand-mère ne l'avait pas effectué sur un coup de tête. Afin de ne perturber ni le fonctionnement de l'école ni l'équilibre du foyer, elle avait gardé sa décision secrète, pour l'annoncer seulement au cours du dernier semestre, d'abord à ses propres enfants, puis aux élèves et à leurs parents ; mais son calendrier avait été arrêté bien des années auparavant, et avec minutie : quand ses deux fils aînés seraient en âge d'aller à l'école secondaire, elle leur trouverait des établissements où ils pourraient être pensionnaires ; lorsqu'ils entreraient à l'université, elle leur louerait une chambre d'étudiant ; ensuite, dès que l'aînée des filles serait en âge d'entrer à l'université, la famille entière irait s'installer à Beyrouth.

Dans un premier temps, donc, ma grand-mère avait cherché des écoles pour ses aînés ; par souci d'équilibre, ou peut-être à cause des pressions contradictoires de Chucri et de Theodoros, elle les avait placés tantôt dans des écoles catholiques – tel le Collège patriarcal de Beyrouth ou le Collège oriental de Zahleh –, tantôt dans des établissements relevant de la Mission presbytérienne américaine, notamment un certain Institut Gérard, basé près de Saïda, dans le sud du pays, et dont j'ai trouvé dans nos archives un certificat de fin d'études décerné à mon père. De toute manière, et quelle que soit la confession des écoles, Nazeera s'arrangeait pour qu'on ne fasse payer à ses enfants qu'une fraction des frais de pensionnat et de scolarité ; il lui était difficile de faire face aux dépenses, elle avait même du mal à procurer aux garçons les livres scolaires adéquats, comme en témoigne cette lettre que mon père lui a adressée en février 1930.

Mère respectée,

J'ai reçu hier le manuel de littérature arabe que tu m'as envoyé, et, à première vue, je m'étais inquiété. Il paraissait si vieux que j'ai eu peur que tu m'aies envoyé celui de mon grand-père dans lequel j'étudiais du temps où j'étais au village, et sur lequel il avait inscrit comme date d'acquisition «le 18 janvier 1850». Fort heureusement, je m'étais trompé, le manuel que tu m'as adressé est bien plus récent, puisqu'il est inscrit à la page de garde : «Ce livre appartient à Botros Mokhtara Maalouf, qui l'a acheté le 14 décembre 1885.» Cela ne fait donc que 45 ans que ce brave manuel se dévoue au service de la littérature. Étant un homme de grande compassion, je l'ai mis instantanément à la retraite. Si un jour je voulais ouvrir un magasin d'antiquités – à Paris, par exemple ! – de tels ouvrages me seront fort précieux. Mais si c'est pour étudier, ils ne me servent pas beaucoup. Alors, trêve de plaisanterie, si tu pouvais me procurer un manuel récent, je te serais infiniment reconnaissant.

Ici, à l'école, tout va bien. Sauf que le directeur paraît très soucieux aujourd'hui. Sans doute parce qu'il y a eu hier une grosse bagarre entre les élèves, et que l'un d'eux a été grièvement blessé. Ce qui, je suppose, ne va pas améliorer la réputation de l'école. À part ça, tout va au mieux. Porte-toi bien, et donne régulièrement de tes nouvelles

à ton fils obéissant
Ruchdi

Mon père avait quinze ans, l'humour était son bouclier et son sabre. C'est qu'une pression constante s'exerçait sur lui, comme sur l'aîné de ses frères. Leur mère leur faisait comprendre chaque jour qu'elle attendait avec

impatience qu'ils grandissent et allègent enfin son fardeau. Elle acceptait de se saigner pour leur permettre
d'étudier, à condition qu'eux-mêmes, dès que possible,
se chargent de financer les études des plus jeunes. Elle
leur faisait également comprendre qu'ils devaient en
toute chose être les premiers. N'avaient-ils pas bénéficié
du meilleur enseignement ? N'étaient-ils pas les enfants
du réputé *moallem* Botros et les petits-enfants du non
moins réputé *moallem* Khalil ? Ne vivaient-ils pas dans
un environnement de lettrés où même leur vieille grand-
mère était instruite et possédait une bibliothèque ? Pourquoi ne seraient-ils pas les meilleurs ? Quelle excuse
auraient-ils pour ne pas être constamment les premiers ?

L'aîné de mes oncles était effectivement aussi brillant
que sa mère le souhaitait. À vingt ans, son intelligence
était déjà aussi proverbiale que celle de Botros, et à Beyrouth même, pas seulement au village. Le cadet, mon
père, tout en étant bon élève, n'avait pas d'aussi bons
résultats. Ce qui irritait parfois sa mère, comme il ressort
de ce récit trouvé dans un de ses cahiers d'écolier.

*Un jour, alors que j'étais à la maison pour les vacances
de Pâques, ma mère reçut par la poste le bulletin envoyé
par mon école. Elle décacheta l'enveloppe, et me
demanda de m'asseoir sur un tabouret en face d'elle pendant qu'elle découvrait mes notes.*

*Connaissance de la Bible, A, c'est-à-dire excellent.
Français, C, c'est-à-dire moyen. Anglais, B, c'est-à-dire
bon. Arabe, B également. Géométrie, C. Biologie, B.
Géologie, B. Histoire, B. Discipline, A. Application, A.*

*— Bravo, me dit-elle, tu travailles bien, je suis
contente.*

*Puis elle tourna la page, fronça les sourcils, et
s'écria :*

— *Quoi ? Tu n'es que dixième de ta classe ?*

— *Mais, maman, tu viens à l'instant de me dire bravo !*

— *Dixième ! Tu devrais avoir honte !*

— *Quelle importance que je sois dixième, si mes notes sont bonnes ?*

— *Je ne veux rien entendre. Je ne veux plus jamais lire que mon fils est dixième !*

Je suis revenu à l'école avec cette phrase de ma mère qui retentissait encore dans ma tête : « Je ne veux plus jamais lire que mon fils est dixième ! » Je n'arrêtais pas de me demander : que faire ? que faire pour la satisfaire ?

Je ne pouvais travailler plus, j'avais fait jusque-là tout ce que j'avais pu. En revanche, je pouvais essayer de faire en sorte que les autres aient de moins bons résultats. Oui, c'est cela la solution, je vais essayer de changer mon comportement pour gagner quelques places à leurs dépens. Par exemple, si l'élève qui s'est classé neuvième vient me demander de l'aider à résoudre un problème de géométrie, je vais refuser. Il va peut-être faire pression sur moi en disant que nous sommes amis, et que ce serait normal que je l'aide. Pour couper court à cela, je vais me disputer avec lui à la première occasion ; ainsi, il ne me demandera plus rien, et je n'aurai plus à l'aider.

De même, si je remarque qu'il y a, dans l'une des matières, une question sur laquelle le professeur a insisté particulièrement, et sur laquelle il va probablement nous interroger, je dois éviter de le dire à tout le monde, comme je l'ai toujours fait jusqu'ici ; au contraire, je vais garder l'information pour moi, et lorsque les élèves vont sortir de l'examen en se lamentant parce qu'ils n'avaient pas préparé cette question, je vais éprouver dans mon cœur de la joie plutôt que de la tristesse.

C'est cela, je dois apprendre à changer tous mes comportements. Par exemple, si l'un des élèves tombe malade, au lieu d'aller à son chevet comme je le fais maintenant, pour lui expliquer de quoi nous avons parlé en classe et lui éviter de prendre du retard, je vais me réjouir de ce qu'il lui arrive, et souhaiter au fond de moi-même qu'il reste malade longtemps, ce qui l'écartera de la compétition et me permettra de gagner une place.

Tu verras, maman, je vais changer du tout au tout, c'est promis. Au prochain bulletin, ton fils ne sera plus dixième !

Ce texte grinçant, mon père ne s'était pas contenté de l'écrire pour lui-même, en guise de vengeance secrète. Il s'était arrangé pour qu'on le charge de parler au nom des élèves dans la cérémonie de fin d'année, et il l'avait prononcé en présence du corps enseignant et des parents d'élèves.

Ma grand-mère était là. Elle avait souri, elle avait essuyé quelques larmes, et elle n'avait plus jamais demandé à son fils d'améliorer son classement. Sans vraiment affronter sa mère, il l'avait proprement désarmée ; un peu par l'humour, mais également par un argument imparable, auquel la fille du prédicateur ne pouvait qu'acquiescer : mieux vaut rester à l'arrière en préservant son élégance morale, plutôt que de se hisser jusqu'au premier rang par la goujaterie !

Cela étant dit, je dois à la vérité d'ajouter que l'argumentation de mon père n'était pas très rigoureuse, ni tout à fait de bonne foi. J'ai entre les mains toutes ses archives, dont je ne compte pas faire usage dans ce récit, vu que celui-ci est consacré à Botros et à ceux de sa génération, les autres membres de la famille n'y figurant que marginalement ; mais puisque j'ai lu ses cahiers d'écolier, je me dois de signaler que mon père y avouait lui-même « fréquenter les salles de cinéma plus que les salles de classe », et les berges des rivières plus que les pupitres des bibliothèques ; qu'il faisait quelquefois le mur ; et qu'il composait des poèmes d'amour pendant les cours d'algèbre ou de géographie. Il aurait probablement pu améliorer son classement en étudiant un peu mieux, et sans avoir besoin de faire des croche-pieds à ses camarades.

Voilà que je lui fais des reproches comme si, par la vertu de mes cheveux blancs, j'étais à présent son père et lui mon fils ! Mais je le fais avec tendresse, comme lui-même l'aurait fait. J'ai eu la chance d'avoir un père artiste, qui me parlait constamment de Mallarmé, de Donatello, de Michel-Ange et d'Omar Khayyam, et qui, lorsque ma mère lui reprochait de n'être pas sévère avec mes sœurs et moi, lui répondait à mi-voix : « Nous n'avons pas fait des enfants pour leur casser les pieds ! »

Avant de clore cette parenthèse le concernant, je me dois de faire deux remarques. La première, c'est qu'il allait se faire un nom dans le journalisme en écrivant, pendant plus de trente ans, des billets satiriques qui prenaient pour cible les travers de la société et de ses gouvernants, et qui étaient très exactement dans le même esprit que cette lettre à sa mère écrite à l'âge de quinze ans à propos des vieux livres. La seconde, c'est qu'il allait se faire également un nom dans la poésie en publiant, à vingt-neuf ans, un recueil, dédié *« à mon père Botros Mokhtara Maalouf »* et intitulé « Le Commencement du Printemps », qui fut accueilli comme un événement littéraire, et dont plusieurs poèmes figuraient dans les manuels d'arabe dans lesquels j'ai moi-même étudié.

Lorsqu'à l'école on nous donnait à apprendre par cœur une «poésie» composée par mon père, et que les élèves autour de moi se mettaient à glousser en m'adressant des clins d'œil appuyés, il me fallait faire un grand effort sur moi-même pour dissimuler ma fierté.

Mais c'est surtout ma grand-mère qui était fière. De la renommée précoce de son fils; et plus particulièrement du fait que le poème le plus célèbre, devenu instantanément un classique, avait été écrit pour elle.

Mon père m'a raconté un jour dans quelles circonstances il l'avait composé.

C'était en mai 1943, les autorités françaises venaient d'instituer la Fête des mères. Un grand rassemblement avait été organisé, et on m'avait invité à déclamer un poème à la tribune pour cette occasion. Je n'avais que très peu de temps pour me préparer, mais j'avais réussi à dégager une soirée pour m'isoler et écrire.

Je venais de me mettre à ma table quand mon ami Édouard est arrivé. Il m'a dit: «Allons au cinéma, il y a tel film qui passe.» Je lui ai dit: «Pas ce soir, il faut absolument que je compose mon poème.» Mais il a insisté, et comme il m'a toujours été difficile de résister à de telles invitations, je l'ai accompagné.

Mes yeux étaient tournés vers l'écran, mais ma tête était ailleurs. À un moment, j'ai pris mon stylo de ma poche, et je me suis mis à écrire, dans l'obscurité, au dos de mon paquet de cigarettes. Lorsque nous sommes sortis de la salle, mon poème était entièrement composé, je n'y ai plus changé une virgule, je n'avais plus qu'à le recopier sur une feuille propre.

Ce poème en forme de prière, il l'avait construit autour d'une rime inhabituelle, très appuyée, et pour la langue arabe très féminine, *hounnah*, qui veut dire «elles». Il y dit, par exemple:

Elles sont nos compagnes dans l'exil du monde,
Aucun paradis ne serait paradis sans elles
Seigneur, je T'ai demandé deux grâces,
Voir le visage du Ciel, et leur visage à elles.
C'est à elles que Tu as confié la vie,
Tu T'es installé dans leurs entrailles à elles,
Et Tu as laissé, parmi les battements de Ton cœur,
Un battement dans leurs poitrines à elles...

Les critiques de ce temps-là avaient qualifié mon père d'adorateur de la Beauté, ou d'adorateur de la Femme — en un sens, il l'était. Mais il ne fait pas de doute que la vénération qu'il exprimait dans ces vers s'inspirait d'abord de cette figure matriarcale, à la fois aimante et sévère, fragile et indestructible, fervente et cérébrale qu'avait été Nazeera pour lui comme pour tous les siens.

Chaque année, d'ailleurs, à la Fête des mères, c'est elle que les journalistes appelaient; ils venaient la photographier dans son appartement de la rue Jeanne d'Arc, et l'interviewer sur sa vie d'autrefois au village; elle leur parlait de l'école qu'elle avait dû prendre en main lorsque son mari était mort, et du fait qu'il l'avait laissée «avec six orphelins dont l'aîné avait onze ans et le plus jeune onze mois».

Ses visiteurs lui disaient parfois, comme s'il fallait la consoler: «Mais vous avez su les élever, aujourd'hui vos enfants vous témoignent leur reconnaissance, vous avez réussi, vous devez être comblée...»

Elle répondait oui, bien sûr. De fait, cette attention qui

se portait sur elle un jour par an la flattait, c'était un peu sa revanche sur les malheurs. Mais lorsque journalistes et photographes se levaient pour partir, qu'elle les raccompagnait puis refermait la porte derrière eux, elle se remettait aussitôt à penser à la grande déception de sa vie, à cette défaite incompréhensible qu'elle avait subie et qui lui gâchait toutes ses victoires. Elle se remettait à penser à celui qui était parti, à celui qui l'avait abandonnée.

Il ne s'agissait plus de Botros, qui appartenait déjà pour elle à un lointain passé, il s'agissait de l'aîné de ses fils. Bien vivant, mais qui ne lui donnait plus de ses nouvelles, qui ne lui parlait plus, qui ne lui écrivait plus. Une brouille, oui, une sérieuse brouille, comme celle qui avait éclaté un siècle plus tôt entre le curé Gerjis et son fils Khalil ; puis entre Khalil et son fils Gerji. Cette sinistre coutume familiale, Nazeera ne pensait pas qu'elle-même pourrait un jour en être la victime. Elle croyait avoir fait tout ce qu'il fallait pour que cela ne lui arrive pas.

68

À Beyrouth, l'aîné de mes oncles s'était lancé à corps perdu dans le combat politique contre le Mandat français. C'était un homme de fortes convictions, capable d'argumenter puissamment contre toutes sortes d'adversaires – comme son père, disait-on. De l'avis unanime, il était promis à un brillant avenir dans cette nation renaissante. Toute la famille était derrière lui, pour le soutenir dans ses combats, à commencer par sa mère, dont l'appartement était devenu un lieu de ralliement pour les étudiants indépendantistes.

Mais l'on était en 1939, la situation internationale s'envenimait, et l'engagement de mon oncle commençait à devenir périlleux. Ce qui était considéré, en temps de paix, comme une lutte nationale légitime, pouvait apparaître, en temps de guerre, comme un acte de trahison. Des rumeurs circulèrent selon lesquelles il allait être arrêté, et peut-être même condamné à mort. La famille décida de le faire fuir au plus vite. On lui débrouilla une bourse d'études dans une université américaine, et on l'embarqua sur l'un des tout derniers bateaux, juste avant le déclenchement du conflit mondial.

Ton oncle était très haut placé dans le parti natio-naliste, m'a confirmé Léonore, *et les Français avaient*

> *mis la main sur un document prouvant que ce serait*
> *lui qui prendrait la tête de l'organisation si elle devait*
> *entrer dans la clandestinité. Ils avaient donc lancé*
> *contre lui un mandat d'arrêt. Seulement, sur le docu-*
> *ment qu'ils avaient saisi, il était désigné par un nom*
> *de guerre, et c'est ce nom qui figurait sur le mandat.*
> *Le temps que les autorités fassent le lien entre le vrai*
> *nom et le pseudonyme, on l'avait fait fuir...*

Ma grand-mère n'était évidemment pas enchantée de ces développements. Pour elle, qui anticipait ses mouvements des années à l'avance, les imprévus étaient rarement les bienvenus. Cela dit, c'était aussi une femme réaliste, qui savait maintenir un juste équilibre entre l'inquiétude et l'espoir, et qui savait évaluer les priorités ; dans l'immédiat, il fallait à tout prix soustraire son fils aux menaces qui pesaient sur lui.

Elle devait se dire aussi, comme tant de mères levantines, que son aîné, avec tous les talents qui étaient les siens, n'allait pas manquer de réussir brillamment aux États-Unis ; et qu'alors, il pourrait aider les siens bien plus efficacement que s'il était demeuré au pays.

Mon oncle partit donc, et on n'eut plus de ses nouvelles. C'était la guerre, il est vrai, et la poste fonctionnait mal. Mais lorsque le conflit s'acheva, en 1945, les nouvelles ne se firent pas moins rares. Lui-même n'écrivait guère, et les seules informations qu'on avait sur lui par des parents ou des amis en voyage outre-Atlantique n'étaient pas rassurantes pour les siens.

Lorsque j'ai ouvert les yeux sur le monde, mon oncle d'Amérique était devenu une figure fantomatique, évanescente, bien plus encore que ne l'avait été Gebrayel pour les générations précédentes. Et tout au long de mon enfance, je n'ai entendu à son propos que des rumeurs inquiètes et des chuchotements horrifiés : après s'être marié, et avoir eu cinq enfants, il avait décidé d'entrer au couvent en y entraînant toute sa petite famille, lui avec ses deux fils chez les hommes, son épouse avec leurs trois filles chez les femmes ; ils avaient tous vécu dans la pauvreté, la chasteté et l'obéissance, et avec des règles impitoyables ; ainsi, il était interdit de révéler aux jeunes enfants lequel des « frères » était leur père, et laquelle des « sœurs » était leur mère ; et il était strictement prohibé de faire entrer au couvent tout ouvrage qui s'écartait un tant soit peu de « la Vraie Foi » catholique – je n'ose imaginer ce que Botros, homme des Lumières, fondateur de l'École Universelle, aurait pensé de telles pratiques...

Ce qui se murmurait constamment dans la famille, aussi loin que remontent mes réminiscences, c'est que l'oncle refusait toute relation avec les siens tant qu'ils ne seraient pas tous devenus aussi catholiques que lui.

Une histoire, parmi cent autres : l'un de ses beaux-frères, qui séjournait dans une université américaine l'année de ma naissance, en profita pour aller lui rendre visite. Mon oncle le reçut, et se lança aussitôt dans un exposé enflammé de ses croyances ; au bout de ce sermon, il demanda au visiteur :

— À présent que tu m'as écouté, es-tu prêt à devenir catholique ?

L'autre répondit poliment qu'il était né dans une famille orthodoxe, et qu'il n'avait pas l'intention de renoncer à la foi de ses pères.

— Dans ce cas, dit mon oncle en se levant, nous n'avons plus rien à nous dire.

Il tendit au visiteur ébahi son pardessus, et il le reconduisit fermement jusqu'à la porte.

Je ne voudrais pas être trop injuste à l'égard de mon oncle, ni le dépeindre par une caricature. Son univers est éloigné du mien, ses croyances sont à l'opposé des miennes, mais son itinéraire a de la cohérence, de la sincérité – une illustration peu banale des hantises spirituelles qui ont constamment habité notre parenté. Je suis persuadé que son aventure sera racontée un jour par une voix plus attentive, plus compréhensive que la mienne. Pour ma part, je l'ai seulement effleurée, naguère, dans un roman voilé… Et aujourd'hui encore, je ne ferai que l'effleurer. Ce que je cherche à discerner, ce n'est pas tant la réalité de ce qui s'est passé là-bas, en Nouvelle-Angleterre, que la réalité de ce que ma grand-mère et mon père ont pu entendre, et imaginer, et ressentir, durant les longues années d'angoisse.

J'ai retrouvé, par exemple, parmi les papiers de Nazeera, une coupure de presse jaunie, où il n'y a plus la date ni le nom du journal, mais qui doit provenir d'un quotidien de Boston, vers la fin des années quarante ou le début des années cinquante.

Titre, sous-titre et texte, en première page :

LES ÉTUDIANTS CONVERTIS DE HARVARD
Ils entrent au monastère pour devenir prêtres

À la suite de l'annonce qui a été faite dernièrement et selon laquelle Avery D., diplômé de Harvard et fils de l'un des principaux dirigeants protestants laïcs du pays, était entré dans un noviciat des Jésuites pour devenir prêtre, on a appris hier que trois autres étudiants de la même université s'étaient convertis au catholicisme, et qu'ils avaient également décidé d'entrer dans les ordres. Ils appartiennent tous à des familles protestantes renommées…

Deux autres étudiants, appartenant pour leur part à des familles catholiques, ont décidé d'abandonner leurs études à Harvard pour entrer dans des monastères. Tous sont des membres du Centre St B., qui dépend de la paroisse St Paul, et qui est un centre catholique pour les étudiants, dirigé par le Rév. Leonard F., s.j., poète et essayiste réputé, et parrainé par Mgr. Augustin H...

Les convertis sont William M., fils du Dr Donald M., de West Cedar... qui est entré au noviciat jésuite de Shadowbrook...

Walter G., fils du Dr Arthur G., de Lawrence, qui a rejoint le même noviciat...

George L., fils de Herbert L., de Great Neck, qui est entré dans un monastère bénédictin à Portsmouth Priory...

Parmi les autres étudiants entrés dans les ordres, on peut signaler :

Joseph H., fils du Juge de la Cour Suprême, qui a rejoint les Rédemptionnistes ; ainsi que Miss Margaret D., fille de M. et Mme John D., de Providence, Rhode Island, qui a abandonné ses études pour entrer au monastère des Carmélites...

La liste est encore longue, et détaillée – il y a même l'adresse exacte des convertis et de leurs parents, ce que, même aujourd'hui, j'ai jugé inconvenant de reproduire. Si ma grand-mère a conservé cet article, c'est parce qu'il signale la naissance du mouvement religieux dans lequel son fils s'est enrôlé. Lui-même n'y est pas mentionné, mais plusieurs des personnes nommées ont appartenu à la même mouvance. J'imagine que ceux qui vivaient à Boston en ce temps-là devaient avoir le sentiment qu'un événement majeur était en train de se produire sous leurs yeux, peut-être même un miracle. C'est pourquoi je n'exclus pas que ce soit mon oncle lui-même qui ait envoyé cette coupure de là-bas ; donner l'impression que les protestants d'Amérique étaient en train de se convertir massivement au catholicisme n'était pas une information anodine pour notre famille en ces années-là.

De ce bouillonnement – finalement assez localisé – allait naître un mouvement religieux conservateur prônant le retour à la foi traditionnelle de l'Église, et méfiant à l'égard de tous les « aménagements » doctrinaux visant à prendre en compte les mœurs de notre époque. Chez les miens, autant que je m'en rappelle, on ne s'est jamais beaucoup penché sur les arguments théologiques de l'oncle converti. On savait simplement que ses compagnons et lui refusaient que l'Église se libéralise, et qu'à cause de cela ils avaient eu des ennuis avec le Vatican. La phrase qui revenait immanquablement chaque fois qu'on parlait d'eux, c'est qu'ils étaient « plus papistes que le pape », au point qu'ils avaient failli être excommuniés.

Plus tard, j'ai fait quelques lectures, qui n'ont pas démenti ces impressions. Mon oncle et ses amis vénèrent les Croisades, ne condamnent pas l'Inquisition, et ils n'éprouvent aucune sympathie particulière envers les protestants, les juifs, les francs-maçons, ni envers les catholiques « tièdes ». La pierre angulaire de leur foi, c'est qu'il n'y a pas de salut hors de l'Église romaine.

Je serais incapable d'expliquer de quelle manière exacte les déboires religieux de la maison de Botros ont amené son fils aîné à professer une telle doctrine. Je ne veux pas tracer des cheminements douteux ni établir des causalités approximatives ; mais lorsqu'un adolescent qui a refusé d'être baptisé de force par un prêtre catholique se retrouve, vingt ans plus tard, en train de proclamer qu'il n'y a pas de salut pour ceux qui n'ont pas été baptisés dans la foi catholique, et lorsqu'il va jusqu'à consacrer sa vie entière à ce combat, il est inconcevable que les deux faits ne soient pas liés, même s'il m'est difficile de dire par quelle voie sinueuse…

69

Comparé aux ardents catholiques américains de notre parenté, mon père apparaissait forcément comme un catholique tiède. Pourtant, il avait effectué lui aussi, ainsi que ses deux jeunes frères, un retour vers la confession dans laquelle ils avaient été baptisés.

Un document l'atteste, adressé au directeur du recensement et de l'état civil, et dont une copie est conservée dans les archives. On peut y lire que les requérants, «*inscrits sur le registre des protestants*» – dans les conditions que l'on sait –, sollicitent la prise en compte de leur passage à la communauté grecque-catholique «*en vertu du témoignage ci-joint*».

Ce dernier, signé par «*le vicaire épiscopal de Beyrouth, de Byblos et de leurs dépendances*» et daté du 16 juin 1943, précise que «*conformément à la demande présentée par nos fils spirituels... nous accédons à leur souhait d'être transférés de la communauté protestante à notre communauté romaine catholique...*»

Mon père a mentionné plus d'une fois devant moi le fait qu'il était passé d'une confession à l'autre, sans jamais s'arrêter aux raisons qui l'y avaient amené. Néanmoins, je suis persuadé que les questions de foi n'étaient pour rien dans sa démarche. Je le dis sans hésitation, et sans la moindre honte : quand les communautés religieuses se comportent comme des tribus, il faut les traiter comme telles.

Si j'essayais malgré tout de deviner ses motivations, je pourrais en aligner plus d'une.

Il a pu éprouver le désir d'appartenir à une communauté un peu moins minoritaire – les deux l'étaient, mais la grecque-catholique représentait environ six pour cent de la population, la protestante un pour cent ; dans un pays où tous les postes importants sont répartis sur cette base, il risquait fort de se retrouver marginalisé, et quasiment exclu.

Il a pu vouloir également sortir d'un embrouillamini administratif agaçant ; être baptisé dans une communauté et enregistré dans une autre devait être un casse-tête chaque fois qu'il avait des formalités à remplir.

Je n'exclus pas non plus qu'il y ait eu, à l'origine de cette démarche, une pression insistante de l'oncle Theodoros ; en 1943, il avait soixante-dix ans, et il était venu s'installer dans l'appartement de la rue Jeanne d'Arc pour que sa belle-sœur Nazeera s'occupe de lui dans sa vieillesse ; à scruter de près la requête que je viens de citer, je me dis qu'elle pourrait bien être de sa main ; il l'aurait rédigée, et ses neveux l'auraient juste signée ; puis il aurait lui-même effectué les démarches auprès de l'évêché…

Mais il y avait aussi, pour ce qui concerne mon père, une autre raison, puissante, pour s'éloigner de l'Église réformée : ma mère. Elle lui plaisait, ils commençaient à parler fiançailles, et pour elle, il était impensable, inconcevable, qu'elle puisse envisager un seul instant de se marier à un protestant.

Dans sa famille, on avait un tout autre rapport à la religion que dans celle de mon père. Pas de crises mystiques, pas de grandes querelles théologiques, pas de ruptures.

Ni conversions, ni déconversions, ni surconversions, ni aucun va-et-vient de cet ordre. Et peu d'hommes de religion. On était simplement, carrément, irréversiblement maronite, on suivait le pape sans discuter, on vénérait les saints, on allait à la messe un dimanche par mois, mais quatre fois par semaine si un enfant était malade, ou en voyage, ou en train de préparer ses examens… Pour l'essentiel, d'ailleurs, la religion était l'affaire des femmes, au même titre que la cuisine, la couture, les commérages et les lamentations. Les hommes, eux, travaillaient.

Mon grand-père maternel, qui se prénommait Amin, était né dans un village tout proche du nôtre. Encore adolescent, il avait émigré vers l'Égypte où l'aîné de ses frères l'avait précédé. Ils étaient l'un et l'autre dans les travaux publics, et ils avaient obtenu quelques chantiers importants – ponts, routes, assainissement de zones marécageuses. Sans jamais bâtir ce qui s'appelle une fortune, ils avaient su prospérer. À l'apogée de sa vie, Amin possédait des terres cotonnières, ainsi que des immeubles en ville ; comme Gebrayel à Cuba, il employait chauffeur, jardinier, cuisinier, servantes… (Et comme pour Cuba, il ne restera rien de cette fortune. Quand j'ai ouvert les yeux sur le monde, mon grand-père était mort, la révolution nationaliste lui avait «repris» tout ce qu'il avait acheté, jusqu'au dernier arpent. L'Égypte était allée rejoindre, dans la mémoire des miens, toutes nos autres patries égarées.)

Au commencement de son aventure au pays du Nil, Amin s'était établi à Tanta, ville du Delta ; c'est là qu'il avait rencontré Virginie, fille de ce juge qui avait quitté Istanbul avec les siens lors des troubles de 1909. Le jeune homme et la jeune fille appartenaient à la même communauté maronite, mais pas du tout au même milieu social. Il était fils de paysans modestes, elle était fille de notables citadins ; mais lui s'était enrichi, quand eux avaient perdu, en quittant les rives du Bosphore, la plupart de leurs biens et l'essentiel de leur statut ; sinon, ils auraient pu convoiter, en vertu des rapports de force mondains qui président à ces choses, une alliance plus prestigieuse.

Le mariage eut lieu à Tanta ; c'est là que ma mère vit le jour. Sur l'acte de naissance, daté de décembre 1921, elle est nommée Odetta Maria mais tout le monde l'a toujours appelée Odette. Peu de temps après, ses parents allèrent s'établir au Caire, ou plus exactement dans la ville nouvelle d'Héliopolis, construite par le baron Empain dans les premières années du xxe siècle.

Chaque année, quand les chaleurs égyptiennes devenaient insupportables, mes grands-parents maternels prenaient le bateau jusqu'à Beyrouth ; là, ils récupéraient leurs deux filles qui avaient passé l'hiver au pensionnat des sœurs de Besançon ; puis ils allaient tous se réfugier dans la fraîche Montagne ; ils avaient fini par acheter un pan de colline boisée à Aïn-el-Qabou pour y faire construire une résidence d'été en belles pierres blanches – à deux pas de la maison-école de mes grands-parents paternels.

L'une des conséquences de ce voisinage, c'est que les étrangetés religieuses de la famille de mon père étaient connues depuis toujours par les parents de ma mère. Connues, et sévèrement jugées. Ils n'auraient pu se douter qu'un jour leur fille épouserait l'un des six orphelins du *moallem* Botros. Malheureux enfants ! Que leur père ait été athée, passe encore ! Mais qu'en plus leur mère soit protestante ! Ce mot, dans la bouche des éléments maronites de ma parenté, s'accompagnait souvent d'une moue ou d'un ricanement.

Cela pour dire que lorsque mon père se prit d'amour pour ma mère, qu'il commença à lui écrire d'interminables lettres tendres, et qu'elle-même commença à lui montrer qu'elle n'était pas insensible à sa cour, il se dépêcha, et ses frères avec lui, de dissiper ce « malentendu » qui planait au-dessus de leurs têtes depuis que leur père avait refusé de les baptiser, depuis que leur oncle paternel les avait baptisés à la hussarde, et depuis que leur oncle maternel les avait fait inscrire d'autorité sur le registre de l'autre bord…

Même si ces épisodes se sont déroulés quand je n'étais pas né, leurs échos ont continué à retentir tout au long de mon enfance, et au-delà. La victoire des catholiques avait beau être totale, la guéguerre se poursuivait un peu tout de même. Ma mère a constamment stigmatisé le protestantisme, peut-être par crainte que l'un ou l'autre de ses enfants ne soit tenté à son tour par le démon de « l'hérésie ». Mais il est vrai qu'elle jugeait tout aussi sévèrement les écarts de l'oncle d'Amérique – là encore, de peur que l'un de nous ne soit tenté un jour de suivre une voie similaire. Elle nous a inlassablement répété une sage maxime, qu'elle attribuait à son père, et qui était devenue, sous notre toit, une règle de vie : « L'absence de religion est une tragédie pour les familles, l'excès de religion aussi ! » Aujourd'hui, j'ai la faiblesse de croire que la chose se vérifie pour toutes les sociétés humaines.

Si, en prévision de son mariage – qui allait être célébré au Caire, en 1945 – mon père était allé au-devant des désirs de ma mère et de sa famille en opérant, sans états d'âme, un retour au bercail catholique, il ne lui fut pas facile de céder sur cette autre exigence absolue : les enfants du couple feraient leurs études dans des écoles catholiques, et en langue française.

Pour ma grand-mère Nazeera, et pour toute ma famille paternelle, c'était là une aberration, une incongruité, et quasiment une trahison. Depuis quatre générations, depuis le milieu du XIXᵉ siècle, tout le monde chez nous apprenait l'anglais comme s'il était la deuxième langue maternelle, tout le monde faisait ses études chez les Américains. Le campus de l'Université Américaine était le prolongement de la maison – ou l'inverse. Mon père y avait étudié, puis enseigné ; ses frères et sœurs aussi, l'un après l'autre. C'était là une tradition établie, immuable, indiscutée.

Mais, justement, ma mère se méfiait de cette tradition où langue anglaise, école américaine et protestantisme sont toujours allés de pair. Elle ne voulait pas prendre ce « risque », et mon père dut se résigner : leurs trois filles feraient leurs études, comme leur mère, chez les sœurs de Besançon ; et leur fils irait, comme ses oncles maternels, chez les Pères Jésuites.

Je présume que Botros n'aurait guère apprécié…

70

J'avais seize ans lorsque le frère aîné de mon père reprit enfin contact avec les siens. On imagine le retentissement de l'événement, on ne parla plus que de cela dans la famille. Une lettre était arrivée d'Amérique à l'intention de ma grand-mère. Son fils se disait prêt à l'accueillir si elle souhaitait lui rendre visite… à condition qu'elle se soit préalablement convertie au catholicisme. La fille du prédicateur presbytérien n'hésita pas un seul instant. Revoir son fils valait bien une messe. Elle se fit donc discrètement catholique, et, à l'âge de soixante-dix ans, elle prit l'avion pour la première fois de sa vie.

Je n'ai pas retrouvé la lettre adressée à ma grand-mère. Étrange, d'ailleurs, qu'elle ne l'ait pas conservée. Il est possible qu'elle l'ait rangée séparément du reste, et qu'on ne l'ait plus retrouvée. Fort heureusement, mon oncle avait, au même moment, écrit une deuxième lettre, à son frère cadet, mon père. Et cette dernière, je l'ai. Une longue lettre en anglais portant comme date *Le 27 mars 1965, Fête de Saint Jean Damascène*. Et qui commence ainsi :

Je me rappelle que lorsque nous étions toi et moi deux jeunes enfants inséparables, et plus tard lorsque nous sommes devenus de grands garçons, les étrangers nous prenaient presque toujours pour des jumeaux, malgré le fait que tu as toujours paru un peu plus grand, et plus mûr. Ai-je besoin de te dire avec quel bouillonnement d'émotions je prends la plume pour écrire au compagnon de mon enfance et de ma jeunesse, à celui qui est, en vérité, l'autre moitié de mon âme ?

Je vais commencer par une remarque, ensuite je ne reviendrai plus jamais sur ce sujet. J'ai pu te donner l'impression d'être quelquefois sans cœur, et de ne pas apprécier l'héroïsme de notre mère, la manière dont elle a porté le fardeau de la famille après la mort prématurée de notre père, il y a près de quarante et un ans. Comment pourrais-je oublier le moment où je l'ai découverte à trois heures du matin, en larmes à cause de ses soucis et de ses immenses responsabilités, occupée à broder encore avec ses pauvres mains sur une pièce d'étamine, en dépit de toutes les charges qui l'attendaient le lendemain, parce qu'il lui fallait gagner quelques sous de plus pour faire face aux besoins du foyer ? Je suis sorti de mon lit, et je l'ai embrassée en disant : « Ne t'en fais pas, maman, très bientôt nous deviendrons grands et nous prendrons bien soin de toi » ; puis, ayant remarqué que sa mantille était usée, j'ai ajouté : « Et je t'achèterai un "mandeel" tout neuf ! »

Eh bien, je n'ai jamais acheté à maman ce « mandeel » tout neuf. En ses desseins insondables, Dieu a voulu que je te laisse à toi, ainsi qu'à mes autres frères et sœurs, le soin de récompenser ma mère en sa vieillesse pour toutes les souffrances qu'elle a endurées pour nous, et de lui offrir toute la consolation qu'elle a méritée. Pour ma part, j'ai été envoyé loin de cette famille que j'ai tant aimée, et dont le bien-être compte tellement pour moi. J'ai été destiné par le Seigneur à devenir un homme de religion, et à Lui consacrer ma vie en faisant vœu de pau-

vreté, de chasteté et d'obéissance. Il semble que Dieu ait voulu que je sois surtout préoccupé par le bien-être spirituel et supranaturel de notre famille.

Quand j'étais avec vous, pendant des années je n'avais aucune espèce de Foi. Le Ciel et l'Enfer n'étaient pas des réalités pour moi, Notre-Seigneur et Notre-Dame ne signifiaient pas grand-chose à mes yeux. J'ai des raisons de croire que vous n'avez jamais entièrement perdu la Foi Catholique; mais vous auriez dû faire preuve de plus d'intérêt pour ma vie spirituelle comme pour celle des autres. À ceux qui s'interrogent sur certaines choses que j'ai faites dans mon rôle de gardien spirituel de la famille, en quelque sorte, je dirais seulement, en paraphrasant un certain auteur : «Pour ceux qui ont la Foi, aucune explication n'est nécessaire; pour ceux qui n'ont pas la Foi, aucune explication n'est possible ! »…

Mon père n'a jamais totalement pardonné à son frère, je crois. Mais il ne l'a pas non plus accablé de reproches. Simplement, leurs relations se sont refroidies; eux qui avaient été si proches, ils ne se sont plus dit grand-chose. Ils sont demeurés courtois, l'un avec l'autre, jusqu'au dernier moment, mais leur complicité était morte, me semble-t-il. Je suppose que mon père a répondu à la lettre de son frère, je ne sais s'il l'a fait de manière détaillée ou seulement lapidaire. Ce que je sais, c'est qu'à la suite de cette correspondance, il n'est pas allé le voir.

Moi, en revanche, j'y suis allé.

C'était bien plus tard, en 1978. Je vivais déjà en France, je travaillais comme journaliste, et j'avais été chargé de faire un reportage sur la Banque mondiale, à Washington. C'était mon tout premier voyage outre-

Atlantique, et il n'était pas question pour moi de revenir sans avoir rencontré l'oncle mythique.

Je fis donc un détour par le Massachusetts. Curieuse sensation. Se retrouver face à un inconnu qui était quasiment le jumeau de mon père, mais en soutane, et parlant l'arabe avec un fort accent américain. Un inconnu dont bien des choses me séparaient, mais avec lequel, par la vertu miraculeuse des liens familiaux, une conversation intime s'établit instantanément.

— Ton père et moi, nous étions inséparables, identiques en apparence, et pourtant quelque chose d'essentiel nous a toujours séparés. Je suis, fondamentalement, un conservateur, alors que ton père a toujours été un révolutionnaire.

Spontanément, j'aurais dit l'inverse. Mon oncle était un militant, capable de sacrifier sa vie entière à une doctrine ; alors que mon père menait, depuis que j'ai ouvert les yeux sur le monde, une existence tranquille, entre son foyer et son journal.

J'avais dû manifester ma surprise, car l'émigré reprit, avec animation :

— Si, si, crois-moi. C'est cela qui nous a toujours séparés. D'ailleurs, viens voir…

Il me conduisit vers sa chambre, une vraie cellule monacale, à peine meublée. Juste un lit de camp, une table, une chaise, quelques livres…

— J'avais quinze ans, et ton père quatorze, lorsque notre mère nous a dit : «J'ai entendu le cri du marchand ambulant, vous devriez courir vous acheter de quoi vous raser, l'un et l'autre.» De fait, notre duvet commençait à ressembler à une barbe ; surtout ton père, qui était brun, et qui a toujours été physiquement plus précoce. Nous y sommes donc allés, et nous avons acheté chacun un rasoir en cuivre. Je suppose que ton père a dû essayer, depuis, d'innombrables instruments de rasage, électriques ou pas. Alors que moi, j'utilise encore chaque matin ce même rasoir acheté au marchand ambulant. Regarde !

Il brandit fièrement ce rasoir jaunâtre qui, après un demi-siècle d'usage, ne semblait pas trop abîmé. J'étais un peu amusé par sa définition du conservatisme et du révolutionnarisme ; il est vrai que, dans la maison de mes parents, le placard de la salle de bains était rempli de toutes sortes d'instruments délaissés, notamment un rasoir acheté par mon père en Chine, fonctionnant sur piles, et dont il n'avait pas dû se servir une seule fois.

La démonstration de l'oncle se poursuivit, ciblée, et subtilement défensive.

— J'ai voulu maintenir la plus noble et la plus ancienne tradition de notre famille : la sainteté. Sais-tu qu'il y a eu, parmi nos ancêtres, plusieurs saints vénérés par l'Église ?

Il mentionna des noms, que je n'avais jamais entendus. Sous le toit de mon père, on vantait souvent les hauts faits des ancêtres, mais on citait surtout les poètes célèbres ; ou bien, dans un autre registre, les émigrés qui s'étaient enrichis.

— N'oublie jamais que c'est sur nos épaules que repose le christianisme, depuis les tout premiers siècles…

Étrange, cette propension des miens à vouloir toujours situer leur itinéraire individuel dans la droite ligne de celui de notre parenté ! Même lui, qui est parti depuis si longtemps, qui a rompu avec ses proches, qui a fait tout ce que son père aurait détesté qu'il fasse, qui a abandonné son nom pour adopter un nom d'Église, lui qui s'est engagé sur une voie si excentrée, il éprouvait encore le besoin de m'expliquer qu'il ne s'était écarté de la route commune que pour mieux rejoindre celle que nos ancêtres avaient tracée.

— C'est cette tradition que je veux poursuivre! L'Occident s'imagine qu'il nous a évangélisés, alors que c'est nous qui l'avons évangélisé. Aujourd'hui, il s'est écarté de la vraie Foi, et c'est notre devoir de le ramener vers le droit chemin. Je me suis fixé pour tâche de re-christianiser l'Amérique.

Dès mon retour à l'hôtel, à Boston, j'avais tenté d'appeler mon père au téléphone. En vain. Je dus attendre pour lui parler d'être rentré à Paris, et que lui-même réussisse à me joindre. La guerre libanaise passait alors par une phase aiguë, et mes parents avaient dû fuir Beyrouth à cause d'un violent bombardement sur leur quartier. Ils se trouvaient à présent au village, dans leur maison, provisoirement à l'abri. Un cousin astucieux leur avait assuré une liaison téléphonique avec la France.

J'avais hâte d'annoncer à mon père:

— Je reviens d'Amérique, et j'ai pu rencontrer mon oncle.

Mes impressions?

— Les choses ne se sont pas encore décantées… En tout cas, je ne regrette pas d'être allé le voir, après toutes ces années… Il te ressemble, et il ne te ressemble pas…

— Tout le monde était leurré par notre ressemblance physique, même nous. Il nous a fallu du temps pour découvrir à quel point nous étions différents.

— Il m'a raconté l'histoire des rasoirs…

— Quels rasoirs?

La ligne a été coupée.

71

En quittant la Nouvelle-Angleterre, j'étais persuadé que cette première rencontre allait être la seule ; je ne pouvais prévoir qu'elle m'apparaîtrait un jour comme un simple prélude à une autre rencontre, fatidique, au Liban, deux ans plus tard.

À l'époque, je ne savais pas pour quelle raison l'émigré, après toute une vie d'absence, avait décidé soudain de revenir en visite au pays. Aujourd'hui, pour avoir recueilli certains témoignages, je le sais. Mon oncle était bien dans les ordres, il portait une soutane, se faisait appeler « frère » – comme Botros, suis-je tenté de dire, même s'il ne s'agissait assurément pas de la même « fraternité » ! Mais il n'avait jamais pu se faire ordonner prêtre, ce qui était son vœu le plus cher. Aux États-Unis, la hiérarchie catholique a toujours préféré le maintenir à distance ; après maintes tergiversations, elle lui avait répondu que, même si elle l'avait voulu, elle ne pouvait en aucune manière ordonner un homme marié. Alors il s'était dit qu'au pays, dans sa communauté d'origine, où les traditions sont différentes, son vœu devrait pouvoir être exaucé.

Il faillit l'être, à ce qu'on m'a rapporté ; pressé par notre famille – mon père, mes oncles, et surtout leur cousin Nasri – le patriarche grec-catholique avait dit oui, pourquoi pas? Seulement, avant de fixer une date pour l'ordination, il s'était avisé du fait que le futur prêtre avait l'intention d'exercer son sacerdoce dans le Massachusetts, non au Liban; la bonne règle exigeait que l'on demandât l'assentiment de l'archevêque de Boston. Lequel se mit à pousser des hauts cris, parlant de «loup» et de «bergerie»; notre patriarche jugea plus sage de faire marche arrière.

C'est pendant que ces tractations avaient lieu que mon père eut son accident cérébral, par une journée de canicule. Il venait de quitter son bureau et se dirigeait vers sa voiture, lorsqu'il était tombé. La personne qui l'accompagnait avait juste entendu comme un «ah!» de surprise. Il s'était écroulé, inconscient. Quelques heures plus tard, le téléphone avait sonné à Paris. Un cousin m'avait annoncé la nouvelle, sans laisser trop de place à l'espoir. «Il va mal, très mal.»

Revenu au pays par le premier avion, j'avais trouvé mon père dans le coma. Il semblait dormir sereinement, il respirait et bougeait quelquefois la main, il était difficile de croire qu'il ne vivait plus. Je suppliai les médecins d'examiner une deuxième fois le cerveau, puis une troisième. Peine perdue. L'encéphalogramme était plat, l'hémorragie avait été foudroyante. Il fallut se résigner…

L'hospitalisation se prolongea une dizaine de jours, au cours desquels il y eut encore quelques moments d'espoir – une main qui tourne à nouveau sur elle-même, quelques personnes qui viennent raconter que des malades sont déjà sortis de comas similaires… Je me souviens aussi de quelques sinistres énergumènes, de ceux qui hantent, j'imagine, tous les lieux de détresse de la planète, partout où les esprits des mortels sont fragilisés par l'insistance du malheur. Un personnage se faisant appeler, sans rire, «L'homme de main de saint Élie», était venu nouer des bandelettes tout autour du lit de mon père, avant de lancer avec hargne à l'adresse de la famille accablée : «Comment voulez-vous qu'il guérisse, aucun de vous n'est en train de prier!» En d'autres circonstances, la scène m'aurait paru cocasse; ce jour-là, ma tristesse ne se mêla que de colère et de dégoût.

Au cours des longues journées et des longues soirées d'attente et d'abattement, je me suis souvent retrouvé avec l'oncle prodigue, à deviser, comme s'il était naturel que nous nous retrouvions ensemble, côte à côte, dans cette ville de Beyrouth où ni lui ni moi n'étions censés venir cette année-là. J'avais pourtant le sentiment que nous ne nous étions jamais quittés, et que son absence de quarante ans n'était qu'un rêve insensé qui, au réveil, s'était enfin trouvé balayé.

Étrange retournement : l'émigré, l'absent, que j'avais pris l'habitude de considérer comme virtuellement mort, se tenait près de moi, son épaule contre la mienne, soudain proche, soudain un deuxième père. Alors que l'autre, le vrai père, gisait là, absent, à jamais émigré loin de nous…

Vint ensuite le moment que nous ne pouvions plus retarder, celui où le cœur du père s'arrêta de battre. J'étais parti me reposer après trop de nuits blanches, lorsqu'un cousin s'est mis à frapper à la porte. Je lui ai ouvert, puis je suis revenu m'asseoir au salon, sans rien lui demander; j'avais compris. Mon oncle est venu à son tour, quelques instants plus tard, qui s'est assis avec nous. Il n'a rien dit non plus.

C'était le 17 août 1980. Cinquante-six ans, jour pour

jour, après la disparition de Botros – et c'était également un dimanche. Il fallut alors que nous nous concertions, l'homme à la soutane et moi, sur la manière la moins dévastatrice de porter la nouvelle à Nazeera, sa mère. Il fut convenu que ce serait moi qui me rendrait auprès d'elle ; et que lui l'appellerait ensuite au téléphone…

À mon arrivée chez elle, ma grand-mère me prit longuement dans ses bras, comme elle le faisait depuis toujours. Puis elle me posa, forcément, la question que je redoutais entre toutes :

— Comment va ton père ce matin ?

Ma réponse était prête, je m'y étais entraîné tout au long du trajet :

— Je suis venu directement de la maison, sans passer par l'hôpital…

C'était la stricte vérité et c'était le plus vil des mensonges.

Quelques minutes plus tard, le téléphone. En temps normal, je me serais dépêché de répondre pour lui éviter de se lever. Ce jour-là, je me contentai de lui demander si elle souhaitait que je réponde à sa place.

— Si tu pouvais seulement m'approcher l'appareil…

Je le déplaçai, et soulevai le combiné pour le lui tendre.

Je n'entendais évidemment pas ce que lui disait son interlocuteur, mais la première réponse de ma grand-mère, je ne l'oublierai pas :

— Oui, je suis assise.

Mon oncle craignait qu'elle ne fût debout, et qu'à la suite de ce qu'il allait lui apprendre, elle ne tombât à terre…

Alors nous avions pleuré, elle et moi, assis l'un à côté de l'autre en nous tenant la main, quelques longues minutes.

Puis elle m'avait dit :

— Je croyais qu'on allait m'annoncer que ton père s'était réveillé.

— Non. De l'instant où il est tombé, c'était fini.

— Moi, j'espérais encore, murmura ma grand-mère, à qui personne, jusque-là, n'avait osé dire la vérité.

Nous étions aussitôt revenus vers le silence, notre sanctuaire…

Écrit à Paris, Beyrouth,
La Havane et Ker Mercier
entre septembre 2000
et décembre 2003

NOTES ET REMERCIEMENTS

J'ai mis un point final, mais ce travail sur les origines n'est pas encore terminé. Ni en amont, puisque je me suis limité, sauf pour quelques écarts, aux cent cinquante dernières années. Ni en aval, puisque je me suis arrêté, dans ma relation précise, au milieu des années 1930, me contentant de prolonger la route en pointillé jusqu'à la disparition de mon père.

Mais de lui, justement, je n'ai presque rien dit. J'ai dû citer son prénom une fois, raconter deux ou trois anecdotes, rapporter quelques bribes de nos conversations. Pourtant, mon attachement à la mémoire des miens est né, d'abord, de mon attachement à lui. Je l'ai tant vénéré, depuis l'enfance, que je n'ai jamais pu envisager de faire un autre métier que le sien – le journalisme, l'écriture. Il m'a patiemment, subtilement, initié, modelé, dégrossi, guidé, jusque dans mes révoltes. Je l'ai constamment observé, tandis qu'il naviguait entre passion et responsabilité, entre naïveté et intelligence, entre modestie et dignité. Et je l'ai inlassablement écouté. Il m'a raconté dans ma jeunesse les histoires qui sont revenues me hanter dans mon âge mûr.

Prendrai-je un jour le temps de parler longuement de lui, de ses frères et sœurs, de cette génération à la fois sereine et tourmentée qui allait être confrontée à la pire des guerres, et à la plus irrémédiable dispersion ? Cela fait partie des tâches qui m'incombent si je ne veux pas faillir à mon devoir de fidélité. D'autant que j'ai été témoin d'une partie de ces événements, et que je dispose à présent, pour cette époque aussi, d'abondantes archives. Mais il m'est difficile, à l'heure où je conclus ce travail, de prévoir une nouvelle immersion dans l'eau de nos tragédies intimes. Pour moi, tout cela est encore trop proche. J'attendrai.

Envers d'autres ascendants aussi, j'éprouve un sentiment de dette. Sans doute ne vais-je jamais consacrer une attention égale à chacun de ceux qui m'ont, en quelque sorte, mis au monde. Mais je ne me résigne pas à ce que ces personnages, dont les trajectoires ont partiellement déterminé la mienne, demeurent pour moi de simples inconnus. J'aurais donc quelques «fouilles» à entreprendre encore, du côté du Caire, de New York, de Beyrouth, bien sûr, ainsi que de Constantinople, que j'ai toujours reconnue, quasiment par instinct, comme la métropole des origines…

*
* *

Au commencement de ma recherche, j'avais eu recours à de nombreux arbres généalogiques dessinés par des membres de ma famille ; et j'en avais moi-même esquissé quelques-uns, remontant parfois à douze générations, pour déterminer, par exemple, le lien de parenté exact qui me liait au meurtrier du patriarche évoqué dans mon roman *Le Rocher de Tanios*, ou à tels «cousins» lointains établis à Sydney, à São Paulo, à Córdoba, ou autrefois à Smyrne… Mais cet exercice s'avéra très vite sans objet ; plutôt que d'éclairer mon chemin, il le rendait plus touffu, et donc plus obscur. S'agissant d'une parentèle qui compte plusieurs dizaines de milliers de membres répertoriés, de telles arborescences ne conduisent nulle part. Les mêmes prénoms reviennent sans cesse, les visages sont absents, et les dates sont incertaines.

Pour éviter de m'embrouiller, j'ai fini par adopter une tout autre représentation graphique : au centre, le descendant, entouré de ses géniteurs ; aux points cardinaux, les quatre grands-parents ; et au-delà, leurs propres aïeux. Plutôt qu'à un arbre ou à une pyramide, mon tableau ressemble à un campement, ou à une carte routière.

Cette vision est passablement égocentrique, je le reconnais ; mais elle a l'avantage de prendre en compte tous les confluents des origines, et de ce fait la diversité des appartenances. De plus, le cours du temps y est inversé, ce que je trouve stimulant, et salutaire ; on n'a plus affaire à un ancêtre « produisant » une infinité de descendants, mais à un descendant « produisant » une infinité d'ancêtres : deux parents, quatre grands-parents, huit arrière-grands-parents, puis seize, puis trente-deux… J'ai calculé qu'au bout de trente générations, c'est-à-dire vers l'époque des Croisades, le nombre des ascendants atteint le chiffre d'un milliard, dépassant ainsi largement la population totale de la planète. Mais c'est là une constatation purement théorique, surtout chez les miens, où, jusqu'au début du XXe siècle, on se mariait presque toujours entre cousins. Si je devais les dessiner, les chemins qui mènent vers mes lointains ancêtres s'entrelaceraient à l'infini, jusqu'à ressembler à des tresses.

*
* *

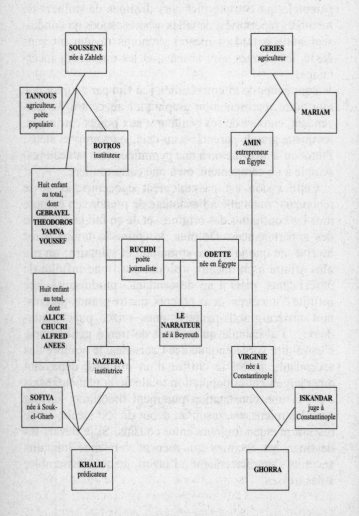

SOUSSENE
née à Zahleh

GERIES
agriculteur

TANNOUS
agriculteur,
poète
populaire

MARIAM

BOTROS
instituteur

AMIN
entrepreneur
en Égypte

Huit enfant
au total,
dont
GEBRAYEL
THEODOROS
YAMNA
YOUSSEF

RUCHDI
poète
journaliste

ODETTE
née en Égypte

Huit enfant
au total,
dont
ALICE
CHUCRI
ALFRED
ANEES

LE
NARRATEUR
né à Beyrouth

NAZEERA
institutrice

VIRGINIE
née à
Constantinople

SOFIYA
née à Souk-
el-Gharb

ISKANDAR
juge à
Constantinople

KHALIL
prédicateur

GHORRA

Pour reconstituer ces quelques pages de l'histoire des miens, j'ai eu constamment sous la main, outre les documents d'archives, plusieurs ouvrages de référence. J'en mentionnerai quatre, qui parlent spécifiquement de notre famille.

D'abord celui de la tante paternelle qui fut pour moi une conseillère, et une inspiratrice. J'ai déjà eu l'occasion de dire à quel point sa contribution a été irremplaçable, je voudrais seulement consigner ici les références de son livre de souvenirs : *Memoirs of Grandma Kamal – unique personal experiences and encounters*, par Kamal Maalouf Abou-Chaar, édité par World Book Publishing, Beyrouth, 1999.

Je voudrais citer ensuite l'ouvrage qui est, depuis près d'un siècle, la bible de notre trajectoire familiale, celui que j'ai appelé «L'Arbre», et qui s'intitule en arabe *Dawani-l-qoutouf fi tarikh banni-l-Maalouf*, œuvre de l'historien Issa Iskandar Maalouf (Imprimerie ottomane, Baabda, 1907-1908). Une copie m'a été gracieusement fournie par son petit-fils, Fawwaz Traboulsi. J'ai également consulté à plusieurs reprises un autre ouvrage, publié en 1993, et qui se présente comme une continuation du précédent : *La Famille Maalouf à travers l'Histoire.* Un exemplaire m'avait été offert par l'auteur, Timothy Maalouf, qui est décédé, hélas, peu de temps après ; sa tombe, incidemment, est contiguë à celle de Botros, mon grand-père.

Bien d'autres livres m'ont accompagné au cours des dernières années, pour me renseigner ou me rafraîchir la mémoire ; sur les princes brigands, la révolution ottomane, les francs-maçons, la diaspora levantine, ou le Mandat français au Liban ; il serait fastidieux de les énumérer tous, mais je m'en voudrais de ne pas signaler le seul ouvrage qui mentionne nommément mon grand-oncle Gebrayel, ses magasins havanais La Verdad, et la place qu'il occupait parmi ses compatriotes émigrés. Œuvre de l'orientaliste Rigoberto Menéndez Paredes, il s'intitule : *Componentes árabes en la cultura cubana* (Ediciones Boloña, Publicaciones de la Oficina del Historiador de la Ciudad, La Havane, 1999).

Ce que j'ai dit des livres est aussi vrai des personnes. J'ai posé tant de questions autour de moi que je ne puis recenser tous ceux qui ont pris le temps de répondre.

Mais je tiens à adresser quelques remerciements mérités. En commençant par celles et ceux qui, sans appartenir à notre vaste parenté, ont contribué à ma recherche, parfois en connaissance de cause, et parfois par simple désir d'aider. Je mentionnerai, par ordre alphabétique : Mona Akl, Ahmad Beydoun, Norman Cook, Angélica et Ariel Dorfman, Jean-Claude Freydier, Peter Goldmark, Ali Hamadeh, Liliane et Roger-Xavier Lantéri, Jean Lévy, Jean Massaad, Georges Moussalli, Abdallah Naaman, Mario Rubén Sanguina, Mona et Baccar Touzani, Chadia et Ghassan Tuéni, Élie Wardini, Ruth Zauner. Sans oublier Luis Domingo, Matteo, Dolorés, Olguita et María de los Angeles, qui ne pouvaient apparaître sous leurs véritables noms.

S'agissant de ma famille, à présent, la liste des personnes envers lesquelles j'éprouve de la gratitude est virtuellement illimitée. Parmi les Maalouf : Agnès, Akram, Albert, Alex, América, Ana Maria, Carl, Fahd, Fakhri, Fawzi, Héctor, Hilmi, Hind, Ibrahim, Imad, Issam, Khattar, Laurice, Leila, Leonard, Mariam, Mary, May, Mona, Nasri, Nassim, Nazmi, Odette, Peter, Ray junior, Roula, Rosette, Sana, Siham, Taufic et Walid ; ainsi que mes complices de toujours, Andrée, Ruchdi, Tarek et Ziad. Je tiens également à adresser des remerciements très spéciaux à Elias Eid Maalouf, sans lequel une face essentielle de l'histoire des miens serait demeurée obscure.

Parmi ceux de ma famille qui portent un autre patronyme, j'aimerais mentionner, toujours par ordre alphabétique : Sana et Iskandar Abou-Chaar, Adel, Fayzeh et Monique Antippa, Samia Bacha, Edward Baddouh, Leila et Nicolas Bogucki, Hayat et Georges Chédid, Lonna Cosby, Marie David, Elisabeth et Angel Fernandez, Antoine, Joseph, Leila, Lucy, Mirène, Nemétallah et Sonia Ghossein, Youmna et Issa Goraieb, Nelli Hodgson Brown, Mary Kurban, Charles Nammour, Shermine Nolander, Marie et Madeleine Noujaim, Thérèse Tannous, Oumayma et Ramzi Zein, ainsi que Leila, Joseph, Amer et Wadih Zoghbi. Sans oublier Nada, Ramon et Maeva Labbé, qui furent à Cuba d'irremplaçables compagnons de voyage. Et sans non plus oublier Léonore, disparue, comme sept autres personnes nommées ci-dessus, au cours des quarante mois que m'a pris l'écriture de ce livre.

Table

Du même auteur :

Aux éditions Grasset

LE Iᵉʳ SIÈCLE APRÈS BÉATRICE, 1992.

LE ROCHER DE TANIOS, 1993 (Prix Goncourt).

LES ÉCHELLES DU LEVANT, 1996.

LES IDENTITÉS MEURTRIÈRES, 1998.

LE PÉRIPLE DE BALDASSARE, 2000.

L'AMOUR DE LOIN (livret), 2001.

ADRIANA MALER (livret), 2006.

Aux éditions Jean-Claude Lattès

LES CROISADES VUES PAR LES ARABES, 1983.

LÉON L'AFRICAIN, 1986.

SAMARCANDE, 1988 (Prix des Maisons de la presse).

LES JARDINS DE LUMIÈRE, 1991.

Composition réalisée par Chesteroc Ltd

Achevé d'imprimer en décembre 2008 en Allemagne par
GGP Media GmbH
Poessneck (07381)
Dépôt légal 1re publication : février 2006
Édition 03 : décembre 2008
LIBRAIRIE GÉNÉRALE FRANÇAISE – 31, rue de Fleurus – 75278 Paris cedex 06.

31/1594/6